Perigo Mortal

ANN AGUIRRE

Perigo Mortal

Tradução de Natalie Gerhardt

Título original
MORTAL DANGER

Copyright do texto © 2014 by Ann Aguirre
Todos os direitos reservados.

Primeira publicação por Feiwel and Friends Book,
um selo da Macmillan Children's Publishing Group.

Edição brasileira publicada mediante acordo com
Taryn Fagerness Agency e
Sandra Bruna Agencia Literaria, SL.
Todos os direitos reservados.

Direitos para a língua portuguesa reservados
com exclusividade para o Brasil à
EDITORA ROCCO LTDA.
Av. Presidente Wilson, 231 – 8º andar
20030-021 – Rio de Janeiro – RJ
Tel.: (21) 3525-2000 – Fax: (21) 3525-2001
rocco@rocco.com.br | www.rocco.com.br

Printed in Brazil/Impresso no Brasil

Preparação de originais
CAROLINA CAIRES COELHO

CIP-Brasil. Catalogação na fonte.
Sindicato Nacional dos Editores de Livros, RJ.

A237p Aguirre, Ann
       Perigo mortal/Ann Aguirre; tradução de Natalie Gerhardt.
       – Primeira edição. – Rio de Janeiro: Fantástica Rocco, 2018.
       (Jogos Imortais; 1)

       Tradução de: Mortal danger.
       ISBN 978-85-68263-64-8
       ISBN 978-85-68263-65-5 (e-book)

       1. Ficção americana. I. Natalie Gerhardt. II. Título.
       III. Série.

18-47052   CDD–813
                                            CDU–821.111(73)-3

Para os sobreviventes:
o que não nos mata nos torna mais fortes.

VIGÍLIA DA MORTE

Eu deveria ter morrido às 5:57 da manhã.
    Pelo menos era o que eu vinha planejando havia meses. Primeiro, eu li sobre as melhores formas de se fazer isso, depois, aprendi os sinais de alerta e cuidei para não exibir nenhum deles. As pessoas que queriam ser salvas doavam suas posses e se despediam. Eu já havia passado muito daquele ponto, só queria que tudo acabasse.
    Não havia luz no fim deste túnel.
    Então, dois dias depois do término do ano letivo, saí de casa esperando que fosse a última vez. Não escrevi nenhum bilhete de explicação. Na minha opinião, isso nunca funcionava como o fechamento de um ciclo e só fazia com que os sobreviventes se sentissem culpados. Melhor deixar que meus pais achassem que eu sofria de algum transtorno mental não diagnosticado do que saberem que talvez pudessem ter me salvado. Esse peso faria com que eles seguissem o mesmo caminho que eu, e não era isso que eu queria. Tudo o que eu queria era um fim.
    Mais cedo, eu caminhara na direção da estação T da Boston University, que eu usava para outras coisas: fazer compras ou ir para a escola. Havia tempo suficiente para mudar de ideia, mas eu tinha feito uma pesquisa muito meticulosa. Considerei todos os tipos de método, mas, no final, optei pela água, porque seria limpo e rápido. Eu odiava a ideia de deixar uma bagunça em casa para os meus pais limparem. Tão cedo assim – ou tarde, dependendo do ponto de vista –, a cidade estava relativamente calma. *Muito*

bem. Eu ia descer na North Station e seguir a pé pelo último quilômetro e meio.

Os suicidas adoravam este lugar, mas se você escolhesse o horário errado, alguém poderia notar, chamar as autoridades e, então, haveria carros buzinando, pistas fechadas, viaturas de polícia... Tudo para formar um circo midiático. Eu era esperta o suficiente para escolher a minha oportunidade com cuidado; na verdade, eu estudara as histórias de sucesso e comparara os horários em que a maioria das mortes ocorria. Por causa dos horários do serviço de transporte público, cheguei um pouco mais tarde do que grande parte dos que morreram aqui, mas o meu salto ainda seria possível.

Àquela hora, não havia muito trânsito. A ponte era um monstro, mas eu não precisava atravessar até o outro lado. A penumbra antes da aurora lançava sombras sobre os pilares de metal enquanto eu encarava o meu destino. Não senti nada em particular. Nenhuma alegria, nenhuma tristeza.

Os últimos três anos tinham sido os piores. Eu assistira a vídeos de autoajuda, do tipo *As coisas vão melhorar*, mas eu não era forte o suficiente para passar por mais um ano, quando não havia nenhuma garantia de que na faculdade seria melhor. As piadas constantes, o assédio sem fim – isso era tudo o que eu podia esperar, então estava pronta para partir. Não entendia por que as pessoas na escola me odiavam tanto. Até onde eu sabia, nunca fiz nada de errado, a não ser existir, mas isso bastava. Na Blackbriar Academy – uma escola particular e cara que os meus pais acreditavam ser a garantia de um futuro brilhante – não se podia ser feia, esquisita ou diferente. Eu era as três coisas. E não daquele jeito que vemos nos filmes, quando a garota nerd solta o cabelo e troca os óculos por lentes de contato e, de repente, fica linda.

Quando eu era pequena, isso não me incomodava. No entanto, à medida que eu crescia, mais cruéis as outras crianças foram ficando, principalmente as bonitas. Para andar com a turma era preciso ter um tipo de aparência, e dinheiro também não fazia mal. Os professores acreditavam em tudo o que a Galera Blindada dizia, e a maioria dos adultos nutria sentimentos cruéis secretos o suficiente para acreditar que alguém como eu merecia aquilo – que, se eu me esforçasse mais, poderia parar de gaguejar, fazer uma plástica no nariz, pintar o cabelo ou me matricular em uma academia de ginástica. Então, obviamente, a culpa era minha, porque eu preferia ler a tentar elevar os meus padrões aos das pessoas que eu odiava.

Com o passar dos anos, as brincadeiras foram piorando. Roubavam as minhas roupas no armário de ginástica, então eu tinha que ir para a aula toda fedida, usando o uniforme de educação física. Não passava um dia sequer em que não fizessem algo contra mim, mesmo que fosse tipo um chute, um empurrão ou uma palavra que cortasse tão fundo quanto uma faca. Eu costumava dizer para mim mesma que seria capaz de sobreviver àquilo – citava Nietzsche na minha cabeça e fingia ser uma heroína destemida. Mas eu não era tão forte quanto os meus atormentadores poderiam me tornar, não o suficiente. Quatro meses antes, no último dia antes das férias de inverno, eles me quebraram.

Tentei afastar a lembrança exatamente como eu fazia com a bile que eu engolia todos os dias. O pior era a vergonha, parecia que eu tinha feito algo para merecer tudo aquilo. Ser inteligente e feia não justificava o que faziam comigo. Nada seria. Naquele ponto, eu pus em prática o plano B. Eu não tinha amigos. Ninguém sentiria a minha falta. Na melhor das hipóteses, os meus pais – típicos acadêmicos distraídos – me veriam como um potencial arruinado. Às vezes, eu achava que eles decidiram ter uma filha como um experimento sociológico. Posteriormente, eles pegariam o meu corpo e carimbariam o meu arquivo com letras garrafais vermelhas com a palavra REPROVADA.

O céu estava cinzento e perolado, e uma bruma pairava sobre o rio. Respirando fundo, tomei coragem. Achei engraçado quando passei por uma placa em que se lia DEPRIMIDO? LIGUE PARA NÓS, seguido por um número telefônico. Ignorei aquilo, e um monte de cocô de pombo, e continuei caminhando pela ponte, até estar longe o suficiente para que a água me cobrisse rapidamente e me afogasse, no caso da queda não me matar no impacto. Agora eu tinha apenas que pular para o outro lado da amurada e, silenciosamente, me soltar.

Fim.

Senti um aperto no peito, lágrimas queimavam os meus olhos. *Por que ninguém tinha notado? Por que ninguém tinha feito alguma coisa?* Então, talvez eu fosse igual às outras almas perdidas, no final das contas. Eu queria que alguém me segurasse pelo ombro e me impedisse. Trêmula, apoiei o meu pé no parapeito e passei a perna. Do outro lado, com o metal às minhas costas, o rio escuro se estendia diante de mim como se me levasse para Hades, de encontro ao mundo dos mortos. Era exatamente para onde eu iria. Os meus músculos se contraíram, não seria preciso pular, apenas me inclinar no espaço. Haveria alguns segundos de queda livre e, então, eu atingiria a água. Se a queda não me matasse, as pedras nos meus bolsos fariam isso.

Eu havia considerado todas as contingências nos meus planos.

Dei um passo à frente.

Mas, uma mão em meu ombro me impediu de cair. O toque irradiou calor, e me eletrizou até quase me matar. Eu não conseguia me lembrar da última vez em que alguém me tocara, a não ser para me machucar. Meus pais não costumavam dar abraços. Então, desde que eu tirasse dez em todas as matérias, eles não se envolviam muito comigo. Declaravam que estavam me criando para ser autossuficiente. Mas parecia que eu havia seguido mais pelo caminho da autodestruição.

Missão cumprida.

Eu me virei, esperando encontrar algum parasita corporativo que desejava chegar ao seu cubículo e começar o dia mais cedo, e bem na hora de arruinar o meu plano tão cuidadoso. Nesse caso, eu teria que falar rápido para evitar o envolvimento da polícia e a prisão em alguma instituição para doentes mentais. Eles me internariam e me vigiariam durante três dias seguidos, para o caso de eu ter uma recaída e tentar me matar de novo. A mentira estava na ponta da minha língua — eu estava fazendo uma pesquisa sobre o suicídio e queria tornar o meu trabalho de sociologia mais realista —, mas o cara que interrompeu a minha fuga também roubou a minha capacidade de formar um pensamento coerente. Sua mão permaneceu no meu ombro, dando-me equilíbrio, mas ele não disse nada.

Nem eu.

Não consegui.

Ele tinha o tipo de rosto que a gente vê nas revistas, esculpido à perfeição. Maçãs do rosto acentuadas sobre um maxilar forte e uma boca beijável. O queixo era firme. O nariz, comprido e aquilino, e os olhos verdes com formato felino. O rosto era... assombroso, perturbador até. O cabelo escuro repicado ganhou mechas acobreadas por causa dos faróis dos carros que passavam e nos iluminavam. Em um ou dois minutos, alguém nos veria. Embora o trânsito estivesse leve, não era inexistente, e algum motorista preocupado acabaria parando ou telefonando. Vi a minha janela de oportunidade se fechar.

— O que foi? — consegui perguntar sem gaguejar.

— Você não precisa fazer isso. Existem outras alternativas.

Não tentei enrolar. O seu olhar direto e brilhante fez com que eu percebesse que seria perda de tempo. Em parte pensei que eu talvez já tivesse saltado e que aquela era a vida após a morte. Ou talvez eu estivesse no hospital, respirando por aparelhos, depois que me tiraram do rio, o que tornava aquilo tudo um sonho provocado pelo coma. Eu havia lido estudos nos quais os médicos apresentavam a suposição de que as pessoas tinham sonhos incrivelmente vívidos durante o estado catatônico.

— Sério? Tipo o quê?

Imaginei que ele mencionaria terapia. Sessões em grupo. Medicamentos. Qualquer coisa para me tirar da ponte. Naquele momento, apenas a força dos bíceps dele me impedia de me jogar para trás. Bem, isso... e a curiosidade.

— Se você deixar, eu posso ajudar.

— Não consigo imaginar como isso seja possível. — O tom da minha voz era triste, e mostrou mais do que eu desejava.

Eu não queria contar os meus problemas para um estranho qualquer, por mais bonito que fosse. Na verdade, essa característica fez com que eu confiasse ainda menos nele. Pessoas bonitas só me tratavam bem quando planejavam fazer algo pior contra mim. Em retrospecto, eu devia ter considerado isso naquele dia, mas estava exausta, e eu queria muito acreditar que eles parariam de me atormentar. Eu me sentia pronta para aceitar um pedido de desculpas e seguir em frente. *Todo mundo cresce, certo?*

— O negócio é o seguinte. Vamos sair daqui e beber alguma coisa. Eu vou fazer uma proposta para você. Se não gostar do que ouvir, eu trago você de volta e não vou fazer nada para impedi-la de saltar. Eu até posso ficar de guarda para que ninguém mais atrapalhe o seu plano.

— Por que eu deveria ir com você? Você pode ser um assassino.

— Mas você queria se matar.

— Eu ia ser rápida. Talvez você não seja. O fato de eu ser suicida não significa que seja burra.

Ele riu.

— Viu? Foi por isso que não vim de carro. Eu *sabia* que você não entraria.

Estranho. Parecia que éramos amigos de longa data, mas eu me lembraria de alguém como ele.

— Você está certo quanto a isso.

— Você pode andar um pouco atrás de mim, se assim você se sentir melhor.

Eu não me sentia segura, mas, com a ajuda dele, passei a perna sobre o parapeito. O argumento fazia sentido, e eu estava curiosa. O que eu tinha a perder? Ele talvez tentasse me recrutar para algum tipo de culto. Nervosa e atenta, eu o segui, meus olhos fixos nas costas dele o tempo todo. Eu estava pronta para terminar com tudo nos meus termos, e não para acabar vivendo em um buraco no porão de alguém. Com certeza seria muito pior. Estremeci, perguntando-me se aquela era a melhor ideia. Ainda assim, a curiosidade me impediu de voltar atrás.

Ele seguiu na frente até sairmos da ponte; uma caminhada bastante longa na segunda vez, as pedras nos meus bolsos ficando mais pesadas a cada passo. Por fim, chegamos à rua, passamos por diversos restaurantes fechados, a maioria de cozinha italiana. Ele parou em uma lanchonete vinte e quatro horas chamada Cuppa Joe. Havia uma caneca gigantesca na frente, contornada com neon vermelho. Lá dentro, os bancos de vinil das mesas estavam rachados e colados com fita adesiva prateada. Na parede, um relógio de neon azul e cinza emitia um zunido, um som baixo, bem na minha faixa auditiva. De acordo com os ponteiros, eram 6:05 da manhã, e eu tinha perdido o meu prazo.

Havia duas garçonetes vestidas com a perfeição do poliéster chique, enquanto mulheres velhas, com as rugas cobertas de maquiagem, estavam sentadas, tomando café em canecas lascadas e marcadas de batom. Também havia casais idosos, os homens de calça xadrez e cinto branco e as mulheres de camisas abotoadas na frente e ornamentadas com rendas e bordados. Todos na lanchonete tinham aparência estranha, como se fossem figurantes em um set de filmagem, e algum diretor do outro mundo dissesse *Ah, é assim que uma lanchonete se parecia em 1955*. Também achei que havia muitos clientes para aquela hora da manhã. Por fim, havia um clima de expectativa no ar, como se aguardassem a nossa chegada. Descartei tal pensamento. Deve ter sido algo sintomático de como o dia tinha se tornado surreal.

O lindo bom samaritano se sentou perto da janela, então aquela luz vermelha da caneca gigantesca de café no telhado caía sobre a mesa em ondas. Eu me sentei em frente a ele e cruzei as mãos como se estivesse em uma entrevista de admissão universitária. Ele sorriu para mim. Sob as luzes fluorescentes, estava ainda mais bonito do que quando o vi na ponte.

Isso não me deixou feliz.

— Então, é agora que você vai chamar a polícia? Você me atraiu até aqui sem problemas. Muito bem. — Para minha surpresa, eu disse as palavras sem gaguejar.

Na companhia dele, eu não estava nervosa, principalmente porque eu meio que suspeitava que ele era fruto da minha imaginação.

— Não, agora é o momento em que me apresento. Eu sou Kian.

Tudo bem, não era isso que eu esperava.

— Edie.

Apelido de Edith, a tia-avó da minha mãe. Ninguém usava o meu apelido, a não ser eu mesma — na minha cabeça. Na escola, me chamavam de "Come-come".

— Eu sei quem você é.

Fiquei sem ar.

— Como assim?

— Eu não a encontrei por acaso. — Antes que eu pudesse responder, Kian chamou a garçonete e pediu café.

Ela olhou para mim com uma expressão interrogativa. *Que se dane*. Se eu ia mesmo morrer depois daquela conversa...

— Um milk-shake de morango.

— Ei, Hal! — gritou a garçonete. — Manda um número 1!

Uma resposta afirmativa veio dos fundos e, então, a mulher foi para trás do balcão para pegar o café de Kian. Ela o serviu com um floreio, junto com o açucareiro e uma vasilha com creme.

— É assim que você toma, não é?

Ele sorriu para ela.

— Boa memória, Shirl.

— É por isso que eu ganho boas gorjetas. — Ela piscou e seguiu para a outra mesa.

Retomei o fio da meada enquanto ele colocava açúcar e creme no café:

— Será que você pode me explicar como sabe quem eu sou e onde poderia me encontrar? Parece coisa de alguém que está me seguindo, e eu acho que vou acabar indo embora assim que tomar o meu milk-shake.

— Então, eu tenho tempo para apresentar o meu plano — disse ele suavemente. — O sofrimento deixa uma marca no mundo, Edie. Todas as fortes emoções deixam. Raiva, terror, amor, desejo... Elas são forças poderosas.

— Tá. E o que isso tem a ver comigo?

— O seu sofrimento chamou a minha atenção alguns meses atrás. Sinto muito ter demorado tanto para agir, mas eu sou restringido por certas regras. Eu precisava esperar até você chegar ao seu limite, antes de propor o acordo.

— Se é agora que você oferece um violino de ouro pela minha alma, estou fora.

Um sorriso iluminou o rosto dele. Senti um leve estremecimento porque ele pareceu admirar a minha inteligência.

— Nada tão permanente.

— Estou ouvindo — respondi, enquanto a garçonete me entregava o milk-shake, com as voltas do creme recém-batido e uma cereja vermelha brilhante por cima. Era quase bonito demais para se tomar. Deliberadamente, mexi com o canudo, arruinando a beleza e sugando até encher a minha boca.

Delicioso.

— Apenas quando seres humanos com potencial excepcional atingem o ponto máximo que conseguem suportar, o que chamamos *extremis*, é que podemos intervir.

Engasguei.

— Seres humanos? E o que você é, exatamente?

Naquele momento, tive certeza absoluta de que eu estava caindo na pegadinha mais espetacular do mundo. Olhei para os lados, procurando Cameron, Brittany, Jen, Allison ou a mascote divertida, Davina. Ela tinha melanina demais para os padrões da turma de Blackbriar, então eles a mantinham com uma fantasia de leão durante metade do ano letivo, e, quando ela a tirava, tinha que fazer tarefas para a Galera Blindada, que a tratavam mais como uma serva do que como amiga. Não vi ninguém da escola, mas isto não significava que não estavam no quarto de alguém, morrendo de rir com as cenas gravadas com a câmera escondida em algum botão da camisa desse cara. Isso ia acabar no YouTube.

Como o primeiro vídeo.

Kian balançou a cabeça, discordando.

— Eu não posso responder a essa pergunta, a não ser que cheguemos a um acordo.

— Pode parar — pedi em tom cansado. — Eu não sei quanto eles estão pagando, se você é um ator com dificuldades financeiras ou sei lá o quê, mas eu não estou interessada. Essa nem é a pior pegadinha que já fizeram. Eles estão assistindo a isso agora?

— Edie...

— Espere — cortei. — Aposto que você não recebe nada se eu não colaborar. Tudo bem. Fale mais sobre esse acordo maravilhoso. Será que consigo isso pela barganha de quatro parcelas de nove e noventa e cinco?

Ele não respondeu. Apenas se inclinou sobre a mesa e pegou a minha mão. *Isso é que eu chamo de comprometimento*, pensei com os meus botões.

Então, o mundo desapareceu; um salto estático de uma antiga fita de videocassete. Eu me lembrava delas do primário, a escola barata que eu frequentava antes de meus pais publicarem e conseguirem a primeira patente e poderem pagar uma escola particular cara. Rapidinho, a lanchonete apenas *desapareceu*.

Um vento forte fez meu cabelo açoitar meu rosto. Meus óculos se congelaram e a minha pele se contraiu, se arrepiando no ar gélido. Eu estava diante de uma montanha rochosa e selvagem. Se eu desse quatro passos para a frente, chegaria à beirada. Fui tomada por uma vertigem e senti a cabeça girar. Agarrei a mão de Kian, incapaz de dizer alguma coisa. Parecia que eu estava no Tibete — pelo menos pelas fotografias que eu já havia visto. No fundo, eu sempre quis ir até lá... Ajoelhar-me em um lugar sagrado com os monges calados. Será que ele tinha como *saber* disso a meu respeito? Não vi nenhuma civilização, apenas árvores, pedras e estrelas. O frio me corroía por dentro; eu usava roupas adequadas para a primavera de Boston e não para o frio tibetano. O choque me paralisou por alguns segundos.

Meu Deus, eu só podia estar louca. *Ei, sonho comatoso, tudo bem? Vamos ver até onde iremos com isso*. Mas, para o caso de ser real, eu murmurei:

— Pare. Faça isso parar.

Outra mudança, e estávamos de volta à lanchonete Cuppa Joe. As minhas mãos pareciam pedras de gelo. As dele, ainda segurando as minhas, irradiavam o mesmo calor que eu senti quando ele segurara o meu ombro. Olhei em volta, assustada, me perguntando se alguém tinha percebido. Os outros clientes não demonstraram sinais de algo errado, mas pessoas não *faziam* aquilo. Desapareciam e se materializavam, como se alguém tivesse nos colocado em um transportador.

Mas talvez aquela fosse a questão. *Pessoas* não faziam aquilo. Kian se referira a mim como um ser humano excepcional, dando a entender que ele não o era. Eu tinha duvidado antes, mas a dúvida morreu no alto da montanha. Afastei a minha mão e respirei fundo duas vezes, tentando acalmar o meu coração acelerado.

— Como é que ninguém nem piscou? Isso foi algo tirado diretamente de *Jornada nas estrelas*.

— Esse estabelecimento é nosso — explicou ele. — Propriedade da empresa. Eu não posso dizer mais nada no momento.

— Bem, esse lance marcou muitos pontos no quesito ela vai me levar a sério agora.

— Não é comum eu ter que recorrer a esse recurso tão cedo na conversa — admitiu ele.

O meu milk-shake ainda estava na mesa, derretendo em uma gosma rosa clara.

— Desculpe ter interrompido o que você estava falando. Você disse algo sobre *extremis*?

Ele assentiu.

— Esse é o momento quando um ser humano está prestes a morrer.

Estranhamente, isso me animou:

— Então, eu ia conseguir.

Kian não pareceu tão satisfeito.

— Ia. De certa forma, você já se foi, Edie. Se o seu destino não estivesse no limbo, eu não teria permissão para falar com você. Existe um momento importante um pouco antes da morte, quando negociações podem ser feitas. Eu estou autorizado a oferecer a você três favores agora em troca de três favores no futuro.

— Eu não estou entendendo. Que tipo de... favores?

— Qualquer coisa que você queira — esclareceu ele.

— *Qualquer coisa?* — Pelo meu tom, deve ter ficado óbvio que eu queria coisas maiores e mais impossíveis do que passagens para o Taiti.

— A minha capacidade de mudar a sua vida só é limitada pela sua imaginação.

— Mas então você vai poder me pedir qualquer coisa — argumentei.

— Três vezes. E se for algo que eu não consiga fazer?

— Os favores pedidos sempre estarão dentro das suas capacidades. É assim que as coisas funcionam.

— Mas não há nenhum parâmetro em relação ao que você pode pedir... ou quando. Pode ser uma coisa horrível. Ou ilegal. — Eu me lembrava muito bem do conto "A mão do macaco", o fardo de ser uma leitora. Alguém que passou menos tempo perdido nos livros talvez já tivesse assinado na linha pontilhada.

— Você estava pronta para jogar a sua vida fora — argumentou Kian. — Mas será que você tem coragem o suficiente para mudar?

— Você ainda não me respondeu. O que você *é*?

— Como isso pode ajudar você a se decidir? Se eu for um demônio, é pouco provável que eu vá admitir, então eu poderia dizer qualquer coisa. Como você saberia se estou dizendo a verdade?

Ele me pegou com isso. Lancei um olhar zangado e tomei um gole do milk-shake, os possíveis perigos e consequências explodindo na minha mente. Já que eu aceitara que não tinha um futuro, parecia menos assustador considerar tudo o que podia dar errado no caminho. Se a minha vida explodisse vinte anos depois, quando a conta chegasse, será que não valeria a pena ter sido feliz primeiro? Já fazia tanto tempo desde a última vez que rira que eu nem conseguia me lembrar de como eu me sentia sem carregar esse terrível peso no meu peito.

— Hipoteticamente falando, digamos que eu aceite esse seu acordo. Tem algum limite de tempo sobre quando eu poderia usar os meus favores?

Um brilho de aprovação apareceu no seu olhar, e ele inclinou a cabeça.

— O primeiro deve ser usado no primeiro ano do acordo. Os outros dois em um período de cinco anos.

— Para evitar que as pessoas tenham o que querem com o primeiro favor, e fiquem enrolando com os outros dois até morrerem e, assim, evitar que você peça algo em troca?

— Exatamente. Os nossos favores podem ser pedidos a qualquer momento depois que cumprirmos a nossa parte.

— Então, o pagamento pode acontecer a qualquer momento. É isso que eu chamo de viver sob pressão.

— Algumas pessoas se sentem assim. Outras vivem o momento e não se preocupam com o que pode estar por vir.

Mergulhei o canudo até o fundo do copo, mordendo o lábio inferior.

— Parece algo bem diabólico. Espero que saiba disso.

— Estou ciente. — Havia um tom de tristeza na sua voz, fazendo-me perguntar o que poderia fazer alguém como *ele* ficar triste.

— Você pode me dizer alguma coisa sobre as pessoas para quem trabalha?

— Neste momento, não.

Eu queria colher mais informações antes de tomar uma decisão, mas a resposta dele dava a entender que só poderia responder às perguntas depois que eu concordasse com os termos. Aquilo parecia suspeito; não poderia ser bom que os meus benfeitores quisessem se esconder nas sombras. Uma coisa poderia ser dita sobre essa situação; a curiosidade superara o meu sofrimento como emoção dominante.

— Você disse que isso acontece com seres humanos excepcionais. Por que eu? — Eu era inteligente, mas não tinha aquele tipo de inteligência para descobrir a cura do câncer.

— Se eu disser para você *por que* queremos salvá-la, isso poderia ferrar a sua linha do tempo.

— Você quer dizer que se eu souber que posso resolver a fusão a frio, então talvez eu não consiga. Eu posso decidir criar coelhos.

— Você odeia coelhos.

— É verdade. — Eu odiava mesmo. Desde que um me mordeu no quarto ano, mas era estranho ele saber disso.

— O acordo está na mesa. A escolha é sua, Edie.
A decisão agora dependia só de mim.
— Posso pensar um pouco?
— Não. Sinto muito.
— Então, de qualquer maneira, tudo se resume a um salto. Você pode me levar de volta à ponte... Só que desta vez você não vai me impedir. Tudo será como se eu nunca tivesse vindo aqui ou ido até a montanha.
— Isso.
Sorri. Para alguém como eu, só podia haver uma resposta.

A BANCA SEMPRE GANHA

— Eu aceito. É óbvio que a minha vida é uma droga. Se não fosse, eu não estaria aqui.

Kian sorriu e soltou um leve suspiro de alívio, como se realmente se importasse, e estivesse feliz por não ter que me largar de novo na ponte. O mais provável é que ele ganhasse uma comissão. A vida me tornara cínica, sempre esperando algo de ruim acontecer.

Ele enfiou a mão no bolso e pegou uma moeda prateada e brilhante. De relance, parecia uma moeda de vinte e cinco centavos; tinha mais ou menos o mesmo tamanho. Mas havia um símbolo que eu não conseguia identificar gravado em um dos lados; mais semelhante com *kanji* do que qualquer grafia ocidental que eu já vira, mas ainda assim não achei que fosse japonês. Kian a virou, revelando um símbolo do infinito do outro lado.

— Deixe-me pegar o seu pulso.

— Por quê?

— Aceitar a marca formaliza o acordo.

— Vai doer?

— Vai. Mas é rápido.

Gostei da honestidade. Respirei fundo ao estender a mão direita para ele. Seus dedos estavam quentes e firmes, virando a palma para cima, e ele arregaçou a manga da minha blusa. Como prometido, queimou como fogo quando o metal tocou a minha pele. Um brilho de luz tremulou — quase como o de uma máquina de fotocópia — e senti uma intensa comichão de dor sob a pele. Ele pressionou ainda mais a moeda contra a minha pele, até que achei que eu não ia conseguir suportar. Mordi o lábio inferior, piscando rápido para afastar as lágrimas. Quando achei que fosse gritar, a sensação passou.

— Acabou? — perguntou ele, olhando para o meu rosto.

— Você está me perguntando?

— Quando parar de doer, eu posso tirar a moeda.

— Parece metal comum agora.

Com um olhar aliviado, ele retirou a moeda e avaliou a marca no meu braço. Meus pais iam brigar comigo se vissem a marca, já que parecia com uma tatuagem. Estranhamente, não senti qualquer dor residual, e a pele não ficou irritada nem vermelha, como acontecia com as pessoas que iam para a escola com uma nova tatuagem.

— Não é preciso nenhum cuidado especial — explicou Kian. — Mas temo que ainda não tenhamos terminado. Preciso do outro braço.

— O outro símbolo? — imaginei.

Ele assentiu.

— O sinal do infinito significa que você aceitou o acordo. Você precisa da outra marca para identificar a sua afiliação.

— Não faço ideia do que isso quer dizer.

— É para dizer para alguns grupos que você é um ativo, ou parte da oposição.

— Então mostrar a marca pode me ajudar ou me ferir, dependendo de quem estiver vendo? — A cada instante as coisas ficavam mais complicadas.

— Exatamente.

— Eu posso cobrir isso com pulseiras ou braceletes?

— Claro. Você só não pode alterá-las com uma tatuagem normal ou removê-las com laser.

— Não tenho permissão ou não é possível? — Havia uma diferença bastante significativa.

— Não é fisicamente possível com a tecnologia existente.

— De qualquer forma, essa é a menor das minhas preocupações. — Dando um leve suspiro, eu me preparei e estendi o braço esquerdo para ele, desejando saber o que aquele símbolo significava.

Desta vez, eu estava mais preparada para a dor lancinante. As lágrimas escorreram, apesar dos meus esforços, mas eu não emiti nenhum som enquanto ele me marcava. Por fim, a moeda voltou a ficar fria, em vez de lava quente, e eu assenti para Kian. Ele afastou o metal e o colocou de volta no bolso.

— Estamos quase acabando. Posso ver o seu celular?

— Pode.

O aparelho estava enfiado no bolso da frente da minha calça. Meus pais insistiam que eu sempre o levasse comigo, porque nos comunicávamos principalmente por mensagens de texto. Eu suspeitava que eles usariam o meu celular como um sistema de rastreamento se eu desaparecesse. *Você quase desapareceu.* Eu me imaginei flutuando nas águas escuras como a personagem Ofélia, de *Hamlet*, só que eu não seria um corpo pálido e adorável com flores trançadas no cabelo.

— Claro. — Retirei o aparelho do bolso e o passei para ele sobre a mesa. De cabeça para baixo, observei enquanto ele inseria o seu nome e programava o número.

— Quando estiver pronta para fazer o seu primeiro pedido, é só me ligar.

— Sério? — Ergui as sobrancelhas.

— Você esperava algo mais impressionante?

— Bem, depois do lance da montanha...

— Eu poderia surgir a qualquer momento e perguntar *você já está pronta?*, mas achei que você fosse achar isso alarmante. E assustador.

Pega de surpresa, ri baixinho.

— Você tem razão.

— E *você* tem um sorriso bonito.

Eu me retraí.

— Não faça isso. Você já conseguiu que eu aceitasse o acordo.

— Eu não vou me desculpar – declarou Kian. – Mas posso parar, se isso a deixa desconfortável.

— Só me faz achar que você é ridículo.

Considerando as minhas palavras como um sinal para encerrar tudo, ele fez um sinal para a garçonete, para pedir a conta, e quando a recebeu, deixou algumas notas na mesa.

— Então, vamos. Vou acompanhá-la até a sua casa.

Eu me apressei até a porta, odiando o momento de vulnerabilidade quando o resto do mundo iria olhar para mim. Por força do hábito, encolhi os ombros e abaixei a cabeça. Os cabelos sem-graça escorreram e esconderam o meu rosto. Eu me senti melhor quando empurrei a porta e saí para a luz do início da manhã. Kian segurou a porta quando ela voltou e, então, apareceu do meu lado, um outro lampejo de calor e cor em tons de salmão e vermelho, cores que eu nunca usava, mas cuja dramaticidade combinava com ele.

— Você vai... – deixei as palavras morrerem e balancei os dedos.

Ele levantou uma sobrancelha, parecendo se divertir.

— Sinto muito. Não entendi.

Tentei estalar os dedos.

— Você sabe. *Presto!* Estamos na minha casa.

— Esse é o seu primeiro favor?

Kian inclinou a cabeça e notei como ele era alto. Devia ter mais de um metro e oitenta de altura, o corpo magro. Os músculos eram definidos e compactos, algo que eu raramente notava nos garotos antes. Admirar garotos que eu nunca namoraria era algo que se parecia demais com um mendigo pressionando o rosto contra a vitrine de uma padaria e desejando coisas deliciosas que ele jamais teria. Kian tinha um tipo de beleza proibida. Não era para mim. *Nunca* para mim.

Escondi esse sentimento da melhor forma que consegui.

— De jeito nenhum. Será que as pessoas são tão burras assim?

— Não as que *eu* salvo – respondeu ele baixinho.

Eu me achei uma idiota por me sentir tão bem ao ouvir aquilo. Aquecida. Ser inteligente nunca importava o tanto quanto deveria, nunca fez com que eu me sentisse feliz. Só servia para me mostrar o quanto eu não me encaixava. Eu poderia passar horas resolvendo equações, mas não sabia o que dizer para pessoas da minha idade. Não que aqueles metidos da escola já tivessem me dado uma chance. Eu não deveria me importar com o que qualquer um deles pensasse, mas uma parte sombria e perturbadora dentro de mim desejava vingança. Eu me imaginei bonita e tranquila, deslizando pelos corredores, enquanto os caras que costumavam me xingar olhavam, sabendo que nunca poderiam ter a mim. Kian poderia fazer isso acontecer.

Eu me assustei ao perceber que já estávamos na North Station.

— E se eu já estiver pronta?

— Você já sabe o que deseja? — Tom de surpresa. Kian seguiu até a linha T. Era óbvio que planejava me acompanhar até a porta de casa.

Esta manhã está sendo incrivelmente estranha.

Algumas pessoas poderiam achar que era um pedido superficial, mas elas não conseguiam entender *por que* eu queria aquilo. Não apenas para que eu soubesse — pelo menos uma vez — como era ser uma pessoa bonita. Não, uma vez que eu entrasse no círculo dourado, eu o desmantelaria, tijolo por tijolo. Um sorriso zangado e maldoso se libertou, e eu não ligava para o que Kian achava. A partir daquele momento eu tinha um objetivo — e *planejamento* era o meu ponto forte.

Assenti.

— Quando eu chegar em casa, vou redigir o texto do pedido.

— Deixe-me adivinhar, você está com medo de que o favor se volte contra você? — Ele deixou escapar um leve suspiro, cheio de impaciência e cansaço.

— Acho que você já viu muito isso.

— O bastante.

Era um pouco estranho ser *comum*. Previsível. Na escola, eu era a estranha. Ninguém conversava comigo por medo de pegar algum tipo de lepra social. Durante os dois últimos anos, eu comia no banheiro, o que é nojento e anti-higiênico, mas era bem melhor do que o refeitório, cercado de cadeiras vazias, enquanto os idiotas do time de lacrosse atiravam picles na minha nuca.

— Não preciso me preocupar com isso?

Ele deu de ombros.

— Você pode. Mas vou dizer que se eu não torná-la feliz, se eu tornar a sua vida pior, então você vai acabar voltando para aquela ponte, e nós não teremos os nossos favores retribuídos.

Aquilo fazia sentido, mas nada poderia ter me preparado para a *estranheza* daquele dia.

— Não existe nenhuma cláusula para impedir que o ser humano se mate enquanto ainda deve favores?

— Você ainda tem o livre-arbítrio — explicou Kian. — Mesmo sob a égide da empresa.

Aquilo presumivelmente significava que já havia acontecido. Senti os ombros se contraírem com a sensação de confusão e incerteza. *Tarde demais para arrependimentos.* Embora eu quisesse acreditar que Kian sabia o que estava fazendo e que estava sendo sincero comigo, não era da minha natureza confiar nas pessoas, principalmente se fossem bonitas. Ainda assim, eu estava viva, o que era mais do que eu esperara daquele dia.

Entramos no metrô em silêncio e ficamos assim por várias estações, enquanto eu elaborava o meu pedido. Por fim, quando já nos aproximávamos da estação Saint's Mary Street, decidi que a simplicidade seria a melhor opção. Respirei fundo e saí do trem. O bairro não estava silencioso, nem àquela hora. Alguns universitários riam enquanto cambaleavam para casa depois de uma noite de balada. Eu morava na terra de ninguém, um pouco depois de Fenway. Se eu apertasse os olhos, poderia vislumbrar como a outra metade vivia, a uma quadra de distância, já em Brookline. Aquela região era uma mistura estranha de universitários falidos e ricos profissionais da área de saúde, mas dava para saber quem morava em quais prédios só de avaliar a qualidade da reforma feita.

O prédio de tijolos no qual eu morava não era perfeito, embora os residentes tentassem melhorar as coisas ao decorar as janelas com jardineiras.

Demorei para perceber que Kian aguardava o meu primeiro pedido.

– Quero ser linda sem perder nenhuma aptidão que eu já tenha. Sem limite de tempo, sem derreter o rosto, *sem* surpresas.

Ele abriu um sorriso de dentes brancos.

– Isso é fácil.

– Para você, talvez. – Um pensamento passou pela minha cabeça, e eu olhei para ele com os olhos arregalados. – Ou você pediu isso também, sei lá há quanto tempo?

– Você *acha* que eu pedi?

Os traços dele eram fortes, mas simétricos demais para serem naturais. Tudo se alinhava de forma exata, conferindo um toque exótico à sua perfeição. Eu não conseguira compreender o que me incomodava nele até aquele instante.

– Com certeza. Eu apostaria a minha vida.

– Você joga com isso diante da menor provocação, não é?

– Isso não é resposta. Admita. Você não nasceu com essa aparência.

Não era de estranhar ele ter sido tão legal comigo. Por baixo das plumas de cisne, ele tinha a pele do patinho feio. Isso fez com que eu gostasse um pouco mais dele. Se ele já estivera no meu lugar, talvez não tivesse aquela maldade natural que eu enfrentava na escola.

– Você está certa – confessou ele baixinho.

– O que significa que você já esteve na minha posição em algum momento, não é?

Ele ofegou, surpreso.

– As pessoas não costumam deduzir isso tão rápido.

Eu o imaginei prestes a acabar com a própria vida; senti um calafrio. Queria tocá-lo – e eu não era assim. Ainda assim, flexionei os dedos de tanta vontade. Minha cabeça fervilhava com perguntas, mas a gente não se conhecia bem para eu perguntar o que ele sofrera de tão ruim para querer acabar com a própria vida. Vê-lo ali, naquele momento, me dava esperança.

Um dia eu poderia esquecer todo aquele sofrimento, certo? No final, eu olharia para este momento e seria grata a Kian por ter me impedido de cometer o derradeiro erro.

Isso também respondia à pergunta sobre a origem dele. Ele talvez não fosse mais humano, mas já tinha sido um dia. Isso também dava uma dica das coisas assustadoras que me esperavam no futuro, ainda assim, se eu escolhesse bem os meus favores, poderia aproveitar a vida antes de ser uma serva de Mefistófeles, a encarnação do mal – ou seja lá para quem Kian trabalhava. Se eu não estivesse tão entorpecida com o choque de tudo aquilo, estaria mais preocupada.

— Então, isso significa que você sobreviveu aos seus três favores e ao pagamento deles.

— Existe um limite para o que posso contar, Edie.

— É como uma sociedade secreta — tentei adivinhar. — E eu só tenho permissão para saber o que está disponível para os iniciados no meu nível.

— Você é esperta demais, sorte sua. Você tem certeza de que é isso que deseja?

— Certeza absoluta.

No momento em que as palavras saíram da minha boca, meu pulso queimou como fogo, e eu o sacodi, mal contendo um grito. Uma linha escura atravessou o símbolo do infinito, algo estranho como uma tinta tentando abrir caminho na minha pele, de dentro para fora. Arfei, enquanto a queimação cedia, tocando o meu pulso como se eu pudesse borrar a marca, mas a pele estava fria e seca.

— Sinto muito, eu deveria ter avisado. Essa é a marca da contagem. Quando você tiver três linhas...

— Significa que eu terei usado os meus três favores. Entendi. Posso ver os seus pulsos?

Ele os estendeu para mim sem reclamar, e eu vi que ele tinha um *kanji* semelhante ao meu no braço esquerdo, e um sinal de infinito com três linhas no direito. Franzi as sobrancelhas.

— Por que uma das suas é um pouco diferente da minha?

— Não posso estragar a surpresa, querida.

Fiquei encantada por pegá-lo citando *Doctor Who*. Sorrindo, entrei no prédio e parei nos degraus para o meu apartamento.

— Você não pode estar falando sério — eu disse olhando para trás.

— Sobre o quê?

— Não poder responder. Você disse que não poderia até eu assinar na linha pontilhada. Bem, eu assinei. Então, pode começar a falar.

— Na verdade, eu estava brincando. Os símbolos de propriedade são ajustados de acordo com uma série de fatores, incluindo a facção que representam. Esta linha aqui — mostrou ele — representa Raoul.

— Quem é ele?

— O cara que me propôs o acordo.

Analisei o meu pulso por alguns segundos.

— Que parte da minha marca é você?

— Eu sou a linha em curva cruzando estas duas outras. — Ele traçou o arco no seu pulso esquerdo com a ponta do indicador.

— Ah. — Como aquela era a única diferença, o resto do caractere tinha que ser relacionado com a facção que Kian representava. *Estou pegando o jeito disso.* Lutando para não corar, perguntei: — Você quer entrar?

Era seguro convidá-lo. No dia anterior, os meus pais tinham ido para um simpósio, algo a ver com a teoria das cordas. Esse foi mais um dos motivos por eu ter escolhido aquele dia. Os meus pais só chegariam em casa mais tarde, só sentiriam minha falta quando fosse tarde demais, sem a menor dúvida.

Ele assentiu.

— Temos um planejamento a fazer.

Música para os meus ouvidos. Lá dentro, o apartamento era pequeno e cheio de livros. Não havia televisão, eu tinha tido sorte de convencer os meus pais de que precisava de um laptop para fazer o dever de casa e as pesquisas. Eu também assistia aos programas na internet — não que eles soubessem. Suspeitava que os meus pais me achavam séria e focada demais para buscar entretenimento leve, mas, às vezes, quando a minha vida ficava insuportável, eu realmente precisava me esconder no mundo de outras pessoas.

Havia uma depressão bem no meio do velho sofá marrom. Kian pareceu não perceber quando se sentou em um dos cantos. Sentei no outro, esperando não demonstrar o quanto estava nervosa.

— Você vai ter que passar o verão fora — declarou ele.

— O *quê*?

— Raciocine um pouco. Os seus pais vão questionar as mudanças se elas acontecerem da noite para o dia. Precisamos construir uma história crível.

— Então, eu vou para um acampamento de beleza para fazer uma transformação? Ou para uma escola suíça? Alguma coisa me diz que meus pais não vão cair nessa.

Kian balançou a cabeça.

— É por isso que temos que criar uma história que combine com a plateia. Aposto que eles vão adorar saber que você foi aceita em um Programa de Ciências de Verão, onde você poderá aprimorar seus conhecimentos acadêmicos e, ao mesmo tempo, ganhar créditos para a faculdade.

— É — concordei, surpresa. — Eles ficariam felizes mesmo.

— Quanto às verdadeiras mudanças, posso fazê-las em umas duas horas. Mas você tem que estar longe, ou os seus pais vão questionar como foi possível você mudar tanto.

— E no campus eu terei a chance de praticar ser... a nova versão de mim.

— Exatamente. É um lugar sem riscos para fazermos um teste. Quando voltar para Blackbriar, vai estar autoconfiante, pronta para dar uma lição neles.

Eu lera todos os livros de psicologia. Em tese, sabia que a confiança funcionava maravilhosamente bem para lidar com outras pessoas. Isso não significava que conseguiria isso sozinha, eu passara anos duvidando do meu valor em todos os níveis, exceto a inteligência.

Mas Kian poderia me ajudar...

Deixei esse pensamento de lado, incomodada com o conhecimento dele sobre mim.

— Você sabia sobre os coelhos... Você sabe que estudo na Blackbriar. O que mais exatamente você sabe sobre mim?

Ele não respondeu, apenas me lançou um olhar de avaliação, que foi a única resposta de que eu precisava. Eu disse para mim mesma que era parte do trabalho dele e que não devia me preocupar. Ele devia ter mais umas cem garotas feias na agenda do telefone, designadas por alguma agência estranha de recursos sobrenaturais.

Então, eu fiz outra pergunta:

— Você realmente acredita que vou conseguir fazer isso?

— Os idiotas de Blackbriar não vão nem perceber. — Por um instante, um brilho cruel iluminou seus olhos verdes, mais felinos na luz matinal.

— Isso me parece quase... Pessoal. Você também tem contas a acertar lá?

— Não — respondeu ele rapidamente. — Claro que não. Eu só quero ver quando eles ganharem o que merecem, depois de tudo que fizeram contra você.

Naturalmente, ele entendia os meus sentimentos. Se ele já tinha sido esquisito, *geek* ou desajustado antes de receber os seus favores, tinha cicatrizes invisíveis. Os agressores *mereciam* isso. Sem dúvida. Eu nunca havia feito nada contra eles.

Ainda.

No entanto, não contei a ele o que eu planejava fazer.

— Como você sabe que eu não quero apenas ser bonita?

Ele ficou boquiaberto, os olhos desviando dos meus.

— Eu vi a expressão nos seus olhos quando você fez o pedido. Eu já vi esse olhar antes. E não há nada de simples nisso.

Ele estava certo quanto a isso. A Galera Blindada tinha criado em mim o coquetel poderoso de ódio, raiva, vergonha e um desejo latente de justiça. Talvez alguém como eu não conseguisse fazer isso na Blackbriar, mas a nova versão de Edie conseguiria.

Bati no braço do sofá e franzi o cenho.

— Voltando ao Programa de Ciências de Verão, ou PCV. Eles exigem que façamos um requerimento para participar de um programa desse tipo, geralmente com referências. Não sei como vou conseguir entrar. Já está...

— Você já viu o que posso fazer hoje cedo. — Kian riu. — Aceitou que eu posso mudar a sua aparência. Agora você está questionando se eu vou conseguir colocar o seu nome em uma lista.

Senti o rosto queimar e abaixei a cabeça. Os meus óculos escorregaram pelo nariz.

— Falando assim... Espere, isso não conta como o meu segundo favor, não é?

— Não. Você não pediu para entrar no PCV, então é apenas um serviço adicional, como uma forma de garantir o seu pedido sem causar muitos problemas na sua vida.

— E acho que isso deve ser importante para os seus chefes, né?

Ele assentiu.

— Se os pais suspeitarem, isso complica a situação. Eles preferem não propor acordos a menores de idade, mas não têm como prever quando o *extremis* vai acontecer.

Senti a cabeça girar com as revelações loucas que continuavam chegando. Naquele ponto, o torpor já tinha tomado conta de mim. Eu teria que processar tudo aquilo mais tarde.

Kian continuou:

— Eu vou cuidar da matrícula e dos preparativos para a viagem. Você só precisa convencer os seus pais. — Ele estava segurando o celular, verificando alguma coisa. — O programa que tenho em mente começa em três dias.

Rápido demais. Eu não sabia se estava pronta, mas a animação vibrou dentro de mim, ultrapassando o choque. Eram três partes de terror e uma de expectativa, tudo isso era muito melhor do que a apreensão e a depressão que pesavam em mim desde o recesso de inverno.

— Pode deixar comigo — prometi. — Você me manda uma mensagem com o horário do voo?

Pontos dourados apareceram nos olhos verdes de Kian quando ele sorriu para mim. Relutantemente, sorri com ele, porque foi contagiante. Um Kian sorridente era... muito mais do que adorável. Mas ele não me explicou o que era tão engraçado.

Suspirei.

— O que eu disse agora?

— É fofo achar que eu vou reservar um voo para você em um avião. Então, eu me lembrei da viagem instantânea para o alto da montanha.

— Como isso tem a ver com o meu favor, você pode me transportar?

— Você é *tão* inteligente — debochou ele em tom gentil.

— Tanto faz.

— Vou voltar para buscá-la em dois dias, Edie. Não leve muita coisa. Você vai precisar de roupas novas até o fim, de qualquer maneira.

— E isso faz parte do acordo? — perguntei, fascinada.

— Claro. Roupas têm um impacto na percepção de beleza.

— Legal. — Eu sempre odiei fazer compras, mas talvez fosse diferente se eu gostasse do que visse no espelho. — Você é tipo uma "fada padrinho" normal?

Raiva pura e feroz ganharam vida antes que Kian conseguisse se controlar.

— *Não* me chame de fada. É muito arriscado. Perigoso até.

Nossa. Mas o que foi isso?

— Eu não...

— Asas, pó mágico, travessura, duendes. Oberon e Titânia, o rei e a rainha das fadas. Tir na Nog, a terra dos sempre jovens. A terra sob a montanha. Será que isso cobre tudo?

— Hã, acho que sim.

— Se você chamar algumas coisas, elas virão. E não vão mais embora.

Isso pareceu muito assustador *e* me fez pensar em um certo supervilão sem nariz. Senti um arrepio.

— Entendido.

— Desculpe, eu não queria perder a paciência.

— Sem problemas. Eu entendi. Não chamar os "você-sabe-quem".

Eu queria entender aquela onda de raiva, saber se ele tinha tido alguma experiência com coisas que não iam embora, mas, como o seu quase suicídio, eu não o conhecia bem o suficiente para perguntar.

Quem sabe um dia?

— É melhor eu ir embora. — Kian parecia calmo, mas perturbado pela explosão.

Eu o observei.

— Você... Você mora em algum lugar?

Ele parecia ter a minha idade — mais ou menos uns dezoito anos —, mas devia ser mais velho. O quanto dependia de quais teriam sido o seu segundo e terceiro pedidos. E se ele tivesse pedido a juventude eterna? Ele poderia ter uns cem anos. *Eca*. Ele não falava como um velho, mas se passasse muito tempo com jovens, isto poderia mantê-lo atualizado. Não importava que fosse lindo, eu não conseguiria ultrapassar essa diferença de idade. Não que ele quisesse isso.

— Moro, sim. Moro em... Algum lugar. — Um leve sarcasmo temperou o seu tom. Independentemente do quanto ele era exótico para mim, isso devia ser para ele um trabalho padrão, explicando as regras para novos clientes e se aborrecendo quando eles não entendiam logo.

Isso não significava que eu tinha que aturar a atitude dele, mesmo do cara que me tirara da ponte.

— Tchau, Kian. Vejo você daqui a dois dias.

Depois que ele foi embora, fui para o meu quarto e tirei o casaco. Alguns anos antes, eu colara pôsteres de cientistas famosos, como Madame Curie e Albert Einstein, nas paredes. Eu tinha aquela foto do Einstein mostrando a língua, um lembrete de que um gênio deve sempre manter o senso de humor. Eu sabia que aquele quarto não se parecia com o de uma adolescente. A minha mesa era limpa demais, organizada por tipo de material e dominada por uma moderna impressora multifuncional ligada ao meu laptop.

Se eu tivesse amigos para convidar para vir até aqui, eles debochariam de tudo, incluindo os livros empilhados no chão ao lado da minha cama. Eu sempre lia quatro livros de uma vez, e só um deles era um romance. No momento, eu estava lendo a biografia de Lise Meitner, o livro *Uma breve história do tempo*, estava na metade de uma coleção das peças de Samuel Beckett e, no final da pilha, havia um romance de ficção científica, seco demais para prender a minha atenção.

Na minha mesa, eu ainda tinha o modelo de DNA que construíra para um trabalho de biologia. Tirei dez. Outros sinais de nerdice estavam espalhados pelo quarto: o laptop, um saco de dados, uma réplica da nave *Enterprise*, uma nave TARDIS que acendia quando eu colocava uma moeda na abertura superior e algumas miniaturas. Talvez houvesse milhares de pessoas como eu em todo o mundo, mas, até onde eu sabia, eles não estudavam em Blackbriar. Se estudassem, sabiam esconder os sinais melhor do que eu.

Tirei as pedras dos bolsos e as coloquei em uma caixa no armário. Automaticamente, vesti o pijama e escovei os dentes. Embora eu não esperasse dormir, caí no sono rapidamente e não sonhei. Bem, nada de que me lembrasse, mas, quando acordei, eu estava estranhamente dolorida e tensa, como se a experiência tivesse me mudado de dentro para fora. Ergui os braços, e as marcas ainda estavam nos meus pulsos. Ainda assim, eu me senti estranhamente supersticiosa, como se talvez tivesse tendo alucinações.

Sonho comatoso? Garota morta caminhando? Se fosse isso, essa seria a vida depois da morte mais estranha de todos os tempos.

Ajoelhando-me, lutei contra uma onda de histeria e olhei as marcas no espelho atrás da porta do meu quarto: no pulso esquerdo, o caractere de propriedade parecia-se com um *kanji*; no direito, o símbolo do infinito com uma linha cortando-o. O reflexo os mostrava invertidos, como esperado. Exceto por esses símbolos e um número novo nos meus contatos do celular, eu não tinha provas de que Kian existia. Saí da cama e corri para pegar o meu telefone, que estava conectado ao laptop para carregar. As minhas mãos estavam trêmulas enquanto eu descia a tela dos contatos até a letra K.

Você tem que estar aí. Eu não estou louca. Não estou, não.

Então, encontrei e soltei um suspiro de alívio. *Kian. E o seu número.* Fechando os olhos, expirei, insegura. Embora eu não fizesse a menor ideia de como aquilo era possível, ele me transportara para uma montanha no Tibete, então me trouxera de volta como se aquilo não fosse nada demais. Eu talvez não entendesse o seu poder, mas...

É real. Aconteceu. Ele vai voltar.

Ou talvez você esteja sonhando, dopada na ala psiquiátrica de um hospital qualquer, enquanto os médicos escrevem no prontuário coisas do tipo "Não responde à realidade", "Fica agitada quando passa o efeito do sedativo". Estranhamente, essa possibilidade fez com que me mover ficasse mais fácil, como se eu estivesse fazendo um show na corda bamba sem uma rede de segurança, tendo certeza de que eu não me machucaria se caísse.

Mais calma, tomei banho e me vesti, então organizei uma pilha impressionante de documentos falsos usando o meu laptop, a internet, o Photoshop e a minha excelente impressora. Senti uma pontada de culpa porque os meus pais não olhariam com muita atenção para aqueles documentos. Por quê? Porque confiavam em mim. Mas essa parte do plano dependia de um bom discurso de convencimento, e eu precisava provar que tinha ganhado uma bolsa para um programa de ciências universitário de verão.

Antes de sair do quarto, vesti um casaco de moletom para esconder os pulsos, embora o dia estivesse quente o suficiente para ligarmos o ar-condicionado, se tivéssemos um. Já passava do meio-dia e os meus pais estavam em casa. O circuito de conferências logo começaria, e eles apresentariam a pesquisa deles aos seus colegas. Assim que fiz doze anos, comecei a viajar com eles porque eles não se importavam de me deixar no quarto do hotel enquanto trabalhavam, mas, quando eu era mais nova, eu ficava com a tia-avó Edith, que me chamava de xará e me obrigava a levar o seu spitz alemão para passear.

— Oi, Edith. — Meu pai ergueu os olhos do jornal, exibindo o seu sorriso distraído e olhando para mim por cima da armação dos óculos. Ele tinha esquecido de barbear uma parte do queixo, então exibia alguns pelos grisalhos. Esse tipo de coisa era bem comum.

Minha mãe emitiu um som para mostrar que tinha visto que eu estava ali, mas não afastou os olhos do bloco amarelo de anotações. Tigelas com restos de mingau endureciam no meio da mesa, apesar de talvez eles terem chegado em casa já no horário para almoçar, em vez de tomar café da manhã, uma das peculiaridades da minha mãe. Ela venerava aveia.

Hora do show. Coloquei os papéis na mesa e puxei uma cadeira. Ao me juntar a eles, fiz algo estranho e digno de uma pausa.

Minha mãe ergueu o olhar.

— Sim?

Você tem uma chance. Capriche.

— Eu não tinha certeza se ia conseguir, então não quis que vocês criassem expectativas... Mas eu fui aceita no Programa de Ciências de Verão. Bolsa de cem por cento.

Rapidamente, resumi os benefícios do foco acadêmico, os créditos para a faculdade, além de manter a mente ocupada no verão. Os meus pais pareciam acreditar que se eu não usasse o meu cérebro durante os dois meses de férias, ele derreteria e escorreria pelos meus ouvidos. Sem dúvida, eles pensaram que eu os seguiria durante todo o verão, como era de costume. Mas já que nunca pagavam um quarto adicional, talvez gostassem de ter um pouco de privacidade.

Eca.

Meu pai me lançou um olhar questionador.

— Você não nos contou que se inscreveu.

— É um programa muito concorrido. Fiquei com medo de vocês ficarem decepcionados comigo se eu não conseguisse entrar.

— Mas você conseguiu... E com uma bolsa integral. Parabéns, querida. — Minha mãe se inclinou e quase me abraçou. Mas parou antes e ofereceu uma estranha batidinha do meu ombro.

— Quando começa? — meu pai perguntou.

— Em alguns dias. Eu sei que estou avisando em cima da hora, mas...

— Na verdade, estávamos preocupados que você fosse se sentir sozinha demais neste verão, mesmo viajando conosco. Não dá para participar de tantos simpósios — meu pai me interrompeu.

Minha mãe acrescentou:

— Nós até pensamos em permitir que você ficasse sozinha em casa e tentasse encontrar um emprego em algum lugar, mas não vamos passar muito tempo em Boston pelos próximos dois meses.

— Eu não estava muito a favor disso — admitiu meu pai.

— Você não confia em mim? — fingi estar magoada.

— É nas outras pessoas que não confiamos. — Ele parecia irritado.

— Então, eu posso ir?

Como os Borgs de *Jornada nas estrelas*, eles trocaram um olhar, comunicando-se telepaticamente para chegar a um consenso.

— É claro — concordou ele. — Essa é uma excelente oportunidade, e estamos muito orgulhosos da sua iniciativa.

— Obrigada. — O elogio dele me fez estremecer porque, é claro, o meu objetivo não eram coisas melhores e mais inteligentes. Eu tinha desistido. Deixei os idiotas vencerem. A ideia entrou na minha cabeça, e ela não tinha *nada de certa*. Independentemente do que tivesse acontecido, eu devia ter continuado lutando. Nunca deveria ter ido para aquele lugar emotivo, no qual acreditei que a ponte seria a minha melhor esperança.

Nunca mais, prometi para mim mesma.

Eu já estava me sentindo melhor. Mais forte. Com um objetivo à frente, eu poderia aguentar qualquer coisa.

— Considerando a nossa agenda de conferência, esse é o melhor para *todos* nós. Estou muito animada por você. Precisa que a gente compre as suas passagens? — minha mãe perguntou.

— Não, já está tudo certo. Parte do pacote.

Ela ficou radiante.

— Você realmente deve ter impressionado.

Bem, eu impressionei alguém. Que pena que eu não sabia quase nada sobre as pessoas para quem Kian trabalhava, mas ele parecia ter se saído muito bem. Eu ia considerar isso como uma luz no fim do túnel.

Meu pai estendeu a mão para dar uns tapinhas nas costas da minha.

— Não é segredo que você não é feliz na escola, e eu estou aliviado por você estar planejando o futuro. Nem sempre estará cercada de cretinos e idiotas.

Uau. Senti um pouco de vergonha. Eu não tinha percebido que eles notavam o meu sofrimento. Mas eu ficava quase sempre no meu quarto.

Meus pais eram tão esquisitos quanto eu, e a companhia deles não servia de conforto.

Minha mãe assentiu.

— Para pessoas como nós, a faculdade é outro nível. Isso é ótimo, não apenas em termos acadêmicos, mas, neste verão, você vai ter um vislumbre do que o futuro reserva. É *tão* melhor do que o ensino médio.

Mais sentimento de culpa, porque eu queria abandonar o filo dos nerds o mais rápido possível. *Por bons motivos*, disse para mim mesma. *Para dar aos belos um gostinho do seu próprio veneno*. Eu entraria atrás das linhas inimigas, e acabaria com cada um deles.

— Você fez um ótimo trabalho com o comitê de seleção — elogiou meu pai. — Isso vai ser ótimo para as inscrições para a faculdade no outono.

Ele não faz ideia do quanto.

Sorri para os dois.

— Eu sei. Estou muito animada por ter sido escolhida.

TÃO SVENGALI

Na manhã da minha partida, meus pais tentaram me acompanhar. Meu pai sorriu para mim, obviamente satisfeito com o que estava prestes a sugerir.

— Vamos juntos de trem e, depois, tomamos café da manhã no aeroporto e nos despedimos no portão de embarque.

Droga. Eu não previra esse problema.

— Vocês vão perder uma hora na ida e na volta. Não têm que preparar o trabalho de vocês, os arquivos de apresentação e todo o resto?

Minha mãe franziu as sobrancelhas.

— Achamos errado nos despedirmos com um tapinha na cabeça e desejar boa sorte. E se você tiver algum problema no caminho?

Sério?

— Eu vou ficar bem, são dois trens e um ônibus. — Felizmente eu olhara o caminho como parte da minha história. — E eu não estou levando muita bagagem.

Os dois olharam para mim com o cenho franzido. A longa pausa me fez temer que a situação ficasse insustentável. É bem provável que Kian não ficasse nada satisfeito se eu perdesse metade da manhã indo para o aeroporto para tomar café da manhã com os meus pais. Assim que eles fossem embora, eu poderia ligar para ele e pedir que me encontrasse lá, mas e se eles quisesse me ver passando pelo portão de embarque? Comecei a suar.

— Sério, está tudo bem — murmurei. — Eu preciso me tornar independente, né?

Por fim, meu pai suspirou:

— Se você tem certeza. Mas parece que tudo está acontecendo rápido demais.

— Tenha cuidado — recomendou minha mãe, completando isso com uma lista de coisas às quais eu tinha que ficar atenta. — E mande uma mensagem quando chegar. Lembre-se, nós passaremos este verão viajando, mas temos os nossos telefones se você precisar de qualquer coisa.

— Pode deixar... Eu não vou esquecer. Aproveitem.

Ambos me deram abraços esquisitos e tensos, que mais pareciam batidas nas costas, então meu pai colocou algumas cédulas nas minhas mãos e eles me soltaram. Quando saí, meu telefone vibrou. Depois de ler a mensagem, caminhei por duas quadras, como pedido, e Kian me encontrou na esquina.

— Você não teve nenhum problema? — perguntou ele.

— Não muito. Eu sei lidar com os meus pais.

Um pouco.

— Bom. Por aqui.

Ele saiu da calçada principal, entrou em um beco, uma abertura estreita entre dois prédios de tijolos. No final, havia um latão de lixo e algumas caixas de papelão. Se não fosse uma manhã clara e ensolarada, eu estaria apavorada e começaria a repensar a minha decisão. Uma vozinha sussurrou que de qualquer forma nada daquilo era real, então eu bem que poderia aproveitar a aventura, um daqueles sonhos supervívidos que nos deixavam maravilhados ao acordar.

— Vamos nos esconder. — O calor dos dedos dele se entrelaçando aos meus roubou a minha voz.

Segurei a mão dele, esperando que Kian achasse que era por medo ou ansiedade. Eu morreria se ele soubesse que eu simplesmente gostava de ficar de mãos dadas com ele.

Ele não falou nada, mas assim que passamos pelo latão de lixo, ele nos transportou. Achei que pousaríamos no campus, mas o mundo entrou em foco novamente dentro de uma cabana pequena e elegante. Se a revista de decoração e arquitetura *Architectural Digest* já tivesse patrocinado um refúgio na floresta, acho que seria exatamente como este. Pela vista da janela, a casa tinha sido construída no alto de uma montanha e um córrego próximo, diferente do precipício ao qual ele me levara primeiro.

— Onde estamos? — Puxei a minha mão para me soltar e dei alguns passos para trás.

— Relaxe. Eu preciso de um lugar calmo para fazer o meu trabalho em você. Assim que você ficar satisfeita, vamos para a universidade.

— Tudo bem. — Ele não poderia mudar o meu rosto em uma lanchonete, mesmo se fosse de propriedade da companhia. Seja lá o que ela fosse. — Mas, sério, onde estamos?

Ele encolheu os ombros, tímido.

— Na minha casa no Colorado. Benefícios do trabalho. Eu posso morar onde quiser, mesmo se estiver trabalhando em Boston.

— Você não tem um escritório? — brinquei.

— Eu tenho, mas... — Ele parou de falar, me observando intensamente.

Secretamente, fiquei satisfeita por ele ter me levado para a casa dele. Um cubículo com luzes fluorescentes reprimiria todas as minhas ilusões de que aquilo fosse algo mais do que trabalho para ele. Então, esse devia ser o procedimento padrão, e eu não deveria alimentar as minhas esperanças. Eu adoraria bisbilhotar nos cantos e recantos dos aposentos imaculados, esperando descobrir os seus segredos, mas isso seria rude, e ele tinha um trabalho para fazer.

Ele inclinou a cabeça em direção ao sofá, retirando um par de luvas estranhas e lustrosas com revestimento texturizado na ponta de cada dedo.

— Fique à vontade. Isso vai demorar um pouco.

É, ele tinha muita coisa para consertar. Curvei os ombros, sentindo pena de mim mesma, e me arrastei até o sofá. Ele se sentou ao meu lado, e a expressão do seu rosto se suavizou. Que droga, eu não queria que ele sentisse pena de mim, mesmo se soubesse como eu me sentia.

— Ei, não é culpa sua. E eu fui sincero quando disse que você tem um sorriso bonito. O mais importante é que você é uma pessoa boa. Eu só vou alinhar o exterior com o que você tem aqui. — Ele tocou o meu pescoço, e um calor calmante inundou o meu corpo.

Imediatamente, senti-me mais calma — e desconfiada dessa mudança.

— O que você acabou de fazer?

— Usei um impulso elétrico para estimular o seu hipotálamo, mas eu não posso fazer o tipo de mudanças que você deseja sem provocar um pouco de dor. As coisas serão mais fáceis se você não estiver tão tensa.

— Qual é a intensidade da dor? — Soltei o ar devagar, me preparando. — E por que não pode ser indolor? Ou por que você não me coloca para dormir?

— Normalmente, você tomaria um sedativo, mas eu não sou anestesista. O procedimento é de baixo risco, mas administrar medicamentos... Bem, eu não faço isso. Você poderia ter alguma reação alérgica ou talvez a droga não funcione como deveria.

Quando ele explicava as coisas daquele jeito, eu conseguia entender. Aquilo era bem próximo de uma cirurgia plástica realizada sem um médico diplomado para me assustar. Respirei fundo, pensando se deveria desistir. Mas já era tarde demais; a marca já tinha se formado em cima do meu símbolo de infinito. No trato, não havia consertos ou desistências.

— Eu consigo aguentar.

— Vamos nos concentrar no que você quer. Como você quer ficar?

— Você pode me deixar parecida com alguém?

— Claro. Mas é melhor se eu otimizar a sua aparência. As pessoas tendem a fazer pequenos procedimentos estéticos no verão, tipo fazer regime, entrar para uma academia. Eles simplesmente vão pensar que você fez isso, desde que não chegue com um rosto totalmente novo.

— Então, eu adoraria que você fizesse a melhor versão possível de mim mesma.

— Tudo bem. Vamos começar pelos seus olhos. Eu posso mudar a cor deles ou torná-los mais brilhantes, assim como corrigir a sua visão.

— E as pessoas vão achar que eu estou usando lentes de contato ou que fiz uma cirurgia corretiva?

— Exatamente.

— Acho que não tem nada de errado com a cor, tem? — Eu não passava muito tempo olhando para os meus próprios olhos.

— Não, eles são bonitos, como o sol passando por um topázio. Só não dá para vê-los muito bem por causa dos óculos.

Senti o rosto esquentar.

— Você não precisa dizer essas coisas.

— Você acha que é uma *troll* só porque as pessoas na escola fizeram você se sentir assim, mas tem um ótimo material para eu trabalhar. Vai ficar sensacional quando terminarmos. E com bem menos reestruturação do que imagina.

— Então pode fazer tudo.

Ele ergueu uma sobrancelha.

— Você não quer escolher o que eu vou fazer?

Endireitei os ombros e inspirei, tentando me acalmar. Embora eu meio que suspeitasse que estava sonhando, era aterrorizante pensar no poder que eu estava colocando nas mãos dele.

— Você é o perito. Eu quero a melhor versão possível de mim. Confio em você.

Um brilho de ternura e surpresa apareceu nos olhos dele.

— As pessoas não costumam confiar. Eu sou apenas um meio para um fim.

— O gênio da lâmpada?

Ele tocou o meu rosto de leve, como se eu fosse feita da mais fina porcelana.

— Algo assim.

— Vamos continuar — falei, desviando o olhar.

— Uma última pergunta... Qual é o seu tipo ideal de corpo?

Eu nunca tinha pensado nisso, principalmente porque preferia acreditar que independentemente da minha aparência, pelo menos isso não importaria para as pessoas que se importavam comigo. A beleza estava nos olhos de quem via, certo? Então, toda a minha vida eu esperava por alguém que me achasse bonita exatamente como eu era, mas agora eu estava sacrificando esse potencial em prol do meu plano. Senti o estômago revirar.

– Corpo magro de violão, eu acho. Sempre invejei as garotas que ficam lindas com qualquer roupa.

Com muito carinho, ele colocou as mãos enluvadas sobre o meu rosto. O calor rapidamente atingiu níveis insuportáveis, e logo eu estava tentando controlar os gritos. Como ele antes dera a entender, era como uma cirurgia sem anestesia. Lágrimas escorriam dos meus olhos enquanto ele usava os dedos para modelar as maçãs do rosto, o queixo, os lábios e as sobrancelhas. Quando seus polegares passaram pelas minhas pálpebras, fechei os olhos e apaguei.

Bem mais tarde, acordei... e as minhas roupas não me serviam. Meus músculos queimavam um pouco, como se eu tivesse treinado para uma maratona. Ergui um braço esguio e tonificado e me maravilhei com ele. E foi quando notei que eu estava sem óculos. E o mundo estava totalmente em foco.

– Kian?

Ouvi os passos dele nos degraus antes de vê-lo.

– Como você está se sentindo?

– Não muito mal, pelo que percebo. Será que tem um banheiro onde eu possa...?

– Aqui. – Ele estava agitado com uma energia nervosa e estranha que não consegui interpretar, e me dei conta de que ele estava *nervoso*. Queria que eu aprovasse o trabalho dele. – Deixei algumas coisas para você em cima do cesto.

Para manter a calça no lugar, tive que segurá-la na altura da cintura. Segui até o banheiro e fechei a porta, secretamente temendo estar enlouquecendo. Ou sonhando. *Você não está. Você foi escolhida.* Com alegria e entusiasmo, eu me virei para o espelho e me deparei com a nova versão de mim.

Fiquei boquiaberta.

Eu *não conhecia* a garota no espelho. Tipo assim, ela tinha algumas coisas em comum com a pessoa que eu fora, mas era como se alguém tivesse apagado a maioria das imperfeições com o Photoshop. Com dedos trêmulos, toquei o meu rosto. Tantas pequenas alterações e refinamentos. Nem os melhores cirurgiões plásticos do mundo conseguiriam fazer o que Kian fizera com a ponta dos dedos. Do meu nariz reto e pequeno até os meus lábios um pouco mais grossos e a ponta atraente do meu queixo, eu realmente era a melhor versão possível de mim mesma.

Ele não parara no rosto. Fiquei um pouco vermelha enquanto olhava, imaginando-o modelando o meu corpo como se fosse argila. Ele não tivera escolha, a não ser ir até a terceira base para fazer o trabalho direito, e eu não estava acordada. *É só trabalho para ele*, repeti para mim mesma. *Supere isso*. O meu cabelo ainda era comprido, mas o castanho sem-graça tinha desaparecido. Agora, ele tinha um tom acobreado, com mechas douradas e avermelhadas, conferindo um brilho deslumbrante. Balancei a cabeça para experimentar o movimento e ele se afastou do meu pescoço com um movimento charmoso. Não que eu *tivesse* algum charme.

Eu precisava de um pouco.

Kian bateu na porta do banheiro, parecendo ansioso.

— Você está bem? Se você não tiver gostado do resultado, posso fazer alguns retoques. Vai doer, é claro, mas...

— Relaxe – falei. – Você fez uma ótima transformação.

— Obrigado.

— Vou me vestir agora, tá?

— Claro. – Ouvi os passos dele se afastando.

Fui até a pilha arrumada de roupas sobre um cesto marrom de vime. Quando encontrei calcinhas e sutiãs embaixo de tudo, quase morri de vergonha. Eles eram daquele tipo lindo que eu nunca usara antes. Escolhi uma calcinha boxer com listras rosa, branca e preta e um sutiã combinando, então dancei com as minhas novas roupas íntimas. Eu não fazia ideia de como olharia para Kian, sabendo que ele tinha comprado aquilo para mim, mas, que droga, ele era totalmente o meu Svengali, então isso talvez não importasse. Já tínhamos passado desse ponto. Ouvi ele se movendo, parecia que estava andando de um lado para outro.

Uau, ele realmente estava tenso.

Olhei para o meu reflexo. Da curva graciosa dos ombros até a barriga chapada e tonificada, o espelho mostrava um corpo que eu não reconhecia, e a mudança era surpreendente, assustadora até. Uma perda normal de peso teria me dado a chance de me acostumar com a minha aparência à medida que eu fosse ficando mais leve, mas eu tinha que me acostumar com aquilo de uma vez só. Eu ia demorar um pouco para me acostumar com o meu novo corpo. Pelos padrões da sociedade, eu realmente poderia ser considerada bonita, mas parecia que eu estava olhando para uma estranha, como se tivesse roubado o corpo de alguém. Deliberadamente, eu me virei. Havia duas calças jeans, uma tradicional e outra com alguns rasgos e pontos desbotados. Embora eu nunca tenha usado nada com tanto estilo, as peguei e olhei o tamanho.

– Tá bom. – Soltei um suspiro cético.

Mas a minha calça antiga não me servia mais, então, por que não experimentar? Eu a puxei pelas coxas e pelos quadris e a abotoei. Ficou justa, mas serviu. *Como assim?* Fui tomada por uma sensação de euforia, como se as minhas veias estivessem fervilhando enquanto eu olhava as blusas. Escolhi uma camiseta feminina preta com caracteres japoneses em branco e uma bolinha cor-de-rosa no meio do desenho. Dessa vez, não olhei o tamanho antes de vesti-la. Virando-me, analisei o resultado no espelho de corpo inteiro atrás da porta do banheiro.

Incrível.

Respirando fundo, abri a porta antes que perdesse a coragem. Kian parou, detendo-se do outro lado do quarto. Seu olhar me avaliou de cima a baixo, e, então, ele fez um gesto de aprovação com a cabeça.

– É óbvio que acho que você está linda, ou eu teria continuado o trabalho. Mas o mais importante é o que *você* acha.

— Perfeito. Eu não teria conseguido dizer *isto é o que eu quero*, mas você sabia.

— Eu sou bom em ver o potencial — respondeu ele em voz baixa. — Você está sentindo alguma dor?

— Um pouco, mas nada demais.

— Talvez você sangre um pouco, mas nada para se preocupar. É por causa das mudanças internas que eu tive que fazer.

Congelei.

— *Sangue?* Tipo... onde?

— A minha gengiva sangrou algumas vezes quando eu escovava os dentes. E... no banheiro. Você sabe.

No vaso? Ai, meu Deus. Os meus pais me levariam correndo para o hospital.

— Você jura que não é algum sinal de hemorragia ou algo assim?

— Não, claro que não. É só uma reação ao procedimento. Isso vai passar à medida que o seu corpo se adaptar às transformações.

— Tudo bem. Você não mentiu para mim até agora, embora tenha sido muito leve com o "um pouco de dor". Parecia que o meu rosto estava pegando fogo.

— Mas valeu a pena, né?

Passei as mãos no rosto, satisfeita ao perceber o olhar dele seguindo o movimento.

— Com certeza.

— Fiquei feliz por você ter desmaiado. É muito pior para pessoas com alta tolerância à dor. Elas gritam o tempo todo.

— E foi por isso que você me trouxe para este lugar no meio do nada.

Para minha surpresa, Kian balançou a cabeça.

— Eu nunca trago clientes aqui, Edie. Existe uma sala à prova de som na sede da companhia para esse tipo de coisa.

— Mas... Eu *estou* aqui.

Ele baixou a cabeça. As mechas acobreadas do cabelo dele brilharam contra os fios negros, iluminados com a luz matinal. Os cílios negros e grossos ocultaram os olhos verdes devastadores, mas foi mais fácil para mim ignorar a beleza dele, sabendo que ele quebrara as regras por mim. Eu poderia olhar para ele e vê-lo. De certos ângulos, eu quase conseguia imaginar como ele era antes que alguém tivesse colocado dedos em brasa no rosto dele para acabar com qualquer imperfeição. A imagem mental que criei parecia muito mais humana e menos o ser divino que me tirara da ponte. Eu preferia vê-lo como uma pessoa, não como um deus.

O silêncio dele não foi uma resposta.

— Kian, se esse não é o protocolo, *por que* eu estou aqui?

— Fiquei com medo de que você pudesse se assustar com o pessoal da sede. — Por sinal, seus olhos se afastaram dos meus, aquilo não era totalmente verdade.

— Fala sério.

Desta vez ele me olhou diretamente nos olhos.

— Eu queria passar mais tempo com você.

— Isso é permitido?

— Na verdade, não. — Ele passou os dedos pelo cabelo. — Deixa isso para lá, OK? E antes que você pergunte, não, eu não fiz nada estranho com o seu corpo enquanto você estava inconsciente.

— Eu não ia perguntar isso. — Eu estaria dolorida em outros lugares se ele tivesse feito, e embora eu sentisse uma queimação nos músculos, não estava sentindo qualquer desconforto lá embaixo.

— Então é melhor irmos.

— Só um minuto. — Eu me aproximei e pousei a mão no braço dele. — Isso significa que você *gosta* de mim? De uma maneira normal. Sem nada a ver com propostas ou acordos e favores?

Ele deu de ombros.

— Isso não importa. Existem regras.

— A resposta importa *para mim*.

— Apesar de isso não fazer bem para nenhum de nós dois, sim, eu gosto. Eu gostava antes. — Detectei um toque de amargura no seu tom e na expressão e não entendi o motivo. Ele desejara *a mesma coisa*. Por que parecia se importar de ter me mudado para uma versão melhor?

— Ninguém gostava de mim antes — respondi. — Então, muito obrigada.

Ele ignorou a minha gratidão. Talvez eu também não fosse querer aquilo. Tentei me colocar no lugar dele. Como eu me sentiria em relação às pessoas que eu conhecia, tão machucadas que estavam prontas para morrer antes que eu interviesse? Não seria inteligente me apegar a alguém assim, pensei. Pior ainda, quando você *era* esse alguém. *Não é de estranhar que ele esteja se afastando, minimizando o erro de mostrar esse favoritismo todo.* Independentemente do motivo, gostei do fato de ele não ter me levado para a sede da empresa. A intuição me dizia que eu não estava pronta para ser lançada nas águas fundas, principalmente não sendo uma boa nadadora.

Peguei o meu celular, olhei a hora, comparei com o horário da Costa Leste e decidi que já tinha se passado tempo suficiente para eles acreditarem que o meu avião pousara, então enviei a mensagem: "Cheguei sã e salva. Obrigada por me deixarem fazer isso."

Minha mãe respondeu: "Estamos orgulhosos de você. Divirta-se, Edith."

Em silêncio, Kian esvaziou a minha mochila e colocou nela as coisas que comprara.

— Tem um vale-presente no compartimento da frente. Você terá tempo de comprar mais roupas antes do início das aulas amanhã de manhã.

— Ah — tentei não parecer decepcionada. — Antes você disse que iríamos juntos.

— É, tem isso. Não acho que seja uma boa ideia. Você não vai precisar de mim.

Mas eu quero que você vá. Eu não disse isso em voz alta. Cada fibra do meu ser sabia que seria uma má ideia me apegar a ele. Ele era quase um assistente social.

— Tudo bem, obrigada. Acho que vou me inscrever, deixar a mala no dormitório e sair para fazer umas compras. — Eu não conseguia acreditar que tinha dito essas palavras em voz alta.

— Você está pronta? — A expressão do rosto dele foi disfarçada por uma cortina figurativa; ele estava pronto para seguir o seu trabalho.

— Estou.

Não havia nada de pessoal na mão dele segurando a minha, apenas um elo necessário para me transportar para a última parte da nossa viagem. Chegamos a um canto tranquilo do que devia ser a quadra. Um emaranhado de galhos cobria a grama e filtrava a luz. Kian me soltou e se afastou das folhas.

Ele apontou e explicou em tom eficiente:

— A matrícula é naquele prédio. Vá até lá e eles vão tomar todas as providências.

— Se eu precisar, posso ligar para você?

— Claro — respondeu ele, gentil. — Mas você não vai precisar. Você precisa se acostumar com a sua nova aparência e desenvolver a confiança para acabar com aqueles idiotas da Blackbriar, no outono.

Entendi o que ele queria dizer. Se eu ficasse ligando para ele, aquilo não seria autoconfiança; os livros de psicologia chamariam isso de codependência. Para esconder o meu nervosismo, brinquei:

— Também é para evitar que os meus pais morram do coração. Espero que o verão seja tempo suficiente para eles acreditarem...

— Não se preocupe. — O tom dele ficou um pouco mais suave. — Os pais sempre querem acreditar que os filhos são bonitos. Prometo que, quando chegar a hora, não parecerá nenhuma mentira.

— Então, acho que é isso.

— É. Eu só vou entrar em contato com você no final do programa de verão.

— É melhor você estar aqui quando terminar. — Tentei usar um tom de brincadeira. — Você é a minha carona para casa.

— Eu nunca vou decepcioná-la quando precisar de mim, Edie. — O tom dele parecia tão sombrio naquele dia ensolarado de verão, como se ele visse coisas sombrias a distância, e eu no centro de tudo.

— Então, você só precisa me dar mais uma coisa antes de ir embora. — Eu não acreditei que eu realmente fosse fazer isso, mas as palavras não paravam de sair da minha boca. Elas vieram de um lugar de total certeza.

— O quê?

— Um beijo.

Eu não estava nem aí para as regras. Uma garota só tinha a chance de ter um primeiro beijo, e eu desconfiava que não demoraria muito para eu encontrar alguém que quisesse fazer isso. Mas eu merecia *mais* do que um primeiro beijo. Tinha que ser Kian — que disse que gostava de mim antes —, mesmo que não tivesse permissão para isso. Eu estava disposta a aceitar que não poderíamos passar de um beijo.

— Essa é uma péssima ideia — ele sussurrou.

— Se você não quiser...

A resposta dele foi se aproximar de mim e ficar tão perto que eu conseguia sentir o cheiro do seu sabonete, um toque cítrico e o cheiro morno da pele banhada de sol. Ele me deixou atordoada. Kian mergulhou os dedos no meu cabelo e me puxou para si com um pouco de hesitação, o que me fez acreditar que ele estava nervoso. Isso me ajudou um pouco, embora eu não conseguisse respirar direito. Ele pousou a outra mão no meu quadril. Eu não sabia o que fazer com meus braços, se eu devia me aproximar mais, ou ficar bem parada ou — *Ai, meu Deus. Ainda bem que eu pedi para ele fazer isso.*

Eu acabaria fazendo papel de boba se fosse com outra pessoa.

— Feche os olhos — sussurrou ele no meu ouvido.

Fechei meus olhos e ergui o rosto. Um estremecimento de prazer irradiava de todos os lugares onde ele me tocava. Então, Kian roçou os lábios nos meus, e o mundo parou.

Naquele instante, eu só sentia o calor que emanava do corpo dele e seu coração batendo. Sua boca era doce e gostosa como um chá indiano com especiarias e canela, e fiquei na ponta dos pés e mergulhei as mãos no cabelo dele. Aquele não era um beijo indiferente — não, era muito mais do que isso. Ele me puxou para si, e eu perdi a noção de tudo o que não era Kian. As mãos dele queimavam através do tecido fino de algodão da minha camiseta enquanto acariciavam as minhas costas. Para alguém que nunca tinha sido beijada, aquilo era como aprender a nadar ao ser atirada de um barco no oceano.

Eu não conseguia pensar. Não conseguia respirar. A proximidade do corpo dele era como uma droga, e eu me agarrei a ele, querendo mais e mais. Para sempre, mais. Por fim, me dei conta do barulho de uma buzina atrás de nós na quadra. Senti o rosto queimar enquanto me afastava.

— Para você se lembrar de mim. — A voz dele tinha um toque baixo e adorável de dor, como se aqueles momentos significassem algo para ele, como se temesse que eu fosse esquecê-lo.

Como se isso fosse possível.

— Encontro você daqui a seis semanas.

— Tá bom. Que horas?

— Às oito. Horário da Costa Oeste.

Os olhos verdes me olharam de cima a baixo, como se quisessem gravar a minha imagem na memória. Então, deu um passo para trás, e a folhagem ocultou o seu desaparecimento, mas o ar estalou depois que ele partiu, como se estivesse carregado depois de uma tempestade.

E eu já sentia saudade dele.

UM PONTO NO TEMPO

Seguindo em frente, eu controlaria tudo naquele verão, assumiria o controle da minha vida, exatamente como fizera ao pedir que Kian me beijasse. Essa decisão fez com que eu me sentisse melhor antes de entrar no programa de créditos universitários com pouquíssima preparação.

Você vai conseguir fazer isso.

Enquanto eu caminhava em direção à faixa vermelha e branca que indicava o balcão de matrícula, uma garota começou a andar do meu lado. Ela parecia... nervosa, mordendo o lábio com os dentes grandes da frente. Os lábios estavam rachados; o cabelo precisava de um corte. E, antes daquela manhã, ela teria se considerado legal demais para ser vista ao meu lado. Pelo menos essa tinha sido a minha experiência; até mesmo os solitários e os rejeitados preferiam não se arriscar ao meu contágio social, porque andar comigo não valia o risco de entrar na mira da Galera Blindada. Mas talvez a minha experiência em Blackbriar não se repetisse aqui; não havia como aquela garota saber que eu já fora uma pária.

— Aquele era o seu namorado? — arriscou-se ela, como se eu fosse esbofeteá-la apenas por falar comigo.

Em Blackbriar, isso seria um erro, certamente uma gafe. As pessoas que tinham a minha aparência *não* conversavam com pessoas como ela. Mas aqui, no programa de ciências, isso não importava — e eu jamais humilharia alguém como eles tinham feito comigo.

— Não. É só um cara. — Isso me pareceu algo que a nova Edie diria.

Que salvou a minha vida.
Que gostava de mim antes.
— Sério?
— A gente não se conhece há muito tempo. — Surpreendente e verdadeiro.
A garota arregalou os olhos ao ouvir isso.
— Mas vocês estavam se beijando.
De alguma forma, consegui encolher os ombros.
— Eu estava curiosa.
A minha companheira não sabia o que dizer.
— Uau.
— Você vai fazer o programa de ciências? — Achei melhor mudar de assunto porque havia apenas algumas coisas que eu poderia dizer sobre Kian. Droga, eu nem sabia o sobrenome dele.
— Vou. Você faz faculdade aqui?
Balancei a cabeça para assentir.
— Estou indo fazer a matrícula.
— Eu nunca teria imaginado. — A expressão de incredulidade no rosto dela chegou a ser engraçada, e se eu tivesse nascido com *esta* versão do meu rosto, junto com o meu cérebro, teria achado a incredulidade dela ofensiva. Devia ser bem desagradável para as meninas bonitas e inteligentes não serem levadas a sério.
— Por quê? — desafiei.
— É que não parece — gaguejou ela.
Fui tomada por um sentimento de solidariedade. Horas antes, eu vivia a vida daquela garota. Uma vida um pouco *pior*, provavelmente.
— É, eu sei. As aparências podem enganar. Sou Edie.
Percebi que eu não tinha gaguejado nem uma vez. Ao que tudo indicava, os psicólogos comportamentais estavam certos. Eu sofria de gagueira psicogênica, exacerbada pelo estresse, angústia mental e ansiedade. Naquele momento, eu não sentia medo do ridículo. Então, conversar ficava fácil.
— Viola. Vi — acrescentou ela rapidamente.

Achei que ela não queria que soubessem que tinha o mesmo nome da garota que se vestia de garoto na peça shakespeariana *Noite de reis*. Ela provavelmente ficaria surpresa por eu saber disso. Mas eu já tinha assistido a todas as adaptações cinematográficas, incluindo aquela com Amanda Bynes e Channing Tatum. Aquele foi o último filme dela que amei.

— A viagem foi longa? — perguntei.

— Eu sou de Ohio. Então, foi sim. — Ela continuou: — É muito bom ter conhecido alguém legal já no primeiro dia. Eu estava preocupada de vir sozinha. Nenhum dos meus amigos entrou.

Pelo menos você tem amigos, pensei.

Entrei na fila atrás de um cara vidrado no smartphone. Todo mundo em Blackbriar tinha um, mas o meu celular era barato e ultrapassado, apenas para eu enviar mensagens de texto para os meus pais. Embora eles nunca tenham dito nada, não viam motivo para comprar um aparelho caro para mim, sendo que eu não tinha para quem telefonar.

Vi ficou atrás de mim, se mexendo o tempo todo, até que me virei e olhei para ela. Ela corou.

— Desculpe. Eu só estou nervosa por ter que conhecer tanta gente.

— Eu também estou. — Só não estava demonstrando.

— Sério? Você parece tão confiante.

Como eu nunca mais a veria depois do verão, podia ser sincera:

— É uma defesa.

A fila andou bem rápido. Havia cinco atendentes, e eles tinham dividido os participantes em ordem alfabética. Fui até o cara responsável pela letra *K* e fiz um gesto para Viola me seguir. Ele provavelmente era um voluntário da universidade. O cabelo castanho tinha um tom acobreado, e ele tinha um milhão de sardas.

— Nome? — perguntou ele.

— Edie Kramer. — Kian não teria me registrado com o nome que eu odiava.

Ele passou o dedo pela lista.

— Ah, aqui está você. Uau. Você é sortuda.

— Sou?

— É. Você entrou raspando. Tivemos um cancelamento de última hora.

— O que aconteceu para abrir uma vaga para mim? — Senti a pele gelar.

Fiquei pensando se Kian tinha feito algo contra a pessoa cujo lugar eu tomara. Embora ele tivesse me prometido que não tornaria a *minha* vida pior, não mencionara nada contra a de outras pessoas. A história do conto "A mão do macaco" passou pela minha mente, me deixando preocupada. Toda situação boa demais para ser verdade tinha um lado negativo, então eu precisava compreender qual era o golpe — e rápido.

— Sei lá.

— Sério? Não tem nenhuma observação no meu arquivo? — Tentei sorrir, sentindo-me péssima. Senti um nó no estômago. Eu nunca tinha tentado usar o charme para conseguir alguma coisa. O meu carisma pessoal jamais teria sido suficiente.

Ele hesitou, então virou algumas páginas.

— Parece que ele sofreu um acidente, quebrou a perna ou algo assim. Quando ele cancelou, pegaram o seu nome na lista de espera.

— Algumas pessoas são sortudas — disse Vi.

Eu nunca tinha sido uma dessas pessoas. Até aquele momento.

— Obrigada por me contar.

— Sem problemas. Então, aqui estão os documentos da matrícula e as chaves do dormitório. A primeira é a da portaria do prédio, e a outra é a do seu quarto. O nome da sua colega de quarto está no envelope branco. Você também vai precisar falar com a orientadora do dormitório antes do fim do dia. Ela vai apresentar as regras e os horários.

— Eu queria saber se podia dividir o quarto com a minha amiga, Vi — pedi, tentando parecer persuasiva e sorrir pela segunda vez.

A vida não pode ser tão fácil assim para as pessoas bonitas.

— Os quartos já foram definidos — respondeu ele.

Uma regra que eu não vou conseguir mudar? A antiga Edie teria aceitado a resposta dele, mas eu queria ser aceita pela Galera Blindada, eu tinha que me adaptar. Então, imaginei o que Brittany ou Allison fariam. Para que eu tivesse alguma chance de derrotá-las, primeiro eu teria que dominar as armas de destruição em massa que elas usavam.

Então, olhei diretamente nos olhos dele, arregalei um pouco mais os meus e me inclinei para a frente.

— Mas eu só soube que a Vi ia vir alguns minutos atrás. — Verdade, a gente tinha acabado de se encontrar. — Por favor? Será que você não poderia abrir uma exceção?

Ele cedeu visivelmente:

— Eu vou verificar a lista mestra. Se as suas colegas de quarto não tiverem feito a matrícula ainda, eu posso trocar os nomes. E não vai ter nenhum problema.

— Cruze os dedos — falei para Vi, que parecia surpresa e satisfeita.

Alguns minutos depois, ele chegou com os documentos da Vi também.

— Elas ainda não chegaram, então ficarão juntas quando chegarem.

— Que legal — falei. — Obrigada.

Enquanto sentia a sensação de triunfo, também senti que precisava tomar um banho. *Será que essas garotas não tinham alma?* Eu não sabia se conseguiria fazer isso por muito tempo, mas aquilo parecia comum para elas. Consideravam a sua capacidade de controlar as pessoas um acessório, como uma bolsa ou um lindo par de sapatos.

Vi pegou o envelope enquanto eu atravessava a quadra.

— Não acredito que isso funcionou.

— Eu não sabia se ia funcionar. — Principalmente porque eu não tinha nenhuma experiência com manipulação. Mas eu já observara o suficiente. Esse tipo de coisa não era difícil.

— Que máximo. Parece que vamos ficar no quarto andar.

— Vamos encontrar a nossa orientadora e acabar logo com isso.

— Boa ideia.

Atravessamos a quadra com gramado verde e árvores imponentes e seguimos até o prédio alto de tijolos. Passamos pelas portas duplas e entramos em um aposento que me lembrava o vestíbulo de uma hospedaria, com um balcão de atendimento rudimentar e algumas cadeiras sujas. Uma universitária estava atrás do balcão respondendo a perguntas e explicando como a correspondência funcionava. De lá, subi correndo quatro lances de escadas, curiosa para saber como o meu novo corpo responderia. Não fiquei sem fôlego, o que significava que eu teria que me exercitar para me manter em forma, e eu estava curiosa para saber se ia gostar de fazer isso a partir *desta* referência, em vez da anterior.

A nossa orientadora devia ter vinte e um anos de idade, cabelo louro enrolado e dentes bonitos. Parecia ser uma surfista e descontraída, o que era um bom sinal. A sua ideia de apresentar as regras envolvia nos entregar alguns folhetos. Ela terminou o seu discurso com um sorriso.

— E se vocês *decidirem* desrespeitar as regras, sejam espertas e não me deixem descobrir. — Ao ver a expressão no rosto de Vi, ela abriu ainda mais o sorriso. — Ei, não faz tanto tempo que eu tinha dezesseis anos. Não vou fingir que não me lembro como era.

A caminho do quarto, Vi saltitava de animação.

— Esta é a primeira vez que fico tão solta assim. Os meus pais... — Ela balançou a cabeça como se as palavras não fossem suficientes para descrever o quanto eram rígidos. — Este será o melhor verão de todos os tempos.

— Espero que sim.

Destranquei a porta e me deparei com um espaço simples em formato de Z, o que dava alguma privacidade entre as camas. No meio havia uma mesa para duas pessoas e, do outro lado, duas cômodas. Em frente ao meu beliche havia um armário e, atrás da porta, uma pia para lavarmos as mãos. E só. As paredes eram cimentadas e pintadas de azul-claro; no piso de cerâmica salpicado de branco havia algumas manchas interessantes. Larguei a mochila em cima da cama de solteiro, chamando a atenção de Vi.

— Você *só* trouxe isso? — perguntou ela.

Concordei com a cabeça e peguei o cartão-presente Visa do compartimento da frente.

— Os meus pais acharam que seria divertido se eu comprasse as coisas por aqui, é tipo um presente de aniversário atrasado.

— Ai, meu Deus, isso é a coisa mais legal que já vi. Seus pais não têm nada a ver com os meus.

Aposto que eles são iguaizinhos *aos seus.* Mas era uma mentira tão inofensiva que não faria mal. Bem mais fácil do que explicar que o cara atraente que salvara a minha vida tinha me dado um vale-compras de quinhentos dólares para comprar o que eu quisesse. Peguei o laptop e me conectei à internet da faculdade. Alguns minutos depois, descobri o caminho para o shopping mais próximo.

— Quer ir comigo?

— Ao shopping? — Ela olhou para a calça jeans larga e franziu o nariz. — Não gosto muito de fazer compras.

— Aposto que tem uma livraria e uma Best Buy também.

Eu *conhecia* aquela garota. Eu fora como ela até aquela manhã. A antiga Edie jamais faria compras por livre e espontânea vontade. Ela deixava a mãe comprar as coisas e as guardava no seu quarto. Vestia o que encontrasse e tentava não pensar na aparência. Evitava espelhos e mantinha o cabelo tão comprido que cobria seu rosto. Quando caminhava na rua, olhava para os pés para não ver o brilho de deboche nos olhos das outras pessoas antes que desviassem o olhar. Aquela Edie morrera na ponte. Eu tinha a liberdade de me tornar outra pessoa agora, qualquer pessoa que eu quisesse ser. A sensação era maravilhosa, mas aterrorizante. Se eu fizesse alguma coisa de errado, não poderia culpar ninguém, a não ser eu mesma.

— Se é assim... — respondeu Vi com um sorriso.

— Legal. Vai ter uma festa mais tarde, às oito horas, para as pessoas se conhecerem. A gente vai estar de volta antes disso.

O sorriso dela apagou.

— Não sei se vou. Não estou aqui para socializar.

— Isso são seus pais falando. Você está aqui para aprender, mas também pode se divertir. Foi por isso que eu vim. — Isso funcionava melhor do que o verdadeiro motivo, no qual ninguém são acreditaria.

Vi me lançou um olhar compreensivo.

— Mas aposto que não foi isso que você disse para os seus pais.

— Claro que não! Você tem que saber lidar com seus pais. Desde que consiga ser racional e consistente com as motivações internas que eles têm, você consegue tudo o que quer.

— Eu tenho *muito* que aprender com você.

— Talvez. — Dando de ombros, segui para a porta.

O shopping que encontrei ficava no centro da cidade, um tipo de lugar revitalizado e muito chique com pequenas lojas, um monte de flores e pátios no estilo espanhol. É claro que também havia lojas de departamento, tipo Macy's e Nordstrom, mas eu não ia comprar nada ali. Escolhi lugares menores e mais baratos. Não ia ser muito caro comprar jeans e camisetas. Naquela altura, eu não tinha muita certeza sobre o meu senso de moda para me aventurar além desses parâmetros. Bem no fundo, eu desejava que Kian não tivesse se recusado a vir comigo. O gosto dele era excelente, elegante e moderno, e eu apostava que ele faria escolhas perfeitas para mim. Talvez esse fosse o motivo por que ele não quis fazer isso. Ele já tinha me tornado bonita. Qualquer coisa a mais seria como se ele se sentisse meu dono, uma sensação de posse. Eu provavelmente não deveria ter pedido para ele me beijar.

Mas não me arrependia.

Vi foi uma companheira de compras reservada. Não deu nenhuma opinião sobre nada do que experimentei, mas peguei alguns olhares desejosos uma ou duas vezes. Queria dizer a ela que a entendia bem, mas ninguém queria uma amiga nova se metendo nos seus assuntos pessoais. Eu não tornaria as coisas melhores dizendo que já tinha sido uma foto de "antes" também. Então, eu fazia comentários leves sobre o que queria comprar.

No final da diversão, gastei quatrocentos dólares em roupas e maquiagem, quarenta dólares em uma pequena mala para guardar tudo. Eu também tinha o dinheiro que o meu pai havia me dado, o que me deixou com menos de cem dólares para o resto do verão. Isso deveria ser o suficiente para alguma diversão. De qualquer forma, já tinha visto no horário de aulas que eu estaria muito ocupada fazendo observações telescópicas de várias constelações, então não iríamos para a cidade todas as noites.

Vi e eu fizemos uma refeição rápida na praça de alimentação e, então, cumpri a promessa de irmos à livraria mais próxima. Fiquei olhando as prateleiras por uma hora, mas, no final, comprei apenas um livro: *O negociador inteligente: o que dizer, o que fazer e como conseguir o que você quer — sempre*. A compra selava as minhas intenções. Este verão seria o meu teste.

A minha nova colega de quarto comprou cinco livros de ficção científica e fantasia. Eu já tinha lido todos, exceto um. Toquei a lombada do segundo livro e disse:

— Este é o melhor.

— Vou ler este primeiro.

Já passava das sete horas quando seguimos para o campus. Vi foi ficando quieta à medida que nos aproximávamos do dormitório; percebi que ela preferia não ir à festa. Eu me perguntava como ela tivera coragem de falar comigo mais cedo. No entanto, entendia muito bem como uma única pessoa era menos intimidadora do que um salão cheio de estranhos. Meu estômago também queimava de ansiedade, mas controlei o medo fazendo uma equação diferencial.

No nosso quarto, não troquei de roupa. Escovei os dentes, passei um pouco de maquiagem como a atendente da loja me ensinou. Não muito. Eu ainda não estava confiante o suficiente para tentar usar truques avançados e, felizmente, o rosto que Kian me deu não exigia isso. O *seu rosto*, lembrou-me uma vozinha na minha cabeça.

— Pronta? — perguntei.

Ela baixou o livro e soltou um suspiro baixo.

— Não. Mas acho que devo ir e ficar um pouquinho. Se for horrível, eu volto e fico lendo.

— Vamos sim, vai ser legal!

No terceiro andar, a festa já estava a pleno vapor. Alguns garotos pareciam nerds, outros, normais. Alguns poucos eram bonitos. Avaliei o grupo e vi como ele se dividia. O pessoal tecnológico estava comparando os "brinquedinhos". Os observadores de estrelas se reuniram perto da janela. Os interessados em matemática estavam escrevendo em guardanapos. A música suave e inofensiva tocava ao fundo, e os organizadores tinham providenciado refrigerantes em lata e biscoitos. Não era uma grande festa, mas o objetivo era que os matriculados se conhecessem.

Antes que eu conseguisse me decidir onde me encaixava ali, um japonês com cabelo preto com as pontas louras espetadas se aproximou, apontou para a minha camisa e perguntou:

— É sério?

Ergui uma sobrancelha, esperando e tentando parecer misteriosa, porque eu não fazia ideia do que estava escrito na minha camiseta. Eu só tinha gostado dela e da minha aparência com ela.

Ele foi direto:

— Você está procurando um namorado japonês?

Droga. Era isso que estava escrito na camiseta?

Dei um sorrisinho, rezando para não ficar vermelha, porque eu me senti uma idiota. *Será que Kian tinha feito uma piada às minhas custas?*

— Por quê? Você está se candidatando?

— Talvez. — Ele abriu um sorriso que mostrava que era um pouco mais seguro do que a maioria dos garotos reunidos ali. — Eu sou Ryuuto. Mas pode me chamar de Ryu.

— Eu sou Edie. Esta é a Vi. — Dei um passo para o lado para que ele pudesse vê-la, já que ela tinha se escondido atrás de mim. Ela me cutucou com o cotovelo para demonstrar que não tinha gostado de receber tanta atenção.

Ela soltou um:

— Prazer em conhecê-lo.

Fala sério, Vi. Você pode fazer bem melhor do que isso.

Mas Ryu não estava prestando atenção em nenhuma de nós duas. Ele fez um gesto para chamar alguém, um garoto com cabelo louro escuro. Com seus óculos de armação dourada, ele parecia inteligente... e era bonitinho.

— Este é o meu colega de quarto, Seth. Seth, estas são Edie e Vi.

— É só confiar em Ryu para encontrar as garotas logo de cara. — Seth parecia tranquilo, sendo desmentido apenas pelo piscar de olhos. A única pista que indicava que ele não estava completamente calmo.

— Nós não somos as únicas garotas aqui — falei.

O louro riu.

— As que vão falar com a gente?

— Verdade — admitiu Ryu. — Mas eu acho que a camiseta foi um sinal.

Avaliei Seth.

— Programação?

Ele assentiu.

— O que me denunciou? Eu me interesso por todo o campo das ciências naturais, mas ainda não decidi qual área quero seguir.

— Por que se apressar?

Ryu o cutucou.

— Vamos pegar umas bebidas para elas?

Quando eles se afastaram, Vi respirou fundo, e o som foi abafado pela música.

— Eu não acredito que isso esteja acontecendo. Você simplesmente atrai os garotos?

Isso nunca tinha me acontecido antes.

— Foi a camiseta. Ótima para quebrar o gelo.

E talvez tenha sido esse o motivo de Kian tê-la comprado para mim.

Ela balançou a cabeça.

— É porque você é linda. Eu não vou conseguir fazer isso!

— Relaxe — sussurrei. — Eles estão voltando.

Tudo isso era novo para mim, mas eu podia aprender. Eu precisava aprender. Ryu voltou com as bebidas e Seth trouxe biscoitos. Nós quatro encontramos algumas cadeiras em um canto, onde nos acomodamos para tomar os refrigerantes. Vi não disse nenhuma palavra para os meninos, e percebi pela sua expressão que estava interessada em Seth. Talvez a gente conseguisse fazer as coisas acontecerem até o final do programa.

Ryu estava dizendo:

— Você comprou a sua camiseta no site ThinkGeek, né?

Assenti, principalmente porque não fazia a menor ideia de onde Kian a tinha comprado. Felizmente, eu conhecia a loja. Eu já tinha comprado coisas nesse site antes.

— Eu adoro a ThinkGeek — opinou Seth. — Quero alguns itens de espião.
— Para facilitar a sua vida de perseguidor? — Ryu abriu um sorriso.
— Fala sério!
Cara, eu precisava fazer a Vi entrar na conversa. Perguntei a ela:
— E você? Já comprou alguma coisa nesse site?
Ela me lançou um olhar, mas respondeu:
— Já sim, um carregador solar portátil.
Na mesma hora os dois voltaram a atenção para ela, interessados nas especificações, se funcionava bem para um laptop ou se era bom apenas para um iPod. Ela respondeu a todas as perguntas com alívio visível; sabia conversar sobre aquele assunto. Estranhamente, o nervosismo dela fez com que o meu desaparecesse, porque percebi que não havia nada a temer.
Vi estava certa, aquele seria o melhor verão de todos.

VERÃO INVENCÍVEL

Aquelas palavras foram proféticas. As semanas passaram rapidamente, combinando trabalho e diversão da melhor forma possível. Nós quatro nos tornamos inseparáveis, e Ryu, na verdade, virou o meu namorado japonês. O meu primeiro namorado, embora eu duvidasse que ele fosse acreditar nisso. Já que ele voltaria para Tóquio no final do curso, concordamos que aquele seria apenas um namoro de verão.

Durante o dia, tínhamos aula de astronomia, física, cálculo e programação. À noite, nos reuníamos para capturar imagens telescópicas de algum asteroide próximo e, então, Seth criou um software para determinar a sua órbita em torno do Sol. Duas vezes por semana, tínhamos palestras de professores convidados; o meu preferido foi um professor de física com ótimo senso de humor, e eu gostei muito da sessão de perguntas e respostas após a palestra. Os instrutores eram exigentes conosco, mas tínhamos tempo para socializar também. No começo, Vi não estava muito a fim disso, mas eu sempre a arrastava comigo e, por fim, ela relaxou o suficiente para fazer piadas perto dos garotos.

A cada dia que passava, ficava mais fácil reconhecer o meu rosto no espelho como meu mesmo, embora eu ainda não tivesse me acostumado com o meu novo corpo, mesmo depois de duas semanas. Eu meio que esperava que as minhas pernas fossem maiores ou que a calça não fosse me servir quando eu a vestia. No entanto, prestava atenção ao que eu comia e adquiri o hábito de correr pela manhã com Seth. Ele não parecia ser um atleta, um outro sinal de que eu não deveria julgar as pessoas pela aparência. Talvez se meus pais fossem um pouco mais esportivos e menos acadêmicos, eu tivesse valorizado as atividades físicas tanto quanto as intelectuais.

— Boa corrida — disse Seth, diminuindo o ritmo antes de parar. Ele estava me ensinando sobre boa forma sem nem perceber.

— Esse foi o treino mais longo que já fiz.

— Sério? É melhor a gente ir se arrumar. Hoje nós vamos visitar o laboratório de propulsão a jato da NASA.

Ele não precisou dizer mais nada. Segui direto para o meu quarto, onde Vi estava lendo.

— Pode dizer: o Seth estava lindo hoje?

— Vou fazer melhor. — Rindo, eu mostrei a ela uma foto que tirei disfarçadamente com a câmera do meu celular barato.

— Nossa, eu adoro tudo aqui. O tempo está sempre maravilhoso, é tudo lindo e...

— Seth — concluí por ela, pegando os meus artigos de banho.

Vi jogou um travesseiro em mim, que bateu na porta enquanto eu saía. Tomei um banho rápido e ainda precisava preparar um lanche antes de irmos. Olhei para meu telefone e vi que tinha meia hora para me arrumar e comer alguma coisa. Felizmente, Vi tinha deixado um sanduíche para mim em cima da mesa quando voltei para o quarto.

— Você não sabe o quanto estou grata por isso — agradeci.

— Mas é o contrário. Você não tinha nenhum motivo para ser legal comigo na hora da matrícula. Estou tentando compensá-la e provar que sei ser uma boa amiga.

— Você é a melhor. — Eu a abracei com um braço enquanto comia.

— Ei, você vai sujar meu cabelo!

— Não importa. Seth vai ficar doidinho por você — provoquei.

Vi fingiu não gostar da brincadeira, mas não conseguiu esconder o sorriso por muito tempo. Eu já tinha notado a forma como os olhos dele a acompanhavam, e o modo como o rosto dele se iluminava quando ela chegava. O garoto simplesmente amava a maneira como ela conseguia acompanhar um papo tecnológico, conhecendo as últimas novidades da robótica. Algumas coisas eram mais sexy do que cabelos maravilhosos e calças justas.

A minha vida antiga, com os meus problemas em Blackbriar, parecia um sonho. Na verdade, um pesadelo. Embora eu me lembrasse do sofrimento e do desespero, estava feliz. Talvez fosse cedo demais para me recuperar e eu voltasse a me sentir péssima assim que deparasse com a Galera Blindada, mas, por ora, a mudança de cenário e os meus primeiros amigos de verdade estavam me ajudando. Mesmo que a vida fosse imperfeita, valia a pena viver cada minuto, cada segundo, e eu lutaria para manter essa nova filosofia, mesmo depois de voltar para casa. Descobri que eu tinha um senso de humor peculiar, mas as pessoas gostavam de mim assim mesmo – ou talvez por causa disso. Passei a vida inteira pensando em piadas e me perguntando se alguém, além de mim, riria.

As pessoas riam.

Quanto a Ryu, eu gostava de ser parte de algo. Eu não me apaixonei perdidamente por ele, mas ele era um cara muito legal: gente boa, inteligente, engraçado e bonito. Era bom me sentar ao seu lado, olhar as estrelas, enquanto Vi e Seth cochichavam ao nosso lado. Na primeira vez que ele tomou coragem para pousar um dos braços nos ombros dela, abafei um suspiro, me virei e percebi que Ryu estava me olhando com um sorriso bobo nos lábios.

— Às vezes parece que você nunca viu pessoas se apaixonando.

— Não tão de perto – respondi.

Não. Eu duvidava que ele acreditaria se eu dissesse que estava agindo de acordo com o que eu lera nos livros, e não por experiência pessoal. Isso não condizia com a minha nova aparência, por mais que eu estivesse me acostumando com ela. Então, Ryu nunca me conheceria de verdade, e isso me entristecia um pouco.

— Eles formam um casal fofo – admitiu ele.

— Você já conhecia o Seth antes desse programa?

— Só on-line. Conversamos em vários fóruns. – Pelo seu tom, ele preferia não contar quais.

Mas eu podia adivinhar.

— Legal.

— Posso tirar uma foto nossa para mostrar para os meus amigos no Japão? — A pergunta me causou um incômodo estranho.

Antes, ele jamais ia querer fazer uma coisa dessas, mesmo se gostasse de mim. Como eu me sentia sendo bonita? Era bizarro e um pouco indesejável, não porque não me achasse bonita agora, mas eu não era antes, e, no fundo, ainda era a mesma pessoa.

— Claro.

Não era justo eu descontar nele todas as minhas incertezas, sem contexto. Devia ser um pedido normal e algo que ele fez como um elogio. Aproximei o meu rosto do dele, como era esperado, e sorri. O flash me cegou por alguns segundos e, quando olhei a garota na foto ao lado de Ryu, não parecia que era eu, mas sim um corpo para o qual eu transferira a minha consciência.

— Ficou ótima. Você se importa se eu postar essa foto como uma atualização do status de relacionamento?

— Tranquilo.

Ele se ocupou digitando no celular, então não viu o momento quando Seth se inclinou e beijou Vi pela primeira vez. Eles se atrapalharam um pouco, de uma forma doce e estranha, e desviei o olhar, sentindo o rosto queimar. Eles provavelmente achavam que eu estava envolvida demais com Ryu para notar. Eu gostava dele, mas... ele era seguro. Eu jamais ficaria perdidamente apaixonada por ele.

— Prontinho. — Ele me deu um abraço e um beijo no rosto e, antes que pudesse ir um pouco além, o instrutor nos chamou e nos levou para a próxima aula.

Talvez porque fôssemos só trinta e seis alunos, não houve nenhum problema e ninguém foi excluído. E isso era apenas na questão social. Em termos escolares, aprendi muita coisa. Quando o programa chegou ao fim, tínhamos visitado o laboratório de propulsão a jato da NASA, o campus da Caltech e o Griffth Observatory. Entre as excursões que fizemos, a minha favorita foi essa última. Acredito que há algo de libertador em estar cercada de pessoas que compartilham os mesmos interesses que eu. Ninguém achava estranho o fato de eu me interessar pelas estrelas, não que eu quisesse estudá-las profissionalmente. Eu só as achava fascinantes, então curti muito o tempo que passamos na cúpula, trabalhando no projeto de definição da órbita das estrelas.

As semanas passaram voando, e, depois do programa, eu me tornei uma pessoa mais forte e confiante. *Kian vai ficar orgulhoso de mim*, pensei, enquanto enfiava na secadora as últimas peças de roupa que eu lavaria naquele campus. Embora eu talvez ainda não tivesse me acostumado completamente com a minha nova aparência, eu tinha ficado boa em fingir. *Isso teria que ser o suficiente.*

Na última noite no nosso quarto, Vi se deitou na cama com olhar sonhador.

— Seth e eu vamos manter contato. Ele me deu o Messenger, WhatsApp e tudo o mais. Ele mora em Illinois, então são só três horas de viagem.

Parei de arrumar a minha bagagem para sugerir:

— Vocês poderiam marcar encontros em algum lugar no meio do caminho.

Ela se empertigou, empolgada, acessou a internet e descobriu uma cidade que ficava exatamente a uma hora e meia de distância entre as duas cidades.

— Ai, meu Deus. Eu não acredito que não pensei nisso antes. Vai dar certo. Tipo assim, só vai dar pra gente se ver uma vez por semana, mas vai valer a pena.

— Ele gosta muito de você.

E era tão legal ver que nem todos os caras eram idiotas. Tanto Seth quanto Ryu eram gente boa, que se preocupavam mais com a personalidade das garotas do que com sua aparência. Mas eu não conseguia evitar sentir uma pontinha de dúvida em relação a Ryu, quando colocava na balança o fato de Seth ter ficado com Vi mesmo sem que ela passasse por uma transformação.

Ela estava com uma expressão de teimosia no rosto.
— Ryu também gosta de você. É uma pena que ele more tão longe.
— É mesmo. Eu não vou conseguir namorar a distância um cara que está em Tóquio.

Vi começou a rir.
— Acho que não. Eu nem sei qual é a diferença de fuso horário.

Eu tinha sido boba o suficiente para procurar saber, mas tanto eu quanto Ryu concordamos que embora pudéssemos trocar e-mails, nós não manteríamos o namoro. Nós dois estaríamos livres para namorar, o que era essencial para a próxima fase do meu plano. Eu mal podia esperar para ver a cara de Cameron Dean — e não porque eu fosse secretamente apaixonada pelo cara que tinha sido tão cruel comigo. Eu não nutria nenhum sentimento bom por ele. No outono, em Blackbriar, eu seria a garota que acabaria com a galera. E eu sei com quem eu seria mais dura.

Cameron tinha sido o cara mais cruel, concentrando todo o seu potencial de babaquice contra mim. Era ele que obrigava o pessoal a roubar as minhas roupas de ginástica. Foi ele que sujou a minha calça de ketchup, o que resultou em um monte de piadinhas sobre menstruação. E tinha também o pior trote de todos — o que acabara comigo —, mas eu não ia pensar naquilo agora. Lentamente, afastei a onda infinita de vergonha.

Vi está aqui, e ela gosta de mim, aqui e agora. Não que isso fosse mudar as coisas, mas eu precisava de um novo começo, livre do deboche e da humilhação. Enquanto eu lutava contra os meus demônios pessoais, Vi telefonou para Seth para contar as novidades, e eles conversaram durante uma hora sobre os planos para o futuro. Ri quando a ouvi discutindo com ele sobre o lugar em que deveriam se encontrar, porque aquele seria o lugar deles a partir de então, e isso merecia ser bem pensado, e, com certeza, não poderia ser um Burger King qualquer. Aquela era uma garota que mal conseguia conversar com um garoto no início do verão, e eu me senti feliz por ter desempenhado um pequeno papel naquilo tudo e poder tornar a vida dela um pouco melhor do que quando nos conhecemos. Ela não estava mais bonita. Mas estava mais confiante, e isso fez com que conquistasse um namorado. As pessoas que escreviam artigos sobre autoconfiança como um grande fator de atração obviamente sabiam do que estavam falando.

— Qual é a graça? — perguntou ela, depois de desligar.

— Você. — Ainda rindo, expliquei o motivo.

Ela jogou um travesseiro em mim, um hábito do qual eu sentiria falta.

— Mas você não está errada. É muito legal não sentir mais medo. Os garotos são gente como a gente, sabe? Alguns vão gostar de mim, outros não. É a vida.

— Você é mais inteligente do que parece, jovem Padawan.

— Sério. Vou escovar os dentes. E você deveria ligar para o Ryu.

Quando Vi pegou o seu cesto de artigos de banho, fui buscar o meu telefone, que tocou ao meu toque. Aparentemente, Seth estava falando a mesma coisa para Ryu.

— Oi — disse ele.

— Oi.

Senti um nó na garganta. Eu gostava de conversar com Ryu, rir com ele, sentir seu braço envolvendo os meus ombros em uma noite de verão, enquanto eu fazia anotações sobre os fenômenos astrológicos.

— A Vi passou um sermão?

Dei uma risada baixinha.

— Passou. Eles não conseguem entender que as nossas circunstâncias são diferentes agora. A distância para eles vai ser difícil, mas possível de contornar.

— Mas isso não faria o menor sentido para a gente — completou ele.

— Eu sabia que usar aquela camiseta era uma boa estratégia. — Distraída, eu me perguntei por que Kian a tinha comprado.

— Você vai usá-la de novo? — Embora ele estivesse tentando disfarçar, percebi que não queria que eu voltasse a usá-la.

Se eu usasse a camiseta de novo, ela ia virar meio que um fetiche, como se eu fosse obcecada por japoneses, e eu não pretendia diminuir o que tínhamos vivido juntos.

— Não — respondi. — Ela funcionou muito bem. Mas eu tenho que confessar uma coisa. Ganhei esta camiseta de presente e não fazia ideia do que estava escrito. Eu só não quis que você achasse que eu era idiota.

Ele riu.

— Eu sei. Você disfarçou bem, mas deu para perceber. Nos primeiros trinta segundos, você estava meio que "como assim?" — continuou Ryu. — E claro que você não é idiota. Você deu um banho em física. Você é tudo de bom.

Eu não era tudo de bom, até Kian colocar as mãos em mim. Senti o coração disparar só de pensar em vê-lo de novo. *Hormônios em ebulição. Não é isso.* O mais provável é que fosse apenas uma combinação de fatores que estavam me fazendo me sentir assim. Ele me salvara e mudara a minha vida. Como eu poderia não sentir alguma coisa por ele? Eu ia superar.

— Vou mandar e-mails — prometi. — Com a diferença de fuso horário, vai ser difícil nos falarmos por Skype.

— Legal. E quem sabe em qual faculdade vamos entrar...

— Você está pensando em alguma nos Estados Unidos?

— Estou. A família da minha mãe mora em Sacramento.

Eu sabia que o pai dele era japonês e a mãe, americana, transferida para o exterior pela empresa em que trabalhava; ela conheceu o pai dele, amou o lugar e resolveu ficar. Já que eu não esperara estar viva, eu não fizera nenhum plano para a faculdade. Senti uma ponta de remorso. Eu mentira quando os meus pais me perguntaram, e como eles *confiavam* em mim, não pediram para ver as minhas notas no vestibular. Por que fariam isso? Eu não os enganei; então, até onde eles sabiam, eu nunca tinha tido nenhum problema. Eu era inteligente; tinha os genes deles, e só tirava dez em todas as provas. Então, quando inventei as minhas notas e aceitei os elogios, eles pediram uma pizza.

Felizmente, eu ainda teria tempo para salvar o desastre.

— Vou ter que fazer o vestibular de novo — murmurei.

Mentira. Eu nem fizera as provas. Disse para os meus pais que fiz, mas, na verdade, fui ao cinema e comi pipoca o dia inteiro. Ocupados com a pesquisa e com os alunos de graduação, eles permitiam que eu administrasse as minhas notas porque isso me ensinava a ser autossuficiente. Dessa forma, eu não iria para a faculdade e acabaria morrendo no meu próprio vômito porque nunca havia tomado conta de mim mesma. Quando Vi me contou sobre os seus pais, percebi que não era que meus pais não ligassem, eles só não viam como a abordagem fria deles me afetava. O que eles faziam como sinal de confiança, a mim parecia indiferença, embora os adolescentes com pais superprotetores talvez valorizassem a liberdade que eu tinha como certa. Foi impressionante o quanto aprendi – e mudei – em cinco semanas.

– Sério? Não acredito.

– Foi um dia ruim.

– Tenho certeza de que você vai se dar bem na próxima vez – declarou Ryu.

– De qualquer forma, vou avisar quais universidades estou analisando.

Ele ficou mais animado.

– E eu também. Mesmo que a gente nunca mais volte a namorar, ia ser ótimo se a gente pudesse sair.

Sorri.

– Também acho. Boa viagem, Ryu.

– Tchau, Edie.

Antes que ele pudesse dizer alguma coisa, se quisesse, desliguei, e o telefone não tocou de novo. Fiquei feliz ao perceber que ele sabia quando desistir. Alguns minutos depois, Vi estava de volta com o rosto corado.

Ergui a sobrancelha ao perceber a cara de quem tinha acabado de ser beijada.

– Você saiu para se encontrar com Seth? Espero que a nossa "Barbie orientadora" não tenha pegado vocês dois no flagra.

– Que nada. Eu sou ninja. – Ela não conseguiu falar isso sem rir, ou talvez namorar Seth a tivesse deixado com um sorriso fixo no rosto.

– Melhor não deixar as suas estrelas ninjas espalhadas pelo chão para eu não pisar nelas de manhã.

— Você também vai embora cedo? Pedi para os meus pais mudarem o horário do meu voo. Vou para Chicago com Seth e, depois, pegar uma conexão para casa, e ele vai de ônibus.

— Legal. Vou tentar não fazer barulho antes de ir embora.

— Então, é melhor eu fazer isso enquanto ainda posso. — Vi correu e me deu um abraço. — Contei para todos os meus amigos sobre você. Eles esperam que você possa ir me visitar um dia para conhecê-los.

— Vou tentar. — Eu não tinha a menor dúvida de que os amigos de Vi eram legais.

Eu podia ter mais pessoas assim na minha vida.

Antes de me deitar, fiz as malas e deixei tudo pronto para ir embora. Adormeci pensando em Kian, imaginando se ele ainda estaria igual, se as coisas ficariam estranhas depois do beijo. O despertador no meu celular tocou às sete horas da manhã, e Vi nem se mexeu. Peguei as minhas roupas e saí com os meus artigos de banho. Depois de uma chuveirada, me enxuguei e me vesti no banheiro do dormitório, e voltei para o nosso quarto para pegar a minha bagagem. Dei uma última olhada para ver se eu não estava esquecendo de alguma coisa, e saí pela última vez.

Meu celular indicava que eram 7:46, mas eu não tive tempo de tomar café da manhã, e não importava, já que eu estaria em casa em questão de segundos. Encontrei o lugar onde ele me deixara e me esgueirei por trás do templo silencioso de folhas. Pelo menos era isso que me parecia, com o sol brilhando entre a folhagem. Era um lugar silencioso e sagrado, separado do outro lado da cerca viva.

Às oito horas em ponto, Kian apareceu. Eu tinha me convencido de que ele não podia ser tão lindo quanto eu me lembrava.

Mas era.

LAR É ONDE A TRISTEZA ESTÁ

O cabelo escuro cobria um dos olhos. Na floresta mal-iluminada, as mechas acobreadas não apareciam. Mas o seu rosto mantinha a beleza assombrosa que fazia o meu coração doer, como se fosse demais olhar diretamente para ele. Eu me perguntava se ele já tinha se cansado daquilo, se tivesse feito o desejo quando era jovem demais e agora quisesse ter uma aparência um pouco mais comum. Caso contrário, como ele poderia ter certeza de que não era por causa da sua beleza que as pessoas o queriam, e sim pelo que ele era? Ou talvez ele não se importasse. Afinal, o que eu sabia sobre ele?

Kian não fez nenhuma alusão ao beijo, o beijo quente, que mudou a minha vida e que eu queria que ele me desse bem agora.

— Gostou do curso?

— Adorei. Aprendi muito. Fiz alguns amigos.

— Já se acostumou com a nova aparência? — Esse fora o objetivo.

— Acho que sim. Eu me sinto um pouco mais natural agora. — Eu ainda não tinha me acostumado com a maneira como os garotos me olhavam agora, ou como eles viviam tentando me ajudar com coisas que eu era perfeitamente capaz de fazer sozinha.

— Então, vamos voltar para casa.

Senti o coração apertar por causa da decepção.

— Eu tenho algumas perguntas.

Tem? Mesmo? Minha mente ficou surpresa ao ouvir aquilo. Mas eu não podia simplesmente permitir que ele me dispensasse. A gente estava sem se ver havia semanas. E eu só voltaria a vê-lo quando estivesse pronta para o meu próximo favor, e eu não fazia ideia de quando aquilo seria.

— Sobre o acordo? — perguntou ele com voz neutra.

— É claro.

— Já tomou café da manhã?

Neguei com a cabeça.

— Então, vamos. — Para a minha surpresa, ele passou pelas folhas.

Eu o segui.

— Mas já que isso tem a ver com negócios, você não pode nos transportar para algum lugar?

— Eu poderia, mas cada uso é rastreado. Eu prefiro não me arriscar a ultrapassar a minha quota mensal de poder quando existem lugares perfeitamente adequados para comermos por aqui.

— Mas não é você que está carregando a bagagem — resmunguei.

— Agora sou eu. — Ele pegou a mala de rodinhas e a mochila antes que eu pudesse protestar. — Você só comprou isso?

— Só. Sou uma garota simples.

— Não é não.

Olhei para ele.

— Como se você me conhecesse.

— Você acha que não estudamos uma pessoa antes de ela atingir o *extremis*, Edie? Eu sei exatamente quem você é... e tudo que enfrentou.

Estremeci. Eu não sabia como me sentia em relação àquilo. Exposta, com certeza, mas acolhida também. Com Kian eu não precisava fingir que não era uma pessoa ferrada e com a cabeça cheia de planos de vingança. Ele entendia. E eu nunca teria que passar por um momento como o que passara com Ryu, quando me dei conta de que eu estava escondendo o meu lado sombrio dele.

— Tudo bem, então. Obrigada por levar as minhas coisas.

— Edie?

Antes de me virar, reconheci a voz. Ryu estava a alguns metros de distância, parecendo chocado. Kian e eu não estávamos nos tocando, mas ele estava carregando a minha bagagem de uma forma bem objetiva.

– Só um minuto – pedi.

Dei uma corrida e cruzei a distância entre nós.

– E aí?

– Quem é aquele cara?

Senti-me estranha, e troquei o peso do corpo de perna. O olhar de Kian queimava as minhas costas, mas era impossível explicar para Ryu quem ele era de uma forma compreensível. O nosso namoro de verão podia ter terminado na noite anterior, quando nos despedimos, mas eu entendia como ele estava se sentindo. Tipo *droga, é o dia seguinte... ela não gostou nem um pouco de mim.* Eu não queria que ele partisse com essa impressão.

Respirei fundo algumas vezes para parecer descolada, pelo menos por fora. A Edie dentro de mim estava batendo com a cabeça na parede.

– Aquele é o Kian. A minha carona. Você quer conhecê-lo?

Ryu registrou o que eu disse e relaxou.

– Estou indo para o aeroporto, mas tenho um minuto.

– Você quer tomar café da manhã com a gente?

– Não vai dar tempo... Mas valeu. – Ele estava sorrindo agora. Aliviado, mesmo não querendo que eu percebesse.

Mas avaliando aquele verão, eu ainda tinha passado mais tempo observando as pessoas do que conversando com elas. A minha sobrevivência na escola dependia de saber interpretar as situações corretamente e saber quando dar o fora. Eu o levei até Kian, que aguardava com uma das mãos pousada no puxador da minha mala. A expressão em seu rosto era neutra; sua postura irradiando frieza. Ainda assim, ele acenou como se tudo fosse normal.

– Ryu, Kian.

Eles trocaram um cumprimento que envolvia bater as mãos e os punhos. Conversamos um pouco; Kian não foi grosso, apenas... reservado. Eu não consegui entender qual era a dele, e Ryu pareceu não notar nada de estranho. Logo, o táxi de Ryu chegou. Ele me deu um beijo de despedida – e eu nem precisei pedir. Correspondi de forma calorosa o suficiente para ele partir feliz. Ele entrou no carro com a promessa de me enviar um e-mail.

— Namorado de verão? — adivinhou Kian, enquanto o táxi se afastava.

— É. Eu precisava namorar um cara legal antes de acabar com o babacão alfa em Blackbriar.

— Bem pensado.

— Por que você me deu aquela camiseta? — Não achei que ele fosse fingir que não sabia do que eu estava falando.

Ele olhou para as folhas das árvores acima de nós.

— Meu chefe me mandou fazer isso.

— Ele disse o porquê?

— Ele disse que ela colocaria você no caminho certo.

— Meio obscuro isso. Era para eu conhecer Ryu? — Se eu acreditasse em metade daquela baboseira, enlouqueceria bem rapidamente. — Por que o seu chefe se importa com quem eu namoro?

Ele ficou sério.

— Tem um café no final da rua. Tudo bem?

Ele mudou totalmente de assunto. Ele não quer falar sobre isso. Era bobeira, mas senti uma chama se acender dentro de mim, correndo pelas minhas veias e espalhando um calor irresistível. Mesmo sabendo perfeitamente bem que Kian queria manter a mente nos negócios, talvez eu não quisesse. Talvez eu não fosse.

— Tá, tudo bem.

Jeannine's era melhor do que a rede de restaurantes IHOP, mas tinha um preço razoável, o que fazia sentido, já que serviam o tipo de comida que estudantes bêbados adoravam e podiam pagar. O sol brilhava, e o céu estava azul. E eu curti a caminhada, mesmo que tenhamos ficado em silêncio. As corridas com Seth, três vezes por semana, me fizeram gostar disso, e eu manteria essa rotina quando voltasse para casa. Durante o caminho, eu me perguntava por que o chefe de Kian tinha algum interesse na minha vida social.

Kian não falou até nos acomodarmos na mesa.

— Você disse que tinha algumas perguntas?

— Isso. *Você* está na lista de pessoas que o seu chefe quer que eu namore? — *Bem direta, me expondo diante dele.* Mas eu não queria me abrir totalmente. Até onde ele sabia, eu poderia estar perguntando apenas por curiosidade intelectual.

Mas não era o caso.

— Agora? Não. O que mais?

Pensei rápido.

— Você disse que eu preciso usar os meus dois últimos favores no período de cinco anos. Essa é a única condição? Preciso esperar algum tempo para fazer os pedidos ou posso fazer os dois juntos?

— O período é de cinco anos. Só. — Os olhos verdes com tons âmbar se estreitaram. — Você espera que eu acredite que foi por *isso* que você quis adiar a sua viagem para casa? Você poderia ter feito essas perguntas na porta da sua casa. Você disse perguntas. Plural.

Você pensa no nosso beijo? Você sentiu saudades de mim? Mas essas perguntas não tinham nada a ver com o acordo, como eu tinha dito antes, e eu não era tão corajosa assim. Precisaria muito mais do que o Programa de Ciências de Verão para ter esse tipo de autoconfiança.

Por sorte, eu tinha outra preocupação:

— O cara que perdeu a vaga por minha causa quebrou a perna. Você teve alguma coisa a ver com isso?

Kian não negou.

— Eu disse para Wedderburn que precisava que você fosse matriculada como parte do seu favor. Ele resolveu as coisas a partir daí.

Droga. Então o chefe dele foi quem tornou aquilo possível. De alguma forma. Isso é... assustador.

— Ele não se importa se alguém se machucar?

— O que Wedderburn considera prejudicar alguém é bem diferente do que achamos. A perna do garoto vai ficar boa em seis semanas e, para ele, isso não é nada. — Deu para perceber que Kian estava repetindo as palavras do chefe. — Se você está perguntando se eu sabia, a resposta é não, eu não sabia. Ele nunca me conta os seus planos até que seja tarde demais para fazer alguma coisa a respeito.

Ele parecia tão triste. Fiquei pensando quantos de nós ele iludia. Senti um frio na espinha, escurecendo a manhã ensolarada. Então, mudei de assunto:

— Uma última coisa. Estou preocupada com a questão do plano de pagamento dos favores... É tudo vago demais e isto está me deixando nervosa. Será que pode me contar como foi com você?

Ele pensou um pouco sobre isso, como se estivesse avaliando um livro de regras na sua mente.

— Na verdade, eu posso, sim, desde que não dê detalhes específicos sobre as outras coisas.

— Então, você poderia me contar?

Antes que ele pudesse começar, a garçonete se aproximou. Pedi uma omelete altamente proteica, enquanto Kian optou por panquecas com *blueberries* e porção extra de creme. Fiquei pensando se um dos favores dele podia ter sido comer tudo o que quisesse sem engordar. *Será que isso seria possível?*

Assim que a atendente saiu, ele murmurou:

— Tudo bem. Eu tinha quinze anos quando atingi o *extremis*. E usei todos os meus favores em um ano. — Um tom de arrependimento ficou evidente em suas palavras.

— Por que tão rápido?

Seu silêncio demonstrou que ele não tinha intenção de me explicar os motivos. *Tudo bem.* Meu Deus, eu queria saber o que o tornara tão infeliz. Isso não era justo, ele sabia tudo sobre mim. No entanto, não éramos amigos. Não tínhamos nenhuma relação, a não ser pelo acordo.

Tentei ir por outro caminho:

— Você parece ser tão novo. Eles não devem ter demorado muito para pedir o pagamento.

— Você quer saber quantos anos eu tenho? — Ele pareceu achar aquilo engraçado.

— Não importa. — A não ser para satisfazer a minha curiosidade. E ele obviamente não iria me contar.

— Eu não posso dar informações pessoais.

— Aposto que você não deveria ter me beijado. — Arregalei os olhos sem acreditar que eu tinha dito aquilo em voz alta.

— Se alguém estivesse nos monitorando naquele momento, eu teria sido removido do seu contrato — disse ele em voz baixa. — E seria... castigado por conduta inapropriada.

Eu não queria isso.

— Sinto muito. Então por que você me beijou?

— Você sabe o porquê.

Eu não sabia bem se queria continuar por aí, não importava o que desejava.

— Você pode me contar sobre o seu... Como vocês chamam? Recrutador? Encarregado?

— Somos chamados de contato. E depende do que você quer saber.

— O nome dele, como vocês se conheceram. Esse tipo de coisa.

— Ele se chamava Raoul, e nós nos conhecemos na cabana de pesca do meu tio. — Pela expressão em seu rosto, aquela resposta estava no limiar do que ele tinha permissão para me contar. E isso me desencorajou a fazer mais perguntas sobre o que acontecera naquele dia.

— Você gostava dele?

Um meio-sorriso.

— Eu não pedi que ele me beijasse, se é isso que quer saber.

— Vocês ainda se falam?

O sorriso se apagou.

— Não.

— Como ele era?

— Você já assistiu ao filme *Highlander — O guerreiro imortal*, não é?

Era uma pergunta retórica, dava para perceber que ele sabia que eu já tinha assistido centenas de vezes e que eu tinha uma edição especial com cortes do diretor. Mas assenti de qualquer forma.

— Ramirez. Ele era como o Ramirez.

Imaginei um homem rigoroso com cabelos prateados e barba grisalha, batendo no ombro de Kian e dizendo para ele parar de se lamentar.

— Deve ter sido... Épico.

— Meio que foi mesmo.

— Não é de estranhar que você tenha aceitado o trato.

A comida chegou. Comemos em silêncio enquanto eu imaginava alguma forma para ele passar o dia todo comigo – isso sem gastar nenhum outro favor. Eu não era tão burra assim.

— A maioria das pessoas aceita.

— Qual é o favor mais comum?

— Dinheiro.

— Eu deveria ter imaginado. E se eu precisasse da sua ajuda para pesquisar um pedido em potencial de formas não disponíveis para mim? Isso é permitido?

Ele ficou me olhando por um tempo.

— Edie... Não apresse os seus outros dois favores. Sério mesmo.

O que você está tentando me dizer com esses olhos? Continuei olhando para ele, sem conseguir fazer nenhuma outra coisa. Quando ele voltou a comer, senti que eu tinha sido libertada de algum feitiço. *Kian é muito gato. Não consigo resistir.*

— Pode deixar.

— Mas... — Ele hesitou, como se estivesse avaliando o que estava prestes a dizer. — Se você precisar de ajuda com algo relacionado com o contrato, eu vou ajudar. Faz parte do meu trabalho.

— Isso poderia levar o dia todo.

Essa não é uma boa ideia estava na ponta da língua ele. Dava para perceber, mas ele respondeu:

— A minha agenda está livre.

— Você tem outros clientes?

— Nunca mais do que cinco de uma vez.

Juntei essa informação com as outras que eu já tinha armazenado. Então, ele tinha salvado mais quatro pessoas do *extremis*, além de mim. Eu queria saber quantos favores elas já tinham pedido, quantos anos tinham, com que frequência ele se encontrava com elas, e se ele já tinha *beijado* uma delas. Ele devia ter algum tipo de cláusula de confidencialidade; parecia ter que obedecer a todos os tipos de regras.

— Você mencionou monitoramento um pouco antes? Com que frequência...

— Eu não sei — ele me cortou. — E essa é questão. Isso é para me manter honesto e concentrado nas minhas tarefas.

— É como quando você entra em contato com a companhia telefônica e eles dizem que a ligação pode ser gravada para a nossa proteção para prestarem um serviço melhor?

— Mais ou menos.

Aquilo era frustrante. Eu queria conhecê-lo, mas ele já tinha me dito que não podia me dar informações pessoais. Eu não queria causar confusão, ou pior, fazer com que ele fosse removido do meu contrato. Isso significaria que eu nunca mais voltaria a vê-lo. E ele devia se sentir do mesmo modo, ou não estaria cooperando, principalmente sabendo que não devia.

— Se eu estiver forçando a barra, me avise. Eu não vou ficar arrasada.

Já fiquei uma vez. Isso não vai acontecer de novo.

— Não é isso — respondeu ele em voz baixa.

Ele olhou para o relógio, que era diferente de qualquer outro que eu já vira antes. O mostrador brilhava com uma transparência cristalina pouco comum e havia diversos botões na lateral. Dava para perceber que eu deveria entender o olhar significativo que ele tinha me lançado, então analisei o relógio, mas não consegui chegar a nenhuma resposta imediata. Então, peguei papel e caneta na minha bolsa. Eu não sabia qual era a forma do monitoramento; tinha um cara no meu quarteirão que estava convencido de que o governo podia ouvir tudo o que falávamos através de um satélite no espaço.

Escrevi:

O que o relógio tem a ver com o seu monitoramento?

Kian se debruçou para ler e respondeu:

Ele registra tudo. Podem usá-lo como escuta a qualquer momento que quiserem. Ele também registra o uso de energia, e existem contadores que calculam a minha potência em relação aos favores que fiz.

Isso parecia horrível.

Você pode tirá-lo?

Desgostoso, ele negou e, então, fez um gesto com a cabeça indicando que eu deveria guardar o papel antes que despertasse a curiosidade de alguém. Estávamos em silêncio havia bastante tempo. Antes, ele tinha mencionado a sede da empresa, mas afirmara que não tinha me levado até lá para não me assustar. Eu estava começando a entender o motivo. As pessoas sombrias para quem Kian trabalhava — com seu incrível poder e controle opressivo — não pareciam ser do tipo que faziam corte de pessoal, a não ser que fosse para cortar cabeças, literalmente.

Percebi que talvez eu o estivesse colocando em perigo com a minha busca, e isto me assustou. Então, terminei de comer enquanto fazia perguntas corriqueiras sobre o acordo. Sua expressão era um misto de alívio e pesar. Um brilho de desejos vãos apareceu em seus olhos enquanto pagava a conta. Levantei-me com um impulso.

— Você pode me levar para casa. As minhas dúvidas não levaram tanto tempo quanto eu esperava. E preciso pensar antes de pedir o meu próximo favor.

— Tem certeza? — perguntou ele.

Embora ele talvez estivesse disposto a apostar que não seria pego quebrando as regras, eu não estava. Assenti.

— Obrigada pelo café da manhã.

Kian seguiu na frente enquanto saíamos do restaurante e, como antes, ele encontrou um local calmo, onde pegou a minha mão. O mundo saltou diante dos meus olhos, como se estivéssemos nos movendo rápido demais para eu ver, e senti a mesma sensação de velocidade no estômago quando voltei à existência no beco a poucos quarteirões da minha casa. Ele ainda estava com as minhas coisas, então estendi a mão para pegá-las. Eu não queria soltar a mão dele porque não sabia quando nos veríamos novamente, mas me obriguei a relaxar os dedos.

Ele pressionou um pedaço de papel na palma da minha mão, mas não fez qualquer comentário sobre o gesto.

— Você consegue levar as suas coisas sozinha? — Tom educado e profissional.

— Consigo.

— Então, até qualquer dia. — Em termos de despedida, esta foi discreta e apagada, mas os seus olhos me disseram outras coisas.

Ou talvez fosse só o que eu queria.

Pare com isso, disse para mim mesma. *Você ganhou aquele beijo, e isso deveria ser tudo. Você tem sorte de ele não ter sido pego.*

Dei dois passos para sair do beco e, quando olhei para trás, ele já havia desaparecido. Pois bem, eu já tinha muita coisa com que me preocupar. As aulas recomeçariam em dez dias. Eu tinha que comprar uniforme e material escolar — então, parei porque não queria me enganar por mais um minuto sequer. Eu precisava ler o bilhete que ele escrevera.

Não confie em ninguém, apenas em mim. Logo entrarei em contato.

Talvez ele estivesse apenas tentando me assustar e me obrigar a pedir outro favor? Proteção contra os seus chefes psicóticos, talvez? Eu não tinha certeza se devia confiar em Kian, apesar de ele ser tão lindo e sua alma tão sofrida. Não custava nada ser cautelosa.

E eu tinha que começar a fazer os meus planos agora, para a vida que não esperava ter. Nem todo adolescente era salvo em um passe de mágica, porém. Enquanto caminhava para o prédio de tijolos vermelhos, eu me perguntava se poderia trabalhar como voluntária em um desses serviços de ajuda para compartilhar a minha experiência com quem não teve tanta sorte. Provavelmente eu deveria ter no mínimo dezoito anos ou passar por algum tipo de treinamento especial, então adiei a ideia. Eu poderia reservar um tempo no meu primeiro ano de faculdade como uma forma de corrente do bem.

Senti um frio no estômago de nervoso à medida que me aproximava de casa. Eu só conversara com os meus pais duas vezes durante o verão, além de e-mails afobados e mensagens de texto. Para preservar a minha independência, eles definiram uma palavra-código para mostrar que era mesmo eu e eu a usava no final de todas as mensagens. Dessa forma, eles não precisavam temer que eu tivesse sido sequestrada e o meu captor estivesse usando o meu telefone. Talvez meus pais assistissem muito à série policial de TV *Criminal Minds*, mas o sistema funcionava sem precisar de longas conversas e era mais fácil para eles responderem enquanto estavam viajando. Da última vez que nos falamos, eles disseram que iam voltar uns dois dias antes de mim.

Queria saber como eles vão reagir à minha nova aparência.

Eles ficariam surpresos... Por tantos motivos. Disse para mim mesma que não adiantava adiar, então subi as escadas até o nosso apartamento. Depois de respirar fundo, peguei as chaves e destranquei a porta. Eles não estavam na sala, então deviam ter dormido até um pouco mais tarde... e deviam estar na cozinha, comendo mingau de aveia.

— Cheguei! — avisei.

Meus pais vieram até a porta da cozinha e, então, pararam. A expressão deles demonstrava o choque que estavam sentindo — e, no caso do meu pai, ele parecia horrorizado.

— Edith...?

— Como foi o verão? — perguntei, fingindo não ter notado a reação deles.

— Muito trabalho. — Meu pai listou todas as conferências e a quantidade era impressionante. Parecia que eles tinham viajado muito. Se eu tivesse ficado na cidade, teria tido sorte de vê-los uma vez em dois meses.

Meus pais se comunicaram telepaticamente, trocando um olhar cheio de significado, e, então, minha mãe disse:

— Você está muito bonita, filha.

— Valeu. A minha colega de quarto era dessas que adoram ficar em forma e me convenceu a malhar com ela. — Menti fazendo um pedido mental de desculpas para Vi. — Também fomos a um cabeleireiro.

Resultados como o meu não eram conseguidos apenas com uma simples dieta no verão nem um corte de cabelo e tintura, mas os meus pais, sendo totalmente indiferentes à aparência física, não sabiam disso. Eles se atrapalharam por mais alguns segundos, murmurando palavras incoerentes de apoio e aprovação. Foi até meio fofo eles não saberem como reagir. Ficou claro que eles jamais tinham conversado sobre isso, já que tinham me criado para ser uma pessoa com desempenho acima da média.

— Bem, desde que você esteja feliz — declarou meu pai por fim, como se eu tivesse feito uma tatuagem e pintado o cabelo de fúcsia. — Como foi o Programa de Ciências de Verão?

Percebi que eles queriam voltar logo para o terreno familiar, então falei sobre o plano de ensino e o que aprendi, o que os tranquilizou. Pelo menos ter cabelo bonito não fez o meu cérebro apodrecer. Depois que terminei o meu resumo, disse:

— Preciso desfazer as malas. Tudo bem? Então, vou precisar comprar umas coisas para a escola. — Diante da expressão assustada de ambos, acrescentei: — Apenas uniforme e o material de sempre.

Eu ainda precisava usar saia preguada verde e azul-marinho, camisa branca e um blazer azul-marinho, que era o uniforme de Blackbriar. Havia formas de fazer com que essa roupa parecesse interessante, porém, e se você fosse um dos belos, os professores faziam vista grossa para as infrações, como excesso de acessórios, maquiagem, saia mais curta, plataforma nos sapatos boneca e coisas assim. A maioria das garotas populares parecia sair diretamente de um vídeo de estudantes enlouquecidas. Eu tinha pouco mais de uma semana para conseguir um estilo próprio sem imitá-las.

— É claro — minha mãe concordou. — Vou deixar o cartão de crédito com você.

Assenti.

— Depois que eu guardar as minhas coisas, OK?

— Você parece relaxada mesmo depois da viagem e do aeroporto — disse meu pai.

Eles eram inteligentes. Se eu me distraísse, começariam a pensar e eu não teria como lidar com as perguntas.

— É, eu peguei um voo noturno e dormi a noite toda.

— A melhor forma de viajar.

Antes que tivessem a chance de fazer mais perguntas, peguei as minhas malas e fui direto para o meu quarto. Assim que fechei a porta, me senti um pouco mais segura. Felizmente não tínhamos uma relação muito próxima, ou eles ficariam desconfiados da minha pressa para me afastar. Mas eu sempre passara muito tempo sozinha no meu quarto, e isto não tinha mudado.

Comecei fazendo o que disse que faria depois, então mandei um e-mail rápido para Vi e Ryu. Não esperava que eles fossem responder tão cedo, já que estavam voltando para as próprias vidas, mas eu os considerava meus únicos amigos verdadeiros, o que era meio triste. Pelo menos eu *tinha* alguns amigos agora. Só de saber que eles existiam – e que gostavam de mim – me ajudava a me preparar para o confronto que estava por vir. E isso fazia parecer que eu estava colocando um cinto com revólveres e desafiando Cameron Dean para um duelo ao meio-dia em ponto. A verdade é que eu era muito mais sorrateira.

Durante o restante do dia, passei o tempo na internet aprendendo penteados diferentes, assistindo tutoriais de maquiagem para aplicar sombra, delineador, base e outros produtos dos quais eu apenas ouvira falar vagamente antes do verão. Minha mãe nunca me ensinara sobre nada daquilo. Acho que nem *ela* sabia. Se eu tivesse perguntado, tenho certeza de que ela faria um discurso sobre os perigos da vaidade em oposição aos valores do feminismo, mas o que eu estava fazendo não era apenas pela aparência. Não, esse era o meu disfarce para o meu trabalho em Blackbriar. Eu ia me infiltrar no meio deles, e os belos precisavam acreditar que eu tinha mudado o suficiente para me tornar um deles. Daí o disfarce. Sempre tive um desempenho acima da média no mundo acadêmico, agora chegara o momento de aplicar essa característica à minha vida social.

Minha mãe bateu na porta por volta das nove horas da noite. Esperou que eu abrisse antes de falar:

– Você disse que precisava comprar algumas coisas antes do início das aulas?

– Estou pensando em comprar tudo amanhã.

– Quer que eu vá com você? – O tom de sua voz indicava que ela preferia ser convocada pelo tribunal como júri, mas que se sentiu na obrigação de se oferecer.

– Não precisa.

– Então, aqui está o cartão. Pegue as notas fiscais, por favor. – Essa era a minha mãe, sempre preocupada em organizar todos os números nas colunas certas. Ela devia enlouquecer seus alunos.

Só Deus sabe o que ela diria se eu explicasse como havia acontecido a minha transformação. Melhor aposta: ela acharia que eu tinha tomado algum remédio perigoso e ilegal para emagrecer e me mandaria direto para um centro de reabilitação. E eu não conseguiria colocar o plano que fizera no verão em ação – fazer Cameron Dean pagar, junto com o resto da Galera Blindada.

Então, sorri para ela, e isto deve tê-la deixado com a pulga atrás da orelha. Ela hesitou antes de sair.

– Você quer conversar sobre... alguma coisa?

Fingi que não entendi o que ela queria dizer.

– Não precisa, o meu horário já está definido. Eu vou fazer Cálculo Avançado, Física, Literatura, História Geral, Japonês Básico, Fotografia e Informática.

– Um currículo bem equilibrado. Então, boa noite.

Ela saiu, sem dúvida se sentindo bem por ter uma filha tão organizada e racional. A verdade acabaria com ela, com os dois, na verdade. Ouvi um som no meu computador indicando que tinha recebido um e-mail. Só poderia ser de Ryu ou de Vi, uma vez que não tinha mais ninguém.

Você já chegou em casa? Esqueci quanto tempo demora um voo para Boston. De qualquer forma, já cheguei. Minha mãe fez a pior festa de BOAS-VINDAS que eu já vi. Tinha até gelatina. Você disse que estuda na Blackbriar, né? Aposto que você sentiu falta dos seus amigos de verdade, mas estou muito feliz por termos nos conhecido.
A gente se fala! Vi

– Amigos de verdade? – falei em voz alta.

Pode crer. Em mais ou menos um mês, eu talvez tenha pessoas que *finjam* gostar de mim, que querem me conhecer melhor, mas elas seriam um meio para eu atingir o meu objetivo. A Galera Blindada *não* fazia a menor ideia de que o Armagedom estava prestes a começar.

SANGUE NA ÁGUA

De manhã, passei por todo o processo de me arrumar e saí para enfrentar o mundo. No fundo, eu me sentia um pouco desconfortável com as minhas roupas novas, apesar de tê-las usado durante todo o verão. Parte de mim ainda queria deixar o cabelo cobrir o meu rosto, curvar os ombros e caminhar rápido demais, como se isso fosse suficiente para que as pessoas não olhassem para mim nem me julgassem. Precisei de toda a autoconfiança que conquistei durante o Programa de Ciências de Verão para sair do prédio. Nosso vizinho do andar de baixo sorriu para mim enquanto subia os quatro degraus que levavam à porta do prédio; o sr. Lewis era um excêntrico, mas achei que ele talvez pudesse estar mudando. Respirei fundo e fui para a estação de metrô.

Minha primeira parada seria em Blackbriar; a loja de uniformes ia abrir a partir daquele dia e nenhuma das roupas que eu usara no ano anterior me servia. Senti um aperto no estômago conforme descia para a estação, usava o meu cartão de passagem e entrava no trem que não estava tão lotado quanto costumava ficar um pouco mais cedo. Além disso, eu estava seguindo para o lado oposto ao centro da cidade.

O endereço de Blackbriar era em Auburndale. O colégio era do tamanho de uma pequena universidade particular, "terreno exuberante e bucólico no qual o currículo é..." e alguma bobagem na declaração da missão sobre respeito e diversidade, mas havia, com certeza, muita gente branca em Blackbriar. Isso também acontecia no clube próximo e na etiqueta de preço do valor anual da escola.

Meus pais moravam relativamente perto da universidade sem terem que pagar os preços praticados em Beacon Hill ou Back Bay. Isso significava que eu levava vinte minutos de metrô, e a caminhada da estação para o colégio não era tão ruim, a não ser que estivesse chovendo ou nevando. Nesses dias, eu esperava que algum idiota passasse por uma poça com seu carro esportivo e caro, comprado com o dinheiro do papai, só para me molhar. Como meus pais eram professores universitários, eu contava com um bom plano de saúde e excelentes recursos acadêmicos, mas nenhum carro. O valor da patente deles era suficiente para me manter na Blackbriar, mas eles não nadavam em dinheiro, diferente da maioria das pessoas do colégio, que tinha casa de veraneio em Martha's Vineyard e viajava para a Europa nas férias de inverno.

E eu moro em um prédio sem elevador e ando de metrô.

Pela primeira vez na vida, enfrentei problemas no metrô. Vejam bem, a aparência sem-graça é como uma capa de invisibilidade. As pessoas costumavam fingir que não estavam me vendo ou, se eu percebesse que estavam me olhando, elas desviavam o olhar. Às vezes, eu ouvia piadinhas ou insultos e já estava acostumada com isso. Mas hoje, dois universitários brigaram para ver quem ia se sentar ao meu lado, e o vencedor imediatamente invadiu o meu espaço, então eu teria de tocar o meu joelho no dele ou encolher as pernas. *O bom e velho hábito de os homens se sentarem de pernas abertas.*

Acho que eu deveria olhar para ele ou dar algum sinal de que tinha percebido a sua presença. Mas só fiquei em silêncio durante o trajeto, apesar de suas tentativas de chamar a minha atenção. Aparentemente, isso foi o bastante para ele me xingar de "metida a besta" quando saí do trem.

Não estou interessada, imbecil.

Achei que a compra dos uniformes fosse ser tranquila, por assim dizer. Hoje provavelmente só encontraria os alunos novos ou aqueles que engordaram ou emagreceram no verão, mas isso me ajudaria a avaliar a reação das pessoas. Apostava que a maioria não me reconheceria. Já que estava de short, tênis Converse e uma leve camisa tipo regata, corri da estação até o portão de entrada, só para ver quanto tempo levaria.

Seis minutos.

Os portões de ferro preto estavam abertos, como um convite aos alunos e ex-alunos a entrarem na terra mágica do aprendizado. Durante o ano letivo haveria seguranças ali, porque filhos de políticos, dignitários e executivos frequentavam a escola. Na hora da saída, a área de manobra de carros estaria cheia de utilitários esportivos pretos e guarda-costas para pegar os filhos menores de dezesseis anos de gente importante. Segui o caminho pavimentado até o prédio de tijolos com detalhes brancos e colunas coloniais combinando.

Engraçado como o meu inferno pessoal podia ser tão elegante.

O prédio principal abrigava os escritórios administrativos, a biblioteca, o auditório e algumas salas de aula do primeiro ano. Gramados verdes bem-cuidados cruzavam caminhos de pedras que levavam aos diversos departamentos, cada qual construído com um estilo arquitetônico único. O complexo de atletismo foi construído no estilo que chamo de revitalização grega, com fachada de pedras brancas, colunas e uma cúpula sobre a piscina.

O próprio tamanho do campus às vezes nos atrapalhava a chegar nas aulas na hora certa. Era ainda pior quando algum imbecil ficava no seu caminho. *Não que os professores se importassem* com o motivo *de eu ter me atrasado.* Entrei pela porta da frente e procurei mudanças. Já que estávamos no meio de agosto, o corredor estava praticamente vazio, a não ser por alguns alunos transferidos com expressões assustadas no rosto. Eu entendia aquela reação; Blackbriar era muito intimidadora, e eles provavelmente demorariam uma semana para se lembrarem de onde cada aula era dada. A maioria dos prédios era nomeado em homenagem a um dos benfeitores da escola e isso dificultava ainda mais as coisas.

Alunos voluntários estavam vendendo uniformes na loja da escola, onde você poderia comprar todo tipo de porcaria com a logomarca da instituição: canetas, cadernos, pastas, casacos, camisetas, bonés, além do uniforme exigido. Eu sabia qual era o meu tamanho, então entrei, querendo resolver logo aquilo. Congelei alguns segundos depois, quando reconheci Cameron Dean de costas para mim enquanto arrumava os itens do estoque. Senti a velha e horrível sensação de humilhação tomar conta de mim, até que achei que fosse vomitar.

Controle-se. Caso contrário você vai acabar com a sua segunda chance. Mantenha a calma. Isso pode até ser melhor para você. Se ele espalhar a novidade sobre você, isso tornará o primeiro dia de aula bem mais fácil.

Então, respirei fundo uma vez, depois outra, e pensei em Kian. Seu rosto ocupou a minha mente e me deu o equilíbrio de que eu precisava. E não foi o fato de ele ser lindo que me encorajou, mas sim o fato de gostar de mim antes. *Ou pelo menos foi isso o que ele disse.*

Cameron tinha cabelo castanho e olhos azuis brilhantes, o modelo de perfeição para um cara americano. Até o sorriso era bonito – com covinhas –, não que eu já o tivesse visto antes. Mas no instante em que me aproximei do balcão, ele ficou deslumbrado, embora namorasse com Brittany King, a rainha da turma, havia quase dois anos.

– Você deve ser nova aqui – cumprimentou ele.

Neguei com a cabeça, colocando a minha lista de compras no balcão e a empurrando na direção dele. Senti um prazer ridículo ao responder:

– Nada disso. Olha só, eu não vim aqui para conversar com os funcionários. Será que você poderia providenciar o meu pedido, por favor?

O sorriso dele se apagou, como se não conseguisse entender como eu não tinha caído de joelhos diante do seu charme.

– Eu não *trabalho* aqui de verdade. Estou só ajudando a Associação de Pais e Professores porque sou um cara legal.

– Bom demais para trabalhar para ganhar a vida, né? – Torci a boca em um sorriso de deboche. – Por que será que isso não me surpreende?

– Você tem algum problema comigo? – perguntou ele.

Você está indo longe demais, pensei.

– Só o fato de ainda não estar com os meus uniformes. – Fiquei em silêncio e inclinei a cabeça. – Peraí, você achou que eu estava falando sério? Você não tem senso de humor?

Eu ouvira as pessoas dizerem coisas cruéis e imperdoáveis a minha vida inteira, geralmente para mim, e, em seguida, inverterem as coisas como se eu fosse o problema. *Você vai chorar, Come-come? Não sabe brincar? Por que você não faz um favor para o mundo e se mata?*

E eu quase fiz isso. Palavras detestáveis tinham um jeito de tomar conta do corpo até se tornarem um eco insuportável na sua cabeça. Mas eu não estava mais ouvindo.

— Claro — respondeu ele, seguindo para pegar as minhas roupas em várias pilhas.

Então, Cameron usou a calculadora para fazer uma conta que eu podia fazer de cabeça. Foi difícil não debochar dele, mas consegui me controlar. Eu já tinha sido fria o bastante neste encontro. Embora eu preferisse beijar um cano ejetor, tinha de convencê-lo de que eu não o achava a criatura mais nojenta da abiogênese.

Talvez eu devesse ser um pouco mais dramática.

Entreguei a ele o cartão de crédito. Parando, ele perguntou:

— Mildred Kramer? Hum...

— É o cartão da minha mãe — expliquei, embora eu tivesse certeza de que não era por isso que ele estava com cara de quem estava tentando pensar.

— Imaginei. Você não tem cara de Mildred.

— Ela sabe que eu estou usando o cartão, se é com isso que você está preocupado.

Vamos logo. Ligue os pontos, gênio.

— Não, não é isso. No ano passado, tinha uma aluna aqui com esse sobrenome.

— É mesmo? — respondi de forma neutra. — É um nome bem comum.

— Acho que sim. Você está no primeiro ano?

Neguei com a cabeça. Se eu não estivesse tão determinada a fazê-lo pagar, até sentiria pena dele, porque ele não tinha voltagem cerebral suficiente nem para acender uma lampadinha de Natal.

— Último ano. Estou surpresa de você não se lembrar. Você costumava me dar atenção demais.

— Come-come? — concluiu ele. — Quer dizer... *Edith?*

— Meus amigos me chamam de Edie — respondi despreocupada.

Não que ele fosse ser um deles.

— Caramba! O que *você* fez no verão?

Apenas sorri.

— Será que você podia passar o cartão, em vez de ficar batucando com ele no balcão? Eu ainda tenho outras coisas para comprar.

Na verdade, o que eu mais queria era me afastar dele, antes de começar a tremer ou a chorar. Só de me lembrar do que ele tinha feito comigo — e como ele pareceu nem se importar —, sentia um aperto no peito, fazendo com que fosse difícil até respirar. A vergonha estava tomando conta de mim, até apertar o meu pescoço como uma coleira. Apenas a força de vontade me manteve ereta e com um sorriso no rosto como se eu não estivesse à beira de um ataque.

— Claro. Sinto muito. — Agora, ele que parecia estranho e desajeitado.

De alguma forma, consegui manter a calma até ele me entregar o recibo para assinar. Eu tinha autorização para usar o cartão da minha mãe, então assinei e devolvi para ele, que, por sua vez, me entregou a sacola com os uniformes. *Eu ainda tinha que descobrir como sair dali sem parecer que estava me esforçando muito.*

— A gente se vê por aí — falei.

Saí da loja com passos suaves e, depois, praticamente corri para o banheiro, onde me encostei na parede, trêmula. Lentamente, a vontade de vomitar passou, mas, antes que eu pudesse me recuperar, uma garota entrou. Vi que era Jennifer Bishop, um membro periférico da Galera Blindada. Ela não era tão popular quanto Brittany ou Allison, mas já que fazia parte da turma, eu não poderia confiar nela. Jennifer tinha cabelo e olhos escuros e parecia ter ascendência tailandesa, embora o seu sobrenome não indicasse isso.

— Está tudo bem? — perguntou ela.

— Tranquilo. Eu só não tomei café da manhã hoje e fiquei um pouco tonta. — Fui até a pia e joguei um pouco de água fria no rosto, e me lembrei depois que a maioria das garotas não faria isso porque arruinaria a maquiagem.

Olhando-me no espelho, percebi que realmente tinha borrado o delineador. Com um suspiro leve, peguei uma toalha de papel e tentei consertar o estrago. Agora entendi por que as garotas Blindadas carregavam um estojo de maquiagem para todos os lugares. Parecia que eu ainda tinha algumas coisas para aprender.

— Você pode usar o meu, se quiser. — Ela estava retocando a maquiagem, mas só a ideia de correr o risco de pegar uma conjuntivite foi o suficiente para eu não aceitar.

— Valeu, mas já estou indo para casa.

— Você é a Edith, não é?

Fiquei realmente surpresa:

— Edie. A gente se conhece?

— Não, mas sei quem você é.

Depois do que Cameron fez, isso provavelmente se aplicava a todo mundo na escola, além dos cinco mil acessos no YouTube.

— O que posso dizer? Sou inesquecível.

— Desculpe-me dizer isso, mas... Fiquei meio preocupada com você no final do ano. Mas agora você está ótima. Acho que as férias de verão fizeram você ver as coisas de maneira diferente.

— É. — *Muito mais do que você pode imaginar.*

— Eu só queria que você soubesse que não tive nada a ver com o que aconteceu. E sinto muito. — Essa foi a frase mais longa que já ouvi Jennifer dizer.

— Eu sobrevivi. Mas se você quer saber, sei que a ideia não foi sua. A gente se fala depois.

A expressão em seu rosto era de sofrimento quando passei por ela, mas eu não estava nem um pouco interessada na sua crise de consciência. Pela minha sanidade, eu precisava me afastar de Blackbriar, saí do prédio principal fazendo uma corridinha. Alguns caras me paqueraram, mas foram só assovios e gracinhas, isso não fez com que eu me sentisse bonita ou especial. Na verdade, fez com que eu me sentisse ainda pior, sabendo que não importava o tipo de pessoa que eu era, apenas a minha aparência.

Por fim, eu me refiz e segui para a estação de metrô. Na cidade, comprei o material escolar e, quando voltei para casa, os meus pais tinham saído. Esse era o curso das coisas. Desde que fizera treze anos, eu passava a maior parte do tempo sozinha. Eu gostaria que os meus pais tivessem avaliado a atmosfera social em Blackbriar além das questões acadêmicas, mas esse tipo de coisa nem passava pela cabeça deles. Eles viam o ensino médio como um obstáculo a ser superado no caminho para uma ótima vida adulta, e eu deveria ignorar as pessoas que se divertiam às minhas custas. Tentei conversar sobre isso com a minha mãe uma vez, e ela me contou uma longa história sobre como as coisas eram piores quando ela estava na escola e que eu deveria ser grata por ter tantas vantagens. Isso colocou um ponto final nas minhas tentativas de fazê-la compreender o quanto as coisas estavam *péssimas*.

Tarde demais agora.

No decorrer da semana seguinte, troquei várias mensagens com a Vi e, com menos frequência, com Ryu. Eu tinha a impressão de que ele era bem popular no Japão. Isso teria me deixado triste se eu realmente acreditasse que ele estava a fim de mim, mas as respostas rápidas dele eram sempre sobre coisas relativas à volta às aulas. De manhã, eu saía para correr, principalmente porque era um exercício que podia fazer com as roupas e tênis que já tinha. Se meus pais estranharam o fato de eu acordar às sete horas da manhã para correr pelas ruas da cidade, não disseram nada. O meu novo interesse em me manter em forma se devia em parte ao meu desejo de continuar com o corpo pelo qual eu tinha vendido a minha alma — esperava que não literalmente — e, em parte, porque eu precisava gastar a energia causada pelo nervosismo.

Na véspera do início das aulas, conversei com Vi no Skype.

— Como estão as coisas aí em Boston? — perguntou ela, tentando imitar o sotaque da cidade.

— Não mudou muito desde que eu parti, então isso é bom. E como estão as coisas entre você e Seth?

Vi falou durante quinze minutos sobre como ele era maravilhoso e me contou que estavam planejando se encontrar no fim de semana seguinte.

Talvez eu não devesse ter perguntado, se não queria a resposta longa e detalhada. No meio da explicação, eu meio que me desliguei do que ela estava dizendo.

Quando decidi voltar a prestar atenção, ela estava dizendo:

— De qualquer forma, a mãe dele disse que ele não poderá vir de carro para me ver todos os fins de semana, e eles tiveram uma briga horrível, mas depois se entenderam, então vamos nos ver a cada quinze dias, e ele vai pagar uma parte do seguro do carro.

— Parece justo.

Ela assentiu.

— Além disso, isso vai nos dar uma chance de não atrasar os compromissos da escola. Quando não formos nos ver, vou colocar em dia os projetos e os créditos extras.

Só pessoas do universo nerd diriam "créditos extras" sem usar um tom de deboche ou dar uma risada maldosa, mas eu sempre gostei de superar todos os desafios que os professores faziam. Às vezes, era algo bobo, sem nenhuma dificuldade, mas servia para mostrar que você estava disposto a tentar. Uma vez que eu não tinha vida social, sempre tinha cem por cento dos pontos extras e tirava dez em todas as matérias.

— Então — continuou Vi —, eu só queria desejar um ótimo primeiro dia de aula para você.

— Para você também.

Ela parou de falar.

— Será que você não ouviu nada do que eu disse? As minhas aulas só começam na semana que vem.

Opa. Ao que tudo indicava, eu não era uma boa ouvinte, e perdi alguns detalhes que não tinham nada a ver com Seth, mas eu ia melhorar com a prática. A não ser pelo acampamento, eu tinha mais experiência em me esconder das pessoas do que conversar com elas.

— Sortuda.

— Eu estou meio entediada.

— Eu também.

A espera estava me deixando nervosa também. Eu ficava verificando o meu telefone para ver se Kian tinha enviado alguma mensagem de texto, mas nada até aquele momento. Seria um alívio começar logo a missão.

Logo depois, Vi desligou, e fui dormir. Um dos benefícios de se exercitar, porém, era que eu tinha menos insônia. Apesar dos meus temores em relação ao dia seguinte, mergulhei direto em um sono sem sonhos. Meu despertador tocou cedo, mas levantei e fiz todos os procedimentos que treinara durante a semana anterior.

No final, decidi assumir o estilo aluna clássica. Não ia usar meias até as coxas ou amarrar a camisa no momento que os professores virassem de costas. Usaria o meu uniforme exatamente como era esperado: meias azuis até a altura dos joelhos, sapatos tipo boneca sem saltos, dois botões abertos na camisa e a saia dobrada uma vez na cintura para deixá-la ligeiramente mais curta do que o permissível. Vi garotas bem mais ousadas. Prendi o cabelo em uma trança, em estilo sexy e meio folgada, com algumas mechas soltas. A minha aparência parecia despretensiosa, mas eu levara quase meia hora para conseguir o efeito, e um pouco mais depois que apliquei a maquiagem. Mas, no fim, valeu a pena.

Pelo menos eu parecia uma das pessoas bonitas, alguém que poderia muito bem fazer parte da Galera Blindada. No café da manhã, comi um iogurte e uma fruta, escovei os dentes e me despedi dos meus pais, que ainda estavam acordando. Eles eram pessoas noturnas, não no sentido de serem festeiros, mas ficavam acordados até tarde, assistindo a documentários ou lendo artigos científicos, enquanto tomavam xícaras e mais xícaras de chá quente.

— Você não quer um mingau de aveia? — perguntou minha mãe.

— Não, eu já comi. Tchau!

Tinha chegado o momento de partir do planejamento e da preparação para a vingança e a punição. Quando eu acabasse a minha missão em Blackbriar, haveria sangue na água.

OS TUBARÕES ESTÃO RONDANDO, RONDANDO

Quando entrei no DeWitt Hall, onde todas as aulas de idiomas, arte e literatura eram dadas, as pessoas me encaravam enquanto eu passava. Antigamente, isso significaria que um dos Blindados tinha colado alguma piadinha nas minhas costas ou feito alguma nova fofoca. Desta vez, significava um tipo diferente de atenção, mas não era mais fácil de encarar — por motivos diferentes. Kian devia saber como era isso, e talvez ele tenha desejado me alertar a esse respeito.

Um cara cochichou:

— Quem é essa garota?

— A nova versão melhorada de Edie Kramer.

— Caramba.

— Pois é, né? Como é que um monstro se transforma nisso no verão?

Uma garota cujo nome não sei se meteu na conversa com um tom de deboche:

— Ouvi dizer que ela fez plástica: lipoaspiração, nariz, retoques e...

— Cara, eu não estou nem aí — respondeu o garoto. — Como se você tivesse nascido com esse nariz, Tara.

Senti os olhos dele em mim quando virei no corredor e entrei na sala para a minha primeira aula. Senti os joelhos trêmulos, mas logo a conversa morreu. Então, eu poderia avançar com o meu plano. Jennifer Bishop poderia oferecer a abertura de que eu precisava, uma vez que ela pareceu realmente arrependida em relação ao que os Blindados fizeram.

Escolhi me sentar no meio da sala. Se você se sentar muito na frente, é rotulado de certinho e, se sentar no fundo, indica que você quer dormir. Já que eu estava tentando me reinventar, evitei as duas classificações. *Essas pessoas não sabem nada a seu respeito. Você é um mistério.* Pelo menos eu esperava que houvesse certo ar de mistério ao meu redor. Os alunos chegaram e o professor apareceu um pouco antes do sinal tocar. Eu não o reconheci, e isso significava que ele era novo. Tentei imaginar quem teria se aposentado ou conseguido outro emprego, deixando a vaga livre.

As garotas, de repente, ficaram muito atentas, porque esse professor não podia ter mais que vinte e cinco anos, e era lindo de um jeito professoral. Com isso, quero dizer que ele estava usando um blazer de veludo com reforço de camurça nas mangas, calça jeans desbotada, camisa social listrada e botas. Tinha o queixo marcante, rosto bonito e cabelo preto que parecia desordenado, em um estilo de inspiração literária. Intimamente, suspeito que ele tenha levado muito tempo, além de produtos capilares caros, para conseguir esse efeito "não estou nem aí para o meu cabelo". À minha volta, as meninas suspiraram de leve, e os olhos castanhos dele brilharam, divertidos.

Ele escreveu no quadro-negro: "Sr. Love."

E um garoto disse:

— Sério? Seu nome é esse mesmo?

— Sei que é irônico, e o meu sobrenome representou muitos desafios nesses anos todos.

Sotaque inglês. A população feminina de Blackbriar não tinha a menor esperança de escapar de uma paixonite gigantesca neste semestre. A combinação da sua aparência e o jeito meio tímido era a criptonita de todas as garotas. Embora eu tenha registrado o quanto ele era atraente, ele não tinha me transformado em uma garota sonhadora como as outras. Isso devia indicar que eu tinha algum defeito.

Ele riscou o nome no quadro e acrescentou:

— Vocês podem me chamar de Colin. Como devem ter percebido, eu sou de Londres, e gostaria muito de compartilhar o meu apreço pela literatura com vocês. Agora, gostaria que cada um dissesse o seu nome e contasse algo interessante sobre si. Vamos começar pela direita.

Eu me desliguei das apresentações, embora tenha revirado os olhos quando uma menina disse que se chamava Nicole e que conseguia pegar o cabinho de uma cereja e dar um nó usando apenas a língua. O garoto sentado ao seu lado pediu "liga para mim", mas o sr. Love simplesmente continuou a conversa.

Logo chegou a minha vez:

— Meu nome é Edie Kramer, e... — *temo que eu tenha feito um pacto com o diabo.*

— ... e sei recitar o valor de pi em uma sequência de até cem dígitos.

— Impressionante. E você? — Fiquei satisfeita por ele ter mudado o foco de atenção para o garoto à minha frente. Embora eu soubesse que precisava me acostumar a isso se realmente quisesse me infiltrar nos Blindados, eu odiava me sentir observada.

Por fim, fiquei sabendo de todo tipo de banalidades sobre os meus colegas e, então, Colin começou a aula. Ele era um bom professor, explicando as suas expectativas logo no início e como seria a nossa avaliação. Ele também nos deu uma ideia da quantidade de leitura que esperava de nós e quantos trabalhos deveríamos fazer e, por fim, as regras da prova. Com certeza, não foi a pior primeira aula que já tive.

O restante, até a hora do almoço, me deixou dividida. Tive algumas aulas com professores do ano passado, mas todos foram educados o suficiente para fingirem que eu não me transformei em uma nova pessoa. Quando chegou a hora do intervalo, meus ombros estavam doendo de tanta tensão. Precisei reunir toda a coragem para ir ao refeitório, em vez de me esconder no banheiro. Senti um cheiro delicioso, principalmente porque quem preparava as refeições em Blackbriar eram chefs, e não cozinheiras. Havia muitas opções também, mas senti o estômago embrulhado de nervoso e peguei apenas uma salada e um iogurte. Se eu continuasse nessa dieta doida, eu acabaria ainda mais magra e, com certeza, esse *não era* um dos meus objetivos.

Quando saí da fila, quase esbarrei em Jennifer. Naquele dia, seu cabelo liso e comprido estava solto, com um brilho preto-azulado. Considerando isso e sua pele perfeita, ela era bem mais bonita do que Brittany ou Allison. Se a popularidade fosse medida apenas pela aparência, Jennifer seria a rainha da escola. Mas era bom o fato de ela parecer ter um coração.

— Eu só queria dizer que realmente gostei que você me pediu desculpas e... que está tudo bem. Então, obrigada.

Quando me desviei para passar, ela respondeu:

— Eu não sei se conseguiria perdoar o que fizeram.

Nem eu. Eu só estou fingindo.

Mas eu também não podia dar a entender que havia superado o que acontecera tão rápido assim.

— É, eu sei. Mas você não planejou aquilo. Tipo assim, você até poderia ter impedido, mas acho que... É difícil ser do contra quando todos os seus amigos estão envolvidos. — Acho que consegui equilibrar bem o tom de raiva reprimida e culpa.

Ela assentiu.

— Mas não foi legal da minha parte. Eu deveria ter ido até o diretor ou procurado algum professor. Eu gostaria de ter pensado nisso.

Eu também.

— Bom, melhor você ir. A gente se vê por aí.

As palavras pareceram escapar de sua boca:

— Se quiser, poderíamos almoçar juntas.

— Eu, com a sua turma? Não acho uma boa ideia. — Além disso, eu não estava bem certa se seria capaz de engolir alguma coisa se estivesse sentada à mesma mesa de Cameron Dean. Precisava de um pouco mais de tempo para me acostumar com a nova dinâmica e reforçar a minha vontade.

— A gente não precisa ficar com eles. Tem outras mesas disponíveis.

— Tem certeza de que eles não vão achar que você está se rendendo à inimiga? — perguntei.

Ela encolheu os ombros.

— É o mínimo que posso fazer depois de tudo. Eles vão ficar bem sem mim. Eu só... eu não quero que você almoce sozinha.

A essa altura, eu estava certa de que poderia me sentar em qualquer mesa e não ser expulsa com tochas e tridentes, mas Jennifer parecia precisar se redimir da culpa. Que nunca digam que eu me recusei a ajudar uma menina a limpar a própria consciência. Se me tornar o seu projeto de pena a fazia se sentir melhor, eu poderia usar isso.

— Tudo bem, então. Vamos nos sentar perto da janela. — Onde todos poderiam ver que Jennifer ficara ao meu lado, em vez de ficar com os Blindados.

Isso ia ser interessante.

Eu tinha comido algumas garfadas quando uma sombra caiu sobre a nossa mesa. Ergui o olhar e identifiquei Allison Vega: cabelo castanho com mechas acobreadas, pele bronzeada, olhos verdes, corpo curvilíneo. Diziam que a família dela tinha relações com o cartel. Acho que era só fofoca. As pessoas ricas e brancas tendiam a acreditar que só havia uma forma de uma família colombiana ganhar dinheiro.

— Você se perdeu, Jen? — quis saber Allison.

Ela negou com a cabeça.

— Eu estou bem, obrigada.

Todo mundo ficou atento a essa discussão, então eu parti para o ataque. O confronto nunca era fácil para mim, mas eu já estudava as técnicas deles havia três anos. *Podem dizer que eu estudei o método de interpretação para virar uma atriz.*

— Oi, Allie-cat. Você está com uma aparência bem saudável. Você parou de comer e vomitar durante o verão? — perguntei em voz alta o suficiente para algumas pessoas ouvirem.

— Vai se ferrar — respondeu ela, sorrindo.

— Seria ótimo se você fosse embora. Eu estou conversando com a Jennifer. Obrigada. — O meu tom foi educado, emoldurado com um sorriso açucarado que eu já vira Allison e Brittany usarem.

Allison ficou parada por alguns segundos, aparentemente sem conseguir pensar em nada para dizer, então ela se virou e voltou para a companhia dos Blindados. As pessoas próximas à nossa mesa abafaram o riso. Pareciam ter gostado de ver Allison ser despachada com as próprias armas. *Definitivamente*, senti certa satisfação.

— No final das contas, acho que eu não precisava ter me preocupado — declarou Jen. — Você mudou.

Dei um sorriso amarelo.

— Eu sei.

Depois disso, apreciei mais o sabor da salada e do iogurte, já que eu passara pelo primeiro obstáculo. As pessoas já sabiam que eu não era mais a mesma vítima perpétua que fora no ano anterior, e as coisas ficariam mais fáceis a partir daí. Eu não tinha uma estratégia clara de infiltração, mas ficar amiga de Jen era um ótimo começo. Ao ver outras pessoas tentarem e falharem, compreendi que eu não podia demonstrar que me importava muito em impressioná-las. Elas debochavam abertamente daqueles que se esforçavam muito e, por isso, Davina ainda não era considerada da turma, depois de três anos tentando entrar no espaço delas.

O restante do dia transcorreu de forma tranquila. Eu assisti às aulas, fiz anotações, enquanto ouvia as fofocas a meu respeito. Eu ainda podia esperar mais fofocas por mais um dia ou dois, mas, por fim, elas se cansariam de especular quantas plásticas eu fiz. Fingi não ouvir os cochichos; isto foi bem fácil depois de anos de prática, e, *agora*, elas estavam falando coisas positivas.

Imbecis.

Depois da escola, soltei um suspiro impaciente para o cara que me abordou perto do meu armário para fazer alguma pergunta sobre a aula de literatura. Como Colin ainda não tinha passado nenhum dever, foi um plano idiota para tentar me conhecer melhor. Fiquei olhando para ele, até que ele começasse a gaguejar e se afastasse. Pela primeira vez, entendi por que Allison e Brittany agiam daquela forma. Não dava para negar a ligeira sensação de poder que um simples olhar podia ter.

Mas eu não quero ser como elas para valer.

Então, tentei dar um sorriso e respondi:

— Eu preciso ir embora. Talvez a gente converse mais tarde.

— Claro — respondeu ele, parecendo aliviado.

Então, passei por ele, me juntando à multidão que seguia para a saída. A minha mochila estava cheia de livros, já que a minha dedicação aos estudos não mudara. Do lado de fora, o sol brilhava e havia algumas nuvens, mas a umidade fazia o meu cabelo enrolar. Passei pelos alunos que seguiam para os seus carros e cruzei os portões até onde todos os guarda-costas e carros pretos aguardavam.

Então, parei. Kian estava do outro lado da rua, encostado na parede de um prédio comercial. Quando me viu, ele se empertigou, olhou para ver se vinha algum carro e correu na minha direção. A gente tinha se visto duas semanas antes, mas parecia muito mais tempo. Ele estava todo de preto, mas o estilo combinava com ele e não fazia com que se parecesse um emo.

Ele estava sorrindo quando se aproximou. Para a minha surpresa, ele se inclinou e roçou os lábios nos meus, naquele tipo de beijo casual que os namorados trocam com namoradas de longa data. Como isso não se aplicava à nossa relação, eu meio que congelei, até ouvir algumas garotas comentarem o quanto ele era lindo, alto o suficiente para eu ouvir.

— O que você está fazendo aqui? — perguntei baixinho.

— Achei que seria legal se nos encontrássemos aqui no seu primeiro dia de aula.

A resposta emanava boa vontade e inocência, mas... E quanto às regras que nos proibiam de socializar? Seja lá o que tenha acontecido, os olhos dele me imploravam para seguir as deixas dele.

— Mas que surpresa maravilhosa. — Fiquei na ponta dos pés para abraçá-lo, e murmurei: — O que está acontecendo?

— Depois — suspirou ele no meu ouvido.

Tudo bem, aquilo me distraiu totalmente. Abraçada a ele, percebi que Colin Love e outros caras supergatos não afetaram o meu radar hormonal porque Kian já tinha deixado a sua impressão em mim. Isso podia ser... lastimável.

— Esse é o seu namorado, Edie? — Allison Vega estava atrás de mim com um sorriso simpático falso, mas depois da nossa conversa na hora do almoço eu sabia que podia esperar problemas.

— Sou — respondeu Kian, antes de mim. — Tive a sorte de conhecê-la no verão.

— Ah? — Allison conseguiu colocar nesta única sílaba uma quantidade ofensiva de ceticismo.

Ele me lançou um olhar caloroso.

— Em geral, eu não namoraria uma garota que ainda está no colégio, mas Edie é diferente.

Para dizer o mínimo.

— Então você está... na faculdade? — perguntou ela.

Kian assentiu.

— Olha só, a gente está com um pouco de pressa. Mas boa sorte com... — Ele parou de falar, a olhou de cima a baixo e encolheu os ombros. — ... tudo.

Abafei o riso. Quando ele pegou a minha mão, tentei não reagir, como se fizéssemos isto todos os dias, quando, na verdade, só fazíamos quando ele nos transportava para algum lugar. Permiti que ele me acompanhasse até a estação, mas fiquei surpresa quando paramos ao lado de um Mustang vermelho estacionado atrás de uma longa fileira de utilitários e sedãs pretos, uma gota de sangue contra asas negras.

— Se quero impressionar, é melhor fazer o trabalho direito — me explicou.

Ele abriu a porta do carro para mim, e eu vi Allison e Brittany observando do portão. A primeira parecia furiosa, e a segunda, confusa. Entrei no carro, tentando não pensar naquilo. Ele se inclinou na minha direção e abriu o porta-luvas, tirando de lá uma latinha. Abriu-a, mergulhou os dedos no gel transparente e o passou na moldura da janela do lado do motorista. Kian fez um sinal para eu fazer o mesmo na minha. Enquanto eu obedecia, sem entender, ele passava o produto no para-brisa dianteiro e traseiro. Então, ele ligou o carro, fez o contorno e seguimos para a cidade.

— Podemos falar sem nos preocuparmos agora. Esse produto funciona por uns vinte minutos.

— O que está acontecendo?

— As circunstâncias mudaram. Fui designado para o seu caso de forma exclusiva.

— E eu não deveria saber disso — concluí. E foi por isso que ele usou a gosma de silicone nos vidros do carro. *Meu Deus, a minha vida está tão estranha.* — Deixe-me adivinhar, você tem que me conquistar por algum motivo.

— Eu realmente queria que você não estivesse envolvida nisso, Edie, mas como a alternativa seria você estar morta, eu também não posso desejar isso.

— Os desejos são parte do problema. Esse é um dos seus carros?

Ele suspirou:

— Por que você é tão inteligente?

— Melhor você resumir tudo, já que não temos muito tempo.

— Normalmente eu trabalho em cinco casos de cada vez. Providencio os favores pedidos, respondo às perguntas quando permitido. Mas o meu chefe me chamou na sala dele hoje. Ele quer que você queime os seus próximos dois pedidos o mais rápido possível. Não me explicou o motivo.

Assenti, enquanto ouvia.

— Fui instruído a conquistar a sua confiança e a me aproximar de você usando todos os meios necessários.

— Que é o que você está fazendo agora, ao estar supostamente colocando todas as cartas na mesa. Tipo um duplo blefe. Você me conta algumas verdades e faz com que eu acredite que você está do meu lado, enquanto, na verdade, está me manipulando para cumprir a sua missão.

— É possível — admitiu ele. — Wedderburn sugeriu que eu lhe dissesse que estou muito a fim de você para ficar afastado e que não ligo mais para as regras.

— Talvez eu tivesse acreditado — respondi baixinho.

Esforcei-me para esconder a onda de humilhação que senti só de imaginar que ele pudesse fingir que me achava irresistível.

— Explique esse negócio de bloquear o som. Por que eles vão pensar que você os excluiu?

— Para conquistar a sua confiança — disse ele baixinho. — Fingi que aceitei a sugestão de Wedderburn sobre tentar conquistar você. Ele não sabe que eu estou colocando todas as cartas na mesa.

— Foi por isso que você disse para Allison que é meu namorado? Para o caso do seu chefe estar escutando?

— Em parte — admitiu ele. — Mas também porque achei que isso poderia ajudar no seu plano.

— Como assim?

Kian explicou:

— Os caras vão achar que você é uma metida quando der o fora em todos sem um motivo aparente. Se tiver um namorado na faculdade, isto vai dar mais espaço para você contornar a situação.

Com certeza, isso era verdade.

— E se eu quisesse namorar alguém do colégio?

— Você quer?

— Não. Eu só queria saber o que você ia responder.

— É para eu ser sincero?

— Prefiro que sim.

— Então... Eu não *quero* que você namore mais ninguém. Eu odiei saber que você ficou com Ryu. Do seu ponto de vista, a gente não se conhece o suficiente para eu me sentir assim, mas...

— Você já me espiona há um tempo.

Ele segurou o volante com mais força.

— Sei que isso parece estranho.

— Eu li um livro em que um assassino de aluguel tinha que matar uma mulher, mas acaba se apaixonando por ela, só observando o seu dia a dia. — Talvez fosse burrice dizer isso. Eu não sabia mais como deveria me sentir.

— Dá para entender — resmungou ele. — De qualquer forma, você não será considerada uma ameaça pelas outras garotas se não estiver competindo com elas pela atenção dos garotos.

Era difícil para mim imaginar que alguém me considerasse uma conquistadora em potencial, mas talvez eu só me sentisse assim porque, no fundo, eu ainda era Edie, a nerd cientista, só que em um embrulho mais bonito.

— E isso vai fazer com que fique mais fácil para elas me aceitarem. Bem pensado. Isso faz parte do plano de fazer com que use os meus favores mais rápido?

— Aparentemente, sim. Quanto mais tempo você demorar para destruir Blackbriar, mais tempo vai levar para desejar outra coisa.

— Você sabe por que eles querem que eu use logo os meus próximos dois favores?

Kian hesita e arrisca olhar para mim. O que quer que ele tenha visto o incomodou.

— Wedderburn não me contou, mas eu fiz umas investigações por conta própria. Eu vi o seu arquivo.

Senti um frio descendo pela espinha, apesar do sol.

— E o que estava escrito?

— Você precisa entender que as coisas na Wedderburn, Mawer & Graf são codificadas por departamento, então não entendi tudo o que li.

— Esse é o nome da empresa em que você trabalha? Parece um escritório de advocacia.

— É. E por um bom motivo. Eles sabem como sair livres de um assassinato. — A expressão de Kian era sombria.

— Você não está inspirando muita confiança agora — resmunguei.

Ele ignorou o comentário.

— Pelo que consegui entender, seja lá o que você está destinada a fazer, isso acontece bem cedo na sua vida.

— Então eles precisam que eu use os meus favores para que eles tenham poder sobre mim *antes* de eu conquistar o meu objetivo misterioso?

Se considerarmos o quanto as teorias de conspiração são insanas, essa fazia tanto sentido quanto qualquer outra, mas a lógica não estava sendo tão importante na minha vida desde que saí da ponte e segui Kian. Então, um sussurro baixo ressoou: *"Você está morta, você está sonhando, está viajando."* E eu só poderia trabalhar com *esta* realidade, por mais difícil que fosse acreditar nela.

— Exatamente. Se ainda estiverem *devendo* favores quando você chegar a esse momento fundamental, eles perdem a vantagem tática.

— Mas... para os seus chefes terem certeza de tudo isso, eles devem ter uma maneira de ver o futuro. Do que estamos falando aqui? Bola de cristal? Cartas de tarô? — Se o meu tom foi irônico, foi porque tudo isso estava me assustando. Todo esse excesso de papo de conspiração misteriosa fez com que eu quisesse gritar, mas a racionalidade calma era o meu principal ponto forte. Aquele não parecia ser um momento adequado para desviar desse paradigma funcional.

— Eles não investiriam tanto em visões tão incertas — respondeu ele.

— Então o quê? Viagem no tempo?

— Você aceitou o deslocamento espacial, mas um deslocamento temporal é demais para você?

Fiquei olhando para ele.

— Fala sério.

— O meu relógio não tem essa função ativa, mas os funcionários mais antigos receberam esse prêmio. Em mais uma ou duas promoções, eu posso ir para o setor de aquisições.

— E o que isso significa?

— Passeio para o futuro, para me certificar de que uma realização projetada é tão vital quanto a organização previu.

— Isso parece bem maneiro.

A nerd cientista em mim ficou fascinada com a possibilidade de viajar no tempo, verificando como a teoria se alinhava com a realidade. Assim que a empolgação inicial diminuiu, percebi que aquela era uma organização obscura que podia dar um pulinho no futuro para avaliar as pessoas como se fossem ações do mercado, cujo valor poderia subir ou cair de acordo com mudanças imprevisíveis... Não consegui não considerar isso sinistro. Meu entusiasmo diminuiu.

Envolvido com a sua explicação, Kian não pareceu notar.

— Na verdade, existe um departamento de aquisições que consegue a tecnologia que usamos para fazer favores como o que você pediu. Nos próximos trezentos anos, haverá inovações extraordinárias nos procedimentos estéticos... chegando ao ponto de uma pessoa normal poder, ela mesma, trocar de nariz.

— Era de se esperar. Eles já conseguiram resolver a questão da poluição? — Balancei a cabeça, acrescentando: — Deixa pra lá. Eu sei que estou divagando.

Ele me deu um meio-sorriso.

— O lado bom é que vou poder passar mais tempo com você. Desde que Wedderburn acredite que estou fazendo com que você queira pedir outro favor, ele não vai ficar controlando quanto tempo passamos juntos.

— E você pode dizer que está se dedicando a mim.

— Isso.

— O que vai acontecer se ele perceber que você está fingindo?

Kian hesitou.

— Não se preocupe com isso.

— Até parece.

— Não vai ser nada bom — respondeu ele, baixo. — Mas eu dou um jeito.

Nesse ponto, o gel do para-brisa estava começando a soltar uma fumacinha. Imaginei que isso significava que a nossa conversa em particular estava quase chegando ao fim.

— Então, você está me dando uma carona para casa?

— Pensei em levá-la para jantar fora, a não ser que tenha outros planos.

Seja lá quem Wedderburn fosse, talvez ele estivesse ouvindo. Então, dei uma resposta simples:

— Podemos dar uma passada na minha casa primeiro?

DANÇA DAS SOMBRAS

Meus pais ainda não tinham voltado da universidade, então pedi para Kian me esperar na sala enquanto eu trocava o meu uniforme por jeans e camiseta. Soltei o cabelo, sabendo muito bem que estava tentando ficar menos atraente. Eu odiava pensar que ele poderia me ver como sua criação, e não *a mim*. Se estava realmente sendo sincero comigo, ele corria um grande risco, fingindo estar me perseguindo por interesse próprio, enquanto me passava informações confidenciais. Era ruim não saber exatamente o que aconteceria com ele se fosse pego. Mas ele também poderia estar fazendo um jogo duplo comigo, exatamente como sugeri no carro. Eu não tinha como ter certeza.

Ainda assim, tecnicamente, este era o meu primeiro encontro. Sei que é meio clichê, mas eu estava empolgada, mesmo que ele só estivesse fazendo aquilo para agradar ao chefe.

Enviei uma mensagem de texto para os meus pais, que provavelmente ficariam chocados por eu ter um plano envolvendo outros seres humanos e, então, saí para me encontrar com Kian.

— Prontinho.

— Vamos. — Ele me levou até o carro e seguimos em silêncio.

— Você sabe que o Mustang torna você o namorado perfeito, né? As garotas vão me enlouquecer com tantas perguntas sobre você.

— Algum problema?

— Só no sentido de que não sei nada sobre você.

Kian inclinou a cabeça, e precisei de todo o meu autocontrole para não tirar a mecha de cabelo negro que caiu no seu rosto.

– Isso significa que posso ser o que você quiser que eu seja.

– Parece perigoso. Como eu vou me lembrar das mentiras que contei?

– Escrevê-las? Ou você prefere saber a verdade? – Ele entrou em um estacionamento, atrás de um restaurante italiano com mesas cobertas com toalhas de xadrez branco e vermelho visíveis pelas janelas adornadas com luzinhas. A parte interna parecia tentar despertar a sensação de que estávamos na Toscana, com paredes texturizadas e madeira escura. A atendente nos levou até uma mesa reservada e nos entregou o cardápio. Não pude deixar de notar que ela analisou Kian como se ele fosse um *éclair* de chocolate.

Não respondi até a atendente se afastar o suficiente para não nos ouvir.

– Se for permitido, eu gostaria de saber a verdade.

O brilho nos olhos dele me mostrou que ele sabia que eu estava representando para a nossa possível plateia.

– Você é um caso especial, Edie. Eles me deram permissão para ser sincero com você.

Abri um sorriso. Apesar dos riscos, isso até que era legal, saber o quanto eu poderia revelar nas entrelinhas.

– Então, gostaria de saber mais sobre como você é de verdade.

– Tenho vinte anos – começou ele. – E tinha quinze quando tive o meu... momento.

Extremis. Quando Raoul lhe fez a oferta irrecusável. Ele já me contara sobre isso, mas se Wedderburn não estivesse ouvindo, seria bom fingir que aquela conversa nunca tinha acontecido. Kian não podia correr o risco do chefe desconfiar dele. *Ou talvez ele só queira que você acredite que é leal a você. Mas por que ele escolheria uma garota que acabou de conhecer, em vez de uma figura poderosa capaz de coisas indizíveis para puni-lo?* Eu não tinha nenhuma resposta para essa pergunta.

– Você quer me contar? – Parecia algo muito íntimo, mas eu queria saber.

A voz dele era suave, mal dava para ouvi-la junto com a música que soava nos alto-falantes.

— Parece que já faz muito tempo. Eu posso falar sobre isso. Mas vamos fazer o pedido primeiro.

Eu nem tinha aberto o cardápio.

— Confio em você.

A garçonete se aproximou ao sinal de Kian.

— Vamos começar com uma *bruschetta* e, depois, vamos dividir uma salada Caesar e um frango à parmegiana. Traga dois pratos. Vamos dividir os pratos na mesa. Obrigado.

Assim que ela saiu, fiquei congelada na cadeira, olhando para ele. Tipo assim, ele tinha me dito que sabia tudo sobre mim, mas isso não parecia real até ele pedir todos os meus pratos preferidos na mesma refeição.

— Você estava falando sério quando disse que era um *expert* em Edie.

— O trabalho às vezes me dá certa vantagem. Você ainda vai ficar mais impressionada quando eu a levar ao Museu de Ciências para um show no planetário.

— É assim que funciona?

Ele me olhou nos olhos.

— Pode ser. Se você quiser.

— Talvez. Então, você ia me contar...?

Seu sorriso se apagou.

— Certo. A minha família era rica até os meus doze anos de idade. Naquela época, descobrimos que o império do meu pai tinha sido construído com um esquema Ponzi.

Tentei me lembrar onde já tinha ouvido esse termo. Ah, é, nos noticiários, quando um âncora estava falando sobre fraude e como empresas de investimento fajutas se mantinham solventes quando o "corretor" pegava o dinheiro que recebeu posteriormente para pagar os investidores iniciais, sempre o levando de um lado para outro. Pelo que me lembro, é possível levar o esquema por anos, mas, em algum momento, todos os investidores poderiam exigir os próprios pagamentos. Suspeito que isso tenha acontecido quando os negócios do pai de Kian começaram a ruir.

– O que aconteceu? – perguntei.

– Em vez de ir para a prisão, ele se matou e deixou a minha mãe limpar a sujeira – respondeu ele em um tom monótono, como se estivesse falando sobre algo que tinha lido, e não sobre a própria vida.

Hesitei, sem saber o que dizer.

– Eram só vocês dois?

– Não, eu tinha uma irmã.

– Tinha? – perguntei, sentindo um terror crescente.

Kian fechou os olhos por um instante e apoiou a mão na mesa. Em um impulso, cobri os dedos dele com os meus, porque, independentemente do que dissesse a seguir, devia ser horrível.

– Ela entrou no escritório do meu pai... ele estava com a arma...

– Diga-me que ele não a matou.

– Não foi de propósito.

Imaginei a cena. Ela se aproximando para tentar impedi-lo, os dois brigando pela arma. *Ela dispara, ele fica chocado e horrorizado. Então, vira a arma para si. Bum! Bum! Metade da família está morta em alguns segundos.* Meu Deus. Eu não sabia o que dizer. *Sinto muito* parecia tão inadequado.

Ele continuou:

– Então, restamos só minha mãe e eu. E foi muito difícil. Eu nem tinha treze anos ainda. Tentei amadurecer... Ajudar. Mas não foi o suficiente. E logo ela se viciou em remédios. Depois de um tempo, o meu tio a internou em uma clínica de reabilitação e eu fui morar com ele e com a minha tia.

– Você mencionou algo sobre uma cabana de pescaria?

– Isso. Meu tio era trabalhador. Não era como o meu pai. Eu tentei recomeçar a vida, mas parecia não haver nada além do vazio de tudo que já tinha perdido.

– E tinha uma garota – adivinhei.

– Certa de novo. Ela foi a última gota. Precisei reunir toda a minha coragem para ir falar com ela. Quando, na frente de todo mundo, ela disse que preferia morrer a me namorar, meio que... Eu perdi a cabeça. Peguei carona até a cabana de pescaria do meu tio, onde ninguém me encontraria. Eu já tinha feito o nó na corda quando Raoul chegou. Não vou mentir. Ele me assustou.

— Mas ele também salvou você. Então, essa garota... Para impressioná-la você pediu para ficar incrivelmente lindo, pediu para ter carros esportivos e, qual foi o seu último favor?

Seus olhos brilharam com uma intensidade que me deixou sem fôlego, prendendo os meus de uma forma que não conseguia desviar.

— Mostre-me o quanto é inteligente. Adivinhe.

Antes que eu pudesse fazer isso, a garçonete chegou com a nossa comida, e Kian nos serviu. Depois de comer apenas iogurte e salada no almoço, eu estava faminta. Comi alguns pedaços do frango enquanto pensava.

— Você queria que ela se apaixonasse por você, provavelmente para que pudesse dar o fora nela.

— Na mosca. Depois que o meu último pedido foi realizado, ela ficou completamente obcecada por mim. Passou a me perseguir, na verdade. Eu tive de pedir um mandato de segurança contra ela.

— E o que aconteceu com ela?

Sua expressão ficou séria e sombria, e não consegui interpretá-la.

— Ela se matou.

Ofeguei e quase deixei o garfo cair.

— Meu Deus, Kian. Isso é levar a vingança longe *demais*.

Ele se encolheu.

— Eu não queria que isso acontecesse. Eu só queria que ela soubesse como era ser rejeitado. Eles só me contaram depois, mas na minha melhor linha do tempo eu deveria estar com ela. A oposição interferiu e fez com que ela perdesse a cabeça.

— Que horror. — Percebi naquele momento como aquele acordo realmente era perigoso. Havia tantos fatores que eu não havia imaginado antes de aceitá-lo. Em silêncio, fiquei olhando para as marcas no meu pulso. *Não tinha como voltar atrás.*

— Eu sei. — Ele fez uma pausa, sem saber se deveria continuar. — Quando ela morreu, perdi o meu potencial como catalisador. É por isso que trabalho para a firma agora.

— Você diz "trabalhar", mas não é a impressão que eu tenho.

Kian engoliu em seco. Acho que ultrapassei o território permitido. Seu chefe não ia ficar nada satisfeito, não importa o que ele dissesse. Então, eu fiquei surpresa quando ele tirou um bloco e uma caneta do bolso e escreveu a resposta. Mantendo o relógio embaixo da mesa, ele empurrou o bloco na minha direção e comeu um pedaço de frango.

Em voz alta, ele respondeu:

— Não é tão ruim.

É, essa é a política da firma. Fiquei mexendo na comida enquanto lia a resposta. *A minha vida não é mais minha. "Contrato de trabalho" poderia ser uma expressão adequada, mas significa que haveria uma chance de liberdade algum dia. Eu pertenço a Wedderburn.* Senti uma onda de choque e de tristeza. Eu talvez tenha suspeitado disso, mas ver a expressão desolada nos seus olhos verdes enquanto ele terminava a comida me deu um aperto no peito que me impedia de respirar.

Esforcei-me para manter a conversa fluindo, voltando para um outro ponto:

— Peraí, o que é um catalisador?

— Você é uma catalisadora. É alguém destinado a grandes coisas.

— E quem consegue esse tipo de acordo. Mas... o que é *oposição*? — Eu me segurei naquilo como se fosse a minha salvação. Havia tantos mistérios que eu não conseguia decidir o que era mais importante para eu aprender... ou o que poderia causar problemas para ele se Wedderburn estivesse ouvindo.

Um piscar de olhos me disse que o chefe dele não ia gostar que ele estivesse se concentrando na parte negativa desse acordo. Ele deveria estar me estimulando, e não me amedrontando.

— É complicado.

Mas eu não consegui evitar a pergunta:

— O que estou inferindo nisso tudo é: eu poderia estar em perigo?

— Foi por isso que eu disse para você não confiar em ninguém, apenas em mim. A concorrência pode tentar entrar em contato com você, só para mexer com a sua cabeça.

Droga. Parece que quando achei que o negócio era bom demais para ser verdade, eu tinha razão. Ainda assim, se eu não tivesse, os meus pais teriam ido ao necrotério para reconhecer o meu corpo e eu nem estaria aqui. Então, as complicações e os riscos eram melhores do que a alternativa.

— Porque...?

— Se eles mudarem o equilíbrio o suficiente, o seu destino muda, e você deixa de ser um fator importante. Se isso acontecer, você perde o seu valor como ativo, e Wedderburn coloca você para trabalhar.

Pensei no que ele acabara de dizer.

— Então... seja lá o que você deveria ter conseguido, não vai mais acontecer porque essa garota morreu?

Ele assentiu.

— E você está preso porque não tem como pagar pelos favores, e isso poderia acontecer comigo também, né?

— Poderia — admitiu ele. — Não há como ter certeza de quais são os eventos fundamentais na sua linha do tempo pessoal. Você já ouviu falar do "efeito borboleta"?

— Já li sobre a teoria do caos, e eu provavelmente posso me qualificar como um fator de atração. — Era uma piada bem ruinzinha, mas o meu coração quase parou quando ele sorriu. — Acho que entendi aonde você quer chegar com isso. Basicamente, não há como ter certeza de que manterei o meu valor como catalisadora.

— Sinto muito, Edie. Eu gostaria de poder garantir a sua segurança. — Ele fechou os olhos por alguns segundos, como se estivesse se preparando para sentir uma dor intensa.

Quis apagar imediatamente aquela expressão do seu rosto.

— Ei, tudo bem. Pelo menos você é sincero.

Será mesmo? Eu não tinha como checar nada disso... A não ser...

— Qual é o seu sobrenome? — Me odiei um pouco por estar perguntando.

— Riley. Você quer verificar a minha história?

— E não deveria? A sua história pode ser apenas uma isca para ter a minha compaixão.

— Eu não culpo você. Fique à vontade para procurar. Se quiser, pode usar o meu telefone se o seu não tiver acesso à internet. O escândalo do esquema do meu pai teve muita cobertura da mídia.

Fiz um cálculo mental enquanto pegava o celular dele. Se ele tinha vinte anos, aquilo deve ter acontecido nove anos atrás. Então, especifiquei a data na barra de busca e coloquei "esquema Ponzi de Riley", e a tela mostrou uma série de links. Escolhi aleatoriamente e li um resumo do que ele acabara de me contar.

— A sua mãe está bem?

— Ela fica entrando e saindo dos programas de reabilitação, que nunca dão certo. Ela sente falta de ser uma socialite, mas não tem dinheiro para bancar o estilo de vida. Então, volta às pílulas para lidar com isso.

— Sinto muito.

— Não sinta. Trabalhar para a Wedderburn, Mawer & Graf tem as suas vantagens. — Julgando pelo modo como sua boca se retorceu, aquilo era mais uma propaganda.

Então, eu segui a deixa:

— Como assim?

— A casa no Colorado. E eles não ligam que eu frequente a faculdade, desde que mantenha o trabalho em dia.

— E agora o seu trabalho se resume a mim.

Pensei na cabana para a qual ele me levou no início do verão. Pelo menos pagavam bem suficiente para ele ter uma casa com uma vista como aquela. Ele era bem jovem para ter uma propriedade assim, e seus favores só incluíram o carro, não a riqueza.

— Verdade. Que sorte. — Ele estava sorrindo, mas eu me perguntava até que ponto eu poderia confiar nele.

Kian talvez estivesse preparando o terreno, construindo uma atmosfera de harmonia por motivos que só ficariam claros depois que ele desse o golpe. Afinal, era exatamente o que eu planejava fazer com os Blindados, então eu não poderia acreditar na expressão calorosa dos seus olhos verdes. Por outro lado, ele salvou a minha vida, mas uma outra garota estava morta por causa dele. Embora eu quisesse, não podia confiar nele.

– Você costuma conversar com a sua mãe? – perguntei.

Ele negou com a cabeça.

– Não consigo chegar perto quando ela está usando. Mas pago a clínica de reabilitação sempre que ela quer ir. Uma vez por ano, ela chega a um limite, faz um monte de promessas sobre como as coisas serão diferentes, e começamos o ciclo de novo.

– Que droga. – Possivelmente a minha resposta menos criteriosa.

– É.

– Será que eu posso conhecer a Wedderburn, Mawer & Graf? – perguntei, principalmente porque me arrependi de ter perguntado sobre a mãe dele e aquela foi a primeira coisa que me passou pela cabeça.

– Claro. Por quê?

– Conhecimento é poder.

Ele me analisou por alguns segundos e assentiu.

– Vou conversar com o meu chefe e marcar tudo. Mas é melhor você se preparar. Se ele lhe der permissão para visitar além das áreas públicas, você verá muitas... coisas estranhas.

– Eu mal posso esperar. – A resposta foi da boca pra fora. Eu não queria que ele percebesse como eu estava nervosa, nem que estava confusa demais.

Depois disso, terminamos a refeição – deliciosa – e ele me levou para casa. Eu estava tendo cuidado para não mergulhar fundo demais antes de assimilar tudo o que aprendi. Kian batia com a ponta dos dedos no volante. Quanto mais eu sabia sobre ele, mais dividida ficava. Parte de mim achava que com a quantidade de tragédia no passado dele, ele não conseguiria ser tão simples e direto quanto fingia ser. Fazia com que eu sentisse que ele estava tentando me enganar. Lançou alguns olhares na minha direção, mas não consegui olhar para ele. Só fiquei olhando pela janela, observando os prédios. Ele tentou segurar a minha mão, mas eu a recolhi e a coloquei no joelho. Ele ofegou, um som baixinho que mal dava para ser ouvido em meio ao vento.

Calma, Edie. Você o magoou.

Quando ele parou na frente do prédio de tijolos, a tensão entre nós era quase palpável. Eu não sabia o que dizer. Por fim, consegui articular um agradecimento:

— Obrigada pelo jantar.

— Eu vou ligar. — Ele não pediu um beijo nem sugeriu que saíssemos de novo. Na verdade, ele nem estava olhando para mim.

A distância partia de mim, mas, por mais estranho que fosse, eu não estava gostando nada daquilo. Ficar sentada aqui não resolveria nada, então acenei com a cabeça e saí do carro. Precisei de toda força de vontade para não olhar para trás, mas, enquanto eu subia os degraus até a portaria, o Mustang partiu. Então, eu me virei, observando o carro vermelho recortar o trânsito e virar na esquina do quarteirão seguinte.

Sinto muito, Kian.

Subi. Meu pai estava em casa, mas minha mãe, não. Ele ainda vestia o paletó de *tweed*, que fazia com que *parecesse* um professor, e talvez o usasse por isso. Ele ergueu os olhos do periódico que estava lendo e quis saber:

— Como foi o seu dia?

— Tudo bem. Jantei mais cedo, então vou começar a fazer o dever de casa.

— Boa ideia.

Aquilo concluiu a conversa paternal do dia. Ele voltou ao seu artigo e segui para o meu quarto. Tentei me concentrar na leitura, mas certos aspectos da história de Kian me atormentavam. Senti uma culpa crescendo dentro de mim porque eu definitivamente deixei as coisas esfriarem no final, não permitindo que houvesse dúvidas quanto às minhas reservas. Resmunguei um xingamento, larguei o livro de história mundial e abri o meu laptop. Coloquei-o nas pernas e abri o navegador.

Primeiro busquei informações sobre o pai dele, para o caso do telefone dele ter sido adulterado de alguma forma, mas cheguei aos mesmos resultados: *A casa de cartas de Albert J. Riley desmoronou hoje. Depois de fraudar centenas de investidores, o gênio financeiro de estilo único morreu na sua casa na Pensilvânia. Em uma dupla tragédia...* Continuei lendo, confirmando que Kian tinha, na verdade, perdido a irmã naquele dia. *Riley deixa a esposa, Vanessa, e o filho, Kian.*

Mas isso não foi suficiente para me tranquilizar, então coloquei a expressão "suicídio de garota local", mais o nome da cidade, e cheguei à história um pouco depois: *Tanya Jackson, de Cross Point, Pensilvânia, se matou hoje. Ela tinha um histórico de instabilidade mental e tomou uma overdose de medicamentos da mãe. Os paramédicos tentaram ressuscitá-la, mas as tentativas foram em vão e sua morte foi declarada assim que chegou ao hospital.* Parecia... Bizarro que todas as conquistas de Kian estivessem ligadas a uma adolescente. E se eu, sem querer, ferrasse com a minha linha do tempo?

Você vai acabar virando uma escrava de Wedderburn também.

Senti um frio na espinha. Bem, pelo menos agora eu tinha provas de que Kian não inventou essa história para conquistar a minha solidariedade. Isso era tranquilizador, mesmo que eu ainda suspeitasse de que havia algo de estranho em tudo aquilo. Eu não conseguia deixar de lado a possibilidade de que ele, na verdade, queria que Tanya morresse. *Talvez esse tenha sido o pedido dele, e não para ela se apaixonar por ele.* Eu não tinha ideia se um assassinato podia ser um dos favores; ele me dissera que apenas a minha imaginação limitava os favores, e que a firma não parecia valorizar muito a vida.

Você poderia perguntar, sussurrou uma vozinha na minha cabeça.

Talvez houvesse alguém da Wedderburn, Mawer & Graf disposto a falar, embora isso fosse revelar que eu não confiava em Kian. Eu não sabia que impacto isso teria no jogo que ele estava jogando com o chefe para que eu me apaixonasse por ele e usasse os meus favores mais rápido. *Droga. É muita coisa para decidir nesta noite.* A minha vida se transformara de insustentável para inimaginável em um verão, e parecia que eu estava andando em uma corda bamba.

Em um impulso, pesquisei pela firma Wedderburn, Mawer & Graf, só para ver o que aparecia. Um website perfeito fornecia muito pouca informação sobre os serviços que a empresa realmente prestava. A declaração da missão era tão esclarecedora quanto a dos impressos da Blackbriar: *A nossa responsabilidade, profissionalmente, é alavancar recursos para orquestrar diversas oportunidades. Nosso desafio é manter informações, de forma proativa, que nos permitam inovar a consciência inovadora e moderna. O nosso objetivo é criar novas tecnologias para continuarmos relevantes no futuro.* Perdendo o interesse em descobrir se a Wedderburn, Mawer & Graf oferecia algum produto ou serviço, fui navegando pelo site. Encontrei o nome de Kian em uma das páginas. Ele constava como analista financeiro e havia um endereço de e-mail. Quase o acrescentei aos meus contatos no laptop, então decidi que talvez não fosse bom usarmos os servidores da firma.

Os executivos também tinham páginas sobre eles, principalmente os titulares. Cliquei no nome Karl Wedderburn e li a sua biografia. Na foto, ele parecia um idoso, bigode bem-cuidado e espessos cabelos brancos. Parecia ter *mais* de sessenta anos na foto, e quando estreitei os olhos, era como se as pupilas dele tivessem engolido toda a íris, deixando apenas buracos negros, onde deveria haver luz.

— Assustador — sussurrei.

Controlando um tremor, desliguei o laptop. Pode ser que o papo de Kian sobre inimigos sombrios e não confiar em ninguém tivesse funcionado o suficiente para eu me tornar suscetível a isso, mas com certeza havia algo de *errado* em Karl Wedderburn. Consegui perceber só de olhar. *E Kian está nas mãos dele.*

Precisei me esforçar, mas terminei o dever de casa e fui para a cama. Eu estava quase dormindo quando percebi que não pensei em verificar se havia mensagens de Ryu ou de Vi. *Amanhã*, prometi para mim mesma. *Primeira coisa que vou fazer.* Eu não podia abandonar os meus dois únicos amigos de verdade — e, de algumas formas, o meu único elo com uma vida normal.

...

No dia seguinte de aula, Jen estava esperando por mim perto do meu armário.

— Eu só vi a Allison tão agitada assim quando um creme alisador acabou com o cabelo dela.

— Por quê? — Eu esqueci que tinha lançado os primeiros ataques a ela no dia anterior. A vingança parecia algo quase trivial em comparação com as águas profundas pelas quais eu navegava em outro lugar. Não que eu os tivesse perdoado nem nada, mas drama do ensino médio não pesava muito em comparação com questões de vida ou morte.

— Porque você fez com que ela parecesse uma idiota no almoço, e parece que o seu namorado é tão lindo que ela está morrendo de inveja.

— Não estou nem aí — admiti.

Ela sorriu.

— Eu não culpo você por isso. Ela é a pessoa de quem menos gosto no nosso grupo. Brittany é gente boa quando está sozinha. É só que... Quando ela está com outras pessoas, sente que precisa provar alguma coisa.

— Genial.

— Eu não disse que ela era inteligente. Na verdade, isso faz parte do problema. O pai dela vive dizendo para ela que é bom "ser bonita" desde que ela tinha dez anos. Ela acha que o cérebro dela é só para manter a cabeça no lugar, e ela meio que... Odeia garotas inteligentes por causa disso.

— Porque ela acha que não é inteligente? — Eu não queria conhecer os meus inimigos de forma mais profunda. Se eu compreendesse por que Brittany agia assim, ficaria muito mais difícil acabar com ela.

— Ela não é tão burra quanto o pai dela a faz se sentir, mas também não está no mesmo nível que você. Agora que você é bonita também... — Jen deu de ombros. — De qualquer forma, me pediram para convidar você para almoçar com a gente, mas acho que elas estão planejando alguma coisa.

— Allison e Brittany?

Ela assentiu.

— Eu entendo se você não quiser lidar com todo o drama.

— Eu consigo lidar com isso. — Além disso, essa era a minha porta de entrada. Eu tinha quase certeza de que poderia transformar esse convite em um lugar permanente à mesa, desde que virasse o jogo, fazendo com que qualquer pegadinha que fizessem comigo se voltasse contra eles. Se eles achavam que eu era a mesma menina sofrida e maltratada do ano passado... Tudo bem. Sorri para Jen. – Na verdade, mal posso esperar.

As aulas da manhã passaram bem rápido, principalmente porque a primeira foi de literatura. A maioria das meninas ficava olhando para Colin com olhos sonhadores, mas eu prestei atenção na aula. Ele era bom, oferecendo interpretações que eu não tinha considerado em leituras prévias de um poema que já tinha lido várias vezes. O restante dos professores ficava devendo em comparação a ele. Então, chegou a hora do almoço.

Jen me encontrou e caminhamos juntas até o refeitório. Entramos na fila para a comida e seguimos para a mesa dos Blindados. Eles eram tão apegados que marcaram a mesa com canetas marca-texto, e ninguém nunca se sentava ali, nem mesmo quando eles demoravam para chegar. Desta vez, não hesitei quando vi Cameron Dean na outra cabeceira, me sentei ao lado de Jen, me esforçando a ignorá-lo, mesmo que o meu estômago estivesse revirando como a descarga do banheiro. Senti-me enjoada, me lembrando exatamente como eu me sentira naquele dia, tão desesperada, boca seca e gosto de vômito na boca.

Tirando forças da minha determinação, coloquei um sorriso no rosto e disse:

– Oi, Cam.

Será que as pessoas o chamavam assim? Chamavam agora.

– Cameron – corrigiu ele.

Arregalei os olhos enquanto alguns jogadores do time de lacrosse se aproximavam.

– Sério? Você não aceita que coloquem um apelido em você?

– É porque fica parecendo com o Ken da Barbie – respondeu Russ Thomas com um sorriso.

– Acho que deveríamos chamá-lo de Ken mesmo, já que ele *é* só um rostinho bonito. – Eu disse isso abrindo um sorriso, olhando diretamente nos olhos de Russ e, depois, do seu amigo Phillip.

Mais gente chegou, bem a tempo de ouvir Russ dizer:

— Boa ideia. Depois do que você fez com o meu carro, cara, eu *vou* chamar você de Ken.

— O que foi que ele fez? — perguntei.

Russ fez cara de nojo.

— Vomitou no carro todo. O cara não sabe beber.

— Isso é... surpreendente. — Dei de ombros, dispensando Cameron Dean, e concentrei a minha atenção em Russ, falando sobre as chances do time de lacrosse no campeonato desse ano.

Eu não dou a mínima para isso, mas a atenção dele impedia que Brittany e Allison falassem comigo, porque sempre que uma delas tentava começar algum drama que tivessem planejado, ele olhava para elas com ar entediado e dizia:

— Cara, vocês podem falar que o cabelo dela é maravilhoso mais tarde.

O que foi inacreditavelmente grosseiro da parte dele, já que meninas *falavam* sobre assuntos mais importantes do que cabelo e maquiagem, mas, já que ele estava me ajudando mesmo sem querer, eu não chamei a atenção dele. *Eu não estava sendo eu mesma com esses imbecis.* Então, se o fingimento me enojava um pouco, isso era compreensível.

Ao fim do intervalo, eu me dirigi a Russ:

— Estamos juntos na próxima aula, não é?

Triste ele ter que pensar antes de responder.

— É. Acho que sim.

— Vamos juntos? Eu adoraria ouvir mais sobre lacrosse. — Abri um sorriso, demonstrando interesse no jogo, e não em Russ.

Já que eu tenho namorado. Um namorado que talvez tenha assassinado a última garota que o rejeitou.

— Uma nova fã, hein? Claro.

Davina observou enquanto nos afastávamos com uma expressão que não consegui interpretar. Quando nos afastamos dos outros, baixei o tom de voz:

— Qual é a do Cam?
Ele riu ao ouvir o apelido.
— Como assim?
— Ele parece meio... sensível. — Pronunciei a palavra como se fosse um palavrão. Para a maioria dos caras era mesmo.
— Tipo como se ele não conseguisse aceitar uma brincadeira?
Assenti.
— Eu já o vi fazendo isso, mas...
— Eu sei. Para dizer a verdade, ele é meio que um reclamão. A gente só atura isso porque ele tem uma casa bacana, e os pais dele nunca estão por lá.
— É mesmo? — Sorri para ele, pensando que deveria me lembrar de repetir isso na frente de Allison na primeira oportunidade. Acho que ela não teria o bom senso de ser discreta.
Russ foi abrindo caminho pelos corredores, e os alunos menores saíram da frente. Eu me senti uma idiota andando ao lado dele. Ele parou na frente da sala de aula e fez um gesto para eu entrar primeiro. Era interessante, como um experimento antropológico, ver que ele era capaz de ser bem-educado com quem achava que valia a pena.
— Você é um cara legal — menti.
Ele deu uma piscada para mim.
— Não conte para ninguém.
— Eu não sonharia em fazer uma coisa dessas.

ATÉ QUE AS COISAS NÃO ESTAVAM TÃO RUINS, NA VERDADE...

Eu não esperava que Kian estivesse me esperando na saída da escola, e ele não estava mesmo. Russ me ofereceu uma carona para casa, mas recusei.

— Eu não ligo de pegar o metrô. Obrigada mesmo assim.
— Onde está o seu namorado? — perguntou ele.
— Ele tem aula. Vejo você depois.

Com um aceno, caminhei até a estação, peguei o metrô e desci na estação Kenmore para comprar comida na India Quality para o jantar. A plataforma estava uma confusão, incluindo o espetáculo de sempre: um casal discutindo; um monte de fãs do Sox dando encontrões e sacaneando um cara que estava com o boné errado; uma mãe brigando com o filhinho pequeno. No meio da multidão, vi um cara alto, magro e pálido, com feições estranhamente embaçadas e cabelo fino e escasso grudado na careca rosada, formando finas tiras sobre ela. Ele congelou quando me viu e, a princípio, achei que estivesse olhando para alguém atrás de mim. Eu meio que me virei, olhando para trás, mas não havia ninguém.

Eu tinha que passar por ele para sair da estação, então olhei para baixo e encolhi os ombros, em uma postura tão conhecida, como eu sempre fiz quando alguém prestava atenção em mim sem que eu quisesse. De alguma forma, mesmo que eu tenha deixado muito espaço entre nós, ele apareceu bem na minha frente, bloqueando o meu caminho.

— Os mortos andam. Você é um deles. Existe um buraco, um buraco no mundo, pelo qual coisas podem passar. Elas passam. — Seu hálito era podre como uma cova, os dentes pendurados como cacos amarelados e pretos entre lábios secos e rachados.

Seus olhos rolavam nas órbitas, se tornando completamente brancos, e ele agarrou o meu pulso. Puxei a mão, quase dando um encontrão com o homem de terno que estava bem atrás de mim.

– O que deu em você? – quis saber o cara de terno.

Franzi o cenho e apontei... Mas o lugar em que o cara estranho se encontrava estava vazio agora. Girei e observei toda a área, mas não vi sinal dele. Seu fedor, porém, persistia ali, provando que eu não estava ficando louca.

– Nada – respondi, por fim.

– Não se esqueça de tomar seus remédios da próxima vez, docinho. – O idiota passou por mim e eu o segui, sentindo um frio na espinha.

As coisas ficaram um pouco melhores no calor e na umidade da tarde ensolarada. *Kian me disse para não confiar em ninguém além dele. E ele disse que eu poderia estar em perigo.* O cara esquisito que desapareceu fez a minha pele arrepiar. Apertei o passo em direção ao prédio de tijolos pardos e tentei fingir que eu não estava sentindo que algo estava muito errado. Às vezes, quando eu era pequena, acordava no meio da noite certa de que havia alguém me observando, mas eu nunca dei uma de bebê chorão, no sentido de correr para o quarto dos meus pais e implorar para dormir com eles.

Não, nem mesmo quando eu tinha seis anos, eu sempre fui metódica e não me dava à imaginação louca. Eu costumava engolir o medo de que alguma coisa agarraria os meus tornozelos assim que meus pés tocassem no chão. O primeiro passo era quase um salto e, então, eu corria até o interruptor para banhar o quarto com luz, expulsando todas as sombras. Eu abria as gavetas e espiava embaixo da cama, olhava dentro do armário e, em silêncio, assegurava a mim mesma que não havia nada a temer. Em algumas noites, eu simplesmente deixava a luz acesa e só a apagava quando saía para a escola. Mas por mais que eu tivesse verificado os arredores, nada aliviava essa sensação. Não vi ninguém prestando atenção em mim, eram apenas prédios de apartamentos e propriedades reformadas. Nenhuma cortina estava balançando quando passei. Esfreguei os braços, percebendo a pele arrepiada.

Ainda assim, eu sabia que alguém estava me observando.

Ansiosa para chegar logo, eu me desculpei mentalmente com os meus pais por não comprar o jantar e corri para casa. Assim que entrei, me senti imediatamente mais segura, embora tivesse certeza de que era psicológico. Meus pais estavam lá.

— Não comprou o jantar?

— Desculpe. Esqueci.

Com um leve respiro, meu pai sussurrou:

— Adolescentes.

Ele começou a preparar o jantar. Minha mãe não sabia cozinhar, a não ser mingau de aveia. Ela era bastante agressiva quando o assunto eram os papéis desempenhados pelos sexos; então, ela comprava um monte de livros tipo "faça você mesmo" sobre consertos em casa, e era a responsável pelos pequenos reparos e manutenção, como bocais quebrados e vazamentos. Já que meu pai não tinha o menor interesse em ser um faz-tudo, ele ficava satisfeito em cozinhar e cuidar da limpeza.

— Então, o que você está fazendo? — perguntei.

Ele pareceu irritado.

— Alcachofra recheada. Como foi na escola?

— Aprendi muito. — Essa era a minha resposta padrão diária.

Não foi surpresa nenhuma quando minha mãe perguntou:

— Como por exemplo...?

Eu estava preparada para a conversa tomar esse rumo e resumi o que aprendemos nas aulas de física e japonês. Minha mãe tinha menos interesse em história e literatura, embora ela sempre desse sermões sobre a importância de escrever trabalhos significativos.

— É um bom treino para a redação para os exames da faculdade. Aliás, como você está se saindo? Você precisa estar com seu trabalho pronto no início de outubro.

— Eu sei. Vou me dedicar a isso.

— O jantar vai ficar pronto em uma hora — disse meu pai.

Pelo aceno que deu, ele sabia que estava me salvando de um dos zelosos discursos de preparação para a entrada na faculdade. Agradeci pela ajuda com um sorriso.

— Tudo bem, então, acho melhor começar o dever de casa logo. É só me chamar quando estiver pronto.

No meu quarto, eu me lembrei do cara sinistro que tentou agarrar o meu pulso na plataforma, o que tinha agora a marca do infinito. Eu o mantinha escondido dos meus pais usando roupas de mangas compridas, mas precisava comprar algum tipo de pulseira de couro, porque minha mãe e meu pai iam acabar perguntando por que eu não usava mais camisetas, mesmo só para ficar em casa.

Deixando essa preocupação de lado, liguei o meu laptop e o meu telefone pela primeira vez naquele dia. Havia três textos de Kian e nenhum deles fazia sentido:

Tem algo que você precisa saber.

Ele machucou você?

Imaginei que ele estivesse se referindo ao cara estranho do metrô, e daria tudo para saber como ele sabia. Continuei lendo:

Aconteça o que acontecer, não permita que ele toque em você.

Senti um frio na espinha e fiquei toda arrepiada. Mais ansiosa que nunca, respondi:

Está tudo bem. O que está acontecendo?

Também havia mensagens de Vi e de Ryu, mas eram reconfortantemente comuns, apenas papo-furado e novidades sobre a vida deles. Era horrível eu não poder contar a verdade sobre mim, mas como eu poderia começar a explicar? Respondi às mensagens deles enquanto aguardava a resposta de Kian. Tentei não me preocupar quando não recebi nenhuma resposta dele. Fingi que tudo estava normal, abri o meu livro de literatura e, na verdade, tive um sobressalto quando meu pai bateu na porta para dizer que o jantar estava pronto.

— Já vou!

Graças a Deus minha mãe e meu pai ficaram conversando, discutindo sobre algum projeto que precisava de investimento. Contribuí pouco para a conversa, consciente de que meu telefone não tinha vibrado nem tocado. Eu não queria me preocupar com Kian, considerando que não confiava muito nele, mas ele também era o meu único aliado nessa confusão toda.

— Você parece distraída — disse meu pai.

— Só estou pensando nas minhas opções para a faculdade. — Eu provavelmente não deveria ter usado essa desculpa, mas foi a primeira coisa que me passou pela cabeça quando ele me arrancou dos meus pensamentos.

— Existem ótimas possibilidades aqui em Boston mesmo — interveio minha mãe. — E você poderia morar aqui em casa até se formar, economizar dinheiro para o seu apartamento.

— Também podemos conseguir uma bolsa de estudo se você entrar na...

— Eu sei, pai. Vocês já deixaram bem claro que adorariam se eu entrasse na Universidade de Boston.

— É uma opção. Pense sobre o assunto.

Terminei a minha alcachofra e escapei antes que ele começasse a falar como eu tinha sorte e como eu tinha um futuro brilhante pela frente. Naquela noite, terminei todo o dever de casa e me preparei para dormir, mas não tive notícias de Kian. Com um leve suspiro, peguei o meu telefone e fui até a janela, e fiquei olhando a rua escura. As luzes batiam na calçada, deixando pontos escuros que pareciam quase assombrados. Quanto mais eu olhava, mais eles cresciam e pareciam se movimentar, até que fechei as cortinas com mãos trêmulas. O medo tomou conta de mim quando adormeci e, na manhã seguinte, seus dedos gelados ainda apertavam o meu pescoço.

. . .

No caminho para a estação de metrô, passei por um bando de pombos, e parecia que seus olhos pequenos e brilhantes e asas batendo refletiam um propósito intencional. Eu devia parecer uma louca enquanto fugia do bando de ratos alados imundos, mas não parei até chegar ao trem. Quando saí da estação, no espaço de uma piscada, vi o magrelo da noite anterior em pé na plataforma, mas quando olhei mais atentamente, ele desapareceu diante dos meus olhos, deixando apenas uma mancha escura no piso.

Tudo bem. Então, estou ficando louca. Mas devem existir pílulas para isso.

Na escola, eu estava distraída o bastante para Colin pedir que eu ficasse depois da primeira aula. As outras garotas pareceram decepcionadas que ele tenha me chamado, em vez de uma delas, e imaginei que elas continuariam sonhando acordadas na aula do dia seguinte.

Tentei não demonstrar a minha impaciência quando ele perguntou:

— Algum problema, Edie? Sei que você só está na minha aula há alguns dias, mas você costuma participar e prestar atenção. Hoje parecia que você não estava aqui.

— Eu tenho um monte de coisas na cabeça — respondi.

Como, por exemplo, onde foi que Kian se meteu? O que estou vendo? Não vendo? Ou alguma coisa assim.

— Você quer conversar sobre isso? — Ele fixou um olhar expressivo e eu me perguntei se não seria possível que ele *quisesse* que as garotas se apaixonassem por ele. Ou talvez ele não percebesse como uma adolescente desesperada poderia interpretar o seu interesse.

— Não. Eu tenho que ir para a minha próxima aula.

Apressei-me para sair, sem esperar pela resposta dele. Talvez eu estivesse procurando por coisas estranhas, mas esse novo professor parecia interessado *demais* em mim depois de apenas alguns dias de aula. Será que ele era um cara assustador ou será que eu estava interpretando errado uma preocupação professoral sincera?

— Você tem tanta sorte — disse Nicole quando saí da sala de literatura. — Estou planejando me dar mal na primeira prova para ele me dar algumas aulas extras.

— Parece um ótimo plano — respondi com um tom irônico.

Tentei prestar mais atenção no restante das aulas, mesmo que fosse apenas para evitar que as pessoas me abordassem. Jen estava me esperando perto do meu armário antes do almoço, então fui com ela para o refeitório, mas os meus planos para causar confusão estavam suspensos por causa de problemas mais urgentes: Kian incomunicável e a Wedderburn, Mawer & Graf fazendo sabe-se lá o quê, e a misteriosa oposição que talvez estivesse tentando me machucar para evitar que eu fizesse alguma coisa daqui a alguns anos. Se eu contasse isso para alguém, acabaria internada em um hospício.

Uma vozinha sussurrou na minha cabeça: *Se você não ensinar uma lição a esses idiotas, eles vão achar que podem fazer tudo o que quiserem com as pessoas.* Pensando bem, parecia mais importante continuar com o plano, não pelo que eles tinham feito comigo, mas por causa do que poderiam fazer contra alguém que talvez não tivesse tanta sorte quanto eu. Então, quando Allison furou a fila na minha frente e na de Jen, considerei aquilo um sinal. *A cavalo dado não se olha os dentes. Vamos nessa.*

— Russ me disse um negócio tão engraçado ontem — falei.

Jen ergueu uma sobrancelha.

— Duvido muito. — Ao que tudo indicava, ela compartilhava a minha avaliação particular sobre a inteligência dele.

— Ele me disse que os caras só andam com o Cam porque ele tem uma casa grande e os pais dele viajam muito. É verdade?

A outra menina deu de ombros, lançando um olhar para Allison, como se estivesse me avisando que eu não deveria confiar nela. *Bem, estou contando com isso.* Independentemente de onde essa verdade saiu, ela daria início a uma briga entre Russ e Cameron. Se as minhas observações sobre interações sociais estivessem corretas, o pessoal logo começaria a escolher o lado de quem ficariam. E isso era só o começo.

Allison não repetiu o que tinha ouvido até antes do sinal. Ela foi inteligente de esperar que Russ fosse ao banheiro para cochichar no ouvido de Cameron, enquanto me encarava. Os olhos dele se fixaram em mim com uma expressão que era um misto de confusão e apreensão. Olhei para ele e dei um sorriso. Em alguma parte no fundo do seu cérebro de lagartixa ele deve ter reconhecido a ameaça que eu representava, mas não conseguia conciliar isso de forma racional.

— Vejo vocês mais tarde — falei.

Depois da escola, enquanto eu saía, vi Russ e Cam discutindo perto do banheiro masculino. Russ o empurrou contra os armários e sorri. Amanhã eu enfrentaria alguma consequência, mas não a que Allison esperava. Abri caminho pela multidão e fui até a entrada principal, onde fiquei surpresa e aliviada de ver Kian esperando por mim. Parei intencionalmente, olhei para o telefone e o sacudi para ele. Fiquei tentada a atirar o aparelho na cara dele.

Ele atravessou o caminho em direção a mim. Toda vez que o via, era um choque. Em uma inspeção mais cuidadosa, percebi que ele definitivamente já tivera dias melhores. Olheiras circundavam seus olhos, e suas roupas estavam amarrotadas, como se ele tivesse dormido no carro. Eu nunca o vira com a barba por fazer; os pelos salpicados no queixo lhe conferiam um ar rude. Meus dedos coçavam de vontade de tocar o seu cabelo e, apesar da minha desconfiança em relação a ele e sua história, eu queria abraçá-lo e beijá-lo até não poder mais.

— Antes de você brigar comigo, evidência A. — O telefone dele era um monte de metal derretido. — Eu tive problemas depois que enviei as mensagens de texto para você.

— Deu para perceber. E por que você não apareceu para me ver? — Mas assim que fiz a pergunta, lembrei-me de como as coisas tinham ficado estranhas da última vez que nos vimos. Se eu estivesse no lugar dele, eu também não teria arriscado uma visita surpresa.

— Você disse que preferia que eu não fizesse isso. Acho que a palavra "estranho" foi mencionada em algum momento.

— Isso foi antes.

— Antes de quê?

Para meu desgosto, eu não sabia o que dizer. O nosso não relacionamento era confuso, principalmente quando ele me deu um beijo leve para o caso de haver alguém olhando.

— Você poderia ter comprado um celular novo ou enviado um e-mail. Isso não é tão difícil assim.

— Fala sério. Nós não vamos resolver nada parados aqui, e eu tenho umas coisas para contar.

— Eu também — respondi, pensando no cara do metrô.

— Você primeiro. — Ele abriu a porta do carro para mim, fazendo um gesto cortês e, então, correu para o outro lado.

Resumi o encontro estranho no metrô, e quando terminei Kian estava com uma expressão de raiva no rosto.

— Então, eu estava certo. Eles já encontraram você.

— *Quem* me encontrou?

— A empresa chamada Dwyer & Fell. Eles são outra facção no jogo, assim como a Wedderburn, Mawer & Graf.

— Jogo?

— Até onde eu sei, Wedderburn e Dwyer competem entre si há séculos.

Pensando nas implicações, falei antes de ter certeza:

— Mas isso significa...

— Eles não são humanos. — Kian deve ter percebido a minha incerteza e resolveu completar o meu raciocínio.

Compreensível. Temos muito que falar para ele ficar esperando que eu faça as deduções lógicas quando ele poderia muito bem dar as respostas. Mas isso não explicava o fato de que ele estava péssimo. Estava bastante óbvio que alguma coisa horrível acontecera durante o seu longo silêncio.

— Então, o que aconteceu? Você está bem? — Não consegui esconder a minha expressão de preocupação e ele me lançou um olhar grato.

— Umas brigas aqui e ali, mas não vou morrer. Não tenho provas de que a Dwyer & Fell esteja envolvida, mas não acredito que seja coincidência que a minha casa tenha pegado fogo ontem à noite.

Praguejando, eu me virei no banco e o analisei com mais atenção. Agora que ele mencionara um incêndio, percebi uma mancha de cinzas que ele não lavara direito e, quando inspirei, senti cheiro de fumaça.

— Por que eles estão atrás de você?

— Para enfraquecer você — respondeu ele em voz baixa. — Eles não têm permissão para ir atrás de você de forma direta, mas podem atacar pessoas próximas de você. Os peões são os primeiros alvos.

— Então, isso me torna a rainha no jogo? — brinquei, tentando deixar o clima mais leve.

Eu não acreditei que ele estivesse falando tão sério assim até me olhar com seus olhos verdes e preocupados.

— Por ora, sim.

— Não estou entendendo. A Wedderburn, Mawer & Graf paga bem e confia projetos especiais a você. Como isso faz de você um peão?

Sua expressão era inescrutável.

— Se eu for eliminado, isso não atrapalha Wedderburn. Verdade, a empresa ficaria no prejuízo por causa dos meus favores, mas quando você considera a escala de operações...

— É uma gota no oceano — deduzi.

— Então, para eles, o meu valor está na minha ligação com você. O jogo pode mudar a qualquer momento, como você já sabe, mas, neste momento, *você* tem um futuro vital e viável para proteger.

— Eu daria tudo para saber que feitos farei no futuro que sejam tão importantes assim. — Suspirei. — Parece que já está na hora de eu fazer uma visita ao seu trabalho.

— Concordo. É para lá que estamos indo. Wedderburn pediu para conhecer você.

Meu coração quase parou de bater. Eu tinha pedido para conhecer o lugar em que ele trabalhava, mas isso era completamente diferente. O *chefe* dele me queria lá, e eu estava ficando nervosa com isso.

— Você sabe por quê?

— Ele tem uma proposta para você. — Seu tom era decidido e ele balançou a cabeça de leve.

Certo. Seja lá o que Wedderburn queira, eu vou dizer não. Desde que eu acreditasse que Kian estava realmente defendendo os meus interesses. Eu queria poder ter certeza disso. *Não posso me deixar levar pela aparência dele e seus olhos tristes. Isso me tornaria uma idiota.*

— Espero que eu me lembre do que não deveria saber — murmurei.

— Apenas ouça e aja como se estivesse gostando de tudo. Wedderburn gosta de humildade. E, quando ele fizer a proposta, diga que precisa de tempo para pensar.

Isso não pareceu terrível ou um conselho ruim. Eu talvez tivesse feito exatamente isso mesmo sem as orientações de Kian. Permaneci em silêncio durante o caminho, embora lançasse uns olhares para ele, sem controlar a vontade de me assegurar de que ele estava realmente ali. Distraída, toquei o símbolo do infinito no meu pulso. Embora parecesse uma tatuagem, aquilo parecia mais uma marca.

— Está doendo? — quis saber ele.

— Não. É só que... — Eu não conseguia explicar, mas parecia que aquilo estava *vivo* no meu pulso e operando de forma independente de mim, como se fosse, algum dia, obrigar a minha mão direita a fazer coisas que eu não queria fazer.

Mais loucura. Mas se eu não puder compartilhar isso com Kian...

Então, respirei fundo e disse tudo. Esperei que ele fosse me olhar com uma expressão chocada ou até rir. Mas ele praguejou:

— Está acontecendo rápido demais. Eles aceleraram o cronograma, esperando obrigá-la a pedir seus favores.

— Não está me incomodando a ponto de eu pedir para você tirar isso do meu braço. — Mas eu olhei para o símbolo, me sentindo horrorizada, como se um alienígena estivesse me usando como hospedeira.

— Isso não é algo que eu possa fazer. Essa marca faz parte de você agora.

Antes que eu tivesse a chance de perguntar do que ele estava falando, entramos em uma garagem subterrânea. O lugar era escuro e assustador enquanto o carro descia cada vez mais, e as coisas não ficaram melhores quando Kian estacionou na vaga com o seu nome pintado na parede. Isso me fez achar que ele era mais importante do que estava dizendo, e eu não pude evitar imaginar que ele talvez estivesse mentindo sobre tudo, desde a idade até o próprio nome. Embora eu soubesse que *existira* um Kian Riley, isso não significava que ele fosse essa pessoa. Nenhuma das histórias que encontrei na internet incluía uma foto.

— Tente não ficar com medo — sussurrou ele quando abriu a porta do carro para mim. — Alguns deles acham isso... excitante.

QUEBRANDO O GELO

O escritório da Wedderburn, Mawer & Graf ficava no centro da cidade, uma monstruosidade de aço e vidro com uns vinte andares de altura. A única dica de quem era dono do prédio era uma placa de bronze ao lado da porta da frente com os nomes gravados. A placa parecia bem mais antiga do que o arranha-céu, marcada por uma pátina criada pelo tempo e pela natureza. Sem dúvida, Kian deve ter se perguntado por que eu fui para a entrada principal para dar uma olhada quando poderíamos ter subido diretamente pelo elevador da garagem, mas eu queria saber onde eu estava.

Pode chamar isso de reconhecimento.

A área da recepção era bem comum, chegando a ser irônica — com cadeiras bege de espaldar alto na sala de espera e arte abstrata em tons de marrom nas paredes. Até mesmo a recepcionista parecia ter sido contratada junto com a sala, já que tinha cabelo louro-acinzentado e olhos castanhos e pele praticamente da cor das paredes. E vestia, como você já deve ter adivinhado, um conjunto em vários tons de marrom e bege. Seu olhar nos acompanhou quando passamos por ela e seguimos para o elevador, mas ela não disse nada.

— Ela está me deixando nervosa — sussurrei para Kian.

— Iris tem esse efeito nas pessoas. Ela... desencoraja problemas na entrada.

— Imagino. É estranho como ela se mistura com a decoração do ambiente.

— Ela sempre consegue isso, não importa os tons que eles escolham.

— O pior é que eu não sabia se ele estava brincando, e não queria perguntar.

O elevador parecia bem frio, então expirei para testar, e a minha respiração saiu como uma bola de fumaça.

— Está mais agradável do lado de fora.

— Tecnicamente, não estamos mais em Massachusetts.

Enquanto eu pensava naquilo, o elevador nos levou até o décimo andar, quando as portas apitaram e abriram.

— Este é o meu departamento.

— Você tem uma baia com uma mesa? — Fiz uma piada, porque estava cada vez mais nervosa e não sabia o motivo. Não era apenas o frio, mas alguma coisa naquele prédio não... simplesmente *não* parecia certo.

Do elevador, olhei para o interminável corredor branco. Na verdade, o comprimento do corredor parecia ser bem maior do que o diâmetro do prédio, embora eu não soubesse bem como isso poderia ser possível. Eu às vezes sonhava com um corredor infinito, intercalado com portas idênticas. Dicionários de sonho explicavam que corredores significavam porções não utilizadas na nossa mente, enquanto portas fechadas significavam oportunidades perdidas. Em uma combinação simbólica, este lugar representava perda e potencial não utilizado. Passamos por oito portas, todas espaçadas de forma equidistante, e, de trás de algumas delas, vinham alguns gritos abafados.

— Você disse que temia que este lugar fosse me assustar — sussurrei. — Acertou em cheio.

Parecia que estávamos andando há uns cinco minutos, mas, quando olhei para o meu telefone, ele tinha congelado no horário em que entramos no prédio, e por mais botões que eu apertasse, ele não funcionava. Olhei para Kian e ele disse *Depois* sem emitir som. Tudo bem, agora eu estava completamente apavorada. Apenas uma vida de treinamento na escola do "Se você chorar, nós vencemos" fez com que eu mantivesse a expressão calma de jogadora de pôquer. Cerrei os punhos ao lado do corpo e as minhas unhas afundaram da pele.

Por fim, chegamos a uma porta perto do fim do corredor. Quando eu me virei, não dava mais para ver o elevador dali. Essa porta era diferente das demais apenas por uma placa pendurada, K. Wedderburn. Eu não tinha a mais pálida ideia do terror que encontraria atrás daquela porta, mas Kian entrou sem bater. Estava ainda mais frio dentro do escritório, uma sala grande, cercada por janelas, cujos vidros estavam congelados, de forma que eu não conseguia ver o que tinha do lado de fora. Uma vozinha dentro de mim sussurrou que era melhor assim.

Wedderburn era ainda mais inumano do que a fotografia sugeria. Ah, ele tinha todas as partes do corpo no lugar certo, mas irradiava um frio que ultrapassava a baixa temperatura da sala. O cabelo mais parecia uma geada e seus olhos eram lagos de gelo negro. Até a sua pele parecia que se romperia a um mero toque. *Não é de estranhar que eles precisem de agentes como Kian. Eles não devem conseguir andar bem pelo mundo mortal.* Eu não fazia ideia de por que escolhera aquela palavra, mas parecia adequada. Aquele ser não era uma criatura humana, se é que já tinha sido um dia. Ele estava fazendo alguma coisa em uma mesa estranha de metal branco, que não se parecia com nada que eu já tivesse visto antes, já que tinha o brilho opaco de uma madrepérola. Embora a estrutura traseira parecesse a de um computador, Wedderburn tinha os dedos *mergulhados* na tela, puxando e empurrando a superfície, que emitia uma luz fraca e grudava nos dedos dele como se fosse mercúrio líquido.

Ao perceber a nossa chegada, fez um gesto com as mãos, então o treco-computador o soltou e ele se levantou com o som de alguém que se move pela neve que acabou de cair.

— Ah, srta. Kramer. Você é um recurso *fascinante*.

— Muito obrigada. — Eu não fazia ideia de qual seria a resposta adequada, mas, quando Wedderburn sorriu, achei que tinha acertado em cheio.

— Espero que Kian esteja tomando conta de você.

— Ele deixou bem claro que sou especial. — Não fazia a menor ideia do porquê e achava que Kian também não sabia. A Wedderburn, Mawer & Graf parecia funcionar na base de só informar o que precisamos saber.

Não havia mobília, nada para distrair ou fazer com que a outra pessoa se sentisse à vontade. Então, fiquei em pé no frio gélido, desejando ter coragem de pegar a mão de Kian. Mesmo que devesse fazer com que eu me apaixonasse perdidamente por ele, eu não tinha certeza em que ponto disso deveríamos estar, e eu não queria despertar mais atenção de Wedderburn. Kian sempre usava um tom de voz específico quando se referia ao chefe, e eu agora entedia o motivo. Senti vontade de chorar, mas engoli o choro.

— Vejo que está agitada – declarou Wedderburn. — Sinto muito por isso. Mas algumas necessidades impedem um ambiente mais caloroso.

Será que se ficar mais quente você vai derreter, formando uma poça de gosma? Isso não me surpreenderia mesmo.

— Tudo bem. Estou mais interessada em ouvir o que o senhor tem a dizer do que em tomar uma xícara de chá.

— Excelente. Eu dou muito valor à eficácia. Pode perguntar ao Kian.

Apesar de não querer, lancei um olhar para Kian, que apenas assentiu. A expressão do seu rosto era neutra, de um modo que eu não tinha visto antes. Até mesmo seus olhos geralmente tão expressivos não demonstravam nada. *Esta é a criatura para quem ele trabalha e de quem ele quer me salvar.* Eu queria poder ter certeza disso, e não ter medo de que ele estivesse trabalhando secretamente com ele para que eu fizesse exatamente o que eles queriam.

Cara, isso parece loucura.

— Kian me disse que o senhor queria me conhecer — murmurei.

— Certo. Venha até aqui atrás da mesa, minha menina. — O tom de posse provocou um arrepio que desceu pela minha espinha, e eu me movi rápido para evitar que um dos dedos longos e semelhantes a patas de aranha tocasse no meu ombro.

Aquilo que lembrava ligeiramente um computador do outro lado da mesa agora parecia diferente de qualquer coisa que eu já tinha visto na vida. Parecia ser parte criatura, parte máquina, com uma cabeça quadrada, por falta de palavra melhor, e um pescoço metálico que descia até ombros, que pareciam ter sido fundidos à mesa, que talvez também estivesse viva, até onde eu sabia. A estranheza daquilo era tão chocante que tive que afastar o olhar.

— O que é isto? — sussurrei.

— A minha interface com a Oráculo. Através dela eu posso ver vários futuros alternativos, fios de sombras, e encorajar os outros.

— Como as Moiras da mitologia grega.

— Ah, uma menina estudiosa. Encantador. — Mas a reação dele era como se o conhecimento fosse um fruto inesperadamente azedo ao seu paladar. — Mas diferentemente das Parcas, eu só posso moldar ou sugerir. Não posso cortar, nem tecer novos fios.

Se pudesse, já teria vencido o seu jogo há muito tempo.

Ele continuou:

— Uma sombra no destino de um mortal, porém, é o suficiente para frustrar os planos. Acredito que existem pessoas que foram muito injustas com você. Não me parece justo que você tenha de lutar tanto pela vingança quando uma mente como a sua deveria estar concentrada em desafios muito mais importantes.

— O que o senhor está sugerindo? — perguntei.

— Permita que eu resolva essa questão para você.

Pensei nos idiotas da Galera Blindada e nem conseguia imaginar o que Wedderburn consideraria um castigo adequado, mas senti que deveria ter muito cuidado com a maneira de declinar a oferta. Kian havia me aconselhado a dizer que eu precisava de tempo para pensar, mas, se eu não resolvesse isso agora, ficaria mais difícil recusar depois.

— Embora eu aprecie muito a oferta, isso tiraria toda a satisfação de planejar a queda deles pessoalmente.

Wedderburn suspirou.

— Eu temia que a senhorita fosse dizer isso, mas... Eu entendo. Você vai, com certeza, permitir que eu a ajude de alguma outra forma. Quero ajudá-la a atingir o seu verdadeiro potencial, Edie.

Com aquele sorriso insano no rosto, eu temia que eu fosse me transformar no próximo ditador assustador na minha melhor linha do tempo, para usar as palavras de Kian.

— Muito obrigada.

— Você gostaria de ver uma demonstração?

Parte de mim achava que aquela era uma péssima ideia, mas eu também não podia ficar recusando tudo. Wedderburn parecia ser do tipo que se ofendia facilmente, e eu preferia sair do escritório dele sem ser congelada. Então, forcei um sorriso falso, o mesmo que eu dava para os Blindados, e concordei:

— Isso seria ótimo.

— Aproxime-se mais.

Kian se virou e prendeu a respiração, como se protestasse de forma instintiva, mas eu não me atrevi a olhar para ele. Eu precisava de toda a minha força de vontade para não começar a tremer incontrolavelmente e me abraçar. Além do frio, aquela estranha criatura também irradiava um sentimento primordial de horror que fazia a minha pele arrepiar, tentando se afastar dos músculos e ossos, apavorada de que nenhum tipo de medicamento pudesse curá-la. A vontade de chorar se transformou em uma vontade incontrolável de gritar.

— Claro.

Wedderburn se voltou para a cabeça-monitor e a virou para que eu conseguisse ver o treco que parecia mercúrio líquido. Antes de ele encostar na estrutura, ela estava opaca, mas com o toque dele, a superfície estremeceu e ficou translúcida, de forma que, cada vez que ele tocava os dedos frios ali, um novo padrão se formasse, primeiro uma estrela, depois um pentagrama e, por fim, um cefalópode com tentáculos que se moviam em todas as direções. Ele pegou um deles entre os dedos e ele se transformou em uma imagem obscura, semelhante à de uma câmera de vigilância de uma loja de conveniência, só que transmitida em um líquido.

Vi.

Como a sala à minha volta, meu sangue gelou nas veias. Medo não chegava nem perto de descrever a sensação profunda que senti, pior e mais assustadora do que um enjoo. Por fora, mantive a expressão calma, a não ser pela respiração ofegante, mas eu não podia fazer nada quanto a isso. Meu estômago revirou enquanto ele a observava, ela sorriu para a fotografia presa à moldura do espelho, a que mostrava o rosto dela e o de Seth. *Eu* tinha tirado aquela foto. A cena era comum de todas as formas, e era completamente errado nós a estarmos observando daquela forma.

Ao meu lado, Wedderburn permanecia em silêncio, sorrindo discretamente.

— Uma sombra aqui... Ou ali... Mudaria tudo — disse ele em tom tranquilo. — A sua amiga parece ter um futuro brilhante.

Parece. Isso definitivamente é uma ameaça.

Ele continuou:

— Acho que ela ficaria arrasada se alguma coisa acontecesse com o novo namorado. Ah, o primeiro amor. Não sei bem se ela se recuperaria.

Ele mexeu na superfície de novo, sem tirar ou alterar alguma coisa visivelmente, e agora estávamos observando Seth. Ele não tinha uma fotografia dela na parede, o que poderia deixá-la decepcionada, mas a foto dela era o papel de parede do laptop dele. Wedderburn deu uma leve pancada no líquido e Seth esfregou a cabeça.

— Impressionante — esforcei-me para dizer. Se eu revelasse o quanto me importava, isso acabaria mal para os meus amigos. Eu entendia isso instintivamente. A dor aguda que senti na mão me avisou que eu estava prestes a rasgar a pele com as minhas unhas. — Mas certamente deve haver regras sobre prejudicar os mortais que não fazem parte do jogo.

Wedderburn se empertigou e me lançou um olhar inescrutável:

— Será?

Ai, meu Deus. Se não houvesse... Se ele pudesse matar qualquer pessoa que desejasse, qualquer pessoa que não fosse catalisadora, então eu colocaria todos à minha volta em risco. *Você não sabia. Mas você pode consertar as coisas. De alguma forma.* Era tão difícil controlar para que os meus dentes não começassem a bater, mas eu não podia demonstrar para Wedderburn como me sentia por dentro. Eu poderia facilmente cair no chão, enfiar a cabeça entre os joelhos enquanto tentava respirar. Só o fato de que eu precisava ajudar os meus amigos me impedia de me descontrolar completamente.

— Foi ótimo conhecer o senhor — me esforcei para dizer. — Mas eu tenho dever de casa para fazer. Espero que possamos nos encontrar novamente.

— Assim como eu, srta. Kramer. — Notei que ele tinha voltado para um tom formal, agora que as linhas tinham se definido.

Eu suspeitava que Wedderburn sabia que eu não era — e nunca seria — sua aliada.

Kian não disse nada até estarmos na frente do prédio.

— Você está bem?

Em silêncio, balancei a cabeça, e ele envolveu o meu corpo com os braços. Isso talvez fosse exatamente o que deveria acontecer, o número do policial bonzinho e do policial mau, mas eu me apoiei nele assim mesmo. Eu tinha a sensação de que nunca mais me sentiria aquecida de novo, mesmo com o sol de fim de verão ainda brilhando no céu. Tremi por alguns minutos, apesar de Kian estar esfregando as minhas costas. As pessoas que passavam por nós lançavam olhares nervosos, como se o meu sofrimento fosse contagioso.

— Eu não entendo. Ele deveria ser um cara *legal*. Ele não está do meu lado?

— O bem e o mal não se aplicam aqui — explicou Kian suavemente. — Só existem objetivos diferentes. Eu não tenho como dizer que estou lutando pelo lado certo. Só estou tentando sobreviver. E eu sei muito bem que ouvir isso não inspira muito a sua confiança em mim.

— Duvido que você diria uma coisa dessa se não fosse verdade. Porque realmente *não* faz com que você fique bem na foto. Então, pelo menos, sei que você está sendo honesto.

— Mande uma mensagem de texto para os seus pais. — Ele deu um passo para trás, mas manteve um dos braços no meu ombro enquanto voltávamos para o carro.

— Dizendo o quê?

— Que você estará em casa por volta da hora do jantar.

Já que eu estava assustada demais para ir para casa, fiz o que ele sugeriu e entrei no carro. Kian fechou a porta e eu coloquei o cinto de segurança.

— Para onde nós vamos?

— Para um lugar onde possamos conversar.

. . .

Kian dirigiu para fora da cidade; era cedo e o trânsito ainda não estava congestionado. Meia hora depois, estávamos passeando pela costa, uma região que só era singular pelo fato de não haver nada de especial ali, a não ser a costa rochosa e o vaivém do mar. Kian parou no acostamento e saiu do Mustang. Um caminho nos afastava da estrada.

— O que este lugar tem de especial?

— Algo nas pedras, é como... um ponto cego. Nenhum dos lados consegue nos espionar aqui. — Ele bateu no relógio com um olhar satisfeito.

— Você não vai ter problemas com isso?

Ele deu de ombros.

— Eu mal escapei da minha casa em chamas uma noite dessas e, já que não sou um "recurso fascinante", a empresa ainda não fez nada quanto a isso. Eu não estou nem aí para o que possam fazer contra mim no momento.

Por alguns segundos, eu me perguntei se ele só estava dizendo o que achava que eu queria ouvir. Mas se aqui era um ponto cego, ele não tinha motivos para mentir. Talvez essa fosse a sua primeira chance de me contar como se sentia preso e infeliz. Por outro lado, talvez não existisse ponto-cego nenhum. Ele poderia muito bem estar tentando me enganar — seguindo as ordens de Wedderburn. Eu quase podia desculpar Kian se isso fosse verdade; o chefe dele era assustador mesmo.

— Você deveria se importar — respondi em voz baixa. — Você é importante.

Ele me lançou um olhar caloroso, que fez o meu coração disparar um pouco. Mas o tom da sua voz estava triste quando ele por fim disse:

— Não para eles.

Seguindo o exemplo dele, me sentei na areia, a alguns metros da água. O sol de fim de tarde aquecia a minha pele, afastando lentamente a sensação de frio mortal que chegou aos meus ossos durante a conversa com Wedderburn.

— Então, o seu chefe... O que ele é?

— Eu não sei ao certo — respondeu Kian. — Não é mais humano, se é que já foi um dia. O seu nome está no prédio há cem anos, e eu pesquisei algumas fotografias dele se parecendo exatamente como o vimos no mesmo período.

— Bizarro. Ele desaparece e depois volta mais jovem?

— Não. Isso é estranho. Ele nunca fingiu a própria morte.

Eu já tinha lido livros sobre vampiros fazendo isso e fingindo ser o próprio neto ou neta, mas a vida eternamente envolvida no gelo? Isso era novidade.

Kian continuou:

— Mas ele também nunca sai. Tudo é feito por intermediários e, quando você tem tanto dinheiro assim, ninguém faz muitas perguntas.

— Imagino que coisas horríveis aconteçam com aqueles que metem o nariz nos negócios dele.

— Você se comportou muito bem lá — disse ele de forma inesperada. — Conseguiu manter o equilíbrio certo entre cautela e respeito.

Franzi o cenho enquanto enchia a mão de areia e deixava que escorresse por entre os meus dedos.

— Eu não entendi por que ele se ofereceu para executar a minha vingança. Eu odeio aqueles caras? Com certeza. Eu sonho que eles finalmente saibam como são as coisas, como eu me sentia, mas...

— Foi um teste — interrompeu-me ele.

— Um teste para o quê?

— Para avaliar o seu caráter. Uma pessoa preguiçosa aceita toda ajuda que conseguir, mesmo que não precise. Uma pessoa do mal teria pedido que Wedderburn infligisse todos os horrores nos seus inimigos.

— Ah. — Minha respiração parecia trêmula quando expirei. — Não posso dizer que não me senti tentada. Uma parte sombria de mim adoraria vê-los sofrer muito.

Não apenas humilhados, mas totalmente destruídos. Eu não consegui dizer essa parte em voz alta.

— Depois do que fizeram com você, é compreensível. Mas você jamais os prejudicaria de verdade, não importa as fantasias que tenha.

— Eu gostaria de não sentir isso. Mas eu olho para Brittany, que filmou tudo, e penso: *o que* seria necessário para acabar com você? Será que eu teria de arrebentar o rosto dela? — Eu não conseguia acreditar que estava dizendo aquelas coisas, porque eram horríveis demais e faziam com que eu me sentisse mal de ainda estar *tão* cheia de ódio. Eu sabia que, para a minha sanidade mental, era melhor esquecer tudo aquilo.

Mas eu não conseguia. Ainda não. Talvez dizer essas coisas horríveis para Kian me ajudasse. Ele seria a minha placa de som e, depois que eu desabafasse, poderia seguir em frente.

— Você quer machucá-la?

— Não. Tipo assim, eu *acho* que não. Será que eu quero que riam dela? Sim, eu quero. Quero que ela saiba como é. Mas eu não estou pensando em nada que deforme a garota ou algo assim. — Peguei uma pedra macia e a atirei no mar. Eu não conseguia olhar para ele quando perguntei: — Você viu? Viu o vídeo que fizeram?

Ele emitiu um som de sofrimento e apoiou a cabeça nas mãos. Eu conseguia ver os dedos passando pelo cabelo, puxando-o de uma forma que parecia dolorosa.

— Eu estava *lá*, Edie. O meu trabalho era acompanhar o seu progresso, assistir enquanto você deslizava em direção ao *extremis*. Eu poderia ter impedido aqui. Mas não fiz isso.

Meu Deus. Eu quase vomitei. Era ruim o suficiente que ele soubesse daquilo, mas o que ele acabou de dizer...

— Eu quero que você me leve para casa — consegui dizer. — Agora. Neste instante.

— Sinto muito.

— Me. Leva. Para. Casa.

Então, ele pegou a minha mão e o mundo acelerou de forma louca e, em um único giro, estávamos ambos no meu quarto. Aquela foi a última gota; cambaleei até a lata de lixo e vomitei o almoço enquanto Kian segurava o meu cabelo. Eu queria bater nele — odiá-lo —, mas, acima de tudo, só estava enjoada e envergonhada por ele ter visto. Tipo, eu sabia que ele estivera me observando, mas eu não tinha me dado conta de como ele estava próximo. Depois, eu me encolhi no chão, esgotada demais para expulsá-lo quando ele me puxou para si.

— Eu vi tanta dor nos últimos três anos, registrei tudo e não fiz nada para melhorar as coisas. Sinto muito, Edie.

— Se você não fizer o seu trabalho, o que acontece? — perguntei por fim, com a cabeça apoiada no peito dele.

Meus pais chegariam em casa a qualquer momento, e eu não tinha uma explicação sobre a presença daquele garoto ou por que estávamos abraçados no chão. Eu também não ligava; a estranheza do dia tirou todas as minhas energias.

— Um recurso humano que se recuse a exercer as suas funções é imprestável. — Ele soava como se estivesse citando alguém, talvez Wedderburn. — Então, ele é eliminado.

— Tipo assassinado? — Eu tinha poucas dúvidas quanto a isso, mas era melhor ter certeza. Considerando a óbvia culpa que ele sentia por não ter feito nada para intervir, eu não imaginava que ele teria escolhido não fazer nada, se a interferência não tivesse um castigo imenso.

— Isso. — Ele se retraiu, como se essa explicação não fosse boa o suficiente.

— Então, você está essencialmente pedindo desculpas por não ter *morrido* por mim. Você nem tinha conversado comigo naquele ponto. Não quero ofender você, Kian, mas eu prefiro ter você do meu lado. Enquanto estivermos respirando, ainda há esperanças, certo? — De alguma forma, consegui sorrir.

— Ai, meu Deus, Edie. — Ele roçou os lábios na minha testa. Nós dois sabíamos por que ele não estava me beijando na boca.

— Nós vamos ficar bem — sussurrei.

Como eu desejava acreditar nisso. Parecia que eu estava afundando rapidamente e engolindo um monte de água escura. Abracei Kian e senti o tremor que passou pelo seu corpo, e me perguntei por quanto tempo eu ia conseguir prender a respiração.

TODAS AS COISAS BOAS

Sombras me atormentavam, dançando um pouco além do alcance dos postes de luz, e, desde que conheci Wedderburn, eu não fazia ideia se elas estavam trabalhando para ele. E quanto ao magrelo? Será que ele era da Dwyer & Fell? Minha cabeça doía.

Naquela noite, fingi que estava tudo bem na frente dos meus pais e, então, fui para o quarto fazer o dever de casa. Na verdade, eu não fui dormir nem apaguei o abajur. Eu estava horrível na manhã seguinte, olhos vermelhos e com olheiras. Demorou mais tempo do que o normal para eu ficar apresentável, e fui obrigada a não tomar o café da manhã para não perder o metrô.

Então, eu não estava preparada quando Russ me abordou perto do meu armário:

— Que merda. Você contou para o Cam o que eu disse?

Senti certa satisfação por eles terem adotado o apelido de Cam mesmo contra a vontade dele. Isso dizia que ele não estava mais *dominando*. Ouvi um tinido estranho nos ouvidos e sacudi a cabeça para clarear os pensamentos, olhei para Russ e seu rosto não parecia... bem no formato certo. Olhei para ele com mais atenção e a sensação foi embora. *É só falta de sono.*

Respondi à pergunta dele um pouco depois:

— Eu não disse nada. Eu só perguntei a Jen o que ela achava de Cam, e acho que Allison pode ter ouvido, porque ela estava na nossa frente na fila, mas eu jamais imaginaria...

— Aposto que foi ela. — O rosto dele relaxou. — Ela está sempre tentando fazer com que Cam goste dela. Ela tem uma rivalidade esquisita com a Brittany. Elas deviam ser melhores amigas, mas eu tenho a impressão de que a Allison seria capaz de rir se a Brittany levasse um tombo na escada.

— Isso é *horrível*. — Mas eu provavelmente riria também.

— Meninas — suspirou Russ, como se eu não fosse uma.

Se eu gostasse pelo menos um pouquinho dele, teria dado um soco nele por ser um idiota. Mas só peguei os meus livros e, por algum motivo, ele me acompanhou até a aula. Isso mantinha todo mundo afastado, porque ele tinha fama de cruel. *Ele estava lá quando eles acabaram com você.* Para mim, era incrível que ele conseguisse agir como se nada tivesse acontecido, como se a mudança na minha aparência apagasse todo o resto.

Não apagou. Eu me lembro de você, Russ.

Uma menina passou por mim com a cabeça baixa e, a princípio, eu não a reconheci. Ela estava usando casaco de moletom e o seu cabelo louro cobria o rosto de forma desordenada. Como uma cobra, Russ esticou o braço e a pegou, fazendo-a se virar para nós. Ele já estava rindo.

— Acordou tarde, Brit?

Ela ergueu o rosto, arfando, assustada, e eu vi algum tipo de... Irritação de pele no seu rosto — pústulas virulentas e vermelhas com uma crosta amarelada — mais do que apenas uma erupção, talvez uma infecção por estafilococos. Seus olhos azuis se encheram de lágrimas, e estavam tão inchados que eu desconfiava de que ela devia ter chorado por horas. Eu não consegui me obrigar a dizer nada horrível para ela. Mas Russ não teve problemas com isso.

Ele encolheu o braço em um movimento repentino que quase derrubou um garoto do primeiro ano que estava passando.

— Mas o que diabos aconteceu com a *sua cara*?

— Uma reação alérgica — explicou ela, com voz sofrida. — Eu usei uma máscara clareadora ontem à noite, e a minha pele inchou um pouco. Mas hoje de manhã... Estava assim. Minha mãe marcou horário no dermatologista para hoje à noite, mas não me deixou perder aula porque tem ensaio da equipe de torcida.

– É, porque todo mundo quer ver *isso* – Russ fez um gesto englobando o rosto e o corpo dela, indicando o todo – dançando e saltando por aí. Faça um favor para todo mundo e se esconda em algum lugar até a sua cara ficar boa. – Ele inclinou o rosto. – Hã, e com esse conjunto de moletom a sua bunda fica enorme. O que você comeu neste verão, Brit? A sua família?

Eu devia ter ficado maravilhada de ver as lágrimas escorrendo pelo rosto dela antes de ela se virar e sair correndo para se esconder do banheiro. *Agora ela sabe como é*. Mas só senti um calor por dentro, mesmo que eu não tivesse feito nada para causar aquilo. Fiquei congelada de vergonha, por não ter impedido que Russ dissesse aquelas coisas horríveis. Eu poderia ter dito alguma coisa, mas só fiquei ali parada, sem fazer nada.

Por mais louco e inacreditável que pareça, ele estava sorrindo para mim.

– Uau, ela diz coisas muito piores que isso todos os dias, então, quando ouve algumas verdades, começa a chorar. Fraca, né?

– Espero que o médico possa ajudá-la. – Para a minha surpresa, eu não estava fingindo. Eu realmente queria aquilo. A aparência importava muito para Brittany, e embora eu não gostasse dela, odiava vê-la sentindo tanta vergonha. Eu esperava me sentir bem com aquilo, mas estava completamente errada.

– Você é legal demais. Você devia ouvir o que ela fala de você pelas costas.

Isso não me surpreendeu nem um pouco. No ano passado, ela dizia tudo na minha cara. Franzindo o cenho, segui para a aula de literatura, mais para me afastar de Russ, que eu queria chutar. Muito.

– Você parece cansada, Edie. Está tudo bem?

Eu me virei e vi Colin apoiado de forma artística na mesa. Meu Deus, tudo que ele fazia parecia tão... estudado, como se ele estivesse constantemente fingindo. Já havia algumas garotas sentadas com olhares sonhadores, e desejei que ele se importasse com o estado mental e emocional delas, e não com o meu. Arrumei as minhas coisas, ignorando-o, até ele se virar. Parecia cedo demais para ele estar tão envolvido comigo como aluna, o que abria espaço para algumas possibilidades. Será que ele estava de olho em mim para a Wedderburn ou para a Dwyer & Fell? Embora ele não fosse lindo como Kian, ele era atraente o suficiente para eu acreditar que tivesse pedido por aquele rosto.

Você sabe o que dizem sobre aquelas pessoas que acham que outras pessoas estão envolvidas em uma conspiração e planejando contra ela. Loucas.

Deixando o medo de lado, eu me concentrei nas aulas da manhã. De alguma forma, consegui não dormir, embora certamente não estivesse com um desempenho igual ao do ano passado. Eu teria sorte de conseguir tirar dez se continuasse nesse ritmo. Talvez até tirasse nove. Meus pais ficariam passados. O mais triste é que eu não estava brincando.

— Você viu a Brittany hoje? — perguntou Jen, me alcançando quando eu já estava quase chegando ao refeitório.

— Vi, um pouco antes da primeira aula. Ela parece mal.

— Acho que ela se escondeu no banheiro o dia todo. Parece que a mãe dela estava em um evento de caridade, mas o diretor ligou para ela vir buscá-la. Brit estava chorando à beça quando a mãe chegou e a arrancou do banheiro.

Isso era exatamente o que eu teria desejado para a Brittany algumas semanas atrás. Ainda assim, não senti nenhum prazer delicioso ao testemunhar o sofrimento dela, apenas uma sensação de pesar e um pouco de medo. *Eu tinha acabado de falar sobre isso com Kian. E Wedderburn se ofereceu para se vingar por mim. E se ele não tiver aceitado não como resposta?*

Quando entramos no refeitório, Jen tinha mudado de assunto, provavelmente por ter percebido que eu não queria falar daquilo. Ela estava tentando muito compensar pelo que tinha acontecido no último inverno. Infelizmente, não tinha como apagar o passado, e embora eu apreciasse seus esforços, ainda não confiava nela. Vi era a minha única amiga de verdade, não contaminada pela merda que estava se espalhando no restante da minha vida. Eu me lembrei de como tinha sido fácil para Wedderburn envolvê-la em sua teia e estremeci. Eu não permitiria que nada acontecesse com a Vi.

Brittany não apareceu no resto da semana, mas ninguém soube o motivo até sexta-feira. Na nossa mesa de sempre durante o almoço, Allison deu as notícias em um sussurro apressado, como se não quisesse ter que repetir tudo de novo. A fofoca era como água da vida para ela.

— A mãe dela me disse que ela está internada no hospital — contou Allison.

Essa notícia deveria ter vindo de Cameron, que ainda era o namorado dela, até onde eu sabia. Mas ao que tudo indicava, o interesse dele não sobrevivia a um problema de pele. Ele tinha um ar entediado, que me fez desejar ainda mais vê-lo sofrer. Eu me perguntei se ele tinha respondido às mensagens de texto de Brit ou se tinha ido visitá-la, embora eu achasse que provavelmente ele não tinha feito nada daquilo.

— O que ela tem? — quis saber Jen.

Russ riu.

— Ela tem um caso sério de gordura na cara. Acho que pode ser terminal.

Allison bateu nele.

— É sério. Ela está com algum tipo de infecção na pele. Provavelmente causada por algum tipo de bactéria, mas a mãe de Brit me disse que os médicos não têm certeza, porque as culturas são diferentes de tudo que já viram. E agora ela está com... meningite ou algo assim.

— É uma doença que pode ser fatal — falei antes de me dar conta de como as pessoas interpretariam isso.

Allison começou a chorar, e Cameron me lançou um olhar fulminante enquanto a abraçava.

— Muito bem, sua idiota.

Suas lágrimas secaram na hora. Do meu ponto de vista, ela parecia estar gostando um pouco *demais* de estar nos braços do namorado da melhor amiga, mas fiquei na minha. Eu ainda era uma estranha no grupo, apesar de Russ e Jen gostarem de mim. Os outros começaram a falar baixinho sobre organizar uma cesta de presente para enviar para o quarto de Brittany, mas ninguém disse nada sobre ir até lá, tipo, porque ela estava doente, e hospitais eram repulsivos, cheios de gente doente e germes nojentos que você poderia pegar. Depois de ouvi-los falar, decidi fazer uma visita a Brittany depois da aula.

Pedi as informações necessárias a Jen e peguei a linha T até a estação Park e, depois, a linha vermelha. Alguns minutos depois, desci na estação Charles/Mass General e andei o restante do caminho, enquanto imaginava o que poderia dizer quando a visse. Nervosa, parei na loja de presentes e, enquanto estava olhando as coisas, recebi uma mensagem de texto:

Onde você está? Vim pegar você, mas você não apareceu.

Ai. Acho que eu corri muito mais rápido que o normal, ansiosa para me afastar de Blackbriar e da atmosfera absurda de lá. No ano passado, eu adorava as minhas aulas, mas odiava os meus colegas de turma. Neste ano, parecia que havia algo de errado em todo o campus.

Decidi por um ursinho de pelúcia com um chapéu, paguei pelo presente e depois respondi:

Estou visitando uma pessoa no hospital. Não sabia que você ia me buscar. Acho que você pode trabalhar mais suas habilidades de comunicação.

Ele escreveu:

Engraçadinha. A não ser que eu diga o contrário, presuma que eu vou pegar você, certo?

Eu não resisti e digitei:

Como um namorado de verdade.

Isso não deveria me deixar tão feliz porque ele vinha com bagagem demais, mas não evitei um sorriso quando apertei o botão do elevador. Ele não respondeu, mas talvez fosse por causa do sinal ruim. Lembrando-me das regras de quando a minha tia-avó Edith morreu, desliguei o telefone e o guardei. Depois de sair do elevador, fui até o balcão. Jen me dissera o número do quarto de Brit, mas era melhor eu me certificar de que ela não estava dormindo nem recebendo algum tratamento.

— Posso visitar a Brittany? — Informei o número do quarto e a enfermeira permitiu.

— Fico feliz por alguém estar aqui. Ela está muito desanimada. É muito difícil quando se é tão jovem.

— Os pais dela não estão com ela? — Preparei-me para o momento estranho quando eu aparecesse e eles me olhassem, sem me reconhecer por eu não ser uma das amigas de Brit.

A mulher negou com a cabeça.

— A mãe dela preencheu os papéis e foi embora. Achei que estivesse indo para casa para pegar algumas coisas, mas ela simplesmente... não voltou mais.

Isso definitivamente parecia fofoca, e eu não sabia bem se havia alguma regra contra isso. Talvez fosse apenas falta de bom senso, mas eu meio que a encorajei:

— Cá entre nós, a mãe dela é uma vaca.

— Eu senti isso também. — Ela baixou o tom de voz: — É como se não suportasse nem olhar para a filha.

— Tadinha da Brit. Eu vou vê-la agora. Obrigada pela atenção.

A enfermeira estava sorrindo quando voltou para o trabalho. Segui até o fim do corredor, último quarto à esquerda, e abri a porta sem bater. Meu coração disparou como uma centrífuga. *Se a doença de Brit fosse contagiosa, eles não permitiram a minha entrada. Haveria procedimentos de quarentena, certo?*

A cortina da cama estava fechada, apesar de ela estar em um quarto particular. Isso era legal, em termos de hospitais. Nervosamente, coloquei o ursinho de pelúcia na mesa de cabeceira, ao lado da jarra de água. Eu estava tentada a sair correndo, mas disse para mim mesma que era idiotice ter vindo até aqui e não falar nada.

— Allison? — perguntou ela, baixinho.

Merda. Era óbvio que ela estava esperando a melhor amiga.

Engoli o nó que se formara na minha garganta.

— Não. Sinto muito. Sou eu, Edie.

— O que *você* está fazendo aqui? Se veio aqui para tirar onda, pode ir em frente. — Ela esperou, como se presumisse que eu diria algo horrível. — Se está aqui para me matar, seja rápida.

— Não, eu... Eu só vim aqui para desejar que você melhore logo. Trouxe um ursinho de pelúcia.

O seu tom quando ela finalmente respondeu parecia relutante:

— Legal da sua parte. Você pode... me entregar, se quiser.

Eu entreguei o bichinho pela cortina e tive um rápido vislumbre das feições afetadas. O que tínhamos visto alguns dias antes não era *nada* comparado a agora. Parte do nariz dela tinha simplesmente desaparecido e havia buracos nas suas bochechas. Tentei não reagir, mas era difícil.

— De qualquer forma, eu disse o que vim fazer, então...

— Será que você pode ficar um pouco mais? Você pode assistir TV, se quiser.

Seu tom sofrido e solitário foi demais para mim, então, assisti ao noticiário por uma hora e, depois, saí discretamente, me sentindo péssima. Eu não conseguia imaginar os danos que vi serem curados sem várias cirurgias plásticas para as cicatrizes, e as pessoas na vida dela eram tão imbecis que faziam os meus pais parecerem calorosos e pessoas que me apoiavam emocionalmente.

Eram quase seis horas da tarde quando cheguei em casa. Meu pai já tinha colocado a mesa do jantar e parecia zangado, embora com ele os indícios fossem as microexpressões, e não sinais óbvios.

— Você está atrasada — observou ele. — E não me enviou mensagem de texto.

Eu quis ser ríspida com ele:

— É, eu estava visitando uma colega no hospital.

Ele fez algumas perguntas, provavelmente testando a minha história, mas, já que era verdade, não havia nenhuma inconsistência para ele encontrar.

— Gostaria de saber onde ela pegou essa infecção. Sempre lave as mãos, Edith.

Suspirei:

— Pode deixar.

Minha mãe chegou em casa alguns minutos depois e prendeu a atenção dele com mais uma conversa sobre o grande projeto enquanto nos sentávamos para comer couve-de-bruxelas e peixe cozido. Pela primeira vez, eu prestei atenção ao projeto para o qual eles estavam tentando conseguir financiamento.

— Nós excluímos correntes cósmicas como possibilidade para viagem no tempo. Mas a pesquisa com laser é promissora.

Congelei enquanto meu pai assentia.

— Vamos trabalhar no pedido de financiamento neste fim de semana.

Se quaisquer outros pais estivessem discutindo viagem no tempo, você poderia achar que eles eram loucos ou estavam conversando sobre ficção científica. Quando seus pais são físicos, as regras mudam. Neste momento, eu não conseguia me imaginar trabalhando com a minha mãe e com o meu pai, mas alguma conquista importante estava no meu futuro, e não *muito* distante. Pigarreando, empurrei o peixe no prato.

— Vocês acham que esse é um caminho viável para esse tipo de pesquisa? — perguntei.

Meu pai sorriu para mim.

— Não temos como saber até levarmos a pesquisa da fase teórica para a experimental.

— E isso exige dinheiro do setor privado. — Minha mãe mantinha uma atitude prática em relação à maioria das coisas, mesmo quando o assunto parecia inacreditável.

— Se tiver alguma coisa que eu possa fazer para ajudar, podem falar comigo. — Isso pareceu a coisa certa a se dizer, já que meus pais se iluminaram como decoração de Natal.

Meu telefone vibrou. Discretamente, chequei o celular embaixo da mesa.

Você pode sair no sábado, tipo às 7h da noite?

Já que eu não tinha nenhum plano, era seguro dizer que sim, se os meus pais deixassem.

— Eu queria ir ao cinema amanhã. Tudo bem?

Meu pai e minha mãe congelaram, olhando para mim como se eu tivesse sido abduzida por alienígenas e substituída por uma pessoa socialmente adequada.

— Que filme? — quiseram saber. — E com quem?

— Não sei ainda — respondi. — E o nome dele é Kian. Vocês podem conhecê-lo quando ele vier me buscar.

— Tudo bem para mim — concordou a minha mãe. — Mas precisamos decidir a hora que você deve voltar para casa.

— É um encontro? — Meu pai estava franzindo as sobrancelhas, como se só agora lhe tivesse ocorrido que a mudança nas minhas circunstâncias causaria um novo conjunto de problemas.

Para ser honesta, eu não fazia ideia do que estava rolando entre mim e Kian. Mas pareceu mais seguro responder:

— É.

— Se você já acabou de comer, eu gostaria de conversar com o seu pai. Quando chegarmos a um consenso, vamos falar com você. — Era difícil não rir da seriedade da minha mãe em relação a isso, mas já que essa era a forma com que ela lidava com tudo, não foi surpresa nenhuma.

— Tudo bem, já terminei. — Balançando a cabeça, fui para o meu quarto e entrei no Skype para conversar com a Vi.

O papo dela era na maior parte do tempo sobre a escola, mas um pouco antes de desligarmos, ela disse algo que me assustou:

— Você já teve o mesmo sonho várias vezes, Edie?

— Que eu me lembre, não.

— Isso não significa que você nunca tenha tido, apenas que você concluiu o sonho antes que o ciclo REM terminasse. Se você consegue se lembrar de um sonho, isso significa que o seu sono foi interrompido por algum motivo.

— Ah, é?

— Então, estou perguntando isso porque nas últimas três noites eu tenho tido o mesmo sonho. — Ela passou a falar de um jeito tímido: — Tem um cara de gelo me observando, mas estou congelada e não consigo me mexer, nem mesmo as minhas pálpebras. Ele vai se aproximando cada vez mais, como algum tipo de aranha da neve, e, quando ele me toca, eu me quebro em mil pedacinhos.

Senti a garganta seca.

— Isso é...

— Superestranho, eu sei.

Wedderburn. Mas eu não podia contar isso para *ela*. Independentemente do que custasse, eu precisava encontrar uma forma de manter toda essa loucura longe de Vi.

— Você pode esperar um segundo? Quero procurar uma coisa.

Mantive a calma até sair do campo de visão da minha amiga, então comecei a tremer. Engatinhei até o armário, me sentei ali, abracei os joelhos, abaixei a cabeça e deixei o pânico tomar conta. *Isso é demais. Eu não vou conseguir lidar com isso.* A minha respiração estava ofegante e curta, fiquei tonta e o meu coração batia tão forte que poderia explodir. Devagar, eu fui me acalmando, sabendo que tinha que voltar, ou a Vi ia desligar antes de terminarmos a conversa. Mas quando voltei ao computador, eu estava trêmula e banhada em suor frio.

— Você demorou — reclamou ela quando eu me sentei à escrivaninha.

— Eu estava procurando em um livro, mas não achei nada — menti. — O que você acha que pode ser?

— Sei lá. Eu também fiz algumas pesquisas, mas dicionários de sonhos são bem limitados. Se eu tivesse que adivinhar, acho que estou nervosa por ter que escolher uma faculdade.

Era uma explicação tão boa quanto qualquer outra, principalmente quando a verdade não poderia ser dita. Agora, eu desejava não ter encorajado a amizade dela no Programa de Ciências de Verão, mas, na época, eu não sabia o quanto o acordo que eu fizera seria perigoso; na época, eu não tinha entendido que os jogadores não tinham escrúpulos sobre atacar pessoas que não sabiam nada a respeito daquilo.

— Parece razoável.

— Você deveria me visitar logo. Estou com saudade. Tipo, se você puder. Se você tiver tempo.

Ela parecia constrangida, como se tivesse pensado com um pouco de atraso que eu talvez não quisesse largar a minha vida glamorosa em Boston para passar um tempo em Ohio.

— Eu adoraria — respondi.

Assim que for seguro. Mas eu temia que essa época ainda estivesse bem distante.

OUTRO SÁBADO À NOITE & EU VI UM MONSTRO

No sábado, às seis e meia da tarde, eu já tinha feito o dever de casa e mostrado tudo para os meus pais, que pareciam achar que uma filha que queria namorar também poderia mentir sobre ter terminado as próprias tarefas. E agora eu estava ouvindo o meu pai me passar o sermão mais estranho sobre como garotos eram animais e eu não deveria, em hipótese alguma, confiar em uma pessoa que tivesse um pênis. Tentei parecer impressionada com a sabedoria dele, mas era difícil.

— Eles podem até agir como se se importassem com você. Como se a respeitassem... — Meu pai parou de falar, olhando para a minha mãe, pedindo sua opinião.

— Tenha cuidado — disse ela.

— Eu tive aula de educação sexual na escola. — Acho que talvez não existisse nada pior que eu poderia ter dito neste momento.

Isso fez o meu pai continuar falando, gaguejando sobre amor e consideração, até que minha mãe o interrompeu por pena:

— Nós confiamos em você — concluiu ela, embora tudo que meu pai tinha dito até aquele momento mostrasse o contrário.

— Obrigada. Meia-noite estarei em casa.

Meia hora depois, Kian bateu na porta. Talvez não fosse muito inteligente considerar isso um encontro, apesar do que eu dissera aos meus pais, então escolhi calça jeans, botas e jaqueta, em caso de problemas. Com Kian, eu não gastava horas arrumando o cabelo e me maquiando. Parecia perda de tempo, já que ele me conheceu antes *e* tinha criado essa nova versão de mim. Eu não podia surpreendê-lo com a minha beleza.

Ele foi legal com os meus pais, trocando um aperto de mãos com o meu pai e oferecendo um sorriso para a minha mãe. Dava para perceber que ela estava surpresa e encantada – a ponto de quase esquecer de perguntar sobre trabalho e faculdade. Mas ele respondeu tudo sem problemas, dizendo que trabalhava meio período em uma firma no centro da cidade e que fazia faculdade. A conversa foi mais rápida do que eu esperava, considerando que aquela era a primeira vez. Logo eu saí e fechei a porta.

– Até que não foi tão ruim – disse ele quando saímos do prédio.

– Você achou que o meu pai ia dizer que ele tem uma pá e uma arma em casa?

– Algo do tipo. – Ele parecia nervoso. – É que... Eu nunca tinha feito isso antes. Pegar uma garota em casa.

Com um rosto daquele, como era possível?

– Você não namora?

Kian suspirou:

– O trabalho... dificulta as coisas.

– Ah, certo. Não existe uma boa maneira de contar para a sua namorada que você está enterrado até o pescoço em um jogo perigoso. Ah, eu queria saber: o que o vencedor ganha? Tipo uma vida inteira de cera de carro? Governar o mundo por toda a eternidade?

– Está mais para a segunda opção – respondeu ele, sério. – Mas, para ser sincero, não acho que isso seja *tudo*.

– Uau, tem mais? Apostas altas. Mas como eles sabem se ganharam? – Segui-o até o carro e entrei quando ele abriu a porta.

– Eu não tenho todas as respostas, Edie. A essa altura, você é mais importante que eu.

– Então, eu preciso encontrar uma forma de explorar esse valor e obter informações. Aonde estamos indo?

– Existe uma coisa que você precisa ver, e essa é a melhor hora.

— Então isso não é um encontro. — Parte de mim ficou feliz de eu ter me vestido para o caso de confusão, mas uma pequena parte se sentia... decepcionada.

— Você queria que fosse? — Kian ligou o carro e dirigiu para o centro da cidade.

Não sei por que eu disse isso, possivelmente o meu cérebro tenha perdido o controle sobre a minha boca.

— Queria.

As mãos dele deram um puxão no volante e quase batemos no meio-fio, mas ele corrigiu o curso rapidamente antes de lançar um olhar para mim. Eu me perguntava o que ele tinha visto na penumbra, iluminada apenas pelos postes de luz e o brilho fluorescente de alguma loja aberta. Por minha vez, eu o observava tentando imaginar como ele era antes. Será que era magro ou gordo? Que defeitos tiveram que ocultar?

— Você está me sacaneando? — perguntou ele, por fim.

— O quê? Não! — Fiquei realmente ofendida. *Meu Deus, isso é tão estranho. Será que ele não deveria saber quando uma garota está a fim dele?* — Você se lembra que eu pedi para você me beijar, né? Talvez não tenha sido nada demais para você, mas foi muito importante para mim.

Depois que eu disse isso, eu me perguntei o que Wedderburn acharia. Kian deveria estar fazendo com que eu me apaixonasse por ele, e isso era o tipo de coisa que eu diria se seus esforços estivessem valendo a pena. Então, talvez não importasse que o chefe dele talvez estivesse ouvindo como realmente nos sentíamos. Bem, como *eu* me sentia, pelo menos. A tensão constante e a incerteza eram uma tortura.

Ele não disse nada logo de cara, mas, na primeira oportunidade, parou o carro em um estacionamento de uma loja de conveniência. Depois que estacionou, os nós dos dedos dele ficaram brancos no volante, mas não antes de eu perceber que ele estava tremendo. *Tudo bem, mas que merda é essa?* Kian não olhou para mim, seu olhar fixo à frente. Uma loja de bebidas ao lado tinha um letreiro quebrado de neon, iluminando a sua pele com brilhos intermitentes de vermelho.

— Depois que a minha vida implodiu — começou ele em tom suave —, eu tentei não sentir mais nada, porque as coisas só pareciam piorar, até... Bem, você sabe onde atingi o fundo do poço. E quando. Trabalhar para Wedderburn é como... o limbo. Eu tenho uma vida, mas ela não me pertence. E... o meu histórico não é dos melhores.

Primeiro amor igual à garota morta, OK. Isso deveria ter me feito parar, mas não acredito que ele realmente tivesse tido alguma coisa a ver com aquilo. Talvez fosse como na história da mão do macaco mesmo, ou, como ele disse, ela tivesse sido uma vítima da oposição. A morte dela fez com que ele perdesse o valor de catalisador e o colocou na posição de parasita contratado, então não fazia sentido ele fazer com que ela morresse de propósito.

A não ser que ele só soubesse que o destino dele estava ligado ao dela até quando fosse tarde demais...

— Eu não tenho histórico *nenhum* — respondi. — A não ser que você conte aquele beijo.

Ele se virou, então eu não consegui ver os seus olhos.

— Teve aquele namorado de verão, o Ryu. Você ainda conversa com ele?

Você está com ciúmes? Mas isso pareceu meio cruel.

— Conversamos de vez em quando.

Será que eu devo tranquilizá-lo? Difícil saber quando eu não fazia a menor ideia do que estava acontecendo entre a gente, ou se eu deveria querer as coisas que eu queria com ele.

— O nosso beijo também significou algo para mim — declarou ele de forma direta. — Mas achei que quando você ficasse sabendo que eu poderia ter ajudado antes do *extremis*, tudo mudaria.

— Eu não estou zangada, se é isso que você acha. Eu só fiquei *chocada*. É horrível saber que você viu tudo aquilo na hora. Mas... se isso não significa que você me considera menos...

— Como assim? A culpa é toda deles, não sua. — Mas eu detectei a dúvida na sua voz.

— Então, qual é o problema?

— Estou com medo. — Aquelas três palavrinhas pareciam vir do fundo de sua alma.

— De quê?

— De ter você. De perder você.

— Não estou entendendo.

Eu queria tocá-lo e, pela primeira vez, tive coragem suficiente. Afastei o cabelo dele do rosto, e ele se virou instantaneamente, aninhando o rosto na palma da minha mão. O calor da pele dele era incrível, como se uma pequena estrela tivesse queimado o seu coração. Tracei os contornos do seu rosto, sabendo muito bem que aquele não era o rosto dele de verdade. Por fora, ele era lindo de doer, mas não era isso que o definia, mas sim um monte de medos e cicatrizes. Eu estava com *muito medo* de que pudesse amar tais imperfeições.

— São dois lados da mesma moeda. Nesse momento, não existe nada que eles possam tirar de mim. — Ele deu de ombros. — Até mesmo a casa era apenas o lugar onde eu morava, então não importa que tenha pegado fogo. A Wedderburn, Mawer & Graf me deu um cheque hoje. Vou comprar um apartamento desta vez.

Desta vez implicava que a Dwyer & Fell já o perseguira antes, provavelmente tentando atrapalhar a linha do tempo de outra pessoa. Isso levantava a pergunta de quem, por que e quando. Kian nunca me contou nada sobre os outros catalisadores com quem trabalhou antes de ser designado exclusivamente para mim. Talvez um deles tenha ficado muito apegado a ele, então a Dwyer & Fell tentou roubar o peão de Wedderburn. Olhando dessa forma, não era muito difícil entender suas restrições.

Mas eu testei a minha teoria para me certificar de que estava certa:

— Se você começar a se importar comigo, então terá algo a perder.

— Talvez isso também seja parte do plano de Wedderburn. Fazer com que eu fique tão envolvido com você que eu faça qualquer coisa que ele pedir, qualquer coisa para mantê-la em segurança.

Qualquer coisa era muita coisa, uma expressão profunda como um abismo em que Kian poderia cair sem jamais chegar ao fundo, e eu vi que ele sabia disso no olhar triste que me lançou. A voz dele ficou bem baixa, tão baixa que eu quase não conseguia ouvir por cima do ar da ventilação.

— Eu não estou muito longe desse ponto agora. Deus sabe como eu seria se você fosse minha.

Antes que eu pudesse pensar melhor, abri o porta-luvas e peguei o recipiente que tínhamos usado para selar o carro. Comecei pelo meu lado e ele rapidamente fez o mesmo, entendendo o meu desejo por privacidade.

Eu me virei para ele, me preparando para sua reação.

— Talvez a gente devesse descobrir. Eu não quero fingir que somos namorados para enganar as pessoas da minha escola. Também não quero fingir por causa de Wedderburn. — Congelei, pensando se eu era uma pessoa horrível por perguntar: — Peraí, isso não conta como favor, né?

— Wedderburn talvez fique irritado comigo se descobrir que eu não considerei isso dessa forma, mas foi *ele* que pediu para que eu me aproximasse de você. Então, posso usar isso a nosso favor. Então, vamos lá, pode dizer o que você quer de verdade.

— Você. Eu não ligo se não é uma boa ideia... E deve ser uma péssima ideia por vários motivos. As coisas já estão confusas, e eu só quero ser feliz por um tempo.

— Você acha que pode ficar comigo?

— As coisas sempre ficam boas quando estamos juntos. Mesmo quando são assustadoras.

— Ai, meu Deus. Acho que eu vou acabar me arrependendo disso, mas... — Ele parou de falar, envolveu a minha nuca e me puxou para si em um beijo muito melhor do que o primeiro.

Foi uma mistura de carinho com urgência. Antes que eu me desse conta, eu estava praticamente no colo dele. Ele passou as mãos pelas minhas costas e ombros, como se não acreditasse que tinha o direito de me tocar, mas eu nunca senti como se ele estivesse admirando a própria criação, e sim como se não conseguisse ficar perto o suficiente ou se não acreditasse que eu fosse real.

Eu conhecia a sensação.

— Você é um sonho comatoso, não é? — sussurrei, encostando a testa na dele.

— Espero que não. Este é o momento mais feliz que já tive em anos. Mas suponho que este não seja um argumento forte para a sua afirmação.

Eu poderia ficar beijando Kian a noite toda, mas ele me pegou em casa porque tinha algo importante para me mostrar.

— Odeio ter que dizer isso, mas a gente não precisa ir a algum lugar?

Ele deu um sorriso que eu só poderia descrever como confuso.

— Certo.

Kian ligou o carro e seguimos pelo trânsito noturno. O silêncio entre nós era estranho, mas não ruim. Ele ficava olhando para mim e sorrindo, como se eu fosse um desejo que ele tinha que acabou se tornando realidade inesperadamente. Estávamos quase chegando quando percebi que estávamos a caminho da Wedderburn, Mawer & Graf. Àquela hora de um sábado, se a empresa fosse como qualquer outra, haveria poucas pessoas no prédio. De alguma forma, eu não achava que o demônio — ou seja lá o que Wedderburn era — trabalhasse no horário normal do expediente.

— A gente não vai ter problemas? — A última vez que entramos no prédio, ele usara um código para ativar o elevador. Com isso, além do dispositivo rastreador no seu relógio e a vigilância normal do prédio, eu não conseguia imaginar como conseguiríamos evitar sermos pegos.

Seu sorriso morreu.

— Eu não vou mostrar a você algo contra as regras, Edie. Isso é... Eu fui instruído a oferecer isso a você. Como um presente.

No entanto, ele não parecia saber qual seria a minha reação, e eu mordi o lábio enquanto ele me acompanhava pela assustadora recepção bege até o elevador. Lá dentro, uma melodia genérica saía pelos alto-falantes. Kian tirou o telefone do bolso e digitou um código diferente pressionando botões diferentes no teclado do elevador, tantos números que eu me perdi. Por fim, as portas se abriram e nós saímos. O silêncio chegava a ser mais sinistro do que os gritos abafados da outra visita. A decoração monocromática parecia ser a intenção da Wedderburn, Mawer & Graf; este corredor era cinza, de tal forma que chegava a ser intimidador, e até onde eu percebia, havia apenas uma porta. Um corredor curto levava até ela, me fazendo imaginar que deveria ser a porta para uma sala bem grande, facilmente da largura do prédio.

— Antes de entrar, você precisa entender uma coisa. Não foi magia que eu usei para transformar a sua aparência, mas você não deve acreditar que isso talvez não exista.

Ergui as sobrancelhas para ele. *Tantas perguntas, tão pouco tempo.* Escolhi uma:

— Mas... você não tem acesso?

— Os favores que a maioria dos catalisadores pedem geralmente podem ser feitos com tecnologia do futuro ou com recursos comuns. Se eles pedirem algo astronômico, então eu preciso pedir autorização a Wedderburn, e ele concede qualquer recurso que eu precise para realizar o trabalho.

— Do que estamos falando aqui? Do Santo Graal?

Kian sorriu, mas não respondeu. Havia um dispositivo de segurança impressionante na porta pesada de metal, como se aquele lugar fosse uma caixa-forte. Desta vez, ele não tocou no teclado. Um facho de luz saiu pela lateral da porta e escaneou o rosto dele; uma imagem holográfica apareceu e, então, tremulou quando seus olhos se abriram. Então, a cabeça flutuante se virou e uma voz computadorizada disse:

— Identidade confirmada. Acesso concedido.

A porta se abriu.

Eu não teria ficado surpresa se saísse fumaça da sala, porque seja lá o que estivesse ali devia ser importante. Eu só não conseguia decidir se aquilo era mantido trancado porque era valioso... Ou porque era perigoso. Considerando o que eu sabia sobre a Wedderburn, Mawer & Graf, acho que eram as duas coisas. Parecia haver um brilho de alguma coisa... enquanto eu caminhava, meus ouvidos zuniam com um tinido peculiar que eu notara quando o rosto de Russ não parecera como deveria. Olhei por sobre o ombro... E o corredor havia desaparecido.

— Você está bem? — quis saber Kian.

— O que era aquilo? — Era difícil dizer as palavras. — Onde a gente está?

O que eu vi não tinha nenhuma semelhança com um prédio moderno. As paredes eram de pedra escura e gastas por correntes de água. Na verdade, o ar era úmido e quente. O fogo bruxuleava no centro da caverna. Não havia nenhuma outra palavra que se encaixasse. A fumaça se erguia em uma espiral lenta, dando a entender que havia uma chaminé oculta.

— A pergunta melhor é "quando" — uma voz pesada respondeu.

Logo depois, uma mulher apareceu no nosso campo de visão, vestida com uma roupa de linho. O cabelo descia em um longo emaranhado negro até a altura dos joelhos, mas ainda assim os galhos e penas entrelaçados nos cachos não pareciam detritos, e sim adornos régios. Sua pele era pálida, marcada com espirais que poderiam ser tinta ou fuligem. A luz era incerta demais para eu discernir. Uma coisa eu *sabia* com certeza, porém, assim como o próprio Wedderburn: ela tinha olhos não humanos — não havia íris nem pupilas, apenas anéis cinzentos infinitos, como se a fumaça que ela respirasse tivesse se transformado em uma criatura fugaz.

Eu nem conseguia me espantar. Depois de certo ponto, o choque me deixou dormente e, naquele instante, uma onda de calma assustada tomara o meu ser, o pânico teria me deixado incapaz de pensar.

— *Eu* sou Oráculo. Vejamos se você conhece bem história.

Essa não era a minha especialidade, mas eu tinha a sensação de que se tratava de um teste. Rapidamente, pensei no que eu sabia sobre mitologia antiga.

— Grécia Antiga. Delfos. Apolo? Não deve ser confundido com a Sibila ou a Pítia.

— Sim, Apolo. Alguns já o chamaram assim. Deus do Sol uma ova.

— Então eu estou certa? — Tentei sorrir, esperando que ela não perguntasse datas, já que eu não sabia. Pensando bem, eu me sairia muito melhor se ela me pedisse para recitar a tabela periódica. Isso eu conseguiria fazer. Havia até uma musiquinha que eu já tivera que apresentar em um festival obrigatório no ensino fundamental, isso não me tornou muito popular.

— De fato. Se você não conhece o ritual, deve apresentar o tributo e, então, fazer uma única pergunta.

Será que a Oráculo era parte do presente que Kian não sabia se eu queria? Por quê? A não ser que suas profecias fizessem as pessoas enlouquecerem ou ela carregasse algum tipo de maldição que fizesse com que as pessoas não acreditassem nela – *não, esta é Cassandra*. Olhei para ele, mas não consegui interpretar nada; ele estava puxando frascos e amuletos dos bolsos da jaqueta. A Oráculo se acomodou no chão, olhando para a fumaça com uma expressão vaga e enlevada ao mesmo tempo.

— Eu farei a oferenda – declarou ele com voz suave.

Ele misturou os líquidos e pós, transformando-os em uma pasta que brilhava de forma radiante, como a luz do sol iluminando um cristal de quartzo. Suas mãos trabalhavam de forma graciosa enquanto ele pintava símbolos ao redor da fogueira. Eu não os reconheci, mas a atmosfera mudou. A Oráculo se empertigou, sua postura mudando de tédio silencioso para agitação excitada. Então, ela engatinhou em volta do círculo, sua língua saindo como uma serpente em um comprimento assustador. Ela circulou, até que cada uma das runas que ele desenhara desaparecessem sob cada uma das passadas serpenteantes e sinuosas da sua longa língua. Diante dos meus olhos, ela... Mudou. Sua pele adquiriu um brilho nos tons de uma madrepérola, e as linhas borradas desenhadas no seu corpo ficaram mais nítidas enquanto seus lábios se aqueciam e eram tomados por um tom de rubi. O cabelo emaranhado agora parecia uma tapeçaria complexa, e o que eu antes achava que eram galhos e folhas agora pareciam pedras preciosas e folhas de ouro. O mais doido é que eu não tinha certeza quando os meus olhos começaram a me enganar – antes ou agora.

— Faz tanto tempo. – Foi tanto um gemido de protesto quanto uma exclamação exultante.

Engoli em seco. Eu nunca estivera mais consciente de como mergulhara fundo em uma situação que não compreendia. Tantas questões, respostas insatisfatórias, e foi então que eu soube exatamente a pergunta que deveria fazer. Se este era um presente, então eu aproveitaria ao máximo.

— Você conhece os termos, Oráculo. Você já se banqueteou. Agora responda. – Kian deu um passo para trás, deixando a conversa para mim.

A coisa meio mulher se voltou para mim em um movimento sinuoso. Por alguns instantes, era como se ela não tivesse coluna dorsal, como se ela fosse um torso feminino montado no corpo de uma cobra. Pisquei diante daquela alucinação, e ela tinha pernas de novo, mas meus olhos estavam ardendo por causa da fumaça. Eu também estava um pouco tonta. Kian pousou a mão na parte inferior das minhas costas e soltei o ar.

A maior parte das pessoas provavelmente perguntaria sobre o próprio futuro, mas eu precisava saber mais sobre o jogo e seus participantes. Wedderburn queria que eu me encontrasse com a Oráculo por algum motivo; assim, com cuidado, eu deveria conseguir virar a situação a meu favor, e nada era mais pertinente do que descobrir como navegar por essas sombras infestadas de espíritos malignos.

Meu Deus, eu esperava não estar desperdiçando a minha única chance, mas essa pergunta parecia ser a minha melhor aposta para obter uma resposta relevante.

— Já que você não é humana, qual *é* a sua natureza?

A Oráculo riu.

— Menina esperta, muito esperta. Tantos peregrinos e, ano após ano, eles perguntam: "Eu terei um filho?", "Ele será rei?", "Eu terei um amor verdadeiro?". Todas essas perguntas estão escritas na água, muitos futuros dançando na fumaça, pois eu posso responder sim, sim e sim, então você decide cruzar uma ponte ou não, e a imagem muda.

— Fico feliz por você estar satisfeita.

— Permita-me que eu lhe diga a verdade, menina humana. — A Oráculo se movia em volta da fogueira, os braços serpenteando sobre a cabeça em uma dança complexa e artística. — Antes das coisas serem tangíveis, elas são ideias. Eu... sou uma ideia que alguém teve, há muito tempo, que se transformou em carne. A crença deles me tornou real e, uma vez que eu era real, eu tinha uma função.

— Eu li uma vez que a crença humana é um tipo de... energia. E se pessoas suficientes acreditassem nisso, como em uma lenda urbana, aquilo em que se crê pode realmente acontecer. — Eu não mencionei que na época estava visitando um site de teorias da conspiração com fóruns sobre supostos abduzidos por alienígenas, pessoas que viram o abominável homem da neve e outras ideias loucas.

— Os humanos há muito tempo dão vida a pesadelos e criaturas lendárias — disse a Oráculo. — Algumas somem. Elas desaparecem quando surge um novo deus. Outras são eternas e imutáveis quando soltas. — Ela arreganhou os dentes em um sorriso frio, afiado como fragmentos de ossos em um rosto repentinamente grotesco. — Como você se sente sabendo disso, menina humana? Que tantos dos monstros que assombram suas ruas foram criados pelos próprios homens?

— Bem — blefei. *Porque qualquer coisa feita pelos homens pode ser desfeita por nós.* Pelo menos eu esperava que isso fosse verdade. Restavam-me tão poucas certezas. — Obrigada, isso foi esclarecedor.

Kian me afastou do círculo em um movimento rápido demais para ser coincidência.

— Precisamos ir. Agora.

— Por quê?

Ele agarrou a minha mão, me puxando para a boca escura da caverna.

— Uma vez que a pergunta é feita e respondida, os termos da trégua se concluem, e a Oráculo está livre para lutar pela própria liberdade. Corra, Edie!

A ARTE DE
FAZER INIMIGOS

Pilares de sal. Essa era a única coisa que eu sabia sobre olhar para trás, então eu não olhei. Algo cortou o ar atrás de mim, puxou o meu cabelo, mas Kian continuava me arrastando para a frente. Senti um puxão doloroso quando a porta se abriu e eu mergulhei na escuridão. Caí no chão, na frente da caixa-forte, com Kian ao meu lado. Ele chutou a porta até fechá-la e, então, se virou para se deitar de costas, com a respiração ofegante. O sangue escorria do meu couro cabeludo.

— A minha pergunta pode parecer estranha, mas... Ela pode *fazer* alguma coisa com o meu cabelo?

— Tipo o quê? Uma boneca assustadora?

— Como... magia empática.

— Não, vodu não está entre os poderes da Oráculo.

Isso fez com que eu me sentisse um pouco melhor, enquanto eu me levantava.

— Por que você não me avisou que tudo aquilo ia se transformar numa caçada no final?

— Achei que você talvez ficasse nervosa demais e não conseguiria pensar de forma clara quando tivesse que fazer a sua pergunta. Aliás, você foi incrível. — Ele fez uma pausa antes de acrescentar: — Não se preocupe, eu jamais permitiria que ela machucasse você.

Aceitei aquilo com um aceno com a cabeça, mas eu ainda tinha muitas perguntas.

— Por que algumas coisas desaparecem e outras se tornam permanentes?
Ele deu de ombros.
— Se eu tivesse que adivinhar, acho que depende da quantidade de energia que as crenças recebem antes de enfraquecerem.
— Faz sentido. — Incomodava-me o fato de eu não ter como testar e comprovar essa hipótese, e eu odiava fazer as coisas diante dessa incerteza. Contudo, eu sabia mais agora do que antes, então eu suspeitava que Wedderburn não esperava que eu perguntaria à Oráculo sobre o mundo sobrenatural. Se eu tivesse que especular, apostaria que ele suspeitava que eu fosse perguntar sobre o meu futuro brilhante e valioso. Imprevisibilidade era uma vantagem lamentável, mas a única que eu tinha.
— Vamos sair daqui — sugeriu Kian.
No elevador, perguntei:
— Você sabe por que o seu chefe me ofereceu uma visita à Oráculo?
Ele balançou a cabeça.
— Wedderburn não explica seus motivos.
Wedderburn era uma criatura não humana, sonhada há muito tempo, e talvez fosse uma perda do meu tempo tentar compreender como sua mente funcionava.
— Eu sei quem ele é. Pelo menos... Tenho quase certeza.
— Espere até sairmos daqui.
Assenti. Kian pegou a minha mão e me levou para fora do prédio. Continuei em silêncio até chegarmos ao carro.
— Estamos seguros agora?
— Espere um segundo. — Com a minha ajuda, ele selou os vidros, usando o que restava do gel. — Vá em frente.
— Papai Noel, Ded Moroz, Odin. Existem elementos em comum o suficiente entre essas histórias. E quando a crença de várias populações se sobrepõe, algo permanente é criado.
Eu me lembrei do tom da Oráculo quando ela disse *"Eu tinha função"*. Embora seres humanos talvez tenham criado essas coisas, nós não controlávamos mais as suas ações. Ao que tudo indicava, nós não fazíamos isso há

muito tempo. Liberados em nosso mundo, eles se enredaram em algum tipo de jogo, com consequências terríveis para os mortais que acabavam entrando no jogo.

Como Kian e eu.

Wedderburn parecia ver as pessoas como peças de xadrez, que talvez fosse exatamente como o resto dos imortais nos viam. Eu não sabia mais como chamá-los, na verdade. Independentemente das definições, eu tinha que descobrir as regras do jogo bem rápido e identificar os principais jogadores. Caso contrário, criaturas como o magrelo do metrô me pegariam desprevenida. Nesse cenário, a falta de preparo poderia ser perigosa.

Ainda bem que eu sempre gostei de fazer o meu dever de casa.

Pensei em voz alta:

— Você me enviou uma mensagem de texto para me avisar sobre o magrelo. Você me disse que ele tinha alguma coisa a ver com a oposição. Isso significa que ele trabalha para a Dwyer?

Kian ligou o carro.

— Ele é um dos muitos impositores, impossível de derrotar.

— Wedderburn tem monstros como ele trabalhando para a Wedderburn, Mawer & Graf também? Por que eles não estão jogando de acordo com seus próprios termos?

Ele assentiu enquanto saía da garagem.

— Para a maioria, é uma questão de poder e recursos. Criaturas inferiores não possuem energia para competir. — Antes que eu tivesse a chance de fazer mais alguma pergunta, ele acrescentou: — Sinto muito, isso é tudo que eu sei.

— Por que a Oráculo não está livre para jogar? — perguntei, mudando o curso da conversa.

— Ela foi confiscada — disse Kian. — Presa em âmbar.

— Não sei o que significa isso.

— Basicamente, a crença dela não durou tempo suficiente para torná-la permanente. Ela foi real na Grécia antiga, mas para o mundo moderno? Nem tanto. Wedderburn mandou um dos seus agentes de volta e a capturou porque ela era útil ao jogo.

— Então, se ela sair da caverna, ela se... dissolveria?

— Mais ou menos.

— Então, por que ela quer tanto sair?

— Se as suas opções fossem esquecimento ou a eternidade sozinha em uma prisão, o que você escolheria?

Um ótimo argumento.

— Agora eu meio que sinto pena dela.

— Não sinta. Ela teria nos matado se não tivéssemos fugido.

Isso devia ser verdade para a maioria dos imortais. Eu me senti melhor ao pensar na promessa que ele fez de me proteger.

— Como vocês se referem a eles?

— Quem?

— A seus patrões, os dois lados desse jogo infernal de xadrez.

— Eu nunca conversei sobre eles antes.

Surpresa, fiquei quieta por um tempo, tentando imaginar isso. Ele não tinha amigos nem ninguém próximo.

— O que aconteceu com o seu recrutador? Raoul? Você chegou a sair com ele depois que as circunstâncias mudaram? — Eu estava tentando evitar me referir a ele como um robô da empresa. Mais importante, eu esperava que Kian tivesse alguém dentro da Wedderburn, Mawer & Graf com quem pudesse contar.

— Desaparecido — informou ele de forma concisa, enquanto dirigia.

Não reconheci logo de cara essa parte da cidade, mas eu não tinha prestado atenção no caminho que tomáramos.

— Mas isso é possível? Eles não monitoram vocês? — perguntei apontando para o relógio.

— Um ano atrás, ele roubou um artefato e desapareceu. — Seu tom demonstrava o quanto ele se sentia traído, como se tivesse perdido o único amigo.

Com isso, eu deduzi:

— Vocês são desencorajados de fazer amizade com outros... recrutadores?

— Todo mundo está sempre ansioso, sem nunca saber em quem confiar. No início, você aprende que as pessoas na organização não são quem parecem ser, ou suas alianças talvez não sejam as que você achou a princípio.

— Você se queimou?

— Só uma vez — disse ele, suavemente. — Eu não vou cometer o mesmo erro duas vezes.

— Você tem certeza sobre mim?

— Eu sei que você não trabalha para Wedderburn.

Sorri.

— Tem isso, pelo menos.

— Você está pegando as coisas bem rápido, provavelmente mais rápido do que eles esperavam. Mas os catalisadores costumam ser muito inteligentes, ou não estariam a caminho de fazer algo importante.

Respirando fundo, sussurrei:

— Você fala como se nem fosse humano.

— Eu sou. O tom é um efeito colateral de aprender muito sobre o jogo. Mas eu já não me sentia humano há muito tempo. Mesmo antes do *extremis*.

— Eu preciso que você me ajude a entender uma coisa — comecei.

— Se eu puder.

— Por que os imortais querem poder no nosso mundo? Qual é a motivação deles?

Kian balançou a cabeça.

— Isso é maior que eu, Edie. Eu não sei qual é o objetivo final, mas não é uma questão simples como *o vencedor pode destruir o mundo*. Depois de conversar com você, eu também não acho que seja uma questão de governar o mundo, embora isso possa ser uma parte.

— Talvez seja entretenimento — especulei.

Ele me disparou um olhar de incompreensão.

— Digamos que você viva para sempre, certo? Você é real... Mas não faz parte da ordem natural das coisas, eternamente à parte, eternamente... Estranho. É provável que você sinta certa ambivalência e talvez uma absoluta aversão em relação aos seus desprezíveis criadores. Você pode fazer mais ou menos qualquer coisa, mas através das eras você começa a ficar entediado. Qual é o desafio insuperável?

— Colocar-se contra os imortais e usar os humanos como peças de xadrez?

— Talvez o resultado não seja a questão. Talvez seja o jogo. Parece-me razoável pelos seus padrões, como se nós devêssemos alguma coisa para eles. Como se devêssemos entretê-los.

— Parece possível, se com isso você quer dizer completamente louco.

Eu duvidava que fosse algo tão simples, mas eu também não conseguia evitar tentar resolver esse quebra-cabeça.

— Eles contaram para você o que você teria feito se Tanya não tivesse morrido e você tivesse continuado no caminho como catalisador?

Kian assentiu, pegando uma rampa e entrando na autoestrada.

— Eu iria para a faculdade de direito e faria uma carreira política, me tornando senador e, por fim, chegaria à Suprema Corte. Como isso não é o que escolheria, acho que ela teria me levado por esse caminho. Dá até para imaginar. Ela era... ambiciosa.

Antes que a Dwyer & Fell a enlouquecesse, se foi isso o que realmente aconteceu.

— É tão estranho ouvir você falar sobre um futuro que nunca vai acontecer... no passado.

— Você acaba se acostumando — disse ele com um sorriso fugaz.

Ocorreu-me que eu não sabia muitas coisas sobre ele, certamente nada sobre seus sonhos perdidos. *Hora de mudar isso.*

— Mas o que você queria fazer antes?

Ele me lançou um longo olhar de lado.

— Se eu contar uma coisa, você promete que não vai rir?

— Prometo. — Essa pergunta me fez imaginar que ele me falaria algo juvenil, como ser um astro do rock ou um astronauta, fantasias que a maioria das pessoas tinha poucas chances de conseguir.

— Eu queria ser professor de literatura e escrever durante o verão.

Ei, um sonho bem realista.

— Você ainda pode fazer isso, não pode?

— Eu não sinto vontade de escrever há um bom tempo.

É, dava para sentir pelo tom de voz.

— Então, para onde estamos indo?

— Já que a parte que quase morremos terminou, pensei em levá-la para dar uma volta. — Ele arriscou olhar para mim. — Tudo bem, né?

Percebi que ele não estava fingindo que aquilo era estranho. Embora ele fosse um pouco mais velho que eu, isto não significava nada em termos de sofisticação.

— Eu adoraria. — Durante esta noite, eu não queria pensar sobre os horrores que espreitavam na próxima esquina. — Você disse que está fazendo algumas aulas na faculdade?

— É. — Kian parecia não se importar em falar sobre isso.

— Presumo que não seja faculdade de direito.

O sorriso dele quase partiu meu coração.

— Não, isso já era. Eu faço aulas de Morte e Imortalidade; Magia, Ciência e Religião; e Símbolos, Mitos e Ritos.

— Sinto que há uma intenção por trás disso.

— É idiota, mas eu fico esperando aprender alguma coisa que possa me ajudar.

— Como?

— A ganhar a minha liberdade — disse ele em voz baixa.

Merda, isso mesmo. Embora eu ainda fosse uma catalisadora, Kian já tinha perdido a luta, e nunca ficaria livre de Wedderburn ou dos mestres sobrenaturais. Não era de estranhar que ele não conseguisse se obrigar a tentar levar uma vida normal, principalmente se os imortais tinham uma tendência a ameaçar os entes queridos. Se ele namorasse uma garota fora do jogo, se se apaixonasse e se casasse, ele viveria uma mentira o tempo todo, se preocupando que eles talvez fossem alvo de um jogo de poder. *Ele deve se sentir tão sozinho.* Senti um arrepio na espinha quando me lembrei dos sonhos recorrentes e assustadores de Vi. A essa altura, eu estava a um passo de ter um ataque de pânico que me levaria a um colapso total e absoluto.

Eu nem vou poder ajudá-la se estiver internada em um hospício.

Talvez essa não fosse uma conversa de namorados, mas eu tinha que descobrir o máximo que conseguisse para ajudar Vi.

— Considerando tudo que você me contou, me parece improvável que haja apenas um jogo acontecendo. A Dwyer & Fell...

— É mais como... Cada imortal tem um tabuleiro. E se você estiver certa sobre a identidade de Wedderburn, o seu rival seria Apolo, Balder, Ao, Dažbog... Existem diversos nome para o deus do Sol, e a maioria das culturas tem algum equivalente. — Seu tom humilde fez com que eu percebesse que ele havia aprendido isso nas aulas de mitologia e religião.

— Se Wedderburn roubou a Oráculo da Dwyer & Fell, isso faz sentido. Então, na verdade, existem muitos jogos acontecendo ao mesmo tempo. — Eu não sabia bem como isso me ajudaria, mas tinha que juntar todas as peças até conseguir ver o quadro completo. — Então, Dwyer é o deus do Sol ou é o Fell?

— Não faço a menor ideia, mas é um chute tão bom quanto qualquer outro. Mas eu não tinha pensado nisso até você descobrir quem Wedderburn era.

Franzi as sobrancelhas, pensando.

— Eles *não* são deuses. Eles só foram criados assim, mas não é esse o papel deles agora. — A essa altura, eu estava sem inspiração, e nada disso me ajudava a proteger a minha amiga. — Aquilo que ele me mostrou no escritório dele... Ele estava ameaçando a Vi. Ele realmente pode...

— Ele pode.

— Então, não existem regras para proteger os mortais que não estão no jogo? — Wedderburn tinha deixado isso no ar, mas eu queria acreditar que havia algum tipo de defesa disponível. O mundo aparentemente era tão brutal e sem lei do que eu jamais poderia ter imaginado.

— Você nunca se perguntou por que as coisas parecem ficar cada vez piores a cada semana que passa? Tanta violência inexplicável?

— Meus pais culpam a TV e os videogames. — Não era piada.

— Os meus também.

— Então, ele poderia simplesmente matá-la. Ou talvez ele prefira fazer um joguinho com isso. Meu Deus, Kian, se ele levar a Vi ao *extremis*, não haverá acordo — presumi, sofrendo.

— Ela é inteligente — disse ele. — Mas não é catalisadora.

Fazia sentido. As pessoas com destinos importantes, que mudavam o mundo de alguma forma, não poderiam ser comuns. Eu ainda tinha dificuldades de acreditar que estava entre essas pessoas. Senti-me tonta enquanto o medo tomava conta de mim.

Kian percebeu a minha reação e acrescentou:

— Ele não fará isso de forma inconsequente. Se fizer, perderá a vantagem sobre você. Lembre-se de que ele é uma criatura paciente. Nesse momento, ele ainda quer que você queime os seus favores, como eu fiz, e que você se coloque em uma posição em que possa ser útil ao máximo para a facção dele quando o momento chegar.

— Isso serve de consolo. — Esfreguei a testa, ciente de como eu era impotente em relação aos monstros que estavam contra mim. — Sei que é egoísmo, mas... eu só não consigo mais lidar com isso esta noite. Será que podemos dar um tempo?

— Claro. O que você gostaria de fazer?

— Achei que você tivesse um plano quando disse que estava me levando para dar uma volta.

— Não tem show no planetário hoje à noite. — Ele fez uma pausa, como se não tivesse certeza se deveria admitir isso. — Eu pesquisei.

Meu coração derreteu um pouco. Talvez ele estivesse agindo exatamente de acordo com as orientações de Wedderburn, fazendo com que eu me apaixonasse por ele, mas ele parecia genuinamente sem-graça. Conversa-fiada nunca funcionaria tão bem comigo. Eu adorava achar que era a primeira garota que ele quis impressionar, tanto que ele acabava sendo ruim nisso. *A primeira, a não ser por Tanya. Que morreu por causa dele.* Franzindo o cenho, eu tratei de fazer aquela voz se calar. Eu ficaria louca se permitisse que esses sussurros me enchessem de dúvidas e medo.

— A gente poderia ir ao cinema. — Foi isso que eu disse para os meus pais, e não seria uma má ideia assistir a um filme.

— Tem um cinema em Cambridge que exibe clássicos, se você quiser dar uma olhada.

— Parece ótimo.

Com isso, ele virou em direção a Harvard Square. Levamos uns quinze minutos para chegar lá, e mais tempo para encontrar uma vaga. A noite estava clara, embora a poluição impedisse que víssemos as estrelas. Todas as coisas estranhas e paranoicas pareciam distantes enquanto eu seguia Kian em direção ao cinema. Era um lugar pequeno em comparação com as salas multiplex, o interior parecia uma casa de tijolos, mas os alunos universitários andando por ali indicavam que estávamos no lugar certo. A maioria deles estava de mochila, e havia várias bicicletas com correntes do lado de fora.

Não havia opções de filmes para assistir e acabamos com entradas para *Operação Dragão*. Eu gostava mais dos filmes antigos do que dos novos, embora fosse parcial em relação a todas as histórias de ficção científica, principalmente os clássicos como *Highlander* e *Blade Runner*. Kian entrou na fila da pipoca enquanto eu me dava conta de que não sabia de que tipo de filmes ele gostava, se ele gostava de ler... Eu sabia tão pouco sobre ele, a não ser pela nossa ligação com Wedderburn e o jogo imortal.

Isso é tão estranho. E de trás para a frente. Vida e morte não costumam fazer parte de um primeiro encontro.

— Qual é o seu filme favorito? — perguntei, enquanto ele me entregava a bebida.

— *Casablanca*, seguido de perto por *Interlúdio*.

— Hum. Você é um nerd de filmes antigos. — Sorri para ele.

— Culpado. Eu tinha uma paixonite pela Ingrid Bergman.

Lá dentro, o cinema era menor e mais íntimo, definitivamente antigo. Adorei tudo ali. Durante o filme, Kian ficou esfregando a mão na sua perna, até que eu resolvi seu aparente conflito interno entrelaçando os meus dedos aos dele. Ele ofegou suavemente e sorriu para mim, como se eu tivesse resolvido um difícil problema de cálculo. Aquele momento de tranquilidade fez com que ele se parecesse *real* de uma forma que ficar namorando no carro não faria. Era adorável o fato de, apesar de poder me beijar no carro escuro, ele ficar nervoso em relação a demonstrações públicas de afeto, mesmo que fossem discretas.

Cento e dez minutos mais tarde, saímos do cinema, quando me dei conta: *eu tinha acabado de ter um encontro de verdade com um garoto que* concordava *que aquilo era um encontro.* Quase tropecei na escada. Era infantil, bem sabia, mas eu não estava nem aí. Em silêncio radiante, dei a mão a Kian enquanto passávamos pelas pessoas.

De acordo com o meu telefone, eram quase onze e meia. Tínhamos tempo suficiente para ele me levar para casa na hora ou até um pouco mais cedo. Embora eu quisesse ficar mais um pouco, talvez ir até a lanchonete onde tudo começara, eu tinha que manter os meus pais felizes. Com tanto perigo real para se preocuparem, embora eles não soubessem que *deveriam* se preocupar, eu não poderia permitir que brigassem comigo por ter perdido a hora de chegar em casa.

— Como estão as coisas na escola? — perguntou ele, enquanto abria a porta.

A sua atenção constante às boas maneiras provocou um sussurro de dúvida. *Você ainda não sabe com certeza se ele realmente é Kian Riley. Ele ama filmes antigos. Age como um cavalheiro elegante. Tudo sobre ele pode ser uma mentira.* A desconfiança machucava, quebrando o brilho de felicidade como caquinhos de gelo. *Talvez... ele seja um deles.*

Ainda assim, tentei não demonstrar a minha apreensão repentina.

— Eu não me sinto como esperava. Odeio ser uma pessoa horrível. E... Uma das meninas está muito doente.

— Brittany?

Meu sangue gelou, dedos congelados batendo na base do crânio.

— Como é que você sabe?

— Você disse que tinha ido visitá-la no hospital.

Será? Eu me lembro de ter falado com o meu pai sobre isso, mas não me lembro de ter tido uma conversa com Kian. Não, enviei a ele uma mensagem de texto, mas... *Será que ele ainda está me vigiando? Ou será que a explicação é ainda pior?* Essa suspeita constante significava que eu nem sabia ao certo se os pensamentos pertenciam a mim. E se a oposição estivesse me destruindo através de alguma engenhoca, como a interface com a Oráculo que Wedderburn tinha me mostrado?

Optei pela sinceridade:

— Tenho certeza de que não mencionei o nome dela quando enviei a mensagem de texto para você.

— Eu ainda tenho que tomar conta de você — respondeu ele em voz baixa.

— Então, depois que eu disse que não precisava de carona, você foi até o hospital? Isso é...

— Horrível. Eu sei. — Ele segurou o volante com força. — Wedderburn me enviou. O relógio me rastreia para verificar se estou cumprindo as ordens.

Considerando tudo o que eu sabia sobre o chefe dele, isso devia ser verdade. Mas não significava que eu gostava daquilo.

— Então, por que você está me perguntando sobre a escola se você está me vigiando?

Ele engoliu em seco, visivelmente magoado.

— Porque eu queria saber o que você está pensando e sentindo, Edie. Não dá para saber tudo apenas vigiando você. — Ele contraiu o maxilar. — Você já sabe que eu passei muito tempo espionando você. De fora.

Percebi que ele estava com raiva, mas não consegui responder logo de cara. Muitos pensamentos giravam na minha cabeça, exigindo serem ouvidos. Por fim, deixei o assunto morrer ao dizer:

— Quando fui ver a Brittany, ela estava péssima, e ninguém da família dela estava lá. Nenhum amigo também. — Não era uma aceitação completa nem um perdão por ele ter me espionado pelas costas, mas, naquele momento, foi o melhor que consegui.

Kian pareceu mais calmo.

— Uma coisa é quando você está sozinho, e você sempre esteve sozinha. Você se acostuma. Mas ter essa consciência jogada em cima de você... Que o seu valor está apenas em um rostinho bonito, e se você não o tem mais, para que serve? Isso deve ser difícil pra caramba.

Eu me lembrei de ter dito para ele como eu me *sentia* em relação a ela, jogando tudo aquilo em cima dele naquela noite na praia. Eu disse: "*Mas eu olho para Brittany, que filmou tudo, e penso: o que seria necessário para acabar com você? Será que eu teria de arrebentar o rosto dela?*"

Droga! Olhe só para ela agora.

Essa possibilidade me dava um frio na espinha maior do que a semivigilância para obedecer as ordens do chefe. Balancei a cabeça, estremecendo um pouco. Não tinha como. *Às vezes coisas ruins acontecem, e não tem nada a ver com você. Reação alérgica, infecção bacteriana. Se o carma é real, então Brit estava recebendo o que lançara ao universo e pronto.*

— É — concordei. — Mas, honestamente, ela não é a pior. Eu ainda odeio Cameron mais do que qualquer pessoa. E, nesta semana, Russ foi um idiota completo. Tipo, ele não tem jeito mesmo, é apenas um desperdício de oxigênio.

Eu queria muito acreditar que Kian não tinha nada a ver com nada daquilo, assim como Wedderburn. *Ele me perguntou se eu queria que ele se vingasse por mim. Eu disse que não. O que mais eu posso fazer?* A minha falta de poder sobre a situação poderia muito bem me enlouquecer. *Tudo bem, quando nada acontecer com Russ e Cam, eu vou saber com certeza que Kian é inocente.*

— Você vai acabar com todos eles na hora certa.

Estremeci. *Ele não quis dizer "acabar" do jeito que pareceu.*

Com a suspeita ecoando nos meus pensamentos, permaneci em silêncio pelo resto do caminho, observando o relógio se aproximar da meia-noite. Ele parou o carro faltando treze minutos para o horário e se virou para mim. Eu não queria namorar estando tão confusa; eu tinha essa ideia louca de que ele conseguiria sentir a diferença. Então, eu me inclinei, dei um beijo no rosto dele e desejei boa noite, antes que ele tivesse a chance de me perguntar por que eu o estava dispensando depois de ter praticamente pedido para ele ser meu namorado.

— Vejo você na segunda-feira — falei com alegria falsa.

Depois de sair do carro, olhei para trás. Eu tinha conseguido não fazer isso quando estávamos fugindo da Oráculo, mas Kian era uma tentação maior do que eu conseguia resistir; a luz dos postes lhe conferia um tom dourado e obscuro, que não escondia a expressão triste no seu rosto. Ele passou a mão pelo cabelo e ligou o carro. Corri para o prédio antes que ele notasse que eu estava observando. Era loucura eu estar tão dividida em relação a ele, mas o menor sinal de sofrimento nos seus olhos fazia com que eu quisesse voltar correndo e abraçá-lo com tanta força que talvez chegasse a doer. Nós dois éramos como ímãs com a mesma carga. Por mais que eu quisesse ficar próxima a ele, as circunstâncias continuavam nos afastando.

Não foi surpresa encontrar os meus pais acordados quando entrei em casa. Minha mãe ergueu os olhos do caderno todo rabiscado com cálculos complexos.

— Você se divertiu?

— Foi ótimo. Nós fomos ver *Operação dragão* na Harvard Square. — Eu achava que oferecer informações era a melhor forma de evitar mais perguntas.

Meu pai olhou para mim.

— Ah, um excelente filme. Você sabia que ele foi escolhido como culturalmente significativo e foi preservado no Registro Nacional de Filmes?

Eu ri, aliviada por perceber que algumas coisas nunca mudavam. Meu pai adorava esse tipo de cultura inútil — principalmente quando tinha a ver com ciências — *Edith, você sabia que existe uma vespa que transforma baratas em zumbis e põe ovos dentro de seus corpos vivos?* Não, eu não sabia. Ao descobrir isso, fiz uma busca no Google sobre esse inseto e passei a noite inteira tremendo embaixo das cobertas. Às vezes, ele aparecia com fatos interessantes em outros campos de conhecimento. Entretenimento era uma novidade para mim.

Com um sorriso, eu me lembrei de como ele costumava jogar Dragons & Dugeons comigo e minha mãe quando eu estava no ensino fundamental. Naquela época, eu não ligava tanto para o fato das minhas principais interações sociais serem com os meus pais. Eu não tinha certeza se os tinha magoado quando me retraí, mas era difícil ficar com eles depois que comecei o ensino médio e percebi que, independentemente do que fizesse, Mildred e Alan Kramer sempre seriam a minha única opção para me divertir no fim de semana ou à noite.

Minha mãe notou a minha expressão, seus olhos brilharam e ela sorriu.

— Você parece mais feliz este ano. Estou feliz.

Considerando o que eu tinha que enfrentar, ouvir aquilo foi estranho em *diversos* níveis.

CONTEMPLAR UM CAVALO BRANCO

Na segunda-feira, me levantei às cinco e meia da manhã e fui correr. O céu ainda estava escuro, mas fiquei longe das vias secundárias; havia outros amantes da boa forma, e eles acenavam com a cabeça quando passavam por mim, embora a maioria tivesse pedômetros e aparelhos especiais de música presos aos braços e usassem tênis e calças de elastano mais caros do que os meus. Eu corria com tênis Converse, calça de moletom e um casaco com capuz, meus pés batendo no chão para espantar a minha confusão e o meu medo.

Eu queria confiar em Kian, mas a minha natureza não permitia que fizesse isso apenas por fé. Talvez eu pudesse fazer uma pesquisa de campo em Cross Point, Pensilvânia, e procurar algum tipo de prova. Se eu visse a foto dele de "antes", poderia pelo menos acreditar que ele realmente era quem afirmava ser. Com certeza ele poderia criar uma identidade, mas, considerando os recursos que tinha à disposição, isso não seria nenhuma prova conclusiva. Eu não conseguiria manter essa relação de um passo para a frente e cinco para trás, na qual eu me aproximava dele para, em seguida, me afastar. Isso não era justo com nenhum de nós e, se ele estivesse sendo sincero comigo, *se*, então ele merecia mais que isso.

Todo mundo precisa de algo verdadeiro. Eu quero que ele seja isso para mim.

Enquanto eu corria, ouvi o som de passos atrás de mim, não eram tênis de corrida, estavam mais para botas com salto. Eram passos pesados e irregulares. Quando eu me virei, não vi nada, a não ser sombras embaçadas na última hora antes do sol nascer, apenas linhas finas de luz surgindo no horizonte. A rua parecia estar deserta, mas os passos ainda se aproximavam e, quando me virei, captei um movimento rápido com a minha visão periférica. A minha reação de fuga tomou conta de mim, então corri de volta para casa, ouvindo o meu coração disparado e alerta.

Perigo. Perigo.

Com puro alívio, virei a esquina e entrei na minha rua, numa faixa de cerca de cinquenta famílias de ouvidos atentos que moravam em prédios de tijolos pardos idênticos ao nosso. Se algo acontecesse, se eu gritasse, alguém ouviria. Ainda assim, não diminuí o ritmo, acelerando nos últimos quinze metros até a escada da entrada. Eu estava banhada em suor frio quando subi os degraus até o vestíbulo. A porta se fechou atrás de mim, oferecendo pouca proteção contra as forças que me seguiam. Observei a rua escura uma última vez e, quando eu já estava pronta para considerar o incidente como fruto da minha imaginação, uma figura curvada apareceu no meu campo de visão sob a luz de um poste. Ele *parecia* um idoso, vestia uma roupa mais adequada à época da Primeira Guerra Mundial e as botas de salto que eu ouvira atrás de mim. A boca era murcha pela perda de dentes e ele tinha um bigode enorme no rosto, mas não uma barba, parecendo mais um cacto humano. Sobre o ombro esquerdo, carregava um saco de juta vazio.

Ele ficou parado ali, em frente ao meu prédio, olhando diretamente para mim com grandes olhos transbordantes e úmidos e, de certo modo, *famintos.* Duas crianças saíram das sombras atrás dele, uma de cada lado, próximas o suficiente para tocá-lo, mas separados. Elas também vestiam roupas antigas; o garoto com calça curta e meias compridas, a menina com avental e uma fita suja no cabelo. E seus olhos eram negros como piche. A coisa-menina deu um passo à frente.

Eu me virei para voltar para o meu apartamento e quase dei de cara com o sr. Lewis. Ele me observou com uma expressão sombria.

— Foi você que eles vieram buscar?

Por alguns segundos, não consegui responder.

— Quem?

— Os antigos.

— Provavelmente. — Eu não me lembrava de já ter falado antes com o sr. Lewis, mas, ao que tudo indicava, ele também conseguia ver coisas estranhas. Eu não sabia bem o que isso dizia sobre ele. Disfarçadamente, dei uma olhada para os pulsos dele, mas não havia nenhuma marca.

— Você ouve o tinido?

Fiquei boquiaberta. A perspicácia da pergunta me chocou completamente.

— Como você sabe?

— Significa que você teve um contato próximo com um antigo *poderoso*. Minha mãe cruzou o caminho deles e me contou uma ou duas histórias antes de morrer.

Pensando bem, o tinido começou depois que conheci Wedderburn. Será que isso significava que eu tinha algum tipo de sistema de detecção de imortais agora? Isso talvez fosse útil.

O sr. Lewis continuou:

— Tenha cuidado, senhorita. Vou pendurar uma ferradura na porta da frente, mas você deve começar a se despedir. Isso não os manterá afastados por muito tempo. — Com essa declaração, ele voltou para o próprio apartamento.

As minhas pernas estavam trêmulas enquanto eu subia as escadas, parte pela corrida e parte pelas coisas estranhas que me perseguiam. Dentro de casa, tomei uma chuveirada rápida e me arrumei para a escola. Meu dever de casa estava feito, mas eu ainda não tinha nenhum crédito extra até agora. Imaginei meus professores corrigindo meus trabalhos e dizendo *"Parece que não conheço mais você"*.

Na escola, as pessoas estavam felizes, cochichando vários rumores sobre Brittany.

— Ouvi dizer que é mononucleose.

— Nada disso. É pior. Ela pegou algum tipo de DST ou algo assim. Só que ela estava fazendo sexo oral em algum nojento qualquer e a infecção se espalhou pelo rosto dela.

Droga. Tentei ignorar as pessoas e evitei os Blindados enquanto andava pelo campus para ir para as minhas aulas. Parecia que o sr. "Podem me chamar de Colin" Love estava sempre me observando, me espreitando nas passagens e corredores com uma expressão inescrutável e, quando nossos olhares se encontravam, ele abria um sorriso charmoso.

Não confio em você. Você é um deles. Mas ele não provocava tinidos nos meus ouvidos. *Então, talvez eu só esteja sendo paranoica.*

A única coisa notável que aconteceu foi que tive uma reunião com a minha orientadora para conversar sobre a faculdade; ela também me deu material sobre o vestibular. A essa altura, eu poderia me inscrever e fazer a prova pela primeira vez no início de outubro. Se eu não me saísse bem, haveria outras datas no decorrer do ano.

— Muito obrigada — agradeci. — Nós voltamos a conversar depois que eu receber as minhas notas.

— Você deveria considerar fazer alguma atividade extracurricular, Edie. As suas notas podem até colocá-la em uma das universidades da Ivy League, mas o restante da sua vida escolar é bastante... — Ela parou de falar, tentando encontrar uma forma delicada de dizer que eu não tinha feito nada, a não ser me esconder e estudar.

— Eu vou me dedicar a isso — afirmei, embora não soubesse como.

Aliviada, saí da sala e segui para o almoço. Os outros já estavam à mesa, mas ninguém me impediu de me sentar quando me juntei a eles. Parte de mim queria se sentar com outras pessoas e esquecer a Galera Blindada, mas eu não queria que Allison achasse que tinha vencido. Ela estava praticamente sentada no colo de Cameron, acariciando o cabelo dele para "consolá-lo" por causa da tristeza que a doença de Brittany estava causando.

— Alguém foi visitá-la no fim de semana? — perguntei, quando tive uma oportunidade.

Silêncio. Ninguém olhou para mim enquanto negavam com a cabeça e murmuravam desculpas esfarrapadas. Almocei e fingi que estava interessada no que Russ estava dizendo, enquanto os outros mudavam de assunto.

A Galera Blindada não era a mesma do ano anterior; Brittany no hospital criara um vácuo de poder, e Allison estava se esforçando para preencher a vaga. Com sua atenção voltada para dentro do grupo, eles passavam menos tempo assediando excluídos aleatórios.

— Eu vou visitá-la hoje à noite — falei, antes do sinal. — Alguém quer ir comigo?

Outra longa pausa. Então, Jen respondeu:

— Eu vou. Eu queria saber... Hã... Como...

— É ruim. Mas ela fica atrás das cortinas a maior parte do tempo.

— Tudo bem. Será que eu posso levar alguma coisa?

Pensei um pouco.

— A gente poderia parar e comprar algumas revistas no caminho. Algo com passatempos, fofocas sobre celebridades e conselhos ruins.

Jen deu um sorriso aliviado.

— Parece bom. Eu sou péssima para animar as pessoas, mas sei ler.

— Duvido — alfinetou Allison.

A outra garota lançou um olhar frio para ela.

— Quem é que está se dando mal em literatura básica aqui?

— Só tem um jeito de resolvermos isso — disse Russ. — Pote de pudim depois da aula.

— Estou fora. — Eu me levantei.

— Eu também. — Jen me surpreendeu ao fazer o mesmo.

Allison nos fulminou com o olhar, enquanto Davina parecia intimidada. Na semana anterior, Allison e Brittany a mantiveram ocupada fazendo várias tarefas para elas, mas com Brittany longe, ela estava almoçando com a Galera Blindada, embora não soubesse bem qual papel desempenhava na hierarquia social. Ela lançou um olhar para Allison e, depois, para os garotos, enquanto mordia o lábio.

— Posso ir também? — perguntou ela.

— Claro. — Eu não era a dona do hospital nem a pessoa que definia regras de visitação. — Vamos nos encontrar no portão depois da aula?

— Combinado — disse Jen.

Davina assentiu.

Allison ergueu um dos ombros em um movimento entediado.

— Diga a Brittany que espero que ela melhore logo. — Sua expressão dizia *"Eu sempre vou mandar nesta escola, mesmo que você fique puxando o saco da minha ex-melhor amiga, que dividia a coroa comigo"*.

O dia foi ficando cada vez mais estranho a partir daí — com Davina de um lado e Jen do outro enquanto eu ia à aula, os alunos saíam do nosso caminho, como se fôssemos rainhas ou algo assim. Davina deu um sorriso torto para mim, mas foi mais uma expressão de coleguismo do que de arrogância.

Uma aluna do primeiro ano disse para ela em tom tímido:

— Eu adoro o seu cabelo.

— Valeu. — Ela jogou os cachos para trás com um sorriso realmente feliz.

Davina era negra, tinha traços bonitos e um cabelo maravilhoso. Se apenas a aparência fosse suficiente para entrar no círculo interno, ela teria sido aceita muito tempo atrás. Se eu estivesse no lugar dela, já teria desistido de entrar para a equipe de animadoras de torcida e feito amizade com quem não fosse tão superficial. Eu ficava espantada com o seu esforço em conquistar a aprovação daquelas pessoas.

Enquanto eu pegava os meus livros, lutei contra a vontade de bater com a cabeça no armário, mas, de alguma forma, consegui passar o dia sem agredir ninguém ou fazer com que os professores gritassem comigo. Quando saí de Blackbriar, encontrei Davina e Jen esperando por mim. Não parei de andar, apenas diminuí o passo quando passei por elas. Kian ficaria surpreso ao descobrir que levaria nós três ao hospital, mas eu esperava que ele nos acompanhasse.

— Você trouxe presentes — disse Kian quando nos aproximamos.

Foi uma coisa muito charmosa de se dizer. Engraçado, ele dizia que não tinha a menor experiência, mas conseguia dizer coisas desse tipo do nada? *É por isso que não confio em você*. Jen e Davina pareciam encantadas, e segurei um suspiro enquanto apresentava todo mundo. Então, sorri para ele, tentando decidir se ele estava chateado com a forma como as coisas acabaram na noite de sábado. Ele se inclinou e me deu um beijo no rosto, o que demonstrou que sim.

— Espero que você goste delas — respondi.

— Presumo que eu serei o motorista hoje?

— Se você não se importar. A gente vai visitar a Brittany.

— Sem problemas. — Ele abriu a porta do carro e fez um gesto para as duas entrarem no banco de trás.

No carro, permiti que Davina e Jen ficassem responsáveis pela conversa, fazendo perguntas a Kian sobre o seu trabalho e seus estudos na faculdade. *Não consegue parar de fofocar, não é, Allison?* Só assim elas poderiam saber que ele estava na faculdade. Ele respondeu de forma educada e calorosa na medida certa para parecer simpático.

— Vou deixá-las na porta e vou procurar uma vaga. — Ele hesitou. — Já que eu não conheço a Brittany, talvez fosse melhor esperar no vestíbulo.

Jen assentiu.

— Garanto que Brit não iria gostar nada se levássemos um cara lindo para visitá-la quando ela está... quando ela não está bem.

— Com certeza — concordou Davina.

Querendo compensar pela outra noite, eu me inclinei, mas Kian me ofereceu o rosto. *Entendi. Sem beijo na boca até conversarmos.* Senti um peso no estômago quando desci do carro e levantei o banco para as minhas colegas saírem também.

— *Onde* foi que você o conheceu? — Davina perguntou enquanto ele se afastava, com uma expressão que sugeria que Kian era dinheiro com cobertura de chocolate.

Sorrindo, contei a verdade:

— Em uma ponte.

Jen suspirou e seguiu para a porta da frente.

— Tudo bem. Não precisa contar.

Desta vez, comprei revistas na loja de presentes, em vez de um bichinho de pelúcia. E, assim como na sexta-feira, quando cheguei ao quarto de Brittany, não havia ninguém com ela. A persiana estava fechada, assim como as cortinas ao redor da cama, e o cheiro... era indescritível. Davina chegou a dar um passo para trás, franzindo o nariz, horrorizada, mas Jen colocou a mão no seu ombro e a obrigou a avançar. Sua determinação de ser uma boa amiga elevou o conceito que eu tinha dela e me fez vê-la como um ser humano.

— Quem é? — A voz de Brittany parecia rouca, como se ela estivesse chorando.

— Eu, Jen e Davina. Achamos que poderíamos ler a *Cosmo* e bater um papo de garotas. — Eu nunca teria me imaginado dizendo estas palavras. Até hoje, eu jamais tinha lido uma única revista feminina.

— Legal a ideia de vocês. A... minha mãe está por aí?

Droga.

— Eu não a vi — respondeu Jen com voz suave.

— Vocês não precisam ficar — murmurou Brittany, parecendo relutante.

— Tudo bem — disse Jen.

— Vamos nos sentar. — Davina estava mais calma, respirando pela boca.

Eu só conseguia pensar: *Se é ruim para a gente, imagine como Brittany deve estar se sentindo.*

Durante uma hora, fizemos testes do tipo "Como saber se ele é o homem certo para você", e Jen leu em voz alta um artigo intitulado "Cinco passos fáceis para abalar o mundo dele". Era tão ruim que chegava a ser engraçado, e, para a minha surpresa, não era só eu que estava rindo. Antes, eu sempre imaginara que garotas bonitas levavam essas coisas a sério, como se fosse algum tipo de bíblia, mas esse não parecia ser o caso com essas três. Até mesmo Brittany estava dando risadas curtas e engasgadas. Acho que talvez ela estivesse tendo dificuldades para respirar, mas eu temia deixá-la chateada se espiasse pela cortina.

Brittany sussurrou:

— Obrigada por terem vindo, meninas. Significou muito para mim.

Davina estava fazendo uma piada quando Brittany ofegou e, então, ouvimos um som molhado, um borrifo, e eu me levantei. Não parei para pensar se ela queria ou não que eu fizesse isso; abri a cortina e, mesmo na penumbra, vi tanto sangue, sangue por todos os lados, manchando sua camisola, os lençóis, escorrendo da sua boca em um rio vermelho. Jen olhou para trás e gritou, enquanto Davina tentava encontrar o botão.

Eu me virei e corri até a porta, abri e comecei a gritar:

— Enfermeira! Precisamos de um médico! Precisamos de ajuda aqui. Ai, meu Deus, rápido!

O alarme dos aparelhos ligados a Brittany estava soando feito louco e logo chegou uma equipe com um carrinho de emergência e nos tirou do quarto. Jen tremia, e Davina estava tão pálida que parecia verde sob as lâmpadas fluorescentes. A minha pele parecia esticada. Eu não conseguia ficar parada e passei a andar de um lado para o outro enquanto eles trabalhavam.

Por fim, uma enfermeira nos levou até a sala de espera.

— Vocês não podem ficar aqui, vão atrapalhar os outros pacientes.

— Eu não sabia que ela estava tão doente assim — repetia Davina.

Jen estava em silêncio, com uma expressão de horror nos olhos. O que restava do rosto de Brittany... Meu Deus. Eu já vira fotografias na internet que eram horríveis, mas... *não, eu não posso*. Com dedos trêmulos, enviei uma mensagem de texto para Kian com algumas orientações e um pedido:

Você poderia subir? Por favor. Preciso de você.

Cinco minutos depois, ele me encontrou. Ele se sentou do meu lado e envolveu meus ombros com um abraço em um gesto tão natural que *eu* poderia acreditar que estávamos namorando desde o começo do verão. Eu poderia me perder nas mentiras dele tão facilmente quanto no seu olhar. E isso me deixava apavorada.

— O que aconteceu?

— A Brit está mal mesmo. Ela teve uma hemorragia bem na nossa frente — respondeu Jen.

Sem pensar, peguei a mão de Jen. Ela a segurou como se eu fosse um balão de hélio prestes a sair voando pelo céu. Do outro lado, Davina também parecia precisar de apoio, então Jen estendeu a mão para ela. Ficamos assim por um tempo, sem falar, apenas de mãos dadas, enquanto a equipe do hospital ia e voltava. Ninguém nos falava *nada*.

Por volta de cinco e meia da tarde, a sra. King cambaleou pela sala de espera. Seus olhos estavam inchados e dava para perceber que ela não dormia havia dias. Eu já a vira de longe em alguns eventos da escola, mas a mulher da sociedade bem-arrumada tinha pouca semelhança com a mulher sofrida e desgrenhada que se sentou na cadeira ao lado de Davina. A mãe de Brittany passou os dedos pelo cabelo embaraçado e tentou controlar um soluço.

– Fui para casa para tomar um banho – sussurrou ela. – E tentar ligar para o pai dela de novo. Ele está em Cingapura nesta semana.

Davina estendeu a outra mão e pegou a da mulher mais velha, parecendo não saber o que dizer. Nenhuma de nós sabia. Por fim, Kian murmurou:

– Eles estão cuidando dela?

A sra. King concordou com a cabeça.

– Eles não me deixaram ficar. A enfermeira ligou e eu voltei o mais rápido que pude. Peguei engarrafamento.

Ela começou a chorar e Davina fez um carinho de apoio em suas costas. O único som na sala de espera era o soluço abafado da mãe da Brit e da minha respiração. *Kian não fez isso. Ele teria de ser um monstro para ficar sentado aqui com a mãe de Brittany se tivesse alguma coisa a ver com a condição em que a menina se encontrava.* Ainda assim, senti um nó no estômago até sentir vontade de gritar.

Tarde demais, enviei uma mensagem de texto para os meus pais. Eu tinha aula no dia seguinte, eu sabia, mas se eles achavam que o trabalho da escola era mais importante que a vida de alguém, então as prioridades deles estavam muito erradas. Às seis e meia da tarde, fui comprar café e sanduíches só para ter alguma coisa para fazer. Entregar a comida e a bebida e fingir que comíamos nos levou até as sete da noite. Eu não sabia bem quando ela tinha começado, mas a sra. King estava rezando, embora não parecesse ser uma pessoa religiosa. Os nossos encontros anteriores tinham me feito achar que ela era fria e controladora, mas talvez ela fosse uma daquelas mães que cobravam muito porque seus padrões eram altos demais, e não por falta de amor.

Por volta das oito horas da noite, eu estava sentada no chão, encostada na perna do Kian, quando o médico — pelo menos eu *acho* que era um médico — veio até a sala de espera acompanhado pela enfermeira que fizera fofoca na minha primeira visita. Ambos estavam com expressões sérias, e eu fiquei preocupada. Eu estava tão tensa que meus ombros pareciam estar pegando fogo.

— Sra. King, podemos falar com a senhora em particular? — pediu o médico.

Jen apertou a minha mão com força enquanto a mãe de Brittany se afastava. Ela seguiu o trio com o olhar, respirou fundo e perguntou com voz trêmula:

— O que a gente deve fazer?

Eu não fazia a menor ideia.

Davina sugeriu:

— Vamos esperar até ela voltar. Talvez Brittany esteja estável agora e eles precisavam da assinatura dela em algum formulário para fazerem mais exames ou algo assim.

Vinte minutos depois, a sra. King entrou na sala de espera, parecendo completamente arrasada.

— Obrigada a vocês três por terem vindo... e por terem ficado com a Brit. Se vocês não estivessem aqui... — Sua voz falhou, e ela tentou novamente: — Acabou... Vocês podem voltar para casa agora.

— Ela... ela se foi? — quis saber Jen.

Entorpecida, eu me levantei. Kian nos acompanhou até o carro e se ofereceu para levar as outras meninas para casa, apesar de elas morarem em partes diferentes da cidade. Já era tarde e o trânsito estava ruim. Desci do carro quando deixamos Jen e lhe dei um abraço. Ficamos assim um tempão. Quando chegamos à casa de Davina, fiz o mesmo. Sua mãe estava esperando na porta, banhada com uma luz dourada, e Davina correu para os braços estendidos dela como eu jamais conseguiria fazer. Minha mãe jamais pensaria em abri-los para mim.

— Isso que está acontecendo é minha culpa? — perguntei assim que ele arrancou com o carro.

Kian deveria ter respondido imediatamente, negando firmemente. Mas não foi isso que fez.

— Eu não sei.

— Será que eu *provoquei* isso de alguma forma? — Um grito estava preso no fundo da minha garganta enquanto eu revia o borrifo de sangue na minha mente, saindo de um buraco em carne viva que era a boca de Brit, as bochechas carcomidas, tanta dor, tanta. Seus olhos arregalados e cheios de pavor.

— Claro que não. Você nunca machucaria ninguém, Edie.

Você queria que todos eles sofressem, disse uma vozinha dentro do meu ouvido. *Então isso começou.*

Negando veementemente com a cabeça, vi um par de olhos vermelhos no retrovisor lateral. Com um grito sufocado, olhei para o banco de trás, mas não havia ninguém ali. *Apenas um reflexo das luzes traseiras. Monstros não vivem em reflexos.*

Ou talvez vivam.

Aquilo era demais para mim. Lutei contra as lágrimas por um minuto, de acordo com o relógio do painel do carro, mas, no fim, perdi. Kian me lançou um olhar, mas não parou até estarmos próximos ao meu prédio. Então, estacionou numa rua antes do meu apartamento e me abraçou.

— Eu não sei o que está acontecendo, mas vou investigar. Vou manter você em segurança.

As mãos dele acariciaram as minhas costas, de forma gentil e calmante, e chorei pela vida que Brittany havia perdido, pela vida da qual ele desistira e pelo futuro que talvez nem fosse mais meu. Meus olhos pareciam irritados e inchados quando, por fim, me acalmei. Eu não conseguia me lembrar de ter me descontrolado assim na frente de *ninguém*. Acho que nunca fiz isso e era impossível olhar para ele agora.

— Isso é horrível — murmurei.

— Você se lembra do que eu disse? Eu estava falando sério. Eu nunca vou deixar você na mão quando precisar de mim.

— Por quê? Eu fui meio que uma idiota no sábado.

— A gente conversa sobre isso depois. Agora, vou levar você até a sua casa. Considerando tudo o que aconteceu, acho que consigo convencer seus pais a me deixarem ficar um pouco.

— Mas amanhã tem aula.

— Confie em mim – pediu ele.

Se pelo menos eu conseguisse.

Eu deveria ter contado a ele sobre o homem com o saco e as crianças assustadoras. Mas não contei. Eu me esqueci completamente deles diante da avalanche de problemas.

Isso foi um erro.

UMA TRISTEZA COMO MEDO

Na terça-feira, a notícia já tinha se espalhado. No instante em que pisei na escola, os outros alunos me cercaram, alguns usando braçadeiras pretas. Mais adiante no corredor, Davina e Jen pareciam cercadas também. Jen estava com uma expressão horrorizada, e Davina parecia não saber se toda aquela atenção era positiva ou negativa. Fui bombardeada com perguntas:

— Ouvi dizer que você estava lá quando ela morreu.
— Você viu muito sangue?
— Alguém me disse que Brit estava possuída ou alguma coisa assim, e...
— O que há com vocês? — perguntei, nervosa.

Antes que eu tivesse a chance de passar um sermão nos urubus, ouvimos um anúncio no sistema de comunicação da escola:

— As aulas da manhã estão canceladas. Todos devem seguir para o auditório, onde os que precisarem poderão receber apoio psicológico. Os alunos mais próximos de Brittany King que precisarem de um dia de descanso podem entrar em contato com os seus pais.

Na hora do almoço, me sentei sozinha pela primeira vez naquele ano. O restante da Galera Blindada tinha ido para casa. Pelo menos achei que esse era o caso, até Cameron se sentar na minha frente. Na bandeja dele havia bife e macarrão, mas ele não parecia querer comer alguma coisa. Em vez disto, ele afundou a cabeça nas mãos. Ele parecia mal. Tinha olheiras tão profundas que davam a impressão de que havia levado um soco em cada olho, e havia arranhões e hematomas nos nós dos dedos. Eu não perguntei se ele tinha entrado em alguma briga ou se tinha socado objetos inanimados. Apesar de toda a babaquice dele na semana anterior, era óbvio que ele estava sofrendo com a morte de Brittany.

Ergui uma sobrancelha.

— O que você ainda está fazendo aqui?

Quando ele ergueu a cabeça para olhar para mim, os olhos estavam vermelhos.

— Meus pais estão na Europa. Não tem ninguém para me liberar.

— Ah. — Eu não conseguia me obrigar a ser mais empática, então fiquei beliscando a comida. Quando imaginei Cameron recebendo a lição que merecia, jamais pensei em algo assim.

— Eles ficam longe, tipo, o tempo *todo*. A empregada trabalha durante a semana, mas eu fico sozinho à noite e nos fins de semana.

Eu não queria conversar com ele quando ele estava agindo como uma pessoa correta. Antes ele não passava de um babaca unidimensional que parecia se divertir tornando a minha vida um inferno.

— Pelo menos você tem muita liberdade. — Isso era uma coisa idiota para se dizer.

— E eu passava a maior parte desse tempo na casa da Brit. Ela tem uma família de verdade, sabe? A mãe dela é meio doida, e o pai, um idiota, mas eles vão sentir falta dela. Eu é que deveria ter morrido.

Por alguns segundos, fiquei apenas olhando para ele, sem conseguir acreditar que Cameron tivesse dito algo assim.

— Não diga isso.

— Achei que ela ia melhorar, então não fui visitá-la no hospital. Ela morreu achando que eu não estava nem aí.

— Você a amava? — Meio surpresa, eu achava que aqueles dois só estivessem juntos porque eram atraentes, e ninguém mais em Blackbriar correspondia aos padrões deles.

— Amava — confirmou ele com voz seca.

Apesar de tudo, eu disse algumas palavras de consolo, contando os minutos até o sinal tocar. Não fui nada sutil quando me afastei rapidamente de Cameron, mas, pela primeira vez, não foi porque a presença dele me deixava mal de vergonha. Senti muita pena dele, mas não achava que ele quisesse isso.

Nas aulas da tarde, os professores improvisaram aulas sobre morte e perda. As lições eram mais como uma terapia em grupo. No último horário, um especialista em luto entrou e se apresentou como Greg Jessup. Ao que tudo indicava, ele fizera rondas nas salas. O psicólogo pediu que dispuséssemos as mesas em círculo, e fez várias perguntas sobre como estávamos nos sentindo. No início, as pessoas estavam relutantes em falar alguma coisa, mas depois, as coisas se aprofundaram. Como havia poucos alunos na escola, acho que isso facilitava as coisas.

— Isso tudo me fez pensar — disse um garoto chamado Stuart. — Cara, eu não era amigo de Brittany nem nada, mas é tão triste. Tipo, ela era tão nova.

Um outro garoto concordou:

— Pois é, cara. Isso pode acontecer com qualquer pessoa.

Será?

Meu coração disparou e parecia prestes a sair pela boca enquanto o medo e o horror cresciam dentro de mim. Como se sentisse isso, Greg se virou para mim:

— Você quer compartilhar alguma coisa com o grupo?

— Não agora. Obrigada.

Assim como todos, admiti que estava triste, mas não disse o quanto estava com medo ou como me sentia culpada por tudo o que tinha acontecido. Aquela aula parecia interminável. Consequentemente, fiquei feliz quando pude sair de Blackbriar às quinze para as três da tarde. Havia poucos alunos no portão, e eu era um deles. Kian fora incrível na noite anterior, embora as coisas estivessem confusas entre nós. Eu me sentia péssima por ter me permitido chorar em seu ombro enquanto meus pais andavam de um lado para outro, faziam chá e diziam coisas ridículas para me animar.

Eu já estava acostumada a procurar por ele quando saía da escola, e foi um alívio quando o vi aguardando por mim. Sua reação foi uma linda expressão de prazer e anseio, rapidamente substituída por uma mais neutra, como se não quisesse que eu percebesse que ele estava feliz por me encontrar. Ainda assim, ele caminhou até mim e me abraçou, não um abraço qualquer, mas um de verdade, apertado, ignorando as pessoas que passavam por nós.

— Dia difícil?

— Muito. — E estava prestes a piorar.

Eu não posso mais fazer isso. Na minha cabeça, havia uma mistura de prudência, paixão e suspeita. Não era justo com Kian, e eu não poderia lidar com mais um peso na minha consciência. O meu corpo já parecia ser feito de vidro, o próximo golpe me quebraria.

Em uma explosão de palavras, expus todas as minhas dúvidas para ele de uma vez só. Eu esperava que ele se retraísse e se afastasse de mim, mas esperou até que eu terminasse. Então, ergueu o meu queixo com carinho.

— Eu entendo — disse ele. — Você não tem como ter certeza.

— Se você é Kian Riley de verdade ou um dos monstros disfarçados. Ou se você é realmente leal...

Ele me beijou rapidamente. *A Wedderburn.* Tarde demais, percebi por que ele não podia permitir que eu dissesse o nome em voz alta.

— Isso responde à sua pergunta.

Fingi que o beijo resolvera a maioria das minhas dúvidas, lançando um olhar apaixonado.

Ele continuou:

— Se você quiser conhecer os meus tios, podemos ir nesse fim de semana. Eles ainda moram na Pensilvânia, perto de Scranton. Seria uma viagem longa de dia inteiro, mas é possível. E eu ainda tenho algumas coisas que podem provar que eu sou Kian Riley, se isso ajudar.

— Como o quê? — Talvez isso não servisse como garantia de que ele não estava me manipulando em nome do chefe, mas me ajudaria a ter certeza de que ele não era uma criatura imortal na pele de um lindo ser humano.

Definitivamente um passo na direção certa.
— Anuários antigos.
— Eles foram poupados do incêndio na sua casa?
— Eu tenho um monte de coisas em um depósito alugado onde guardo meus pertences da vida antiga. Não sei se você notou, mas não parecia que a cabana era muito...
— Habitada?
— Exatamente. Eu não tenho como provar tudo para você. Para algumas coisas você terá que simplesmente acreditar em mim. Mas... *fique* comigo, Edie, ou me deixe ir. Eu não consigo viver sem saber como você vai me tratar de um dia para o outro, principalmente porque estou muito apaixonado por você.
— É justo — falei baixinho. — Então, podemos ir até o seu depósito? Você sabe tudo sobre mim, e eu sei pouquíssimo sobre você.
— Podemos ir agora, se você tiver tempo.
— Obrigada.
Fiquei na ponta dos pés e ele me encontrou no meio do caminho, me beijando com calor e ternura que me deixaram sem fôlego e roubaram mais um pedaço do meu coração. Talvez não importasse o quanto eu tentasse ser esperta e cuidadosa, no fim das contas, eu não conseguia resistir a ele. Eu queria tanto que Kian fosse verdadeiro. Não sabia se era o fato de ele ter salvado a minha vida ou de tê-la mudado, e então tinha aquele beijo. *Temo que eu esteja me apaixonando por você.* Embora eu não tenha dito as palavras em voz alta, devo ter demonstrado isso de alguma forma, porque seu olhar se suavizou, e ele acariciou o meu cabelo.
Nada além de arrepios.
— Vamos nessa, parece que vai chover.
Fomos até um depósito dividido em unidades na avenida Massachusetts, feito de metal corrugado, pintado de vermelho. As coisas dele estavam no andar de cima, em um corredor comprido com unidades idênticas. Kian destrancou uma das portas azuis no meio do corredor e a levantou. Embora fosse pequena, não ultrapassando dois metros por dois, só metade do espa-

ço estava ocupada. Com um passo decidido, ele seguiu em direção a uma caixa separada das demais e se sentou de pernas cruzadas antes de abri-la.

Inexplicavelmente nervosa, eu me sentei ao lado dele.

— O que tem aí?

— As minhas coisas do colégio. — Ele pegou quatro anuários primeiro, e depois certificados e dois pequenos troféus amassados.

Peguei um deles e li: CAMPEÃO DE BOLICHE UNIVERSITÁRIO. No outro: MELHOR ATOR.

— Interessante. Não sabia que você fazia teatro. — Era inquietante saber que ele tinha ganhado um troféu em uma área que provava suas habilidades de me enganar. *Pare com isso. Você está aqui para descobrir motivos para confiar nele, e não para duvidar ainda mais.*

Kian tocou no prêmio com uma expressão melancólica no rosto.

— Não foi a minha primeira opção, mas eu precisava de algo para as inscrições para a faculdade. Eu não sei cantar e odeio esportes coletivos. Por outro lado, não me dei conta de como tinha pouco controle sobre o meu futuro. Wedderburn esperou até eu me formar na primavera para me dar a notícia.

Imaginei Kian se inscrevendo para ir para a faculdade sem saber que perdera o seu status de catalisador e como ele devia ter se sentido ao descobrir isso.

— Esse é o padrão?

Ele assentiu.

— Agentes menores de idade não servem de nada para eles, muitas perguntas das autoridades mortais e famílias iradas.

— Faz sentido. — *Então eu não saberei sair do caminho e fracassar no meu objetivo até me formar.* — E, do ponto de vista deles, um ano a mais não parece uma espera muito grande.

— Exatamente.

Deixando as estatuetas de lado, examinei as datas dos anuários e peguei o mais antigo.

— Primeiro ano?

Ele fez uma careta e colocou a mão na capa.

— Edie...

— Eu não ligo, OK? Eu quero ver quem você era.

Com um suspiro, ele tirou a mão e permitiu que eu abrisse o livro. Passei pelas páginas até o nono ano, passando pelos rostos estranhos, marcados com espinhas, aparelho nos dentes, óculos ainda não substituídos por lentes de contato. De vez em quando eu via uma pessoa que viria a ser bonita, não porque já fosse perfeita, mas porque tinha menos defeitos para superar. O fato do livro estar em ordem alfabética por sobrenome facilitava muito as coisas, então fui até a letra R.

Aqui está você.

O outro Kian não era gordo, como eu meio que esperava. Na verdade, era magro como um palito de dentes, usava óculos fundo de garrafa e tinha a pele péssima. O corte rente na cabeça não ajudava, assim como a camisa de botões com uma estampa estranha e um colarinho grande demais. Olhando aquela foto, eu jamais imaginaria que a família dele tinha dinheiro. Ele estava vestido como se tivesse comprado as roupas em um brechó. Mas o que realmente chamou a minha atenção foi o brilho perdido e morto nos seus olhos.

Estou sozinho era o que aquele olhar dizia. *E isso nunca vai mudar.*

Um ano depois daquela fotografia, ele tentara se matar.

Ele se virou e olhou para o teto.

— É horrível, eu sei.

— Você ainda é você — falei. — E... Eu teria namorado você quando você era assim. Se você tivesse me pedido em namoro.

Ele estremeceu, de alívio ou de prazer, eu não sabia dizer. Ele me envolveu com um dos braços e encostou a cabeça na minha.

— Eu teria pedido, se tivesse coragem. Você se lembra na lanchonete? Antes de eu ter feito a transformação em você? Eu disse que você tinha olhos bonitos e um sorriso gentil. Mas o mais importante é que você é inteligente e corajosa e... Meu Deus, é melhor eu parar antes que diga alguma coisa ridícula.

Dei uma risada. Ele era uma pessoa para mim agora, uma com um passado triste e uma história sombria, mas era real. Não um monstro. Ele não poderia ser. Não com tantas assinaturas estranhas e dolorosas no seu anuário que diziam que ele tivera tão poucos amigos como eu. A maioria dizia apenas "Para o cara inteligente", ou ainda pior, "Tenha um ótimo verão". Também notei que havia mais comentários de professores do que de jovens da idade dele.

Outra coisa que temos em comum.

— Então, você optou por uma versão ideal de si mesmo, né?

Ele concordou.

— Foi sugestão do Raoul... E foi por isso que eu ofereci o mesmo para você.

— Que bom.

Aninhada ao seu lado, olhei as outras coisas da caixa, boletins e certificados e um caderno de poesias. Então, Kian arrancou aquilo de mim com o rosto vermelho. Ele tinha um olhar assombrado.

— Por favor, não abra isso.

— Você escrevia poemas?

— Nada que valha a pena manter. E não por muito tempo.

— Leia um para mim — exigi.

Eu nunca tinha sido próxima de ninguém para ser tão mandona. Com Kian, parecia... seguro. Ele passou as páginas do caderno e murmurou:

"Eu sonho com raios de sol

E marés sem lua.

Sonho com o infinito

Entre rochas sóbrias.

Sonho com almas silenciosas

E com Deus,

Que quebra como uma onda

Sobre mim.

E em vez de me afogar,

Você me pega;

Eu nado."

Eu era boa em identificar temas e explicar para os professores, mas nunca tinha ouvido um poema e *sentido* alguma coisa antes. Isso não significava que a obra literária de Kian tivesse algum mérito... E talvez fosse porque eu sabia como a vida dele era quando escreveu aquilo, mas entendi completamente o que ele queria dizer.

— Você estava bem triste — declarei suavemente. — Perguntando-se se Deus existia e procurando alguém para impedi-lo.

Ele respirou fundo.

— Você vê muitas coisas.

— Eu quero ver tudo.

Isso está acontecendo. É real.

Eu me ajoelhei e o abracei; às vezes parecia que éramos duas metades da mesma alma, e isso era tão idiota que fez com que eu sentisse que tinha perdido alguns pontos no meu QI só por ter pensado isso. Seus braços se fecharam em volta do meu corpo e ele enterrou a cabeça no meu cabelo. Por alguns segundos, imaginei como teria sido com ele magro e eu gorda, se eu teria me sentido melhor ou apenas... diferente. Às vezes, eu me sentia uma impostora dentro do meu próprio corpo.

— Quando Wedderburn me pediu para eu me aproximar mais de você, eu meio que pensei: *Droga*. Porque tudo que *ele* quer não pode ser bom para as pessoas envolvidas.

— Deve haver uma forma de as coisas não terminarem mal — falei. — A gente só tem que descobrir como. Você disse que eu tenho que ficar com você ou deixá-lo livre. Estou pronta. Não tenho mais medo.

Ele soltou o ar no meu cabelo.

— Fico feliz, porque me mata quando você me olha como se eu fosse um dos monstros.

Suas mãos estremeceram nas minhas costas e ele afundou o rosto no meu pescoço. Seu hálito quente e úmido, tocando a minha pele. Em qualquer outro momento, aquilo teria sido excitante, mas ele estava tremendo e sua respiração estava ofegante. Toquei o cabelo dele, assustada.

— Kian?

— Sinto muito. Você não faz *ideia* de como me sinto péssimo. Fecho os meus olhos e vejo o que eles fizeram com você, e eu deveria ter impedido. Aquele momento me assombra. Eu gostaria de ter chutado Cameron. Eu nem ligo se isso significaria que teria morrido no processo, desde que você estivesse bem. Mas...

— Se eles não tivessem me obrigado a chegar ao *extremis* naquela época, fariam algo pior depois, e você teria morrido por nada. No final das contas, eu acabaria queimando os meus favores exatamente como Wedderburn deseja porque o meu recrutador não estaria nem aí. E eu acabaria sendo uma marionete nas mãos dele. Você é o motivo por eu poder estar jogando este jogo, mesmo que de longe. Então, é melhor você parar de se torturar.

— Eu não sei se consigo. Isso é tudo que eu quero, sabe? Que você esteja bem. — A voz dele era baixa e rouca, como se ele tivesse passado a noite inteira gritando. A intensidade que ele irradiava era emocionante, mas também assustadora.

— Você também tem que se preocupar com outras coisas. Com você mesmo, com a sua vida e a sua liberdade.

— Eu sei, Edie — disse ele rápido demais, e eu não acreditei.

Por um longo tempo, eu só o abracei, desejando tirar todo o sofrimento. Confortá-lo me deixava mais forte, porém, como se eu pudesse esquecer a minha vergonha para fazer com que Kian se sentisse melhor. Por fim, eu me afastei e o beijei. Seus lábios estavam ligeiramente salgados.

— Acho que basta de história pessoal por hoje. Você quer me levar para casa?

Com certo atraso, eu me dei conta do que disse, e senti o rosto corar.

Ai, meu Deus, por quê?

— Mais do que você imagina.

— Frase de efeito — consegui dizer.

Seus olhos verdes pousaram no meu rosto, brilhando com tanto fervor que poderiam me queimar.

— Só é uma frase de efeito se não for sincera.

Eu não tinha resposta para isso. Em silêncio, e com o rosto pegando fogo, eu o ajudei a arrumar as coisas no depósito e nós descemos até o carro.

— Por que os seus pertences não estavam na sua casa?

— Em parte porque eu queria uma nova vida, e Raoul me avisou para não manter coisas preciosas para mim próximas demais. — Isso parecia sombrio.

— Porque você poderia ser perseguido pela Dwyer & Fell? — Eu me lembrava de ele ter dito que eles já o tinham perseguido antes, e eles tinham acabado de incendiar a casa dele. Danos como aquele poderiam destruir lembranças felizes da sua vida anterior.

— Isso.

— Ótimo, agora eu tenho algo a mais com que me preocupar. Eu não sei se o seu seguro cobre úlcera aos dezessete anos.

Ele riu, exatamente como eu queria. O carro ligou com um ronco e seguimos para o trânsito. A caminho de casa, Kian me contou um pouco mais sobre seus tios, concluindo:

— Vou ligar para eles e perguntar se podemos almoçar lá no domingo.

— Almoçar?

— Se jantarmos, você vai chegar em casa tarde. São quase quatro horas, dependendo do trânsito.

— Não, tudo bem. Tipo, a não ser que você queira me apresentar para eles. É um longo caminho para me assegurar... E eu realmente acredito em você.

Ele engoliu em seco.

— Já faz muito tempo que ninguém me diz isso.

— Eu posso repetir mais devagar dessa vez. — Tentei dar um sorriso charmoso e, para meu alívio, não me senti uma idiota.

Ele riu para mim, me agradecendo com o olhar.

— Não vamos colocar muita emoção em um dia só.

Minha mãe e meu pai me aguardavam quando cheguei em casa. Estavam estranhos e solícitos, como se Brittany e eu tivéssemos sido amigas durante anos. Meu pai preparou a minha sopa favorita — com frango e macarrão — e minha mãe apareceu com uma lata de sorvete. Nessa noite, porém, eu me contentei com uma taça, em vez de uma tigela imensa. Meus pais eram acadêmicos magros, sem tendências a indulgências excessivas em nada, a não ser em ideias esotéricas. Enquanto comíamos, falei sobre as minhas inscrições na faculdade, como o esperado, e isto os ocupou até eu poder escapar.

— Obrigada pelo jantar, estava ótimo de verdade.

Eles trocaram um olhar, então minha mãe começou:

— Você vai ficar bem esta noite? Fui convidada para dar uma aula expositiva e haverá um coquetel depois.

— Eu estou bem — assegurei. — Vou fazer o meu dever de casa e talvez conversar um pouco com a Vi pelo Skype.

— Quem é essa mesmo? — Meu pai estava franzindo o cenho.

— Eu a conheci no Programa de Ciências de Verão. Ela mora em Ohio.

— Ah, lembrei. — Ele relaxou. Qualquer pessoa capaz de entrar no Programa de Ciências era boa o bastante para conversar comigo on-line.

— Se você tem certeza... — disse minha mãe, se levantando da mesa.

Depois disso, ela já estava se arrumando, enquanto o meu pai lavava a louça. Vinte minutos depois, ela saiu usando o seu vestido preto de sempre, tendo aplicado blush e passado um batom vermelho que não combinava com o seu tom de pele. No ano passado, eu não sabia disso.

— Divirtam-se. — Fechei a porta depois que eles saíram e a tranquei.

Embora eu já tivesse ficado sozinha um monte de vezes antes, desta vez parecia diferente. Eu ouvia barulhos estranhos no apartamento, nada que eu identificasse, e não consegui me concentrar nos deveres. Entrei em todos os cômodos, olhando os armários e embaixo das camas. Logo eu estaria procurando nos armários da cozinha e fazendo um chapéu de papel laminado para mim. O fantasma de Brittany me assombrava, sussurrando acusações que me gelavam por dentro.

— É só a sua imaginação.

A minha voz deveria servir para me acalmar, mas o estranho tinido estava de volta, soando tão alto que, por alguns instantes, achei que fosse o telefone. Então, eu me dei conta de que era mesmo, mas como se estivesse tocando dentro da minha cabeça. Corri para atender e, quando atendi, só ouvi o sinal agudo. Bati o telefone e o tirei da tomada.

Então, ele tocou de novo.

O medo ressoava nos meus ouvidos enquanto algo pesado batia na porta da frente com pressão suficiente para forçar as dobradiças. Meus pensamentos estavam frenéticos e desarticulados. *Abrigo. Longe das janelas. Celular. Chamar ajuda.* Passei pelo corredor em direção ao banheiro e fechei a porta, então eu me encostei nela com toda a minha força, ouvindo o barulho de alguém batendo. Minhas mãos tremiam enquanto eu discava 9 e depois 1. Como se sentisse o que eu estava fazendo, o barulho parou.

Fiquei parada por um minuto. Nada. Silêncio.

Soltando o ar, eu me virei e levei um susto com a minha própria imagem no espelho, e sorri de alívio. O meu reflexo não sorriu de volta.

O OLHO DE UM PEQUENO DEUS

*E**u não vou conseguir ajuda contra isso ligando para o 911.*
    O frio tomou o banheiro em um redemoinho silencioso, até que a minha respiração formasse uma nuvem de vapor entre mim e a imagem que não era eu. Todos os meus instintos diziam que eu estava correndo um perigo mortal, mas estava com medo de que houvesse algo ainda pior do lado de fora. Só porque a coisa tinha parado de bater, não significava que não estava mais ali.

Eu me afastei alguns passos, até ficar bem próxima à porta, mas a minha imagem no espelho não se moveu.

— O que você quer? — perguntei.

— A sua vida. — A voz era estranha, uma boca se afogando cheia de água.

Eu não sabia se ela queria dizer que me queria morta ou se queria trocar de lugar comigo, me prendendo do outro lado. Não importava o ponto de vista, eu sempre sairia perdendo. Enquanto tentava controlar os batimentos do meu coração, ela estendeu dedos delgados para traçar um padrão no lado errado do espelho, a superfície se ondulou e se mexeu como se ela pudesse passar através dela. Isso foi o suficiente para mim. Abri a porta do banheiro e a bati em seguida, e saí correndo.

Espere, o que seria inteligente eu fazer agora? É perigoso do lado de fora. É perigoso aqui dentro. Não posso ligar para a polícia. Será que se a coisa conseguisse quebrar a porta já não teria feito isso? A minha vida dependia de encontrar uma resposta, e nada me preparara para resolver essa equação em particular. Embora eles não pudessem me matar, *poderiam* me machucar, ou fazer com que eu acabasse fazendo alguma coisa idiota por causa do pavor que eu sentia. Respirei fundo, me obrigando a pensar de forma lógica, quando o impulso indicava que eu deveria começar a gritar e a correr.

Existem regras aqui. Quais são elas?

Isso era parte do problema. Eu não conhecia as regras nem como evitar quebrá-las ou como reportar alguma violação. Mas então eu não era uma jogadora de verdade, eu era mais um peão. No xadrez, as peças não poderiam sair do tabuleiro e dizer como eram movidas. Na verdade, essa analogia me deu uma ideia sobre a minha posição.

Eu nem sou uma pessoa. Eu sou... Qual foi mesmo a palavra que Wedderburn usou para se referir a mim? Recurso.

Tudo bem, então... o que eu sei? Pensar nisso manteve o pânico controlado. Em vários livros sobre o assunto, monstros precisavam ser convidados para entrar ou serem convidados para cruzar a porta. Assim, a razão dizia que eu estava mais segura em casa do que se saísse correndo depois de escurecer. Além disso, havia seres humanos maníacos também.

Por um instante, pensei em ligar para Kian. Ele ficaria comigo até os meus pais voltarem. No fim, decidi não fazer isso. Eu preferia não ficar dependente demais dele. Meu peito doía quando entrei no meu quarto. Quando me sentei, fiquei atenta para detectar algum sinal da criatura que estava fora do apartamento voltar, mas tudo parecia calmo e silencioso. Não ouvi barulho nenhum vindo do banheiro. Se a garota do espelho tivesse conseguido sair, ela já estaria aqui a essa altura.

Ainda assim, eu não estava completamente tranquila. Meus nervos estavam prontos para disparar como um despertador. Antes de começar a fazer o dever de casa, pesquisei no Google sobre fantasmas em espelhos e depois cobri o do meu quarto com um lençol, só para o caso de *serem* portais. Li alguma coisa sobre bruxas prenderem espíritos em espelhos e sobre como os fantasmas precisavam de uma conexão com algo vivo para passarem. *Então, ela só consegue sair se eu ficar com medo demais para correr? Bom saber.* Parecia que na

Sérvia, na Croácia e, algumas vezes, na Bulgária, eles enterravam os mortos com um espelho, para que os espíritos não saíssem assombrando os vivos. Eu não gostava das ramificações do que poderia acontecer, porém, se algum maníaco ladrão de túmulos resolvesse desenterrar os corpos e quebrar os espelhos.

Você já não tem problemas o suficiente com os quais se preocupar?

O apartamento estava em silêncio agora. Aparentemente, manter a calma e coragem tinha sido a escolha certa. Quando eu estava no ensino fundamental, eu jogava muito videogame e, às vezes, havia enigmas para resolver, nos quais um passo errado resultava em morte. Era assim que eu me sentia na época. Usei todo o meu poder de concentração para terminar os meus deveres, resolver equações e responder às perguntas quando a escola era a menor das minhas preocupações.

Já eram quase nove horas da noite quando terminei, e eu estava prestes a fechar o meu laptop quando fui surpreendida com uma mensagem instantânea de Ryu. Uma pesquisa rápida para ver que horas deviam ser no Japão me mostrou que ele devia estar na escola, talvez matando tempo durante a aula de informática. Era difícil enviar mensagens pelo Skype em outras aulas, já que os professores costumavam pedir para desligarmos os celulares. Respondi na hora, já que não tínhamos conversado desde a volta, e os e-mails dele eram esporádicos:

Eu: e aí?
Ryu: nada de novo, só tenho um horário livre e estou no laboratório de informática.
Eu: legal. Está tudo bem?
Ryu: tranquilo. A escola está mais difícil esse ano.

Meus dedos estavam sobre o teclado. Tantas coisas que eu poderia dizer, mas acabei optando por: *Por aqui também, e não só a parte acadêmica. Uma garota da escola morreu ontem. Eu estava no hospital quando aconteceu.*

Ryu: caramba. Você está bem?
Eu: foi bem difícil, mas estou aguentando firme.

Dava para perceber pela pausa que ele não sabia o que dizer. Não nos tornamos tão próximos quanto Vi e eu ficamos nas cinco semanas em que dividimos um quarto. Então, mudei de assunto:

Eu: queria saber se você poderia me ajudar com uma coisa.
Ryu: não sei bem o que posso fazer aqui, mas o que eu puder, pode contar comigo.
Eu: eu tenho uma amiga que tem uma tatuagem e ela não quer me dizer o que significa. Parece um *kanji*.
Ryu: manda uma foto se você tiver.

Tirei uma foto do meu pulso e enviei para ele.

Ryu: estranho.
Eu: o quê?
Ryu: parece um *kanji*, mas não é. Nunca vi esse símbolo antes.
Eu: ah, tudo bem. Valeu mesmo assim.
Ryu: se quiser, posso dar uma pesquisada, ver se alguém conhece esse símbolo.
Eu: não é nada demais. Melhor deixar pra lá.

Arrependi-me do impulso. Isso poderia ser perigoso. Considerando que Wedderburn estava ameaçando a Vi, eu deveria ter sido mais cautelosa. Praguejei em silêncio e culpei a visão aterrorizante do espelho do banheiro. *Acho que os hormônios de lutar ou fugir devem ter anestesiado o meu cérebro.* Para esconder a preocupação, perguntei a Ryu se havia alguma garota para ele este ano, e isso o manteve ocupado por uns dez minutos, pois havia, sim, uma garota. Eu esperava que ele ficasse com alguém legal. Fiquei feliz por ele ter feito rapidamente a transição de nosso namoro de verão para colegas de internet.

Conversamos mais um pouco até o final do período livre e eu me preparei para dormir.

Meus pais chegaram uma hora depois. Ouvi o destrancar da porta e o sussurro baixo de suas vozes, os dois tentando não me acordar. O senso de normalidade de tudo aquilo de repente foi algo precioso comparado com o restante da minha vida. Eles não faziam ideia de que havia monstros em espelhos ou magrelos que tinham cheiro de morte. Na verdade, eles não poderiam imaginar que talvez eu fosse responsável pela morte de uma garota. Lágrimas queimavam a minha garganta como ácido.

Os meus pais acreditavam em causa e efeito e ciência racional, e ficariam horrorizados se descobrissem como a criação era caótica e quantos danos a humanidade causou. Mas minha mãe era cética, então talvez não ficasse tão surpresa. Por alguns segundos, fiquei olhando para o teto, desejando poder contar para eles, mostrar as marcas e compartilhar a história toda. Mas uma linha separando eles de mim fora traçada, e eu nunca mais poderia estar ao lado dos felizes ignorantes. Meus olhos estavam abertos, eu não conseguia não enxergar sombras na parede.

De manhã, não saí para correr, me lembrando das botas de salto. *Vou correr depois da escola.* Em Blackbriar, havia mais gente usando as braçadeiras de luto e alguém colocou uma fotografia de Brittany em seu armário, como um relicário. Cameron não apareceu, nem Allison, mas Jen e Davina acenaram para mim. Enquanto eu pegava os meus livros, o diretor deu informações sobre o funeral, incluindo o horário e o local do evento, e, então, prosseguiu com os avisos de sempre sobre arrecadação de fundos e respeito às diretrizes escolares, o que me pareceu grosseiro. *Tá, tá, a garota morreu, mas e quanto às vendas de chocolate?*

— Você viu o Russ? — Davina começou a andar do meu lado enquanto eu seguia para a aula.

— Já faz um tempo que não o vejo.

— As pessoas estão muito chateadas — disse Jen.

Assenti, tentando descobrir por que aquelas duas insistiam em andar comigo. Com certeza, Allison e Brittany não ofereciam muitas vagas na Galera

Blindada para competição, então havia mais garotos que garotas. Então, talvez elas não tivessem mais ninguém com quem andar?

— Eu ainda estou mal — murmurou Davina. — Meu Deus, foi tudo tão...

De forma desajeitada, tentei dar uns tapinhas em seu braço. Em mais um minuto eu falaria algo do tipo "Vai passar" e ofereceria uma bebida quentinha. Meu Deus, eu era péssima nesse lance de interação social com qualquer pessoa além de Kian. Às vezes, eu tinha a impressão de que ele e eu éramos dois seres da mesma espécie, misturados entre alienígenas.

— Mas fico feliz por ela não ter passado por aquilo sozinha — disse Jen. Acho que foi... Foi meio legal, não é? Até quase o fim.

— Seria estranho se a gente saísse juntas? — perguntou Davina. — Nós três. Eu não gostaria que aquilo fosse a última coisa que fizemos juntas. Isso meio que soa estranho e supersticioso.

Jen parecia aliviada por Davina ter sugerido isso.

— Se vocês quiserem, podem ir lá para casa na sexta-feira.

Será que ela está me convidando mesmo para dormir na casa dela? Brittany morre, e... Mas, para ser sincera, eu não fazia ideia de como analisar isso, não havia nenhuma estrutura referencial para o quanto eu deveria estar assustada. Greg, o especialista em luto, disse que eu não deveria ter vergonha dos meus sentimentos, fossem eles quais fossem. Na maior parte do tempo, eu estava triste e confusa, e esses sentimentos se entremeavam com o medo e a culpa. Tinha que ser coincidência, falta de sorte, carma.

— Eu não tenho planos — respondi.

— Digam que tipo de filmes vocês gostam e eu procuro na Netflix. — Jen parecia um pouco mais animada, sorrindo para Davina e para mim.

— Comédias românticas — disse ela.

— Ficção científica de qualquer tipo — respondi junto.

— Até mesmo as ruins, como *Sharknado*?

Eu ri.

— Eu assistiria de novo.

— Então eu vou procurar uma boa comédia romântica e um filme ruim de ficção científica. Parece legal? E nós podemos fazer um brinde para Brit e conversar sobre várias coisas.

— Maravilha — disse Davina. — Meio que como uma vigília.

Jen assentiu.

— Acho que sim.

— Eu acho que não vou poder contribuir muito — avisei.

A maior parte da minha experiência com ela foi bem negativa. Eu não estava feliz por algo tão horrível ter acontecido com ela, mas não tinha histórias engraçadas ou adoráveis a seu respeito para contar.

Apoiei o peso do meu corpo em um dos pés, me sentindo constrangida, enquanto Davina me analisava.

— Não importa. Você estava lá e precisa vir. Catarse.

— Tudo bem. Podem contar comigo.

— Você pode ir para casa comigo. Então, diga para o seu namorado supergato que ele não precisa vir buscar você na sexta. — Jen estava sorrindo, porém, e não usando o tom jocoso que Allison usaria ao fazer o mesmo comentário.

— Pode deixar. Vejo vocês na hora do almoço.

Nós nos separamos, e segui para a primeira aula, na qual o sr. Love estava sendo charmoso com as meninas que, sem dúvida, tinham chegado meia hora mais cedo na esperança de conseguirem ficar sozinhas com ele. O problema era que, tipo, sete delas tiveram a mesma ideia naquele dia. *Esse cara é um processo judicial esperando para acontecer.* Ainda assim, eu não poderia dizer que ele estava olhando para alguma delas de forma inadequada, ele apenas emitia aquela intensidade poética de Lorde Byron e falava com o toque certo de pretensão.

— Você está encantadora hoje, Edie.

— Estou? — Olhei para mim mesma, vendo o mesmo uniforme e o mesmo penteado que estou usando desde o início das aulas.

— Odeio essa garota — sussurrou Nicole, aquela que conseguia dar nó no cabinho da cereja usando apenas a língua.

Talvez eu devesse deixar pra lá... Mas não. Eu não tinha mudado tudo e me infiltrado na Galera Blindada só para permitir que *outras* pessoas pisassem em mim. Então, coloquei a minha mochila na mesa e caminhei até ela.

— Por quê? — perguntei.

— Por que o quê? — Seus olhos se arregalaram, enquanto olhava para as amigas ao seu lado.

— Você acabou de dizer que me odeia. Eu estou perguntando o motivo. Ou será que deveria fingir que não ouvi o que você disse?

Antes que ela tivesse a chance de responder, a causa dos nossos problemas interveio.

— Meninas, já está quase na hora da aula começar. Sentem-se em seus lugares, por favor.

Ainda assim, enquanto eu me sentava e pegava o meu caderno, notei um brilho satisfeito no olhar do sr. Love. Com o encorajamento adequado, suas alunas brigariam por ele. Quando fui até Nicole, eu não estava *nem aí* para o cabelo dele ou o sorriso idiota. Que Deus ajudasse aquelas que ligavam.

Sua aula foi interessante, como sempre, e nós discutimos a imagem em um poema. Sempre achei que as pessoas davam um valor excessivo à balada "A bela dama impiedosa" e que o poema era um tanto misógino. O idiota do cavaleiro não teve o menor estilo ao comer a mulher no mato e depois se perguntou por que ela o deixou? Que merda de conto de fadas, deixando a alegoria de lado, o comportamento dele responde muito bem à questão.

Depois da aula, esperei até todos irem embora. Parei na mesa dele e o fiquei encarando, até que o sr. Love ficasse inquieto diante do meu olhar.

— Alguma coisa errada?

O tinido começou a soar, e isso só acontecia quando eu me aproximava de algo não humano, monstruoso e imortal. Bati com a mão na mesa e murmurei:

— Eu sei exatamente o que você é.

Bem, não exatamente. Ainda não. Mas a sua presença significava problemas e coisas muito ruins.

— Como assim? — Ele usava uma expressão inocente no olhar, como um manto branco bordado de dourado.

Não importava. Aquilo foi tudo o que eu disse. E bastava. Deixei a provocação no ar e corri para minha aula seguinte, esperando não ter cometido um erro *enorme*.

. . .

Na quinta-feira, fui ao funeral de Brittany. A maioria dos alunos compareceu, e eles nos liberaram no meio do dia. Desconfio que fizeram isto porque os King doaram muito dinheiro para Blackbriar no decorrer dos anos. O caixão permaneceu fechado, com fotografias sobre a tampa. A irmã mais nova de Brittany cantou, e Allison tentou fazer um discurso enaltecendo a amiga, mas ela começou a chorar e não conseguiu terminar. Cameron estava sentado ao lado dos pais de Brittany na fileira da frente, e parecia ainda pior do que no outro dia, como se simplesmente não estivesse conseguindo dormir.

Depois da cerimônia, prestei meu respeito à família e a sra. King me abraçou:

— Obrigada por vir.

— Meus pêsames. — Parecia a resposta errada, mas eu não sabia mais o que dizer. Fiquei ali por trinta segundos, permitindo que ela me abraçasse, e então eu me afastei. Não importava o que Kian tivesse dito, eu ainda me sentia culpada. Parecia que meu cérebro tinha virado um ovo frito, e ainda estava cheia de teorias loucas, como se eu tivesse pedido para a força fazer com que a Galera Blindada pagasse, e, então, o meu terceiro pedido seria para que apagassem da minha memória aquele pedido, para que eu não precisasse viver com a culpa. Disfarçadamente, olhei para o meu pulso. *Apenas uma marca sobre o símbolo do infinito.*

Não dormi muito bem naquela noite.

Na sexta-feira, cheguei atrasada, então matei a primeira aula. Não estava muito a fim de lidar com o olhar do sr. Love. Desde que eu dera o meu aviso, ele ficara diferente, atento e frio. As outras garotas não notaram, mas elas eram cegas em relação a tudo que se referia a ele, enxergando apenas o cabelo cuidadosamente descuidado e suas observações inteligentes sobre poemas que já tínhamos lido antes.

A não ser pelas fotos de Brittany penduradas no escritório principal, as coisas já tinham voltado ao normal. Os professores retornaram ao conteúdo de sempre e insistiam em usar um tom alegre. No almoço, o refeitório voltou a ficar cheio, embora as pessoas estivessem mais caladas do que o normal, houvesse menos gritos, menos gente passando por entre as mesas. A maior parte da Galera Blindada estava de volta. Depois de hesitar por alguns segundos, levei a minha bandeja para a mesa, pensando: *"Eu deveria tentar fazer alguns amigos de verdade."*

Eu me sentei, e notei que Russ ainda não tinha aparecido. Davina parecia realmente preocupada com ele.

— Alguém teve notícias dele? — quis saber ela.

Eu ainda me sentia péssima em relação ao que tinha acontecido com Brittany. Além disso, ele estava na minha lista de pessoas para quem eu não dava a mínima, mas apenas neguei com a cabeça. Surpreendentemente, parecia que o restante da turma não estava nem aí. Davina se virou para Cam.

— Achei que vocês eram amigos bem próximos.

— Sinto muito se tenho outros problemas na cabeça. A minha namorada *morreu*.

Parecia que ela tinha levado um tapa.

— Eu só estou... preocupada. Ele não costuma...

— Você é tão engraçada — cortou Allison. — Aposto que acha que vocês estão namorando ou algo assim. Tipo transando em segredo, né? Para não precisarem lidar com o drama e a opinião do resto das pessoas.

Davina respirou fundo, trêmula.

— Você não sabe de nada.

— Eu sei de *tudo*. Você não é a namorada dele. Você é como uma bicicleta, disponível para quando ele estiver a fim de montar. — Allison olhou em volta e pareceu ofendida com a expressão no nosso rosto. — O que foi? Não é nenhum segredo. Russ sempre adota um excluído e permite que ache que tem alguma chance de ser como nós.

— *Vaca.* — Levantando-se da mesa, Davina pegou sua bandeja e procurou um lugar para se sentar.

Tomei uma decisão sem nem perceber e me levantei também.

— Tem alguns lugares ali. Esta mesa fede.

Não percebi que tínhamos iniciado uma debandada, até que Jen se juntou a nós. Olhei para a mesa que deixamos e vi que os garotos estavam olhando para Allison como se ela fosse cocô no sapato deles. E, então, Cam disse de forma bastante clara:

— Nossa, eu não sei por que a Brit era sua amiga.

Então, eles também saíram da mesa que escolheram no primeiro ano para se sentarem conosco, deixando Allison sozinha. O rosto dela estava vermelho de raiva e de vergonha, seus olhos escuros como uma tempestade que se forma. Ela abaixou a cabeça e voltou a comer, mas os outros alunos estavam rindo dela. Ela se comportava de forma estranha, como se tivesse que ser ainda mais má para compensar a ausência de Brittany.

— Ela foi longe demais – disse Cam, e os outros garotos concordaram.

Como se você fosse capaz de saber. Mas obviamente ele tinha um tipo de regra diferente para garotas como Brittany. Ela merecia algo melhor do que eu. Olhei para ele, me lembrando de tudo.

A seu favor, Davina não disse nada sobre Allison, ela estava concentrada em Russ.

— Eu já mandei umas doze mensagens de texto, e ele não respondeu nenhuma. Ele está se comunicando com alguém?

Cam olhou o telefone.

— Não. E sinto muito pelo que eu disse antes.

Meu Deus, eu odiava vê-lo agindo... como um ser humano, se desculpando com as pessoas. Na minha cabeça, ele não passava de um monstro com chifres e patas chanfradas sem qualquer qualidade redentora. Todos na mesa conferiram seus telefones para ver se tinham recebido alguma mensagem de Russ, mas todo mundo negou balançando a cabeça.

— Vou ligar para a casa dele. Tenho certeza de que a mãe dele vai me dizer se estiver acontecendo algum problema. – Cam esperou enquanto o telefone chamava e disse: – Alô, sra. Thomas? Aqui quem fala é Cameron Dean. – Pausa. – É, sim. Foi horrível. – Outra pausa. – Obrigado. Espero que sim. Eu estava querendo saber se o Russ está doente. Eu posso levar o dever... O quê? – Ele parou de falar e arregalou os olhos. – Não, eu não o vejo há dias. E ele também não foi ao funeral da Brit. Não. Sinto muito. Tá, tudo bem. Sinto *muito*.

Abalado, ele colocou o telefone na mesa enquanto eu sentia uma sensação ruim no estômago.

— O que foi? — perguntei.

— Russ disse para a mãe dele que ia passar uns dias na minha casa... Por causa do que aconteceu com a Brit. Para eu não ter que ficar sozinho. Os pais dele achavam que ele estava comigo esse tempo todo.

— Ai, meu Deus. — Jen empalideceu. — Droga. Então, ele está... *Desaparecido*?

Ouvir essas palavras fez Davina começar a chorar.

O SONO
DA RAZÃO

Naquela tarde, fui para a casa de Jen com ela e Davina. A mãe de Jen era uma linda tailandesa que falava um inglês perfeito. Ela parecia ter sido modelo ou atriz, o que explicava a aparência de Jen. A sra. Bishop também era educada e charmosa, feliz por conhecer as novas amigas da filha. Ou foi isso que ela disse, e acreditei. Ela nos levou até uma mansão vitoriana de três andares próxima de Beacon Hill. Só isso já demonstrava que a família era rica, mas a parte de dentro era de tirar o fôlego, com ambientes decorados com bom gosto, misturando os estilos oriental e ocidental, criando uma atmosfera calma e calorosa.

— Tenho certeza de que vocês três não vão precisar de mim — disse a mãe de Jen, guardando o casaco no armário da entrada. — Então a Jen vai levar vocês até o quarto dela, mas se vocês quiserem alguma coisa, é só avisar para a nossa empregada.

Então é esse tipo de casa.

— Vamos, meninas. — Jen começou a seguir pelo corredor de paredes de cor creme, que contrastavam lindamente com a madeira escura da escada.

Sempre gostei do nosso apartamento; ele tinha personalidade, mas eu tinha a sensação de que estava prestes a me sentir deslocada. Subimos dois lances de escada até o último andar da casa, o qual era inteiramente de Jen. Paredes haviam sido derrubadas para criar uma suíte enorme ladeada com janelas ovais, teto inclinado em três lados e uma cama de casal com dois futons atrás de uma tela de bambu, e papel de arroz para criar uma pequena sala de TV. Ela também tinha um frigobar e uma chaleira elétrica. Juntando o enorme banheiro da suíte, eu não via nenhum motivo para ela um dia ter que sair dali.

Ao que tudo indicava, Davina compartilhava a minha admiração.

— Você poderia morar aqui.

— Eu moro na maior parte do tempo.

— Mas a sua mãe parece legal. — Eu entendia por que alguns adolescentes queriam privacidade dos pais, mas a sra. Bishop não me parecia uma mãe protetora demais.

— Ela é legal. Mas os meus pais dão muitas festas. Meu pai é advogado da indústria de entretenimento e isso faz parte do trabalho. — Jen parecia estar usando as mesmas palavras dele. — Então, eu fico feliz por ter o meu próprio andar, caso contrário, eles me deixariam louca com tanto barulho.

— Ele trabalha para alguma celebridade? — quis saber Davina.

— Depende do que você chama de celebridade. Algumas subcelebridades, artistas que participaram de novelas alguns anos atrás e estão tentando patrocínios no Japão ou na Tailândia.

— Não é muito excitante — falei.

Jen sorriu.

— Pode acreditar, eu estaria lá embaixo se houvesse alguma estrela na nossa sala de estar.

— Então, o que vamos assistir hoje à noite? — perguntou Davina.

— Achei uma comédia romântica com Anna Faris e, para a segunda parte da noite, uma ficção científica horrível sobre um Tiranossauro Rex que viaja no tempo.

Davina inclinou a cabeça, parecendo pensativa.

— É aquele em que ela fica preocupada com a quantidade de caras com quem já transou?

— Esse mesmo.

Eu não conhecia nada de comédias românticas, a não ser sobre aquelas feitas antes da década de 1960, mas não conseguia parar de rir da escolha de Jen para ficção científica. Eu não teria feito melhor.

— Parece perfeito — falei.

— Acho que talvez seja melhor a gente conversar sobre o que aconteceu com a Brit. — Davina se acomodou na ponta do futon azul. — Ainda estou angustiada com isso.

— É difícil não estar — concordou Jen.

— Eu tenho tido sonhos. — Davina olhou para o chão. — Eu não contei para a minha mãe ou ela me mandaria para um psicólogo tão rápido que faria a minha cabeça girar.

Jen sorriu.

— Eu achei que todo mundo em Blackbriar tivesse um terapeuta e um personal trainer.

Era para ser uma piada, mas eu tinha certeza absoluta de que Davina e eu pagávamos cotas bem diferentes de impostos. Ela sussurrou:

— Eu tenho bolsa de estudo.

— Uau, sério?

Davina assentiu:

— Desde o início. Tenho quase certeza de que é isso que a Allison tem contra mim. Os pais dela são novos-ricos, então ela é meio sensível quanto a isso, como se ser gentil com as pessoas fosse infectá-la com pobreza.

— Você realmente usou o termo "novo-rico"? — implicou Jen.

— Você sabe que é verdade. As pessoas que acabaram de ganhar dinheiro sempre são as piores em relação a isso. Elas querem tanto ser aceitas pelas pessoas de sangue azul, andar com as pessoas certas...

— Mas a Allison é meio que uma vaca com todo mundo. — Essas nuances eram todas completamente indetectáveis para alguém de fora, como eu.

— O peito dela começou a crescer mais cedo — contou Jen. — E todos a excluíram, menos Brit. Agora ela atira primeiro. Constantemente. Ela está sempre procurando uma briga.

— Então, se trata de um ataque preventivo, por assim dizer. — Eu nunca tinha pensado nisso antes. A Galera Blindada parecia ter motivos verdadeiros para o seu comportamento. Para ser honesta, isso nunca me ocorrera. Sempre acreditei que eles não precisavam de qualquer motivação para serem maus. Que, assim como o verão ou o inverno, eles agissem de acordo com a própria natureza.

— Basicamente. A Allison era a melhor amiga de Nicole Johnson, mas então o corpo dela começou a se desenvolver e os garotos começaram a prestar atenção nela. Isso deixou a Nic irritada, e elas pararam de andar juntas há alguns anos.

— Allison é uma vaca incontrolável hoje em dia, não nego, mas a Nicole foi horrível ao terminar a amizade delas por causa de uma coisa que não era culpa dela. Não podemos controlar o crescimento dos nossos peitos. — Davina olhou para os próprios seios. — Ou se eles vão crescer, no meu caso.

— Mesmo assim — disse Jen. — Aposto que a sua mãe nunca briga com você por ter engordado um quilo. Mas se eu olhar para carboidratos, a minha me passa um sermão.

Uau, eu pensei que os meus pais fossem chatos. Pelo menos a minha mãe nunca brigou comigo por eu ter engordado.

— Que cara é essa? — perguntou Davina.

Eu não queria contar a verdade.

— Meus pais dão aula de física da Universidade de Boston, então...

— Ah, isso explica muita coisa — disse Jen.

Acho que ela queria dizer que explicava a minha completa falta de consciência quanto a minha aparência física no ano passado. E ela talvez estivesse certa. A maior parte das garotas tinha uma mãe que conversava com elas sobre como cuidar do cabelo e como se maquiarem em algum ponto, mesmo que só de passagem. A minha era completamente destituída dos típicos interesses femininos, mas ela compensava isto por ser uma cientista brilhante prestes a fazer descobertas que abalariam todo o mundo. As pessoas sempre achavam que suas descobertas e invenções mudariam o mundo. Mas eu suspeitava que a minha mãe estava no caminho para realmente fazer isso.

— Bem, é. Antes tarde do que nunca, né?

Jen pareceu perceber o meu desconforto com o assunto. Ela olhou para Davina e perguntou:

— Vocês querem beber alguma coisa?

— Água está ótimo — respondeu ela.
— Normal, com gás ou mineral? — Parece que ela tinha os três tipos no frigobar. Isso é que eu chamo de hospitalidade.
— Com gás — decidiu Davina.
— Para mim também — falei.

Jen pegou três garrafinhas de água com gás e ligou a TV, mas nenhuma de nós estava a fim de assistir, ficou mais como um barulho de fundo do que qualquer coisa. Eu talvez estivesse errada, mas acho que a Jen nunca andou com Davina assim antes. Estávamos reunidas por termos presenciado algo horrível juntas, e embora isso não nos tornasse exatamente amigas, oferecia um vínculo que ninguém mais tinha. Eu até podia não conhecer essas garotas muito bem, mas elas entendiam como aqueles momentos tinham sido.

— Então... — começou Davina. — Brit...

Desviando o olhar, Jen abraçou as pernas.

— Eu não consigo tirar o rosto dela da cabeça. Quando tento dormir, fico vendo aquele rosto.

— Para mim, é o sangue — sussurrou Davina.

Havia tantas coisas que eu não poderia compartilhar, até mesmo a minha suspeita de que a morte dela não tinha sido natural.

— Tudo foi tão rápido. Uma semana. Um dia ela apareceu com uma irritação na pele, e depois...

— Isso também é assustador — disse Davina. — Agora eu tenho medo de usar marcas novas de maquiagem.

— Os pais dela estão processando a empresa de cosméticos — contou Jen.

Ah, isso ajuda muito. Cerrei o punho, tentando não revelar o caos dos meus pensamentos. A culpa lutava contra a tristeza enquanto o remorso dançava em volta. *Mas você não sabe com certeza se a culpa é sua. Ou de Kian. Mas se foi Wedderburn... Meu Deus, está tudo interligado.*

— Talvez a gente só devesse... Não pensar nisso por um tempo — sugeri, para a minha própria sanidade. — Se for possível. Talvez ajude se a gente tiver uma lembrança de algo melhor juntas para substituir o que passamos. — Meu Deus, eu esperava que isso não parecesse tão idiota quanto suspeitava.

O que falei parecia algo tirado de algum cartão da Hallmark, e eu meio que esperava que elas fossem jogar alguma coisa em mim.

Ambas assentiram.

— Faz sentido — concordou Jen.

Davina pegou uma revista e ficou folheando, olhando roupas e decidindo quais itens eram feios e quais eram caros demais. Isso levou uma hora e, a essa altura, eu já me sentia bem à vontade. A empregada subiu com uma bandeja de petiscos: queijo branco, várias frutas cortadinhas, cenoura, aipo e nabo mexicano, acompanhados de alguns frios e biscoitos de trigo.

— Meu Deus — suspirou Jen. — Quando outras garotas recebem amigas para dormir, oferecem pipoca e cookies. Mas não eu. Sinto muito, meninas.

— Eu não ligo. Parece bem gostoso, na verdade. — Eu não estava só sendo legal. Era bem mais chique do que qualquer coisa que eu já comi na minha casa, principalmente arrumado em uma bandeja.

Davina sorriu.

— Eu adoro rabanete.

— Ninguém gosta de rabanete — contrapôs Jen. — Rabanete é nojento.

A gente comeu e fiquei ouvindo enquanto elas falavam sobre as pessoas da escola. Aparentemente, Nicole Johnson deu em cima do sr. Love e foi rejeitada. *Isso não vai acabar bem*, pensei.

— Sério? — perguntou Davina. — Tipo, ele é até bonito e tudo, mas deve ter pelo menos uns vinte e cinco anos. Acho que tem alguma coisa muito errada com ele, se ele quiser namorar uma garota do ensino médio.

— Namorar talvez seja a palavra errada aqui — opinei.

— Você quer dizer como um "desvirginador" profissional? Tinha um desses no meu antigo colégio. Ele até anotava tudo. Idiota. — Davina fez uma careta.

Por volta das seis horas da tarde, Jen colocou a comédia romântica, que era mais engraçada e divertida do que eu esperara. Observação para mim mesma: não julgar filmes modernos antes de assisti-los. Quando o filme terminou, recebi uma mensagem de texto.

— Namorado? — quis saber Davina.

Verifiquei o telefone.

— É.

— Oooooh, que fofo. O que ele disse? Alguma mensagem sexual? — Em casa, Jen era bem mais relaxada do que parecia na escola. Ela até tentou roubar o meu telefone.

Eu o mantive longe dela e li em voz alta:

— "Será que sou carente demais por escrever só para ver como você está? Se for, este texto foi enviado errado. Se não..."

— Engraçado e lindo — concluiu Davina.

Sorri e respondi:

Não é, não. E eu estou bem. Valeu.

Ele respondeu na hora:

Vamos nos ver amanhã à noite?

Claro. Que horas?

Pego você às sete.

Quando guardei o telefone, as duas estavam olhando para mim com um sorriso no rosto.

— O quê? — perguntei.

— Você devia ver o seu rosto. — Mas a expressão de Davina se suavizou, como se ela achasse que o que quer que fosse que eu tinha revelado sobre Kian era uma coisa boa.

— A gente *não* vai ficar falando sobre o namorado dela a noite toda — interrompeu Jen.

E fiquei aliviada por isso.

— Legal. Vamos ver o tiranossauro viajante do tempo, então.

Era um excelente exemplo de ficção científica ruim. Eu ri demais, até a barriga doer, assim como as outras meninas. Eu não deveria ter ficado tão surpresa ao perceber que elas não eram tão diferentes de mim, mas eu sempre tinha achado que as pessoas da escola eram de uma espécie diferente, então era difícil mudar o meu modo de pensar. Quando o filme estava pela metade, Jen pegou seu suprimento secreto e acrescentou vodca ao nosso suco de laranja.

As coisas começaram a ficar meio embaçadas depois disso. Elas contaram histórias sobre Brittany e eu chorei junto com Davina e Jen. Lamentava tanto o fato de que jamais teria a chance de conhecer a garota que tirava toda a roupa e ficava só de calcinha e roubava uma rosa em um desafio, ou dirigia mais de trinta quilômetros para comprar cerveja só porque prometera tornar a primeira festa de Davina a melhor do mundo. Jen me contou que quando Cameron estava doente — e não havia ninguém na casa dele —, Brittany fora até lá para fazer canja e depois limpou tudo quando ele vomitou. Como uma garota tão legal assim foi capaz de fazer o que ela fez comigo?

E como eu pude fazer aquilo com ela? *Se eu fiz.*

As pessoas podem ser monstros também.

Já passava da meia-noite quando Davina, bêbada, sugeriu que tentássemos conjurar a Bruxa do Espelho, conforme a lenda urbana. Por alguns segundos, eu congelei, e os efeitos do álcool se dissiparam quase instantaneamente. Jen já estava indo para o banheiro com algumas velas.

— Eu não acho uma boa ideia — falei.

Na minha cabeça, ouvi a voz de Kian dizendo: "Se você chamar algumas coisas, elas virão. E não vão mais embora." Eu me lembrei da garota no espelho do *meu* banheiro, e me perguntei como poderia impedir isso. Talvez apenas as circunstâncias tenham feito com que Jen, Davina e eu ficássemos juntas, mas eu gostava delas. Apesar de não confiar nelas o tanto quanto eu confiava em Vi, mas isso poderia acontecer com o tempo, se elas não virassem as costas ou me traíssem.

Desde que elas não tenham uma morte horrível.

Jen parou na porta.

— Por que não? É meio que uma tradição quando amigas passam a noite juntas, assim como a brincadeira da levitação "leve como uma pena e dura como uma tábua", não é, Davina?

A outra menina assentiu.

— Você tem medo ou alguma coisa assim?

— Claro que tenho. — Pareceu melhor dizer a verdade. E se elas tivessem visto um quarto do que eu já tinha visto, se elas soubessem o que eu sei, também estariam petrificadas.

— É só uma lenda urbana — disse Jen, tentando me acalmar.

Davina passou o braço pelos meus ombros e me puxou para o banheiro.

— Não se preocupe, eu protejo você.

Antes que eu tivesse a chance de dizer alguma coisa, ela apagou as luzes e Jen acendeu as velas. As pequenas chamas se acenderam, fazendo sombras oscilarem na parede azulejada. Em circunstâncias normais, o banheiro de Jen parecia moderno e elegante, mas naquele momento, parecia um asilo com três rostos sem corpo no espelho. Jen ergueu a vela, e o cheiro de canela se ergueu no ar; ela se aproximou do espelho até quase encostar o nariz nele. Eu me retraí, mas Davina estava bem atrás de mim. Ela colocou as mãos nos meus ombros como se isso fosse me acalmar.

— Bruxa do Espelho — entoou Jen, e Davina se juntou a ela.

Eu não disse nada. Não conseguia. O frio subia pela minha espinha como uma larva enquanto as outras duas sussurravam. Ambas estavam rindo, até que o vidro ficou escuro. Nossas imagens ficaram distorcidas, deformadas dos lados, então era como se a criatura no espelho nos apagasse da existência. Ela era o espectro de uma criatura usando uma camisola esfarrapada branca, o rosto era de osso com órbitas oculares e com cabelo escuro e emaranhado descendo pelas bochechas como algas úmidas. A garota morta do outro lado pressionou a ponta dos dedos no espelho em frente à vela, e a chama se apagou. Quando ela sorriu, era como olhar para um túmulo aberto. Jen gritou e tropeçou, derrubando a outra vela, que rolou pelo chão e se apagou, deixando o banheiro na escuridão.

— Droga! — Davina cambaleou até a porta com passos incertos.

Empurrei Jen atrás dela, agarrei uma toalha que estava pendurada atrás de mim. Rapidamente, cobri o espelho e acendi a luz. Precisei de toda a minha coragem para ficar no lugar, mas contei até dez e esperei, atenta. O silêncio só foi quebrado pela respiração ofegante que vinha do quarto de Jen. As minhas mãos estavam trêmulas quando puxei a toalha; meus músculos contraídos antecipando o instinto de lutar ou fugir, mas quando olhei no espelho, ele estava claro. Eu me inclinei e toquei a superfície. Nada aconteceu.

— O que aconteceu com vocês duas? — perguntei, voltando para o quarto.

Jen me olhou como se eu fosse louca.

– Você não viu...?

– O quê?

– A coisa... e a vela. – Davina estava andando de um lado para o outro, ofegante, e se continuasse assim ia acabar hiperventilando.

– Viu, é isso que acontece com quem bebe muita vodca e brinca com fósforos. – Eu não podia permitir que elas fizessem muitas perguntas, então peguei o braço de Jen e a levei de volta ao banheiro, agora iluminado com a lâmpada do teto.

– Viu? Nada.

– Você realmente não viu nada? – perguntou ela.

– Só algumas sombras. – Eu esperava que essa mentira não fizesse com que ela procurasse um psicólogo.

– Hã.

Davina se aproximou por trás de nós, com uma expressão perplexa.

– Então... foi como uma alucinação conjunta?

– O que mais poderia ser? – Eu tentava manter a expressão inocente, enquanto procurava acalmar o meu coração e parar de tremer. Eu não fazia ideia do que poderia ter acontecido se eu estivesse errada quanto a cobrir o espelho. Minha suposição era que aquilo interrompeu a conexão com o outro lado.

Mas se o pesadelo tiver agora uma ligação com o espelho de Jen... Droga.

– Eu não sei. – Jen olhou para Davina, que deu de ombros.

Conversamos um pouco mais depois disso, mas as outras estavam meio caladas e nós fomos juntas escovar os dentes. Mais tarde, Jen nos entregou as roupas de cama, então Davina e eu arrumamos os futons. Eu me deitei, mas fiquei com medo de fechar os olhos. Parecia que estávamos à beira de um desastre que se aproximava cada vez mais, como se a minha vida estivesse em uma corda fraca, e houvesse tremores constantes me levando cada vez mais para perto do precipício. A respiração constante de Jen rapidamente tomou o quarto, mas olhei para Davina e vi que estava acordada, e não parecia que cairia no sono tão cedo.

— Edie?

— Quê?

— Você está mentindo. Sei que está. E não vou perguntar o motivo, mas você fez alguma coisa lá dentro. E você *esperava* que alguma coisa fosse acontecer.

Eu não neguei. Apenas sussurrei:

— Você se lembra que eu disse que era uma péssima ideia?

— Lembro. Então você já presenciou coisas estranhas antes.

— Eu estou muito cansada — declarei, evitando a pergunta. — Você se importa se eu dormir?

— Tranquilo. Mas... Obrigada. — Essa foi a última palavra que ela disse antes de se virar e dormir.

Demorei muito mais para relaxar. Por volta das duas horas da madrugada, eu me levantei e fui até a janela. A escuridão banhava as ruas, então havia apenas as luzes dos postes lançando um brilho dourado no chão. Eu estava cada vez mais preocupada com reflexos, então não estava nem pensando no homem com o saco. Mas ele apareceu lá, do lado de fora, na calçada, olhando para mim. As duas crianças assustadoras estavam ao lado dele, os olhos voltados para cima, negros e sem piscar. A atenção silenciosa parecia agourenta, como se estivessem marcando aquela casa de alguma forma. Senti um tremor de medo quando percebi que a camisa do menino e o avental da menina estavam sujos de sangue.

Em silêncio, sacudi a cabeça. Independentemente do que desejavam, eu deveria impedi-los de conseguir. Pisquei uma vez e, depois, duas, esperando que eles fossem a alucinação que eu alegara quando Davina e Jen evocaram a Bruxa do Espelho. Naquela fração de segundo de meus olhos piscando, a coisa-menininha se aproximou da janela, flutuando no ar.

Ela falou com uma voz tilintante de uma boneca antiga, daquelas com rosto de porcelana rachando e olhos mortos que não piscam:

— Deixe-me entrar. Não vai demorar muito.

A SUA AMIZADE ESTÁ ME MATANDO

O vidro entre nós congelou, uma barreira tão fina de proteção, mas quando eu disse a palavra *não*, sem emitir som, ela desapareceu. Davina se mexeu no seu futon, e corri de volta para o meu, temendo que alguma outra coisa pudesse surgir na escuridão e os monstros que o meu inconsciente pudesse criar. *Você precisa que as outras pessoas acreditem nos seus pesadelos para que eles se tornem reais.* Mas isso não foi grande consolo.

Não dormi. Cada vez que o ponteiro se mexia me dava vontade de ligar para Kian. Mas eu não liguei. *Seja corajosa. Seja forte. Eles precisam de autorização para entrar. Certo?*

Se não precisassem, então a vida ficaria péssima, e muito rápido.

Bem cedo na manhã seguinte, a mãe de Jen nos serviu um café da manhã saudável, com claras de ovos, frutas e iogurtes e, então, dei o fora antes que elas notassem como eu estava cansada. A mãe de Davina passaria lá para buscá-la mais tarde, então eu me despedi das duas com um abraço, agradeci e fui embora correndo. Mas parei na calçada, embaixo do poste, olhando para as pegadas escuras de um homem que pareciam ter sido *queimadas* no cimento. Das duas crianças que acompanhavam o velho do saco, não havia sinal. Mas eu li presságios horríveis naquelas pegadas:

Isso é meu agora, e eu vou voltar.

Um enjoo provocado pelo mau agouro subiu pela minha garganta, mas engoli em seco e continuei andando. Logo comecei a correr como uma louca, desejando poder gritar também, mas as pessoas estavam me olhando, já que eu estava usando calça jeans e não roupas de ginástica, e carregando a minha mochila. Com tudo isso, esperava que concluíssem que eu estava atrasada e que não era uma louca. Mas, com certeza, se eu estivesse de casaco com gorro, eles achariam que eu era suspeita de crimes contra a sociedade.

Eu estava suando frio quando cheguei ao metrô. Por sorte, havia um cara conversando com o próprio sapato e isso chamava mais atenção na hierarquia de coisas estranhas. Desci na estação de sempre e fui para casa. Meus pais tinham espalhado papéis por *toda* a mesa, folhas amarelas cobertas de complexas equações, junto com rascunhos de como uma coisa ou outra poderia ser construída.

— Vocês conseguiram o financiamento? — perguntei.

— Ainda não sabemos. Ainda vai levar um tempo — respondeu meu pai.

— Você se divertiu na casa de Julie? — quis saber minha mãe.

— Jen. E foi diferente. Assistimos a filmes e comemos comida saudável. *— E invocamos alguma coisa monstruosa no espelho. Sabe, o de sempre.* Já que minha mãe não compreendia nada que fosse extraordinário, eu não mencionei isso. Ela me levaria a sério e presumiria que eu estava tomando alguma droga psicodélica e me passaria um sermão sobre a importância de só usar drogas recreativas naturais.

Meu pai protestou:

— A *minha* comida é saudável.

— Mas você nunca fez rabanete.

— Ah, chique. Eu não faço nada chique. — Ele pareceu satisfeito.

Conversamos mais um pouco e fui para o meu quarto usando a desculpa do dever de casa. Ninguém além dos meus pais acreditaria que eu planejava estudar às dez horas da manhã de um sábado, e era por isso que era meio legal ter professores em casa. Eles não achavam nada de estranho nisso.

Depois de voltar para o meu quarto, fiz uma pesquisa sobre o homem do saco. Nos países da América Latina, ele era conhecido como "velho do saco" e sequestrava crianças. Às vezes ele as comia, deixando apenas os ossos.

Outras vezes, ele cortava suas cabeças e as enfiava no saco, saboreando os cérebros e fazendo bolas grotescas com os pequenos crânios.

— Meu Deus — sussurrei.

E ele está perseguindo você. Mas por quê?

Para distrair os pensamentos e tornar a mentira um pouco verdadeira, fiz o dever da minha aula de introdução ao japonês. Acontece que era uma tarefa que levava a outras e, como hábitos nerds são difíceis de largar, acabei completando toda a lista. Acho que, àquela altura, apenas os deveres de casa mantinham a minha sanidade mental, já que eu conseguia bloquear todo o terror, confusão e completa impotência. Eu tinha acabado o meu último projeto quando Vi apareceu no Skype.

Respondi à chamada por vídeo com um sorriso que desapareceu assim que vi seu rosto. Ela parecia doente, morta ou triste, ou talvez uma mistura horrenda dos três.

— O que aconteceu?

— Edie, esta é... você?

— Eu não sei...

— Este link, só um segundo, está no meu tablet. — Ela colocou o dispositivo na frente da tela do computador e pressionou o play.

No instante em que a imagem carregou e assisti aos primeiros segundos, eu sabia. A sala desarrumada, normalmente utilizada para guardar cadeiras e coisas para as reuniões da Associação de Pais e Professores, estava vazia, já que tudo havia sido levado para o refeitório, cadeiras extras para o festival de inverno. Cada ano havia um tema com decorações e barraquinhas, e era como uma festa aberta. Essa era a primeira vez que eu assistia ao vídeo, embora soubesse que tinha sido publicado on-line.

Título: *Treinamento de uma cachorra.*
Descrição: *Esta garota é uma cachorra. Ela sabe disso. Assistam a ela agindo como uma cachorra. É hilário! Se gostarem, curtam e se inscrevam no nosso canal para assistirem aos próximos vídeos.*

Eu não conseguia responder enquanto as lembranças tomavam meus pensamentos e acabavam comigo. Foram necessários dois deles para fazerem o trabalho. Enquanto Brittany me distraía sendo legal, simpática, até – chegando a se *desculpar* por todo o assédio que eles fizeram contra mim –, Cameron batizou a minha água, só um "boa-noite-cinderela", nada demais. Eu a bebi um pouco antes da última aula. Quando saí cambaleando da sala, estavam todos esperando por mim. Enjoada e tonta, eu sabia, eu *sabia* que precisava ir embora, mas não tinha forças nem coordenação motora para isso.

Então, eles me pegaram.

Levaram-me para a sala vazia com o piso sujo e paredes de cimento no porão. Eles poderiam ter feito *qualquer coisa* comigo lá embaixo. Cameron colocou uma coleira preta com espinhos de metal no meu pescoço e me obrigou a engatinhar pelo chão. Ele me levava pela guia e ordenava:

– Comece a latir, Come-come. Vamos!

Estava tudo ali, capturado pela câmera instável do celular. Eu, de quatro, latindo, sendo guiada, presa em uma coleira, e chorando, implorando para eles me soltarem. Ouvi o som das risadas de novo através dos alto-falantes do meu laptop. Estremeci quando Cam colocou uma vasilha de ração de cachorro na minha frente; a versão gorda de mim estava chorando e com o rosto vermelho, um choro ruidoso, enquanto baixava o queixo até a vasilha. As risadas foram ficando cada vez mais altas.

Vi parou o vídeo.

– Edie?

– Sim – respondi em voz baixa. – Essa sou eu.

Com o cantinho da minha mente que ainda conseguia pensar de forma lógica, comecei a fazer as contas. Mais de seis meses haviam passado entre a publicação do vídeo e o meu encontro com Vi. Uma dieta pesada poderia, em tese, produzir resultados semelhantes aos que Kian tinha conseguido com suas luvas com tecnologia futurista. Considerando o quanto eu estava sofrendo, parecia improvável que Vi questionasse a minha transformação.

– Que idiotas. E por que diabos alguém enviaria isto para mim?

Respirei fundo, lutando para manter a compostura. Meus olhos estavam marejados, mas não permiti que as lágrimas escorressem. A vergonha era como carvão em brasa tentando sair do meu peito. Todos os dias na escola desde o último antes das férias de inverno, eu ia para as aulas enquanto as pessoas me seguiam, latindo. Eles colocavam biscoitos para cachorro na minha mesa. Alguém amarrava uma coleira no meu armário. Todos os dias.

Eu contara à psicóloga da escola como me sentia... Não que eu estivesse pensando em suicídio, mas as coisas estavam ficando difíceis demais e ela dissera algo do tipo "Algumas pessoas só têm dificuldades sociais, Edith. Talvez se você...". Então, ela listara todas as formas com que eu poderia deixar de ser a cachorra: se eu fizesse ginástica ou me maquiasse ou fosse a um salão de beleza. Interpretei as palavras dela como se a culpa fosse minha, e foi isso que acabou comigo.

Quanto ao motivo por que alguém enviaria um e-mail com o vídeo para Vi, eu tinha algumas ideias.

— Para me lembrar de quem eu era. E para que você ficasse sabendo também. Seria horrível para você não saber que estava saindo com a cachorra de Boston. — De alguma forma, consegui segurar o choro, embora a humilhação não tenha diminuído nem um pouco. Ainda doía muito. Por tudo que Kian me contara, acho que isso devia ser coisa da Dwyer & Fell, um golpe baixo para destruir a minha satisfação atual e me afastar da minha linha do tempo ideal. Eu me lembro de ele ter dito: "*A oposição interferiu e fez com que ela perdesse a cabeça.*" Talvez a Dwyer & Fell achava que se provocasse uma briga entre mim e Vi, isso enfraqueceria a minha rede de apoio. Kian também dissera: "*Se eles mudarem o equilíbrio o suficiente, o seu destino muda, e você deixa de ser um fator importante.*" Então, eles tentariam de tudo para dificultar a minha vida.

Embora eu estivesse tentando lutar contra as lembranças, me lembrei do que Cameron dissera, quando me largou nos fundos da escola. Eu caíra com força, arranhando as palmas das mãos e os joelhos. Ele ficou parado ali, como se aquilo fosse a coisa mais divertida que ele já tinha visto na vida. Mais lágrimas escorreram do meu rosto. "Fala sério, Come-come. É só uma brincadeira. Não te estuprei nem nada." Ele se afastou, enquanto eu vomitava uma lata de ração de cachorro.

— Uau — suspirou Vi. — Ainda bem que eu não estudo em um colégio particular.

Surpresa, dei uma risada trêmula.

— Sinto muito, você...

— Ei, não. Por mim, eles podem comer merda e morrer.

Quase concordei com ela, mas então eu me lembrei do rosto de Brittany. Não importava como eu me sentia em relação a ela, eu não queria que ela tivesse *morrido*. Então, sorri para Vi quando ela mudou de assunto e me contou sobre um projeto de robótica em que estava trabalhando. Eu não estava tão interessada naquilo, mas ela ficou falando por tempo suficiente para eu me recompor.

— Valeu — eu disse, por fim.

— Amigos são para essas coisas. E se você quiser que eu vá até aí acabar com alguns deles, posso chamar uns amigos.

— E qual é o nome da sua gangue, Vi-Z?

Ela riu.

— Achei que devia me oferecer. De qualquer forma, estou apagando esse lixo e nunca mais falaremos nisso. — Pelo tom que ela usou, dava para perceber que estava fazendo alguma citação, mas eu não sabia bem de quê.

— Nós nos falamos depois, Vi.

— Não deixe que os neandertais acabem com você.

— Eles não fazem mais isso. — Na verdade, havia menos um no mundo.

Fechei o meu computador e tomei um banho, mas eu não conseguia afastar o pensamento de que poderia haver alguma coisa ali, atrás das cortinas, olhando através do espelho. Então, nada de banhos longos e gostosos — dessa vez fiz tudo rápido e de maneira nada satisfatória, como a descrição do meu pai de sexo virginal, durante a estranha conversa do jantar na outra noite.

Depois disso, eu me arrumei para o meu encontro: calça jeans limpa e uma camiseta que Kian nunca vira. Eu não tinha uma tonelada de roupas, e compras não estavam na minha lista de afazeres, considerando tudo o que estava acontecendo. Não sabia o que isso queria dizer sobre mim, mas eu não estava chorando nem me balançando para a frente e para trás. Mas antes de eu sair, o meu computador apitou com outra chamada de Vi.

Que estranho.

Mas atendi, imaginando que ela tinha esquecido de me contar alguma coisa.

— Há quanto tempo, hein?

— Eu só quero que você saiba que não sou louca. Seja lá o que disserem depois. — Foi um cumprimento tão estranho que larguei a escova de cabelo.

— Mas o que está acontecendo, Vi?

— Você se lembra de quando contei sobre aqueles sonhos, né? Então, agora eles estão acontecendo quando estou acordada também. Vejo tudo congelado à minha volta. Agora mesmo fui perguntar um negócio para a minha mãe e ela estava azul, congelada, e eu não conseguia acordá-la. E, logo depois, ela não estava mais. Tipo, como se fosse alguma coisa na minha cabeça, mas...

Wedderburn. A palavra queimou no meu cérebro, mais odiosa que qualquer maldição.

— Está tudo bem. Você só está estressada. Precisa se acalmar.

— Eu não consigo! Estou enlouquecendo e só tenho dezessete anos. Em vez de ir para a faculdade, tenho um futuro brilhante pela frente usando lápis de cera para colorir e escrevendo coisas na parede da minha cela. O mais estranho é que eu nunca nem *gostei* muito de neve, mas agora vejo isso para onde quer que olhe. Numa noite, meu pai estava colocando sal e eu meio que fiquei hipnotizada olhando aquilo, então era como se eu estivesse perdida em uma tempestade e não respondi quando meu irmão me chamou por, tipo, cinco minutos. Meus pais estão culpando Seth.

Eu tenho que resolver isso.

Em voz alta, eu disse:

— Tome menos cafeína. Tome um chá de ervas antes de dormir e faça meditação ou alguma coisa assim.

— Eu acho que sonhar acordado não é nada normal. — Ela parecia tão triste e temerosa, e considerando como tinha sido legal algumas horas antes sobre o maldito vídeo da cachorra, eu queria muito ajudá-la.

As coisas não podem acabar como com Brittany. Senti que eu era portadora de algum tipo de praga, espalhando escuridão e morte em todas as direções. Eu não sabia se isso era verdade ou não, mas sentia vontade de gritar. Engoli em seco, como se houvesse espinhos de cactos na minha boca, e imaginei o gosto de sangue.

— Ei, quem é que quer ser normal?

Isso a fez sorrir.

— Tudo bem. Vou tentar esse lance zen antes de contar tudo para a minha mãe. Só Deus sabe que ela já tem muita coisa para se preocupar, com Kenny entrando no ensino fundamental II. — Ela então me contou que o irmão dela tinha problemas mentais, e que a maioria exigia tratamento médico.

— Está se sentindo melhor?

— Estou, sim. Valeu.

— É para isso que servem as amigas. — Repeti as palavras que ela dissera para mim mais cedo, tentando parecer calma e tranquila.

Ela parou por alguns segundos, e eu gostaria de poder estender os braços pela tela do computador e abraçá-la.

— Meus amigos aqui não são mais os mesmos, sabe?

— Claro. — Então, só porque eu sabia que isto a faria rir, eu disse: — Você é minha irmã de outro pai.

— Com certeza. Depois eu conto se o chá e os exercícios relaxantes vão resolver a minha loucura.

— Tchau.

Dessa vez, quando fechei o computador, digitei uma mensagem de texto para Kian:

Chegue mais cedo. É urgente. Relacionado a um favor.

Cinco minutos depois, ele aportou no meu quarto.

— Edie, não apresse as coisas. Você tem cinco anos, livres e claros. Use esse tempo.

— Eu não posso. Wedderburn está aterrorizando a Vi. Isso não é... roubar no jogo ou algo assim?

— Não pelos padrões dele.

— Você não me avisou que eles poderiam fazer isso quando eu aceitei o acordo.

Ele desviou os olhos, vermelho de vergonha.

— Você não perguntou. — Então, ele baixou a voz: — Sinto muito. Eu queria alertá-la. Queria mesmo. Essa é a segunda culpa que carrego em relação a você.

Eu quase perguntei qual era a primeira, mas então me lembrei de como ele se sentia horrível por não ter *morrido* por mim. *Garoto lindo e louco.* Embora eu estivesse tentando perdoá-lo, estava claro que Kian concordava com Voltaire: "Todo homem é culpado por todo bem que deixou de fazer." *Mesmo que significasse pagar o maior preço que existe.*

Ele continuou:

— Mas eu... Eu também queria salvar a sua vida.

— Não importa. A essa altura, estou pronta para o meu segundo favor.

— Edie...

— Vai fazer ou eu vou ter que passar por cima de você? — Eu estava falando sério.

— Sou todo ouvidos — concordou ele, resignado.

— Primeiro eu preciso tirar uma dúvida.

— À vontade.

— Eu posso incluir várias pessoas em um pedido? Por exemplo, se eu quiser proteger todos os meus entes queridos do jogo?

Kian balançou a cabeça.

— Pelos padrões imortais, isso exigiria um pedido para cada um deles. Você poderia escolher no máximo duas pessoas e isso queimaria seus dois próximos pedidos.

— Droga. — Mas Wedderburn não havia me dado nenhum sinal de que Ryu ou os meus pais tivessem contato com ele, então eu não deveria comprar briga. — Tudo bem, então, eis o que quero: ele precisa manter Vi fora disso. Ela terá uma vida feliz sem ser incomodada. Eu não quero que o fato de sermos amigas ferre com a vida dela. Você pode fazer isso?

— Isso é exatamente o que ele quer — avisou Kian.

— Eu ainda tenho um favor. Ele ainda não me derrotou completamente e isso me dá uma pequena vantagem.

— Vejo que você está decidida. — Pela expressão no rosto dele, parecia que eu tinha acabado de contar que eu tinha um tumor cerebral. Ele bateu no relógio dele, aquele com diversos botões cujas funções eu não conhecia, e o rosto de Wedderburn apareceu acima dele em um holograma em 3D.

— Pois não?

Kian repetiu o meu pedido, mas de forma mais elegante. Pela primeira vez, eu conseguia imaginá-lo fazendo direito e seguindo a carreira até chegar à Suprema Corte. Era meio estranho, já que ele não era, na verdade, aquela pessoa, mas havia ecos. As pessoas eram espelhos voltados para dentro até o infinito, no qual todas as escolhas não feitas e as estradas não percorridas levavam a mudanças infinitas do eu.

Quando Wedderburn sorriu, desejei poder esticar as mãos e enforcá-lo.

— Isso é muito fácil. Um gesto admirável da sua parte, srta. Kramer. O futuro da sua amiga está seguro, salvo pelo seu altruísmo, e *você* está a um passo mais próxima do seu destino.

— Besteira — respondi.

Sibilei ao sentir o meu pulso queimar. Outra linha cortava o símbolo do infinito, dessa vez bem no meio, onde as duas metades se encontravam. Dois entre três favores queimados. O medo fervilhava dentro de mim por estar ficando cada vez mais próxima das garras de Wedderburn, mas eu não me arrependia de proteger Vi. Era irritante saber que eu tinha dançado exatamente conforme a música do diabo de gelo, mas o que mais eu poderia ter feito?

— Pense o que quiser. — O tom de Wedderburn era de pura satisfação.

— Foi um prazer, como sempre.

Quando a imagem holográfica desapareceu, Kian curvou os ombros.

— Eu queria que você não tivesse feito isso.

— Ele estava enlouquecendo a Vi. Quanto tempo você acha que ele ia demorar para se cansar desse jogo de gato e rato e fazer uma coisa ainda pior contra ela? — Eu não tinha como saber, mas suspeitava que Wedderburn não me ouvira quando pedi para ele não intervir com a Galera Blindada. Se isso fosse verdade, a morte de Brittany tinha sido culpa minha. *Mas também poderia ser a Dwyer & Fell tentando me encher de culpa*. Senti a cabeça latejar.

— Eu não sei — respondeu ele em voz baixa. — O senso de tempo deles não costuma se alinhar ao nosso. Eles são imprevisíveis, mas...

— O quê?

— São conhecidos por terem espasmos de atenção. Conheço criaturas que ficam perseguindo uma pessoa por anos a fio, apenas aparecendo e observando, aparecendo e observando, se banqueteando com o medo delas.

— Até que a pessoa acabe comendo pudim em um recipiente plástico em todas as refeições em uma sala de estar com paredes estofadas porque ninguém acredita nela?

Kian deu um passo na minha direção e fui direto para os seus braços.

— Isso faz com que eu queira entrevistar várias pessoas em hospitais psiquiátricos para descobrir o que elas sabem.

Ele riu.

— Garanto que não é este o futuro que Wedderburn deseja para você.

— Isso não me impede. Ele diz que eu estou no caminho certo, mas quem é que pode saber? De acordo com você, eu só vou descobrir na minha formatura.

— O pior presente de formatura do mundo.

— Adoro quando você fala assim — brinquei, pronta para beijá-lo, quando ouvi um dos meus pais se aproximando pelo corredor.

— Edie? Com quem você está falando? — perguntou meu pai.

— Estou no Skype — respondi, fazendo um gesto para Kian desaparecer.

— Ah, dê um oi para a Vi por mim.

Com um olhar triste, Kian se transportou, me deixando sozinha para esperar que ele viesse me buscar da maneira tradicional. Quando ele chegou à minha casa, estava um pouco atrasado. Os meus pais o analisaram pela segunda vez, e minha mãe fez algumas perguntas para descobrir os conhecimentos dele em ciências. Eu suspeitava que ela talvez o expulsasse se ele demonstrasse muitas tendências liberais e artísticas. Era bastante provável que o seu caderno de poesias fosse o suficiente para fazer com que fosse expulso.

— Pronta? — perguntou Kian depois de quinze minutos com os meus pais, tempo que pareceu oito anos caninos.

— Estou, sim. Vejo vocês mais tarde. — Com um aceno, saímos do apartamento e descemos a escada, onde encontramos o sr. Lewis olhando para um prego gigante sobre a porta da frente.

— Aconteceu alguma coisa? — perguntei.

— Aconteceu. Algum filho da mãe idiota roubou a minha ferradura.

A princípio, eu não fazia ideia do que ele estava falando, mas então eu me lembrei de que ele tinha mencionado que iria pendurar uma ferradura para proteção.

— Isso é um problema.

O velho me lançou um olhar sombrio.

— Muito mais para você do que para mim, menina.

— Por quê? — perguntei, enquanto Kian ficava olhando de mim para o homem, surpreso.

— Porque agora eles sabem que podem entrar.

ENCONTRANDO O QUE SE PERDEU

— Será que você poderia enviar uma mensagem de texto para Kian pedindo para ele não vir buscá-la hoje? — Vindo de Davina, essa pergunta era muito surpreendente, mas ela estava um pouco estranha hoje, possivelmente por causa da nossa conversa aos sussurros na casa de Jen, depois que esta havia adormecido. Ela me seguiu até o banheiro após o almoço e fingiu estar retocando o batom, enquanto eu lavava as mãos.

— Por quê? — Talvez essa pergunta fosse meio cínica, mas eu não ia concordar com nada sem perguntar. A minha vida estava muito confusa no momento para eu aceitar mais complicações sem saber do que se tratava. A morte de Brittany ainda ocupava os cantos da minha mente, enquanto monstros se esgueiravam pela escuridão, prontos para me pegar despreparada. Ultimamente, a minha cabeça era um lugar assustador para se viver.

— Eu preciso procurar o Russ, e queria que você viesse comigo. Posso pegar o carro da minha mãe, mas não quero sair da cidade sozinha.

— Fica muito longe? — Havia um limite do que eu conseguiria fazer em um dia de semana.

— Tipo uma hora e meia.

— Acho que eu posso enviar uma mensagem de texto para o meu pai e dizer que vou ficar estudando na biblioteca com você, se puder confirmar a história.

No ano anterior, eu teria apostado a minha TARDIS de colecionador que um membro da Galera Blindada não conheceria o significado da palavra. Davina concordou.

— Claro. E seria ótimo se você fizesse o mesmo com a minha mãe.

— Sem problemas. — Com isso resolvido, digitei uma mensagem rápida para Kian dizendo que eu não precisaria de uma carona, mas ele não respondeu.

Ao que tudo indica, ele tem uma vida.

— Obrigada por me acompanhar. — Ela fez uma pausa, baixou o tom de voz e acrescentou: — Os outros não entendem, mas o Russ realmente gosta de mim.

Eu não vi nenhuma evidência disso, mas ela parecia não ter dúvidas.

— Tenho certeza de que ele deve ser mais legal do que demonstra.

— Exatamente. Quando a gente está sozinho, ele é um doce. Você sabia que ele toca piano?

— Não acredito.

— Ele vai me matar se descobrir que contei para você. Então não conte que eu contei.

— Pode deixar. — Diferentemente de Allison, eu não queria causar problemas para Davina. Parando no meu armário, enviei uma mensagem de texto para o meu pai:

Estou fazendo um trabalho com a Davina na biblioteca. Vou chegar em casa um pouco mais tarde.

Que horas?

Não sei bem. Vou jantar com ela.

Lembre-se de que sei que horas a biblioteca fecha.

Meu pai era inteligente. Embora eu nunca tivesse dado nenhum motivo para desconfiar de mim, ele tinha consciência de que eu talvez pudesse começar a mentir para ele a qualquer momento, uma anomalia que ele certamente explicaria com os meus hormônios e suas reações a pessoas com pênis. Já que Russ supostamente tinha um, meu pai não estava completamente errado, só não estava certo na forma como imaginava as coisas.

As aulas do período da tarde se arrastaram. Entreguei os meus trabalhos e fiz anotações, embora não fossem tão meticulosas quanto antes. Davina me esperava no meu armário, me surpreendendo por falar sem parar. Antes, eu sempre tivera a impressão de que ela era tímida, mas isso devia ser por ter sido paralisada por Brittany e Allison. Acho que depois de tudo que aconteceu no hospital e, depois, o que aconteceu na casa de Jen, ela sentiu que tínhamos algum tipo de ligação.

— Não sei se você ficou sabendo — disse ela, enquanto seguíamos para a saída —, mas Allison está fazendo testes para preencher o lugar de Brittany na equipe de animadoras de torcida.

— Você é a reserva. Você não deveria ocupar o lugar automaticamente?

Ela ergueu o queixo como se estivesse contraindo a mandíbula.

— Foi assim que elas conseguiram me vestir de mascote pelos últimos três anos.

— Que droga. E como ela está conseguindo se safar?

— Resumindo a história: o pai dela tem mais dinheiro que o meu. Então, ela procura a treinadora Tina e diz que está *muito* preocupada com o desempenho da equipe na competição, com os saltos e sem apoio suficiente e blá-blá-blá e que um teste aberto é a melhor opção. Depois ela acrescenta que o pai dela vai ficar muito feliz em comprar novos uniformes e até mesmo um ônibus novo, se necessário, desde que ela tenha todo o apoio de que precisa.

— Uau. — Eu não sabia o que dizer. — Você precisa ter um ótimo desempenho para conseguir uma vaga, então um calouro pode ser o mascote este ano.

— Isso seria ótimo, mas os professores que escolhem a equipe parecem sempre me ver como reserva. — Seu sorriso era irônico. — Queria saber por quê. Talvez se a minha família comprasse computadores ou livros novos ou doasse uma piscina, eu milagrosamente entraria para a equipe.

Eu ri.

— Pelos seus próprios méritos.

— Claro. Seriam três anos de trabalho duro e prática incansável que finalmente fariam isso por mim.

Decidindo que eu realmente gostava de Davina, criei um novo slogan para a escola bem ali:

— Blackbriar, diversidade suficiente para evitar qualquer problema jurídico.

Ela deu risada e pegou o meu braço, me levando até o metrô. Eu nunca tinha tido amigos na escola que andavam comigo desse jeito. Senti um ligeiro aperto na garganta.

Chegamos rapidamente à casa dela, onde ela insistiu e implorou que a mãe lhe emprestasse o carro. No final, concordou em passar no supermercado para a mãe e pegou as chaves. Tivemos que ser muito criativas para mentir sobre a quantidade de livros necessários para o nosso projeto. Era um carro grande e antigo com um motor poderoso que roncou como um leão velho quando ela virou a chave. Prendi o cinto de segurança, esperando que ela dirigisse bem.

Davina parecia saber o que estava fazendo, indo para o centro pela interestadual antes que o engarrafamento do fim do dia tomasse conta da cidade. Não falei nada porque isso parecia loucura de muitas formas diferentes. Russ provavelmente havia desaparecido por algum motivo. Tipo, se ele tivesse sido sequestrado, não teria mentido sobre estar na casa de Cameron. Quanto mais nos afastávamos da cidade, mais nervosa eu ficava. Não havia qualquer garantia de que Davina não estivesse trabalhando para Wedderburn ou para a Dwyer & Fell. De qualquer forma, isso seria muito ruim para mim.

— Para onde estamos indo? — perguntei, só para ver se ela me contaria.

— O pai dele tem uma casa em New Hampshire. Russ me levou até lá algumas vezes.

Esse não parecia ser o comportamento de um cara que se importava com uma garota, mais parecia que ele a estava escondendo. Eu não disse isso. Davina mal conseguia controlar a própria preocupação, e estava dirigindo. Eu não tinha carteira de motorista.

— É bonita? — Imaginei uma mansão no lago, com seis quartos, muitas banheiras e uma casa de barcos.

— É afastada — disse ela, pensativa. — Mas muito calma. Menor do que se espera.

— Talvez seja algo de antes de eles ganharem dinheiro.

Embora eu estivesse brincando, ela respondeu:

– Provavelmente.

A conversa morreu por causa da preocupação dela e da minha falta de foco para pressionar mais. À medida que nos distanciávamos de Boston, a minha marca do infinito começou a dar sinais de que não gostava nada daquilo. A pele em torno do símbolo esquentou e parecia inflamada, como se estivesse me lembrando das minhas próprias obrigações. *Eu sei, eu tenho mais um favor.* Estranho, porque quando fui para o Programa de Ciências de Verão não senti nenhum incômodo. Mas aquilo tinha sido antes de Wedderburn determinar que eu precisava queimar os meus dois pedidos. À medida que o tempo passava, tive que entrelaçar os dedos para impedi-los de agarrar o volante para retornarmos para a cidade.

Cruzamos a fronteira estadual sem nenhum problema, embora eu tenha notado que Davina estava mordendo o lábio inferior. A estrada foi ficando menor, mais estreita e difícil até entrarmos em uma estradinha comprida e reservada. Árvores ladeavam o caminho de pedras formando um arco de folhagem verde e algumas douradas. Se Davina não parecesse conhecer bem o caminho, eu acharia que estávamos perdidas à medida que nos embrenhávamos cada vez mais na floresta. A essa altura, o céu já estava tingido de roxo enquanto escurecia e havia algumas nuvens manchando o horizonte como feridas.

Quando eu estava prestes a questionar o senso de direção da minha amiga, o caminho esburacado se abriu, permitindo que vislumbrássemos um chalé aninhado no meio das árvores. Além da casa, vi o brilho da água. Tratava-se de um lugar calmo e pitoresco, mas o meu braço parecia ter sido picado por uma centena de abelhas, e quando eu o ergui em direção à luz do dia que ia acabando, vi que a pele em volta da marca estava vermelha como sangue. Apressadamente, desci a manga da blusa do colégio enquanto Davina estacionava.

Bem ao lado do BMW de Russ.

Quando saí do carro, ela agarrou a minha mão esquerda com tanta força que chegou a doer.

— Você acha que ele está aqui com alguém?

Droga. Será que eu acho que ele está matando aula para trair você? Com certeza. Será que eu quero dizer isso para você? Com certeza, não.

— Não faço a mínima ideia. — Isso pareceu uma boa resposta.

Nossos passos faziam as sementes e os galhos estalarem até chegarmos aos degraus de madeira que levavam à varanda da frente. A casa estava escura, e não dava para ver muita coisa, apesar das janelas imensas. A não ser pela estrutura de madeira nas laterais, a parte da frente e a de trás da casa pareciam ser de vidro. Davina pegou uma chave embaixo de um vaso de planta e entrou. Com olhos arregalados, fez um gesto para que eu a seguisse.

O cheiro me atingiu na hora. Ela parou de andar e, ao mesmo tempo, olhamos para cima. Russ não estava traindo Davina. Ele nem estava respirando. Ele estava pendurado em uma corda presa nas vigas do teto. Fui tomada de horror, como se estivesse me afogando em uma onda de água escura.

Foi assim que Kian tinha tentado se matar. Não podia ser coincidência.

Davina abriu a boca para gritar, e eu a puxei para fora da casa. Ela se curvou e desconfiei de que ela fosse vomitar, mas só agarrou os joelhos e respirou fundo algumas vezes. Pousei a minha mão nas suas costas, chocada demais para saber o que eu deveria estar sentindo. Alguns instantes depois, me ocorreu que deveríamos ligar para a polícia e eu disse isso. Ela não discutiu comigo, embora isso significaria que nossos pais descobririam a nossa mentira sobre a biblioteca.

— Você liga — pediu ela com voz fraca.

— Pode deixar. Fique no carro. Acho que a gente deve ficar longe da casa.

A atendente da polícia me fez várias perguntas, e eu tive que pedir o endereço para Davina. Por fim, informaram que estavam enviando um policial para lá e que deveríamos permanecer no carro e aguardar. Obedeci sem problemas, uma vez que eu não tinha a menor intenção de me sentar na casa.

— A minha avó costuma dizer que essas coisas sempre vêm em trios — sussurrou Davina.

– Como assim?

– Que quando os espíritos ruins são despertados e a morte começa, não para até levar três almas.

– Espero que não. – Nos últimos meses, eu aprendera a não ignorar esse tipo de coisa. Droga, se muitas pessoas acreditassem nisso, o pior se tornaria verdade.

– Acho que eu sou amaldiçoada. – Davina hesitou e me lançou um olhar incisivo. – Ou talvez *você* seja. Nunca tinha acontecido nada disso comigo até eu começar a andar com você.

Esse é o meu maior medo.

Em voz alta, eu disse:

– Você acha que eu fiz com que a Brit pegasse um vírus que come pele e enforquei o Russ?

Ao ouvir isso, ela começou a chorar, e eu passei os dez minutos seguintes a abraçando. Estávamos no carro da mãe dela, chorando juntas, quando o carro da polícia estadual chegou. Havia dois policiais com cara de tédio e claramente esperando que fosse algum trote. Um jovem e um velho, um alto e o outro baixo – parecia que quem quer que tivesse escolhido a dupla, havia feito isso acreditando que os opostos formavam a melhor parceria. O mais baixo se aproximou.

– O garoto está lá dentro? – Uma forma gentil de formular a pergunta. Assenti.

– Nós destrancamos a porta, mas não tocamos em nada.

– Vamos entrar para verificar tudo e já voltamos para falar com vocês.

Eles seguiram para a casa, mas não demoraram muito para sair. O mais jovem pegou o rádio. *Não foi um trote, senhor. Infelizmente, é tudo verdade.* Eles fizeram perguntas por meia hora e, então, outras pessoas começaram a chegar, incluindo o médico legista. A essa altura, Davina e eu já estávamos no telefone tentando explicar as coisas para os nossos pais.

Dizer que meu pai estava zangado era pouco.

– Você costumava ser tão inteligente. O que passou pela sua cabeça? Você *mentiu* para mim e saiu do estado. E se esse garoto fosse perigoso? Vocês poderiam tê-lo encontrado com uma arma as esperando. Se a sua amiga suspeitava que ele pudesse estar aí, por que ela não contou para os pais dele ou para o diretor da escola?

Porque ela o ama, pensei. *E ela não queria que ele tivesse problemas por ter matado uma semana de aulas. Ela esperava encontrá-lo e poder salvá-lo.*

Levou mais uma hora para eles nos liberarem e, àquela altura, começou a chegar um monte de carros luxuosos, provavelmente a família de Russ. Pela expressão de pânico no rosto de Davina, dava para perceber que ela queria ir embora antes de ter que enfrentar os pais dele. A polícia estadual nos liberou em seguida. Ela nos tirou dali e, quando chegamos à interestadual, os nós dos dedos dela estavam brancos no volante.

— Eu sei que ninguém acredita nisso, mas ele era diferente comigo. A gente costumava ficar sentado na varanda dos fundos para conversar.

— Parece que vocês eram muito próximos — falei.

— Não no início. Logo que começamos a sair, ele só queria transar. Eu *sabia* disso. Mas eu gostava tanto dele... Eu achava que se passássemos algum tempo junto ele talvez começasse a se sentir da mesma forma.

— E ele começou? — Ainda que a história dela fosse a que ela contava apenas para si mesma, acho que talvez ajudasse se eu a ouvisse.

— Sim. Em junho, nós vínhamos para cá, nos divertíamos, e ele mal podia esperar para ir embora. Mas no fim de agosto? Ele queria ficar por horas. Conversávamos e ele me abraçava. Às vezes, durante o verão, a gente vinha para cá e nem transava.

— Parece que ele gostava de você, Davina.

— Não o suficiente para me contar o que estava errado. Eu nem notei que ele estava triste.

— Não é culpa sua.

Mas eu estava pensando em outra coisa. Pensando bem, quando Russ começou a prestar atenção em mim, eu não notei que ele tinha interesse em mais do que alguém com quem pudesse falar sobre lacrosse. Com certeza ele não estava me dando mole.

— Na verdade, quando eu comecei a andar com Russ, ele estava realmente agindo como se tivesse namorada.

Ela deu um sorriso triste.

— É.

Estranho dirigir por aquela estrada escura pensando no Russ que eu nunca conhecera, que tocava piano e passava horas às margens do lago abraçado com Davina. Agora, eu jamais o conheceria, o que era muito ruim. Senti uma dor no peito, causada pelo peso de dois sentimentos: medo e terror. *E se tudo isso fosse culpa minha?* Eu não poderia fugir do espectro, não importava para onde fosse. *Você queria vingança. Wedderburn lhe ofereceu isso. Você não aceitou. Mas e se ele não aceitou não como resposta?* Eu já tinha pensado nisso, mas com duas baixas naquela guerra secreta, a conexão ficava cada vez mais difícil de ignorar.

Eu sou o denominador comum.

Eu me recusava a acreditar que fosse Kian. Então eu me lembrei de ter dito que Russ era *apenas um desperdício de oxigênio*. Para um namorado que usava a morte e o sofrimento como um par de asas negras, sombras que espreitavam o seu caminho. *Você prometeu que confiaria nele.* Mas não tinha a menor lógica ignorar todas as evidências. Ele e eu éramos as únicas pessoas que sabiam o que eu tinha falado sobre Russ. *Espiões, alguém ouvindo?* Mas ele tinha dito que o *gel garantia a privacidade*. Fiquei pensando por alguns instantes. Então ele devia estar errado. Kian não mataria Russ só porque ele me deixava zangada. Se o meu ódio fosse letal, Cameron Dean teria sido o primeiro a morrer. Ainda assim, era difícil não desconfiar que Kian estava mentindo... Sobre tantas coisas.

Deixando esses pensamentos de lado, perguntei:

— Você vai ter muitos problemas quando chegar em casa?

Ela deu de ombros.

— Quando eu contar para a minha mãe que ele era o meu namorado, ela vai intervir com o meu pai a meu favor. Eles vão gritar comigo, me abraçar e me colocar de castigo e, em seguida, me mandar para a terapia. Depois, vão preparar todas as minhas comidas preferidas por uma semana e vão tentar me manter longe da cama.

— Isso vai funcionar?

— Provavelmente não.

— Você está se portando muito bem agora.

— Voltar para Boston agora é a minha responsabilidade. Depois disso, eu posso desabar.

— Eu gostaria de saber dirigir, mas...

— Tudo bem. Isso tudo foi ideia minha.

— Ainda assim, sinto muito.

Não havia mais nada que eu pudesse dizer, então Davina dirigiu em silêncio, sofrendo. De vez em quando, a respiração dela ficava ofegante, mas os olhos permaneceram secos durante todo o percurso de New Hampshire para Massachusetts e de volta para a cidade. Ela me deixou em casa e eu lhe dei um abraço, sem saber o que dizer. Era quase como se fôssemos irmãs de sofrimento a essa altura, mas eu não ficaria surpresa se ela mudasse de escola e a gente nunca mais voltasse a se ver.

— Obrigada por ter vindo comigo.

— Eu gostaria que as coisas não tivessem terminado dessa forma.

Ela ignorou isso.

— A gente se vê na semana que vem.

Considerando isso uma deixa, saí do carro e subi as escadas sem pressa até o meu apartamento. Se a reação do meu pai fosse uma pista, o apocalipse paternal me aguardava.

Essa era a primeira vez na minha vida que eu me metia em confusão. *Primeiro Brittany, agora Russ. Como eu faço isso parar? Ai, meu Deus, como eu vou viver com esse peso?* Um soluço escapou da minha garganta enquanto eu subia a escada. Quando entrei, encontrei meus pais esperando por mim no sofá.

— Edith – disse minha mãe.

Então aconteceu uma coisa que eu jamais esperaria. Eu não ficaria mais surpresa se uma nova era glacial tivesse início naquele momento. Meu pai e minha mãe se levantaram e me abraçaram.

UM DEMÔNIO, SONHANDO

Como Davina dissera, ela não apareceu na escola pelo restante da semana. Na segunda-feira seguinte, a Blackbriar emitiu uma nota oficial de que outro aluno, Russell Thomas, tinha morrido, mas não deram informações adicionais nem mencionaram que havia sido um suicídio. Eu não disse nada, e duvidava muito que Davina diria alguma coisa também, mas os rumores começaram assim mesmo. A versão mais popular era que Brittany vinha traindo Cameron com Russ e, quando ela morreu, ele se matara de tristeza.

Se Cameron parecia mal antes, ele estava um caco naquela manhã. Parecia que tinha dormido de uniforme e que tinha desistido de comer ou tomar banho. Notei que as pessoas o evitavam nos corredores, como se o medo dele fosse contagioso. *Isso é exatamente o que você queria*, murmurou aquela vozinha insidiosa. Fechei os olhos com força e apoiei a cabeça no metal frio do armário. Meu estômago doía enquanto o meu pulso martelava em um ritmo condenatório.

Culpada. Culpada.

Aquele refrão cantado pelo meu coração estirou os meus nervos a ponto de quase me rasgar por dentro. À medida que o dia passava, a sombra sobre a escola ficava mais escura. O sr. Love parecia animado de forma inadequada, assoviando pelos corredores e abrindo sorrisos brilhantes como se pudesse alegrar as pessoas pelo simples fato de existir. Ele parou quando me viu e ficou observando enquanto eu me afastava, o sorriso se apagando do rosto. Havia algo horrível em seus olhos, nada da preocupação estudada e cuidadosa e mais um brilho de ansiedade terrível, como um caçador de tempestade dentro de sua van, sabendo que a destruição era iminente.

Ou talvez seja só sua imaginação.

Como prometera, Nicole Johnson tirou nota baixa em duas provas, então ela estava sempre na sala dele: lendo, estudando conteúdos enriquecedores ou fazendo trabalhos extras. Não havia nada de muito errado com aquilo, já que ele sempre deixava a porta aberta e ela ficava na própria carteira, mas Nicole não parecia mais normal. Seu rosto estava pálido, os olhos vidrados e com olheiras escuras. O que mais me incomodava era que ela tinha deixado de cuidar do cabelo louro e lustroso, então agora ele caía em mechas minguadas pelo rosto, e ela não usava mais o uniforme daquele jeito sexy. *Ela não é assim.* Mas se eu tentasse avisar alguém, eles achariam que ela só estava deprimida e cultivando uma paixonite boba.

— E falar em desistir de tudo — disse Allison atrás de mim, observando Nicole com desdém —, é patético e vergonhoso de assistir.

— O quê?

— Nic babando por Colin, como se tivesse alguma chance.

Como você faz com Cameron? Eu me esforcei para engolir o comentário maldoso porque ultimamente todas as coisas horríveis que eu murmurava acabavam se tornando verdade de alguma forma. Eu não queria acreditar que o terror estava dentro de casa, por assim dizer, mas se *eu* realmente fosse a fonte da escuridão em Blackbriar, então era melhor manter a minha boca fechada.

— Ela está com uma aparência doente — falei.

— Não me diga. — Ela curvou a boca pintada de vermelho e passou por mim para ir para a próxima aula.

Mas eu não disse aquilo da maneira que ela pensou, não que Nicole fosse nojenta ou algo assim. Analisando com mais atenção, ela parecia pálida e fraca, como se estivesse doente de verdade. *Como se alguém estivesse sugando a vida dela.* Eu apostava que Colin Love era o sanguessuga que estava drenando a energia dela.

No horário de almoço, em vez de ir para o refeitório, fui para a biblioteca. Sem acreditar no que eu estava prestes a fazer, digitei duas palavras na barra de pesquisa: vampiros psíquicos. Sempre que alguém passava, eu cobria a minha tela, me sentindo culpada como um aluno do segundo ano tentando desbloquear conteúdo pornográfico. Mas li todo tipo de coisas sobre criaturas que se alimentavam de energia, não sangue, e não existiam fraquezas associadas com o tipo tradicional. *Eles parecem completamente humanos, mas tragédia, discórdia e sofrimento seguem o caminho deles. É possível reconhecer esses demônios porque eles não nascem de uma mulher e não têm umbigo.*

— Essa é a coisa mais imbecil que eu já ouvi. — Bati com os dedos no cubículo em que o computador estava.

— O quê? — perguntou Jen.

Eu me sobressaltei, surpresa por ela estar lendo por cima do meu ombro. *Droga.* A minha mente congelou, e esperei ela sair dali contando para todo mundo que eu era louca.

— Você também escreve ficção?

Não respondi e seu sorriso se abriu ainda mais.

— Pode falar. Tenho certeza de que não vai ser pior do que a minha. Eu já escrevi cento e oitenta mil palavras sobre Draco.

— Uau. — Minha mente começou a funcionar de novo. Eu sabia algumas coisas sobre *fanfic*, e costumava ler sobre os meus personagens favoritos, embora nunca tivesse escrito nada. — Hum, na verdade estou fazendo uma pesquisa.

— Para uma história?

Senti uma onda de alívio, e meus ombros relaxaram.

— Você me pegou. Nunca escrevi nenhum trabalho criativo antes, e achei que seria uma ótima ideia começar a ler primeiro.

— É melhor mergulhar de cabeça — aconselhou Jen, se acomodando em uma cadeira ao meu lado. — Se você pensar muito, vai ficar nervosa. Invente tudo o que quiser primeiro e, depois, verifique os fatos.

— Tudo bem.

Eu não sabia se o conselho era bom, mas ela parecia bem animada. Então, coloquei o computador para hibernar e saímos juntas da biblioteca. O intervalo já estava quase no fim, e ela tinha um monte de coisas para dizer sobre o meu suposto projeto.

— Pelo que você estava pesquisando, acho que é algo paranormal. Eu não me lembro de já ter lido alguma coisa sobre vampiros psíquicos, mas sugadores de sangue ficaram bastante na moda por um tempo. Os seus vampiros emocionais brilham?

Pensei em Colin Love e seu ar malicioso e predatório.

— Não.

— Talvez seja melhor se não for *fanfic*.

— Não, é uma história original. — *E completamente problemática. Eu não vou conseguir aguentar por muito mais tempo.*

Se a oposição fosse responsável por tudo aquilo, então eles estavam ganhando. Para ser honesta, esse seria o melhor resultado possível, porque significaria que Kian não tinha me traído e que teria sido eu que trouxera as sombras para o acordo, e não palavras descuidadas e maliciosas. Seria mais fácil aceitar se fosse assim. *Se coisas ruins estavam acontecendo por causa de Wedderburn, era porque eu desejei que fossem verdade...*

Balancei a cabeça e concentrei a minha atenção em Jen.

— Se você quiser que eu dê uma olhada quando terminar, vou adorar. Faço parte de um grupo on-line, mas seria legal ter uma colega para avaliar o meu trabalho também. A gente pode trocar algumas ideias.

— Se eu chegar a escrever. Agora parece que não existe solução para o meu problema.

Não era isso que eu queria dizer, mas as palavras simplesmente saíram da minha boca.

— A história empacou?

— Com certeza.

— Então me conte a história e eu vou tentar ajudar. Sou muito boa nisso. Temos uma escritora profissional no grupo, e eu já a ajudei algumas vezes.

— É meio complicado.

— Então podemos falar por Skype hoje à noite.

Lembrando-me de Vi... e Ryu, eu não estava bem certa se seria uma boa ideia confiar em Jen, mesmo que apenas em tese.

— Talvez. Ei, olha lá a Davina. Eu não a vejo desde...

— É. — Seu rosto perdeu toda a animação com a minha suposta história. — Vamos falar com ela.

Concordei e nós nos aproximamos dela. Embora Davina sempre tivesse sido magra, havia um novo ar de fragilidade, como se um golpe fosse o suficiente para arrasá-la. *A Galera Blindada está caindo rápido.* Senti um impulso forte demais para resistir e, bem ali no corredor, abracei Davina e ela retribuiu.

— Obrigada. Eu não a vi no almoço.

— É. Sinto muito. Eu não sabia que você tinha voltado hoje.

— Eu não queria, mas a minha mãe disse que uma semana era tudo que eu ganharia por um namorado que nem cheguei a apresentar para ela.

Isso é culpa do Russ.

— Duvido que a minha mãe fosse me dar um dia sequer, mesmo que tivesse sido apresentada a ele — declarou Jen.

— Preciso falar com vocês duas. — Eu nunca tinha matado aula antes, mas a gente podia se esconder no campus. O terreno era grande o suficiente para não termos que sair, seria impossível nos encontrar antes do fim da aula.

— Eu não queria estar aqui mesmo — murmurou Davina.

Jen não respondeu, mas deve ter ficado curiosa, porque me seguiu para fora. Havia um fluxo constante de alunos passando entre os prédios, mas eu não fui para o estádio nem para o prédio de ciências. Apenas encontrei um canto calmo, aninhado entre as árvores e fora do campo de visão do prédio principal. Os funcionários da escola estavam trabalhando do outro lado do terreno, então tínhamos tempo. A distância, ouvi o sinal soar.

— O que houve?

Respirei fundo. Agora, eu descobriria se elas eram minhas amigas de verdade. Se não fossem, a minha sanidade bateria no ventilador e seria jogada por toda a escola até o final do dia. Essa ideia nem me incomodava tanto, já que tudo estava tão doido que imaginar as pessoas dizendo coisas cruéis para mim era a consequência menos ruim.

— Eu não acho que seja coincidência o que aconteceu com Russ e Brittany. — Com uma edição ponderada, consegui contar a história sem que ela soasse ridícula. E concluí: — Se vocês prestarem atenção, isso tudo começou com a chegada do novo professor.

— Você acha que o sr. Love está fazendo coisas horríveis contra os alunos? — Davina parecia cética.

— Eu não tenho provas — falei. — Mas estou preocupada com vocês duas. Tipo, se eu estiver certa, e ele estiver se vingando por outra pessoa, então alguma coisa ruim poderia acontecer com você e com Jen. Para ser sincera, também estou preocupada com Allison e com Cam.

Mas eu não gosto deles a ponto de alertá-los.

— Será que não deveríamos avisar para eles? — perguntou Jen.

Concordei com a cabeça.

— Duvido que eles acreditem em mim, mas espero que levem a sério vocês duas.

Eu não fazia a menor ideia se o professor de literatura realmente tinha alguma coisa a ver com tudo isso, mas não poderia jogar uma teoria de conspiração sobrenatural em cima delas, principalmente estando no centro dela. Se eu mencionasse lados e peças do jogo, monstros imortais, corporações diabólicas e demônios sem rosto, elas começariam a rir da minha cara e iriam embora. Davina e Jen trocaram um olhar enquanto eu cutucava a cutícula, sabendo que tudo aquilo parecia estranho. Mas a resposta anterior delas parecia encorajadora.

— Tem alguma coisa acontecendo *mesmo* — concordou Jen com voz suave.

Davina concordou com a cabeça.

— A escola está diferente este ano.

Então eu não tinha sido a única a notar.

— Achei que vocês iam dizer que eu estava lendo muitas histórias de terror.

— E ainda teve aquele lance que aconteceu lá em casa e você disse que não viu – continuou Jen. – Aliás, você é cheia de frescuras.

— Sinto muito. Eu não sabia mais o que dizer.

Jen tirou uma lasca de uma árvore próxima.

— Eu nem acredito que vou perguntar isto, mas... Você acha que o sr. Love está trabalhando para alguém?

Eu quase me ressentia por pensar que, por causa da beleza natural, elas não seriam tão espertas.

— É. Parece loucura. Eu sei.

— Nada parece certo desde que as aulas começaram. Russ começou a mudar assim que voltamos para a escola. – Davina concordou.

— Tudo que sei é que eu não quero que nada de ruim aconteça com vocês – eu disse. – Então, se houver qualquer coisa para saírem de Boston...

— Vou ver o que posso fazer. – Mas Davina parecia não ter esperanças. Considerando sua bolsa de estudos, os pais dela provavelmente achariam que sair seria o mesmo que jogar o seu futuro pela janela.

Jen disse:

— Talvez eu consiga convencer os meus pais a me deixarem visitar a minha avó na Tailândia, principalmente se eu disser que tenho sonhado com ela. A minha mãe é toda ligada nesse lance de sinais e presságios.

— Se não conseguirem, apenas... Prometam que vão tomar cuidado.

— Com certeza. Eu também vou ficar de olho no sr. Love. – Afastando-se das árvores, Davina protegeu os olhos com uma das mãos. – Parece que temos companhia.

Eu também tinha percebido. O vigia nos levou até o professor responsável pelos alunos infratores, que, por sua vez, nos acompanhou até a diretoria. Eu não consegui me arrepender por ter matado aula, já que estávamos tratando de um assunto de vida ou morte. Ouvimos o sermão, mas não foi tão ruim porque era a nossa primeira infração, e ele sabia que a gente devia estar sofrendo.

— Muito – confirmou Davina com olhos marejados. E ela não estava fingindo.

Ele nos liberou a tempo de assistirmos à última aula, com um último aviso para que o nosso comportamento não se repetisse. Eu estava muito preocupada durante a última aula e praticamente corri até o meu armário para pegar as minhas coisas. Parecia que tinham se passado séculos desde que Kian me buscara pela última vez na semana anterior, mas nós não nos encontramos no fim de semana porque eu estava de castigo. O abraço em conjunto dos meus pais tinha sido surpreendente; o castigo, não. Para prevenir, eles confiscaram o meu telefone e o meu computador também, então eu também não tive notícias dele.

Naquele dia, Kian estava me esperando o mais próximo possível da saída sem entrar na escola. Com dois passos, ele estava do meu lado e me puxou para um abraço. Enterrei o rosto no peito dele e respirei fundo, sentindo o seu cheiro, limão e especiarias do sabonete que usava. Ele beijou a minha cabeça e seguimos para o carro dele.

— Senti saudade.

— Ainda estou de castigo por mais uma semana — contei.

Seu olhar passeou por mim como se tivesse se passado muito mais tempo do que um fim de semana.

— Eu posso levá-la direto para casa... Ou podemos ver a minha casa nova.

Fiquei tentada a fazer isso, enquanto ele piscava para mim. Seria muito fácil ceder, seria um alívio da vida implacável que eu estava vivendo.

— Acho que posso ganhar uma hora antes que meus pais desconfiem que não estou indo direto para casa. Vai demorar muito?

— Não se eu deixar o carro aqui. Podemos ir para o meu apartamento e, depois, eu faço uma entrega expressa diretamente na sua casa. — O sorriso dele mostrava que ele estava orgulhoso da piadinha. Era ainda melhor, porque se alguém ouvisse a nossa conversa, não veria nada de estranho.

Por sorte, me mostrar o apartamento novo se encaixava em trabalho para a empresa. Eu imaginava Wedderburn esfregando as mãos frias enquanto Kian me conquistava de acordo com suas instruções. *Mas é exatamente isso que está acontecendo.* Meu Deus, eu me odiava cada vez que tinha uma centelha de dúvida. Kian já tinha corrido tantos riscos por mim nas últimas semanas, e não deu nenhum sinal de que estava do lado de qualquer outra pessoa que não fosse eu. Respirei fundo e afastei todos os sentimentos ruins da mente.

— Vamos nessa.

Em prol das aparências, ele ligou o carro e o estacionou em uma rua residencial na quadra seguinte. Então, pegou a minha mão e pressionou um dos botões do relógio. Fomos transportados na hora, o mundo saindo de foco em um salto que sempre me fazia perder o equilíbrio. Cambaleei alguns passos com a cabeça girando enquanto observava as paredes claras e piso de madeira. Um olhar pela janela me mostrou que não estávamos muito longe de Fenway.

— Você conseguiu um lugar no meu bairro?

— Eu queria ficar por perto. — O sofrimento em sua voz fez com que eu sentisse vontade de beijá-lo.

Kian me acompanhou pelos cômodos: eram dois quartos com uma cozinha comprida — nada marcante, mas menos isolada do que a cabana. Os móveis pareciam fazer parte do apartamento, como se ele tivesse comprado o imóvel com tudo dentro. Acho que isso fazia sentido. Mas o resultado era um lugar impessoal, que não tinha nada de importante para Kian.

— Acho que precisa de um pouco de cor. E de bagunça. Você tem que colocar os seus troféus aqui e pendurar alguns diplomas. Colocar os seus livros nas prateleiras e deixar o seu caderno de poesias na mesa de canto. Comece a *escrever* de novo. Em outras palavras: pare de esconder quem você é em um depósito de móveis.

Ele foi até a janela e se apoiou no vidro. Dava para perceber a tristeza dele, pesada como um mar revolto.

— Se eu fizer isso, a próxima coisa horrível que acontecer vai fazer com que eu perca tudo. Eu não sou tão forte quanto você acha.

Nenhum de nós é inquebrantável. A gente quebra, mas juntamos os caquinhos e eu amo a maneira como eles brilham. Eu me aproximei por trás dele e pousei a mão entre suas escápulas. Ele estremeceu sob o meu toque. Às vezes eu tinha a impressão de que ele era um piano que eu precisava afinar.

— Eu não acho você um super-herói nem nada. Mas... às vezes você precisa traçar uma fronteira e lutar pelo seu espaço. *Lute*, Kian. Pegue alguma coisa para si mesmo.

Ele se virou, então, com os olhos brilhando.

— *Você é* a única coisa pela qual eu vou lutar e não vou desistir, Edie. Todo o resto é poeira, e cada vez que eu me afasto de você, tenho medo de que seja a última vez. Você não sabe os acordos que eu fiz, o... — Ele engoliu em seco. — Deixa pra lá. Eu não deveria ter dito nada.

— Acho melhor você me contar exatamente o que quis dizer.

Ele invadiu o meu espaço pessoal e mergulhou os dedos no meu cabelo, inclinando meu rosto para ele. Eu deveria ter insistido para ele responder, mas quando ele me olhava daquele jeito, ficava impossível pensar em qualquer outra coisa.

— Você é *minha*. Que tal?

— Ótimo — murmurei.

— Eu vou lutar por você. Todas as fronteiras que eu traçar serão à sua volta. Eu... — Ele roçou os lábios nos meus de forma provocante e delicada. — Eu nunca me senti assim antes.

Quando fiquei na ponta dos pés para retribuir o beijo e beijá-lo mais, ele girou para inverter a posição, me pressionando contra a janela. Enlacei o seu pescoço. O desejo era doce como mel e turbulento como uma tempestade. Ele me provou e as minhas mãos passearam pelos ombros dele, escorregando pelas costas, enquanto eu o explorava com os dedos porque essa sensação não podia ser real. Kian emitiu um som contra a minha boca, um gemido, um protesto, e estremeci.

— Eu deveria levá-la para casa — sussurrou ele. — Ou não vou conseguir. Quero que você fique.

— Eu não posso. Não ainda.

— Eu sei. A sua vida já está complicada o suficiente.

Assenti, trêmula, enquanto o abraçava. Ele pegou a minha mão e nos levou até o beco que usamos para o deslocamento espacial para o projeto científico de verão.

— Eu nunca vou me acostumar com isso.

— E eu nunca vou me cansar de você. — Kian devorou os meus lábios com outro beijo, até meus joelhos ficarem fracos. Antes de conhecê-lo, eu não sabia que me perder em alguém poderia ser uma dor física.

— Uau. — Engoli em seco e, então, me afastei, antes que começasse a implorar para ele me levar de volta para a casa dele.

Era loucura que agora eu tivesse que pesar tudo em termos de causa e efeito. Uma noite com Kian seria incrível, mas eu já tinha problemas demais na vida. Eu só queria dormir com ele no momento certo. Depois de esperar tanto tempo, sexo não deveria ser um dos meus arrependimentos.

NORMAL É UM OUTRO PAÍS

Talvez Blackbriar estivesse sob uma nuvem negra, mas nenhuma tempestade começou durante o meu castigo. O silêncio me deixava inquieta, porém, e eu sentia uma certa solidão na escola, já que Davina e Jen não tinham aparecido mais. Eu esperava que elas tivessem convencido os pais a mandá-las para outro lugar, pelo menos por um tempo. Verifiquei os meus e-mails, mas não tinha nada na minha caixa de entrada.

Vi ainda estava próxima. Na noite de terça-feira, conversamos pelo Skype.

— E como andam os seus sonhos? — perguntei.

— Depois que fiz as inscrições para a faculdade, eles pararam. Deve ter sido o estresse.

Eu suspeitava que aquilo tivesse mais a ver com o meu segundo pedido, mas senti uma enorme onda de alívio enquanto pegava a minha escova de cabelo.

— Eu também tenho que mandar as minhas inscrições, os prazos estão se esgotando.

— Achei que você já tivesse feito isso.

— Que nada. Ainda estou preparando tudo. Não estou conseguindo terminar a redação. — A verdade era que eu ainda nem tinha começado.

— Não deixe que o nervosismo paralise você. Escolha um tema e vá em frente.

— Valeu. Vou ver se consigo aprontar tudo para a semana que vem.

Conversamos um pouco mais, e desligamos para eu me preparar para dormir. Quando fui ao banheiro, deixei a porta do meu quarto encostada, mas, quando voltei, estava fechada. Senti o coração disparar no peito, como se eu fosse me deparar com um monte de ratos. Fiquei parada ali por alguns segundos, olhando para a porta.

— Alguma coisa errada?

Eu me virei e vi a minha mãe atrás de mim.

— Não. Eu só estava pensando.

— Sobre como o seu comportamento tem sido péssimo ultimamente, espero.

— Claro.

Em geral, ela não era muito boa em detectar sarcasmo, mas ergueu as duas sobrancelhas.

— Edith, você não é mais a mesma. Gostaria de conversar com algum especialista?

Eu não fazia ideia do que ela queria dizer com aquilo.

— Tipo um psicólogo ou um psiquiatra?

— O que você achar que vai te ajudar mais.

Os segredos que carrego comigo só serviriam para me trancar em alguma instituição psiquiátrica, se um terapeuta conseguisse arrancá-los de mim, e uma tomografia computadorizada não resolveria nenhum dos meus problemas. Então, neguei com a cabeça e disse:

— Sinto muito, mãe. Acho que o processo de seleção para a faculdade está mexendo comigo.

Qualquer menção sobre faculdade costumava fazer com que ela começasse um sermão, mas ela não mordeu a isca dessa vez.

— Você tem um minuto para conversarmos? — Ela parecia estranhamente insegura.

— Claro. — Surpresa, a segui até a sala. Antes de se sentar, ela preparou um chá para a gente.

— Sinto que não sei mais o que fazer com você.

— Esse é um começo sombrio. Sei que eu tive alguns problemas ultimamente, mas...

— Eu não estou dizendo que estamos prestes a mandá-la para um colégio interno. — Ela ficou puxando a franja da manta que cobria o encosto do sofá.

— Para mim é difícil dizer isso, mas sinto que eu não tenho sido, emocionalmente, a mãe de que você precisa.

Ai, meu Deus. Há um ano, eu teria amado ter tido essa conversa com ela. Agora era tarde demais, embora não pelos motivos que ela temia. Abracei uma almofada, como se ela fosse capaz de ser um escudo contra toda a estranheza.

— Você é ótima — murmurei.

— É legal da sua parte dizer isso, mas não é verdade. Achei que seria suficiente mandá-la para uma boa escola e deixá-la formar os seus próprios vínculos emocionais enquanto dávamos espaço para você se desenvolver. Posso ver agora que eu estava errada.

Uma parte de mim queria perguntar onde estava essa epifania antes de eu acabar em uma ponte, mas engoli as palavras junto com a dor que apertava a minha garganta.

— Eu não sei onde você quer chegar com isso.

A expressão dela ficou triste, mas ela continuou:

— Eu quero que a gente tenha um relacionamento melhor, mais próximo. Nós pelo menos temos a ciência em comum. Eu não sei muita coisa sobre os seus novos interesses, mas eu poderia até entrar em forma. Talvez a gente pudesse fazer ginástica juntas? Tem uma academia legal na faculdade... — Ela mordeu o lábio, com um olhar triste e esperançoso ao mesmo tempo.

Excelente ramo de oliveira, mãe. Eu poderia aceitá-lo ou incendiá-lo. Já que eu não estava mais fazendo a corrida matinal desde o início das coisas estranhas, concordei:

— Acho que poderíamos ir umas duas vezes na semana durante a tarde e no sábado também.

— Eu adoraria. E... Eu também não ia odiar se você tivesse tempo para me ensinar alguns truques de maquiagem. Para festas?

Nada de batom vermelho borrado, mãe.

— Isso seria divertido. — Uma palavra que eu não usaria para descrever nada relacionado com a minha mãe. — Você é outono, sabe?

As sobrancelhas não feitas se ergueram.

— Eu sou o quê?

— Um passo de cada vez.

Ela deu um sorriso inseguro e eu a analisei. O cabelo dela era vermelho e ressecado, precisando urgentemente de um corte e uma hidratação profunda. Desde que me entendo por gente, ela o usa em um coque bagunçado. Minha mãe era cheinha, mas não gorda. Era o corpo de alguém que não se exercitava, o que era compreensível, considerando o tempo que ela passava escrevendo em quadros-brancos e debruçada em blocos de anotação.

— Tudo bem se eu abraçar você?

Por algum motivo, fiquei emocionada. Meus olhos se encheram de lágrimas e larguei a almofada.

— Você não precisa pedir. Você pode me abraçar sempre que quiser.

Eu gostaria que você fizesse isso mais vezes.

Ela tinha cheiro de talco de lilás quando se aproximou e me abraçou pelos ombros.

— Seu pai e eu amamos muito você. E sentimos muito orgulho, Edith.

Com a respiração trêmula, deitei a cabeça em seu ombro. O cardigã áspero arranhou meu rosto, mas fiquei ali por uns cinco minutos antes de me afastar.

— Podemos ir para a academia na quinta-feira à tarde, tudo bem?

Minha mãe parecia meio nostálgica quando concordou.

— Encontro você lá. Depois podemos passar em algum restaurante para comprar o jantar, para seu pai ter uma folga do fogão.

Se eu ia lhe ensinar sobre cabelo e maquiagem, então eu deveria pedir para ela me ensinar algo em troca.

— Se você tiver um tempo, será que poderia me ensinar alguma coisa sobre ligações elétricas? E encanamento?

— Eu vou adorar. Uma mulher nunca deve...

— ... depender de um homem se ela é capaz de aprender como fazer algo sozinha.

Lançou-me um olhar surpreso quando completei a frase por ela. Então, começou a rir.

— É muito bom saber que eu não joguei o meu conhecimento ao vento enquanto gritava toda a minha sabedoria para um poço durante todos esses anos.

— Não, mãe. Boa noite.

Quarta-feira foi um bom dia, talvez porque eu estivesse feliz, e eu apenas... Não fiquei pensando nos problemas que se acumulavam no horizonte. Até mesmo peões em um jogo de xadrez precisavam de uma folga de vez em quando. Fingi que eu tinha uma caixa de Pandora dentro de mim e joguei todos os sentimentos negativos lá dentro. Na quinta-feira de manhã, Davina estava de volta à escola, e fiquei surpresa com a onda de alívio que senti. Acenei para ela.

— Está de volta?

Ela concordou de má vontade.

— Conversei com a minha mãe sobre fazer terapia, mas a traidora disse que a melhor coisa para mim no momento era voltar a montar no cavalo que me derrubou.

— Hã?

— Voltar para a escola vai evitar que eu desenvolva algum tipo de fobia. — Ela pegou um papel rosa com bastante violência. — E, olhe só, Allison conseguiu organizar uma seleção para amanhã depois da aula. Eu não ensaiei *nada*. Então, terei sorte de continuar como mascote, depois de três anos aguentando todo tipo de porcaria. Meu Deus, às vezes eu a odeio *tanto*.

— Por que você simplesmente não fez novos amigos? — perguntei.

— Russ — respondeu ela, triste. — Meu Deus, eu gostava dele desde o primeiro ano, mas ele nem sabia que eu existia.

— Você não precisa ficar no time. Deixe isso para a Allison.

Ela negou com a cabeça, com uma expressão feroz.

— Que se dane. Se eu não conseguir entrar, vai ser como ter perdido *todo* o meu tempo só para ela sair ganhando.

— O que posso fazer para ajudar?

— Faça o teste comigo.

Comecei a rir, até perceber que ela estava falando sério.

— Por quê? Só para você parecer melhor em comparação a mim quando eu cair de bunda no chão?

— Em parte — admitiu ela. — Mas também para apoio moral. *Por favor*, Edie.

— Mas que droga. — Ao que tudo indicava, eu gostava de Davina o suficiente para estar disposta a fazer papel de boba em solidariedade. — Quanto tempo demora? Vou ter que avisar a Kian que vou sair mais tarde amanhã.

— Depende de quando eles vão chamá-la para o teste, mas é melhor separar uma hora.

— Excelente.

— Você precisa de uma torcida original e, então, também recebe ponto pela rapidez com que aprende a coreografia, junto com o restante do grupo. Acho que você não sabe dar salto mortal de costas, né?

— Eu meio que nem consigo *andar* de costas.

Davina sorriu e apoiou o braço nos meus ombros.

— Eu não estaria nada bem se não pudesse contar com você neste ano. Ainda bem que somos amigas.

Ela não fazia ideia do que aquelas palavras significavam para mim... Ou como eu temia que alguma coisa horrível estivesse ouvindo. Eu era como um tipo de demônio dos desastres, um toque e o contágio acontecia, gavinhas negras de malevolência seguindo em direção às pessoas com quem eu me importava. Ainda assim, não me afastei porque Davina precisava do contato tanto quanto eu. Ela precisava de toda coragem para fingir que as histórias sobre Russ não a afetavam, principalmente porque nenhuma delas incluía o que eles tinham sido um para o outro durante um doce e curto verão.

— Minha mãe e eu vamos à academia hoje à tarde — falei. — Talvez você queira ir com a gente e, depois, treinamos alguma coisa para o teste.

— Vou ver — disse ela. — Eu confirmo na hora do almoço.

Não tinha muita gente na nossa mesa: apenas Cameron, Davina, Allison e eu. Os colegas de lacrosse de Russ se sentaram em outro lugar, sentindo a nuvem negra pairando sobre a Galera Blindada. Já que tinha sido Russ quem aproximara os dois grupos, agora eles tinham se separado. Todos estavam quietos e, quando acabei de comer, fui embora, preocupada com a aparência acabada de Cameron. Eu compreendia bem a sua tristeza. Em um curto espaço de tempo, ele tinha perdido a namorada e a pessoa que ele considerava o seu melhor amigo. Senti um aperto por dentro ao lembrar de como eu tinha usado a Allison para fazer fofoca sobre o motivo pelo qual eles aturavam Cam.

— Estou com você — disse Davina, me alcançando enquanto eu me apressava para chegar ao meu armário. — Acho que a gente devia encontrar uma nova mesa. Eu nem gosto de quem sobrou. Bem, só de você.

— É, às vezes é melhor saber quando deixar as coisas pra lá.

Se ao menos eu tivesse aprendido essa lição antes. Mas a ideia de vingança tomou conta de mim nas semanas depois da ponte e, quando as aulas começaram, já tinha se passado algum tempo. Se eu não estivesse tão preocupada em acertar as contas, talvez nem tivesse aceitado o acordo. *Será que a sua vida vale mais do que a de tantos outros?* Era uma questão pesada demais para carregar, então a deixei de lado, dentro da caixa metafísica que eu criara dentro da minha cabeça.

— A minha mãe disse que eu posso ir, ela só pediu para a sua mãe ligar para ela para confirmar que vai estar junto com a gente.

— Isso é o que acontece quando você mente e vai para New Hampshire em vez de ir para a biblioteca — declarei, imitando o meu pai.

— Sei bem disso, pode ter certeza.

Antes de eu ir para a aula, enviei uma mensagem de texto para Kian dizendo que eu não ia precisar de carona. Eu me sentia mal de usá-lo como meu motorista quando eu tinha planos com outras pessoas, então disse que estaria na academia com Davina e com a minha mãe. Ele respondeu:

Eu não me importaria de dar uma carona para você e para Davina, mas tudo bem. Vou pegar as minhas coisas no depósito.

Sorri ao ler o texto e escrevi:

Isso significa que você vai ler outro poema para mim?

Talvez.

Quando guardei o telefone, Davina estava sorrindo para mim.

— Caraca, você realmente nunca vai se cansar desse cara.

— Você aprendeu isso aqui em Blackbriar?

— Claro.

Sorri para ela.

— Vejo você depois da aula.

Nós nos encontramos na saída. Davina chegou primeiro e pegamos o metrô até a minha casa. Ela observou tudo com interesse.

— Dá para perceber que seus pais são professores.

A pilha de periódicos científicos e blocos de anotação não chamava mais a minha atenção, mas, para uma outra pessoa, poderia parecer uma bagunça.

— Na verdade, são professores universitários. Física. — Acho que eu já tinha dito isso antes, mas ela talvez não se lembrasse.

— Não é de estranhar que ninguém consiga alcançar a sua nota nessa matéria.

Já que eu a tinha convidado no último instante, ela precisava de roupa de ginástica. A minha camiseta e calça de ioga ficaram um pouco grandes nela, mas já que o nosso objetivo era nos exercitar, não tinha problema. Era estranho ela estar no meu quarto — dois mundos em colisão —, mas ela não fez comentários sobre os meus pôsteres nem sobre as pilhas de livros. Aliviada, enviei uma mensagem de texto para a minha mãe:

Estou com Davina. Já estamos a caminho.

Tudo bem. Também estou indo.

Apresentei as duas e foi meio estranho, porque minha mãe sabia que eu tinha mentido para sair com Davina, mas minha amiga contornou a situação dizendo:

— A senhora deve achar que sou uma péssima influência, mas eu quero que saiba que jamais vou pedir para Edie fazer uma coisa daquelas de novo. E eu espero que a senhora me dê outra chance.

A minha mãe sorriu.

— Todo mundo comete erros, Davina, e o seu foi compreensível. Prazer em conhecê-la.

— A senhora se importa de ligar para minha mãe para confirmar que eu estou aqui com vocês? — Ela discou o número e estendeu o celular para minha mãe com um olhar humilde.

— Sem problemas. — Minha mãe esperou que a mãe dela atendesse e disse: — Alô, aqui é Mildred Kramer, mãe da Edie. Estou confirmando que as meninas estão aqui comigo. Vamos fazer ginástica agora à tarde. — Pausa. — Pode deixar comigo.

Davina pegou o telefone de volta.

— Devo estar em casa até as sete. Vejo você mais tarde.

A faculdade dava desconto no centro de treinamento e recreação, então meus pais eram sócios, embora só o meu pai frequentasse regularmente o local. Ele explicara que as repetições tediosas o ajudavam a pensar nos problemas mais difíceis. Nós ignoramos as aulas e fomos diretamente para o equipamento, onde passamos quarenta e cinco minutos suando. Depois disso, eu estava me sentindo muito bem, relaxada e alongada.

— Ainda está disposta para ensaiar a coreografia? — quis saber Davina.

— Claro. — Isso era um exagero, mas eu *tinha* prometido.

Depois que tomou banho, minha mãe ficou olhando para nós com uma expressão surpresa.

— Vocês vão participar de algum show de talentos?

Eu ri.

— No meu caso, está mais para falta de talento.

— Você não é... horrível — disse ela, em uma tentativa de me apoiar. — Você só precisa treinar. Davina obviamente se dedicou mais a... Seja lá o que vocês estão fazendo.

— É para o teste para entrar na equipe de animadoras de torcida — explicou Davina.

A minha mãe congelou, como se eu tivesse confessado que era viciada em metanfetamina.

— Isso é verdade, Edith?

— Eu não estou tentando entrar para a equipe nem nada. Vou fazer o teste para dar uma força para Davina.

— Ah. — Ao que tudo indicava, ela conseguia aceitar camaradagem feminina. Minha mãe se sentou em um banco próximo, digitando algumas coisas no tablet e, às vezes, nos observando.

No final do treino, *eu* não tinha melhorado nem um pouco, mas Davina parecia ter definido a sua coreografia. Não tínhamos roupas limpas para trocar, então eu disse:

— A gente pode ir agora se você quiser. Comida tailandesa para o jantar?

Minha mãe assentiu:

— Parece ótimo.

— Eu queria ficar mais um pouco, mas os meus pais estão me esperando. — Dando de ombros, Davina fez uma cara do tipo "o que eu posso fazer?".

Do lado de fora, ela me deu um abraço.

— A gente se vê amanhã.

— Você quer que a gente vá com você até o metrô? — ofereceu minha mãe.

Davina sorriu.

— Eu já peguei o metrô sozinha antes. Mas obrigada assim mesmo.

Já que estava escurecendo, minha mãe insistiu. Davina demonstrou um misto de agradecimento e irritação. Na escada para a estação, ela se misturou com alunos universitários e se afastou com um aceno. Convenci minha mãe de cortar o cabelo no caminho de casa e, depois, a arrastei para uma loja que vendia maquiagem. Eu sabia que ela não conseguiria manter uma rotina complicada de beleza, mas passar um pouco de base e blush não demorava muito. Considerando tudo isso, já era bem tarde quando compramos comida tailandesa e fomos para casa, próximo das oito da noite. E já fazia anos que também não me divertia tanto assim com a minha mãe.

— A gente precisa fazer isso de novo — disse ela. — Sábado à tarde?

— Com certeza. Se você quiser, posso mostrar como usar todas essas coisas que compramos hoje.

Ela me deu um abraço de novo, dessa vez sem pedir.

— Você deve achar estranho que eu não saiba nada sobre essas coisas, mas... Eu me lembro de uma vez, eu devia ter uns onze anos de idade, e minha mãe comprou de Natal para mim *apenas* produtos de beleza. Ela comprou aparelho de enrolar o cabelo, spray de cabelo, escovas especiais, rolinhos, sombra. Quando abri todos os presentes, fingi estar feliz, mas chorei quando cheguei ao meu quarto. Achei que ela estava dizendo que eu não era boa o suficiente, nem bonita o suficiente... Que não era suficiente para ela eu ser tão inteligente.

Uau. Eu não sabia disso.

— Então você desistiu de tudo o que era de menina. Eu entendo.

— Mas... É legal com você.

— Eu não permito que isso seja a coisa mais importante da minha vida nem nada, mas eu gosto de me sentir bonita.

— Eu também — minha mãe admitiu. — Mas eu nunca me achei bonita, então eu nem tentava.

— Você nunca deve desistir — declarei, consciente da ironia de estar dizendo isso. Mas eu agora acreditava nisso.

— Então, quando você voltou para casa no verão, fiquei surpresa. Parecia que você estava tentando me dizer alguma coisa. Então, percebi que eu estava transferindo mágoas antigas para a nossa relação. Se eu soubesse que você estava interessada em uma transformação, a gente poderia ter feito isso juntas. Eu só não quis fazer com que você se sentisse como eu me senti quando minha mãe me deu aqueles presentes. Eu queria que você soubesse que eu não me importo com a sua aparência.

— Obrigada, mãe. — Eu estava quase chorando e não conseguia enxergar nada na minha frente.

Naquele instante, senti uma vontade incontrolável de contar tudo para a minha mãe. Mas o medo pela segurança dela me manteve em silêncio, junto com o remorso que sentia pelo que eu poderia ter feito. Ela parecia me ter em alta conta. Eu não conseguiria manchar aquela imagem. Para me dar tempo para me recuperar, ela deu uns tapinhas na minha cabeça e foi conversar com o meu pai. Fui para o meu quarto e fiquei lá por uns cinco minutos para me acalmar.

O jantar foi animado. Na verdade, prestei atenção quando eles estavam conversando sobre o novo projeto e, para a minha surpresa, contribuí com algumas ideias. Minha mãe fez algumas anotações e meu pai me tratou como se eu fosse um gênio. *Eu poderia me acostumar com isso.* Se trabalhar com os meus pais me levasse para a minha linha do tempo ideal, naquele momento eu não me senti disposta a lutar.

De vez em quando, a caixa de Pandora na minha cabeça sacolejava de um lado para outro, pensamentos sobre Brittany e Russ tentando escapar. Eu não permitia que isso acontecesse. Não existia outra forma de eu lidar com aquilo. *Eu tenho que seguir em frente. Se eu desistir, eles vencem.* A minha teimosia fez com que eu continuasse frequentando as aulas e entregando os trabalhos.

Na sexta-feira, os testes para a equipe de torcida foram tão ruins para mim como eu imaginara. Não fui muito mal no número pessoal, mas demonstrei aptidão zero para aprender uma coreografia. Embora eu não tenha caído, isso era a única coisa positiva que se poderia falar em relação ao meu desempenho. Por outro lado, Davina estava ótima. Ela foi brilhante, perfeita e graciosa. Se as professoras não a escolhessem para fazer parte da equipe principal, eu só poderia chegar à conclusão de que tinham aceitado suborno dos pais que queriam uma animadora de torcida na família.

— Você acha que tem chance? — perguntei depois.

— Você sabe que eu tenho. Obrigada. — Ela me abraçou.

Aquilo fez com que tudo valesse a pena.

No sábado de manhã, fiz a minha prova do vestibular. Felizmente, eu não estava mais de castigo e não precisei explicar o fato de estar fazendo novamente uma prova que eu dissera ter gabaritado na primavera. Então, eu me encontrei com a minha mãe para almoçarmos juntas na universidade e, depois de um tempo, fomos para a academia. Não foi nada de extraordinário, mas eram coisas que eu nunca tinha feito com ela.

Isso é normal, parece que estou em outro país.

Mas... Eu poderia me acostumar a morar aqui.

O LADO NEGRO
NÃO TEM BISCOITOS

Uma semana depois, Davina e eu estávamos em frente à lista que a srta. Tina, técnica do time de animadoras de torcida da escola, tinha acabado de pregar. As meninas se apertavam ali, tornando impossível vermos alguma coisa, então fui chegando para a frente à medida que o grupo diminuía. Às vezes se ouvia um gritinho animado, mas a maioria saiu dali com o sonho destruído.

Passei o dedo pela página.

— Aí está você na equipe principal.

— Fala sério. — Ela deu pulinhos e dançou quando confirmou o que eu tinha dito.

Não foi surpresa nenhuma eu não ter nem entrado para o time reserva, mas como aquele não tinha sido o objetivo, não dei a mínima.

— Feliz?

— Claro! Mas surpresa. Eu realmente achei que tudo tinha sido armado. Talvez algumas vagas, mas a Blackbriar gostava de ganhar troféus, o que significava que precisavam de atletas na equipe. Caso contrário, teriam problemas mais adiante no ano. Ela pegou o telefone e já estava ligando para contar a novidade para a mãe. Acho que aquele era o momento mais feliz que ela teve desde a morte de Russ.

Eu estava esperando por Kian para recuperarmos o tempo perdido, mas ele estava ocupado com as aulas dele — pelo menos foi isto que ele disse. Em vez de passarmos tempo juntos, conversávamos por mensagens de texto ou Snapchats, como se estivéssemos namorando a distância.

Naquela semana, recebi um e-mail de Jen:

Espero que você esteja feliz. Estou na TAILÂNDIA. Com a minha avó. A minha mãe contou para ela o que aconteceu com Brittany, e agora passo as manhãs acendendo velas em relicários e templos. Eu vou terminar o semestre on-line. Mas a Blackbriar vai segurar a minha vaga. Estarei de volta depois das férias de inverno.

Sentimos a sua falta, escrevi. *E sinto muito se tudo isso era coisa da minha cabeça. Se for, vou procurar ajuda.*

A resposta dela chegou no dia seguinte: *Não acho que seja coisa da sua cabeça.*

Isso foi tudo o que ela disse, mas foi o suficiente para confirmar que ela não me odiava por ter ido para o exílio. O sr. Love ainda ficava me observando, e Nicole parecia cada vez mais um fantasma, mas o restante da escola pareceu voltar ao normal. Todas as noites, Davina tinha treino na equipe de animadoras de torcida e, como Kian, entrei para o grupo de interpretação, não porque eu quisesse atuar, mas porque isso ajudaria nas inscrições para a faculdade. Eu também passava mais tempo com os meus pais, entre a ginástica com a minha mãe e as conversas sobre os agrupamentos de laser em que eles estava trabalhando. A teoria deles sobre viagem no tempo e realidades alternativas era fascinante, principalmente quando combinada com hipóteses reais.

Com o aumento de trabalho e eu fazendo atividades extracurriculares, eu via Kian cada vez menos. Ele me pegava na escola duas vezes por semana: segundas e sextas. Às vezes, saíamos no fim se semana, mas ele parecia... Diferente. Desde que me mostrara o apartamento, a distância entre nós cresceu. Embora ele dissesse que estava fazendo a mudança, nunca mais me convidou para ir lá ver como havia ficado.

A calmaria resultante mais parecia aquele instante que antecede uma tormenta do que uma paz permanente. Enquanto eu fazia planos para a faculdade, estudava e passava tempo com a minha mãe, temia que o silêncio fosse rompido por um grito – ou um desastre de proporções épicas, que o inimigo precisava de tempo para juntar as peças e colocá-las para funcionar. O distanciamento entre mim e Kian só reforçava essa impressão. Ele negava que tivesse mudado e dizia todas as palavras certas, mas, às vezes, eu o pegava olhando para mim com um mar de tristeza brilhando nos olhos. Suas palavras voltavam à minha mente nesses momentos:

Estou com medo.

De quê?

De ter você. De perder você.

Mas eu não poderia permitir que a tristeza ou a preocupação me impedissem de viver. Caso contrário, tudo o que tinha acontecido teria sido em vão. Então, mesmo sabendo que as coisas não estavam... certas, eu tinha que seguir em frente. Eu nunca mais ia desistir.

...

Uma semana depois que fiz o vestibular, eu o confrontei sobre isso:

— Kian, o que está acontecendo?

— Nada, por quê?

— Você está diferente.

Ele apenas sorriu e me beijou.

Não importava o que eu dizia, ele se recusava a se abrir. Então eu me conformei e decidi que esperaria até ele me contar o que estava errado quando quisesse. A distância magoava, mesmo enquanto eu tentava me acalmar dizendo que eu podia confiar nele: Eu suspeitava que ele estava me protegendo de alguma coisa ruim... E deixei.

Me arrependo de ter deixado.

Demorou três semanas para o resultado do vestibular chegar, e peguei o envelope na caixa do correio antes que meus pais o vissem. Escondendo-me no meu quarto, eu o abri sozinha, aliviada ao descobrir que as minhas notas foram altas o suficiente para eu entrar na faculdade que escolhesse, desde que a minha inscrição se alinhasse com isso. Passei a semana seguinte escrevendo a minha redação e enviei as inscrições, grata por poder fazer quase tudo on-line. Usei o cartão de crédito da minha mãe para pagar as taxas de inscrição e, então, fiquei estranhamente decepcionada. As respostas deviam começar a chegar no início de janeiro; eu finalmente senti que talvez tivesse compensado ter mentido para os meus pais por todos aqueles meses.

A não ser pela tensão entre mim e Kian, as coisas estavam melhorando. Eu ainda me sentia péssima em relação ao que tinha acontecido com Brittany e Russ, mas o tinido que eu tinha sentido perto dele me fez questionar se aquilo realmente era culpa minha. E se a morte dele não estava relacionada a mim, talvez a doença dela também não estivesse. *Eu queria muito que isso fosse verdade.* Às vezes eu quase conseguia me convencer de que esse era o caso, e isso fazia com que eu conseguisse seguir em frente. Mas pensamento positivo não explicava qual era a do sr. Love, então eu não conseguia aceitar totalmente a teoria da coincidência. No fundo, no fundo, eu só estava esperando a terceira calamidade, como a avó de Davina previra.

Na véspera do Halloween, notei que os eventos bizarros tinham começado a diminuir. Não pararam totalmente, ou eu teria percebido mais rápido. Às vezes, eu via de relance o magrelo na plataforma do metrô, mas ele não se aproximou mais de mim. Tardiamente, as palavras de Kian ecoaram na minha mente: *Você não sabe os acordos que eu fiz* — para me manter segura ou para parar os ataques? Eu tinha medo de perguntar se ele tinha entrado em contato com alguém da Dwyer & Fell. Só Deus sabia o que Wedderburn faria se suspeitasse que Kian era um traidor. Mas talvez eu tivesse me desviado do meu curso, então a oposição não tinha mais motivos para me perseguir. Se fosse isso, eu só descobriria depois da formatura, quando Wedderburn me informasse que eu me tornara uma perda de tempo, e que eu poderia ganhar a vida oferecendo acordos para pessoas que atingissem o *extremis*.

Por mais triste que fosse, acho que esse seria o melhor cenário.

Com essa possibilidade na minha mente, fiquei feliz quando Davina me distraiu ao aparecer perto do meu armário sorrindo. De vez em quando eu ainda vislumbrava o olhar melancólico, mas como agora as fofocas giravam em torno de Nicole Johnson em vez de Russ e Brittany, ficava mais fácil para ela fingir que seu coração não estava partido. Eu achei que era melhor cooperar com ela.

— O que foi? — perguntei.

— A festa de Cameron é amanhã. Os pais dele nunca estão em casa, mas eles aprovaram esta, então é chique, com um orçamento alto de assustar. Eu nem sabia se ele faria a festa este ano.

— Ele não vai mandar convite? Nem on-line? — Como eu nunca tinha ido a nenhuma festa, sabia como a pergunta parecia idiota.

Davina balançou a cabeça.

— Todo mundo sabe da festa. Se você sabe como chegar à casa dele, não é expulso no Halloween.

— Fantasia?

— Com certeza. Você vai, né?

— Por que não? — Eu poderia malhar com a minha mãe no sábado à tarde, conversar sobre física com meu pai... e faltar a um encontro com Kian.

Eu nem sei se ele vai se importar. Meu coração doeu.

— Beleza. Minha mãe pode levar a gente, se você quiser. Eu garanto que ela não vai me emprestar o carro, e ela vai querer ter certeza de que estou exatamente onde disse que vou estar.

— A festa não vai ser badalada demais, a ponto de fazer com que ela mude de ideia?

— Não se chegarmos cedo. Eu passo para pegar você às seis e meia da noite.

— Beleza.

Depois da escola, Kian me pegou no horário normal, mas ele estava ainda mais preocupado do que o usual. Considerei aquilo uma desculpa para não dizer nada até ele parar na frente do meu prédio. Eu nunca desmarcara um encontro com ele antes, então eu não fazia ideia de como seriam as coisas. Se ele agisse como não se importasse, isto seria pior do que magoá-lo. *Bem, para mim,* pelo menos.

— Tudo certo para amanhã? — perguntou ele.

A essa altura, nós já éramos frequentadores assíduos do cinema de filmes clássicos na Harvard Square. Senti uma pontada no coração quando balancei a cabeça.

— Na verdade, eu vou a uma festa com Davina.

Talvez eu devesse convidá-lo para ir também? A gente tinha um encontro antes.

Antes de eu falar alguma coisa, ele sorriu.

— Eu tenho um trabalho da faculdade para fazer.

— Para qual matéria?

— Magia, ciência e religião. — A resposta fácil me fez imaginar que ele estava mentindo, mas eu não tinha como exigir provas. — Não esquente a cabeça com isso. A gente vai no próximo fim de semana.

— Desde que você não se importe — respondi.

— Está tudo bem — respondeu ele com um sorriso. — Eu quero que você tenha amigos e uma vida.

Isso parecia muito com um *boa sorte com tudo, Edie*. Parecia que ele estava abrindo as mãos e me soltando. Mas eu saberia se estivéssemos terminando, não é? De alguma forma, consegui sorrir e assentir. Eu o beijei e saí do carro. Senti um aperto no peito, mas não sabia o porquê.

Lá em cima, o meu pai estava trabalhando na sala. Ele resmungou alguma coisa quando passei, mas estava concentrado demais e apenas ergueu uma das mãos, como se dissesse: *Eu sei que você mora aqui*. No meu quarto, tentei não pensar em Kian. Apenas dei uma olhada nas minhas coisas, tentando decidir o que poderia funcionar para uma fantasia que eu mesma pudesse fazer. Por um instante, pensei em Ofélia, mas achei a opção macabra demais, até mesmo para mim, já que eu teria sido a garota morta boiando em um rio se Kian não me retirasse da ponte. Além disso, eu não tinha nenhum vestido branco esvoaçante.

— Pai! — gritei.

— Hum?

— Posso pegar emprestado um dos seus jalecos?

— Pode pegar qualquer coisa que encontrar no meu armário se você não me interromper por uma hora. — Meu pai parecia ligeiramente impaciente.

Ele e minha mãe concordaram que precisavam ficar mais em casa, ou eu poderia repetir a minha viagem para New Hampshire. Eu não me importava com a atenção, mas isso deixava o meu pai irritado, principalmente quando era a vez dele de bancar o fiscal. No entanto, já que eu tinha ficado sozinha por cinco anos, era bom ter alguém em casa quando eu voltava da escola.

— Qualquer coisa, né?

Olhei em várias caixas e achei um jaleco branco da época em que meu pai ainda estava na faculdade. Ele fazia ginástica quando se lembrava, mas, mesmo assim, não era tão magro quanto já tinha sido. Minha mãe chamava aquilo de elegância geek científica. Joguei a peça na minha pilha de componentes de fantasia, junto com óculos protetores e uma gravata-borboleta xadrez. Eu tinha uma calça preta e, se vestisse essas coisas, além da minha camiseta da escola, eu poderia bagunçar o cabelo e ir como cientista maluca. Não era sexy nem fofo, mas combinava muito mais com a minha personalidade do que uma fantasia de diabinha com chifrinhos e rabinho vermelho. Considerando tudo, também parecia que eu acertara na mosca.

Três horas depois, recebi uma chamada de Skype de Ryu. Olhei a hora – era bem cedo no Japão, então devia ser antes de as aulas começarem. Eu aceitei, sorrindo quando ele apareceu na tela do meu laptop. O quarto dele parecia bagunçado, mas a expressão dele chamou minha atenção. Ele parecia sério. Nervoso, até.

– O que foi?

– Diga para a sua amiga ter cuidado. Ela se meteu em umas paradas bem perigosas.

– Hã? – *Ah, é.* Eu dissera para ele que a fotografia que eu tinha mandado era uma tatuagem de uma amiga. Senti um misto de preocupação e raiva por ter ficado assustada o bastante com a garota do espelho para perguntar a ele sobre a marca.

Por sorte, ele interpretou a minha pergunta como um pedido para esclarecimento.

– Demorou muito, mas eu fiquei curioso e não parei de pesquisar.

– Droga, Ryu. Eu disse para você que não tinha importância. – *Agora você deve estar no radar deles, se é que já não estava antes.*

Ele fez um sinal grosseiro para a câmera.

– De nada, Edie. Não precisa agradecer. De qualquer forma, você quer saber o que eu descobri ou não?

– Acho que sim.

– Que bom. Eu não tenho muito tempo antes de sair para pegar o trem. Não é um *kanji* por si, mas é um símbolo de uma gangue, que parece ser usado por homens com ligações com a Yakuza, a máfia japonesa.

Isso estava em linha com o que eu já sabia sobre os imortais e seu jogo. Eles escolhiam indivíduos com destinos grandiosos, e pelo que eu sabia sobre estratégia, a Yakuza costumava ter ligações com pessoas poderosas para não ter problemas com suas operações. Mas eu não poderia dizer isso para Ryu. Talvez fosse melhor fingir que eu não sabia nada a respeito.

— Uau, sério? Será que ela sabia disso quando escolheu o desenho?

— Provavelmente não. Essas coisas acabam listadas em lugares errados, então algum moderninho qualquer quer tatuar o símbolo chinês da paz e acaba tatuando o da sopa. E aí os chineses riem dele.

Apesar de estar começando a ficar nervosa, debochei:

— Isso é a minha cara.

— Se você decidir fazer alguma tatuagem, pesquise primeiro.

— Pode deixar.

— Uma última coisa — continuou ele, quando eu ia desconectar a ligação.

— O quê?

— A marca tem um significado muito sinistro. O cara com quem eu conversei no mercado disse que o significado literal é "Propriedade do Jogo", e se eu conhecesse alguém com essa marca, deveria correr como se estivesse fugindo do diabo. Edie, a sua amiga está com problemas?

Fechei os olhos por um instante.

— Talvez.

— Bem, tente não se envolver nos problemas dela. — Uma mulher o chamou, provavelmente a mãe dele, e ele respondeu gritando. Então, ele se inclinou e se despediu: — A gente se fala depois.

E desligou.

Observei o meu pulso esquerdo, avaliando a declaração de posse. Kian me avisou que não havia como remover a marca, e o símbolo do infinito doera quando saí de Boston com Davina. Assim, seja lá o que tinha que acontecer, aconteceria aqui. *Então, se eu tentar me mudar — ou ir para a faculdade em outro lugar, vai queimar muito, tentando me manter no caminho?* Obviamente aquele devia ser algum sistema de orientação embutido, cortesia de Wedderburn.

Praguejando baixinho, fui tomar banho como se a água pudesse lavar os meus problemas e levá-los para o ralo. Naquela noite, conversei com Vi e, depois, fui dormir e só acordei no sábado por volta de meio-dia. Minha mãe me acordou para irmos para a ginástica. Era legal ver como as pessoas reagiam à sua nova aparência. Minha mãe estava mandando bem no corte de cabelo assimétrico e começara a usar base bronzeadora e batom todas as manhãs. Uns dois professores deram uma boa olhada nela quando entramos na academia.

— O barbudinho tem uma queda por você — falei.

— Edith. — Ela pronunciou o meu nome em tom de aviso, mas não conseguiu esconder o sorriso quando olhou para o cara careca de uns quarenta e tantos anos fazendo esteira do outro lado da sala.

— Ah, qual é, eu não disse que *você* estava interessada nele.

— Essas últimas semanas têm sido ótimas — comentou ela.

— Também acho. Fico muito feliz por você ter dado o primeiro passo. — Aconteceram muitos abraços nas últimas três semanas, acho que mais abraços do que eu já tinha recebido em toda a minha vida. E eu ainda esperava mais.

— Eu também.

Depois que malhamos e tomamos banho, pegamos a linha T leste. Andamos por uns quinze minutos e nos fartamos de rolinhos de lagosta e ensopado de marisco que faziam a ida até James Hook & Co. valerem a pena. O trailer tornava todo o cenário meio inacabado, mas o dia estava lindo, ensolarado o bastante para fazer com que fosse difícil acreditar que havia acontecido tantos problemas recentemente. Do lado de fora, as mesas transformavam a refeição em uma experiência tipo bistrô, e era maravilhoso observar as pessoas indo e voltando, mesmo que o ambiente geral fosse meio... Industrial. A antiga ponte da avenida Northern reforçava essa impressão.

Minha mãe ergueu o copo.

— Parece que temos muito que comemorar. A novos começos.

Sorri e toquei o meu copo de refrigerante no dela, então comecei a comer a comida deliciosa. Quando já estava na metade do meu rolinho, decidi que eram os quinze dólares mais bem pagos. Demos uma caminhada antes de voltarmos para casa para eu me arrumar para a festa. Já que a minha fantasia era bem simples, isso era fácil.

Quando entrei na sala, meu pai me obrigou a posar para uma foto. Ele e minha mãe riram da minha representação de cientista maluca, já que o meu cabelo estava mais para o de uma roqueira punk do que para o de um gênio excêntrico. Ainda assim, era melhor do que chegar de uniforme e dizer que era uma estudante. Davina chegou cinco minutos depois com a mãe, o que atrasou a nossa partida por mais uns dez minutos.

— Eu sou a sra. Knightly. — Ela trocou apertos de mãos com os meus pais. Ela era uma afro-americana bonita, com quarenta e poucos anos, bem-vestida com um conjunto que dizia que ela ainda estava com a roupa do trabalho.

Eles conversaram por alguns minutos e, por fim, Davina perdeu a paciência, arrastando a mãe em direção à porta. A sra. Knightly reclamou com ela sobre esse comportamento durante o percurso até a casa de Cameron, reforçando a importância de fazer boas escolhas.

— Eu não vou fingir que não sei que vai ter bebida alcoólica lá, mas só não fique tão bêbada a ponto de vomitar no meu carro. Ah, e não saia da casa do seu amigo, e não beba nenhuma bebida que você mesma não tenha servido.

— Entendido — respondeu Davina.

Levamos quarenta e cinco minutos para chegar, e começou a escurecer enquanto cruzávamos a cidade. De vez em quando eu via crianças batendo de porta em porta. Nesta única noite do ano, os adultos podiam sair fantasiados de vampiro. *Eles também devem estar a caminho de alguma festa à fantasia.* O bizarro nisso tudo era que esta era a única noite do ano em que os monstros poderiam se misturar livremente com os seres humanos sem atrair atenção. Inexplicavelmente, estremeci.

No bairro elegante, a sra. Knightly estacionou em frente à casa com um muro de pedra e um portão gigantesco.

— Que horas venho pegá-las? — Aquela parecia ser uma pergunta capciosa.

— Meia-noite — respondeu Davina.

O tom da mãe dela se suavizou:

— Tente se divertir, OK? Eu sei que este ano tem sido muito difícil, mas você tem que deixar tudo isso para trás.

Mais fácil dizer do que fazer.

Por Davina, vou tentar não estragar a noite. Ela estava fantasiada de duende, usando uma minissaia verde, botas, meia-calça preta, segunda pele, maquiagem brilhosa e um pequeno chapéu verde. Antes de eu ter a chance de dizer que ela estava bonita, ela me arrancou do carro com a promessa de já estar ali fora quando a mãe chegasse para nos buscar.

A entrada de veículos era asfaltada e levava a uma casa clássica de novos-ricos, toda moderna e sem nenhuma elegância ou charme.

— Uau. Essa casa é... enorme.

— Não é? Acho que estou ouvindo música. Vamos logo. — Davina me levou para os fundos, onde havia luzes piscando. As portas para o pátio estavam abertas e o interior iluminado com luzes negras que provocavam sombras estranhas, tipo zumbis, no rosto das pessoas. Naquele momento, ainda não tinha muita gente, mas foi por isso que chegamos cedo.

— Onde está a bebida? — perguntou ela para um cara qualquer usando máscara de hóquei.

O cara fantasiado de assassino em série apontou para uma tigela cheia de alguma mistura estranha, que parecia demais com sangue de verdade para o meu gosto.

— Sério?

Ele deu de ombros.

— É vodca com Kool-Aid. Relaxe.

Eu não ia beber aquilo nem a pau, mas peguei um copo só para Davina não me achar uma chata com idade mental de quarenta anos.

— Aquele ali é o DJ?

— É. Eles não economizaram. Depois, vão aparecer monstros e todo mundo vai sair correndo e gritando. A festa só termina quando alguém chama a polícia.

— Mas tem algum bolo? — Eu estava tentando fazer piada sobre o meme do bolo de mentira.

— Isso é só propaganda. O lado negro *não* serve biscoitos. Vamos nessa!

PARA TODA AÇÃO EXISTE UM SOCO NA CARA

Não demorou muito para a festa ficar incontrolável. Ninguém pareceu impressionado com a minha fantasia de cientista maluca. Mas um monte de caras tentaram ficar com Davina. Ela os dispensou para ficar comigo, o que achei bem legal da parte dela, já que eu não conhecia mais ninguém ali. Por volta das dez horas, as pessoas já estavam bêbadas e tirando as roupas, ficando com pessoas questionáveis e vomitando nos arbustos, mas não tudo ao mesmo tempo. Estranha era o meu nome do meio, já que eu estava de cara amarrada pelos cantos. Eu nunca me senti tão fora de lugar.

Achei que ela estava brincando, mas um grupo de monstros mascarados chegou na casa às onze horas da noite. Garotas bêbadas começaram a gritar e a correr, transformando o jardim dos fundos no mais absoluto caos. Davina estava dançando no pátio, então acenei para ela, sinalizando que eu ia ao banheiro, mas, pelo que percebi, as coisas pareciam piores lá dentro. Todos os lugares disponíveis estavam ocupados com pessoas se agarrando. Considerando as fantasias, eu poderia sobreviver se não visse mais nenhum idiota esta noite.

Eu deveria ter saído com Kian.

O pensamento não me animou quando contornei a casa, em busca de meia hora de tranquilidade antes de arrastar Davina para o portão da frente para esperar pela mãe dela. Encontrei um coreto aninhado nos fundos da propriedade, escuro e silencioso. Os monstros brincando de pique-pega ainda não tinham descoberto o lugar. Com um suspiro, eu me sentei em uma cadeira estofada antes de perceber que não estava sozinha.

— Não está curtindo a festa? — Pelo cheiro, Cameron já devia estar bebendo desde muito antes da chegada dos convidados.

— Não tem muito a ver comigo.

— Nem comigo. Não mais. — Com os movimentos cuidadosos dos bêbados, ele colocou o copo de plástico no chão. — Quer dar uma volta?

Com você? Dificilmente. A resposta ficou presa na ponta da língua, mas a expressão no rosto dele estava tão desolada que senti que não poderia chutá-lo quando ele já estava caído do chão.

— Acho que você está querendo ficar sozinho, então vou encontrar outro lugar para me esconder.

Mas ele não estava ouvindo.

— Eu não entendo como tudo ficou uma droga tão rápido. No ano passado, eu tinha tudo. No ano passado...

— Você me magoava porque podia.

Ele se encolheu como se eu tivesse desferido um soco no meio da cara dele. Parte de mim até considerou essa possibilidade. Não importava o quanto eu desejasse seguir com a minha vida, eu *não conseguia* perdoá-lo. Cameron se levantou e dei um salto para trás, abrindo a distância entre nós. Ao ver a minha reação, ele parou na hora, erguendo as mãos de forma desajeitada em um gesto que não consegui interpretar. Ali fora, as sombras estavam densas demais para eu ler a expressão no seu rosto.

— Edie...

Quando ouvimos um uivo, a princípio achei que fossem mais efeitos especiais para a festa, mas Cam parecia sem expressão, e dois olhos vermelhos se abriram atrás dele. Ergui uma das mãos em uma tentativa de avisá-lo, e ele cambaleou. Ouvi um rosnado vindo das sombras.

— Cachorro selvagem?

— Eu não sei — sussurrei.

— Se você correr, eu o distraio. — Ele se virou devagar.

— Esse plano é horrível. Você nem consegue andar direito.

Mas tudo aconteceu muito rápido para eu dar mais que dois passos. Cachorros de fumaça cercaram os tornozelos de Cam, animais reais e não reais, cães nascidos da noite com presas como obsidianas e olhos como janelas para o inferno. A cada dentada, ele desaparecia um pouco mais, não em uma poça de sangue, mas em sombras, até que ele era apenas um contorno com uma mão estendida na minha direção.

– Sinto muito – sussurrou o vento. E, então, o silêncio.

Um único cão preto saiu da fumaça; este tinha uma forma completa e era bem definido, provavelmente por ter roubado isso de Cameron. Ele me analisou com olhos em brasa, farejou uma vez e, depois, se afastou. Batendo os dentes de medo, corri e comecei a tatear a cadeira na qual Cam estivera sentado e o chão onde ele tinha colocado a bebida, mas... Ele tinha simplesmente... desaparecido. Tremendo, eu me virei e fugi, correndo em direção aos monstros que gritavam e as garotas sorridentes.

Mas que diabos acabou de acontecer? Para quem posso contar? Não havia ninguém, não havia sangue. No meio do caminho, tive que me sentar e colocar a cabeça entre as pernas. Foi lá que Davina me encontrou, meia hora depois. Ela devia estar achando que eu estava bêbada e me puxou para cima, mas quando não sentiu cheiro de bebida, ela bateu na minha testa:

– Você está drogada?

– Não. Eu estou tendo um ataque.

– Dá para perceber. Vamos para casa, pequena eremita.

Talvez eu devesse tê-la corrigido e explicado que não tinha sido a festa que tinha me deixado completamente apavorada e trêmula, mas não consegui encontrar as palavras. Então, eu me sentei no banco de trás do carro da mãe dela e fiquei ali batendo os dentes, até elas me deixarem em casa. Os meus pensamentos estavam seguindo um *loop* infinito, desconexo e em pânico. *Cameron se foi. Cameron nunca mais vai voltar.* E eu era a única que poderia dar aos pais dele paz de espírito, mas eles não *acreditariam* em mim.

Eu vi, e também não vi.

Respondi às perguntas dos meus pais de forma meio resmungada, mas o meu pai pareceu seguro de que eu estava sóbria e eu ainda usava a gravata-borboleta. Tiro o chapéu para a perspicácia dele, era difícil imaginar ficar com alguém sem tirá-la. Cinco minutos depois, escapei para o meu quarto, enquanto este fato se repetia na minha cabeça: *Você simplesmente pensou que não conseguiria perdoá-lo... Quando cães infernais apareceram. É você que está causando isso. De alguma forma.*

Como eu não sabia mais o que fazer, digitei a expressão "cães infernais" e depois "cão negro" na barra de pesquisa. Recebi um monte de lendas e histórias, incluindo o fato de que esses cães eram quase sempre um presságio de morte. Já que ele tinha *matado* Cameron, isso parecia lógico. Mas eu nunca ouvira falar deles até aquele momento, então por que os meus pensamentos de ódio os teriam invocado? Andando de um lado para o outro, passei os dedos pelo cabelo. *Agora é exatamente assim que uma cientista maluca faz.*

Eu preciso tomar alguma atitude. Isso não pode continuar.

Por um instante, considerei a solução que eu escolhera antes, mas nem consegui concluir o pensamento. *Eu quero viver. Talvez seja errado, mas eu simplesmente não consigo. Não agora.* Uma verdadeira heroína não hesitaria em dar a própria vida por alguém, mas eu não era assim. Eu só chegara àquele ponto por fraqueza, agora que a minha vida estava boa, eu não seria capaz de jogar tudo para o alto, nem mesmo para salvar a vida das pessoas.

Meus joelhos cederam depois de um tempo e eu me encolhi na frente da minha cama. Por volta de uma hora da manhã, eu meio que tive uma ideia de sair para ver Kian, já que ele morava a apenas alguns quarteirões de distância, mas pensei melhor. Isso não seria apenas burrice, mas também perigoso. Além disso, eu poderia contar o que tinha acontecido para ele sem sair de casa.

Então, peguei o meu telefone e digitei:

Você está aí?

Estou. Como foi a festa?

Você pode vir até aqui?

Quando tranquei a porta, ele já estava no meu quarto.

— Isso é muito útil. — Estranho. A minha voz não estava nem um pouco trêmula.

— Você não pede por visitas ninja, a não ser que tenha alguma coisa errada.

Ele substituiu a distância por preocupação. Cinco segundos depois, eu estava nos braços dele. Enquanto eu recontava os últimos instantes de vida de Cameron, ele acariciava as minhas costas. Terminei o relato com uma pergunta:

— Mas o que foi que eu *vi*? Ele está morto?

Ele hesitou.

— Eu nunca vi nada assim antes. Mas se os cães o levaram, então suspeito que a resposta seja sim.

— E o que eu devo fazer com isso? E quanto aos pais dele?

— Eu não faço a menor ideia. Gostaria de saber.

Um soluço escapou da minha garganta.

— É que... Eu acho que *sou eu* que estou fazendo isso. — Antes que ele tivesse a chance de me interromper com palavras tranquilizadoras vazias, eu repeti para ele exatamente o que estava pensando no instante que antecedeu a chegada dos cães. Cameron tinha desaparecido e eu não conseguia perdoá-lo. Então, os meus pensamentos sombrios foram traduzidos em um julgamento instantâneo: — Você não pode me dizer que isso é algum tipo de coincidência.

— Parece improvável.

— Eu não consigo lidar com isso — sussurrei. — Eu estou com *muito medo* agora.

Kian murmurou alguma coisa contra meu cabelo e me empurrou para a cama. Eu sabia muito bem que ele não escolheria aquele momento para tentar alguma coisa, então obedeci e me aconcheguei a ele. Não havia como dizer quanto tempo levaria para a festa acabar e para as pessoas perceberem que Cameron tinha desparecido. Mas, diferente de Russ, não haveria nenhum corpo a ser encontrado.

Se alguém procurasse.

— Eu faria qualquer coisa para tirar você disso tudo — disse ele, baixinho.

— É disso que eu tenho medo. — Eu estava bastante chateada naquele momento para falar sobre a forma como ele vinha agindo. — O que você está escondendo de mim?

— Há quanto tempo você sabe? — Pelo menos ele não tentou negar.

Pensei um pouco.

— Desde que você se mudou para o seu novo apartamento.

— Acho que eu preciso devolver aquele troféu de melhor ator. — Ele tentou sorrir, mas o sofrimento fez com que seus lábios parecessem tristes, resultando em mais uma careta.

— Por favor, não faça nenhuma burrice.

— Esse seria um ótimo conselho, se não fosse tarde demais.

— Kian, *conte* tudo.

— Eu fiz um acordo para conseguir proteger você — confessou ele.

Uma explosão de palavras que eu nem sabia que eu conhecia — em todos os tipos de combinação possíveis e imagináveis — saiu da minha boca.

— Com quem? — perguntei por fim.

— Ele não está no jogo, mas tem algumas vantagens. Ele não está interessado em competir com outros imortais. Seus interesses são mais... variados.

Isso não respondia à minha pergunta, e ele sabia muito bem disso.

Talvez *quem* não fosse a pergunta certa.

— O que você usou exatamente para negociar?

Nas histórias antigas, os humanos faziam todo tipo de barganhas terríveis com seres superiores. As trocas incluíam a alma, o primeiro filho, todo o amor do seu coração ou uma lembrança particular. O silêncio tenso foi quebrado quando eu bati nele. Inexplicavelmente, ele sorriu.

— Não foi nada demais, Edie. Eu já estava condenado a uma vida na prisão. Então, isso não importa muito.

— Importa para mim. — Olhei para ele com uma expressão que dizia que eu não ia desistir até ele confessar, mas Kian balançou a cabeça, negando.

— Saber certas coisas vai tornar a sua vida pior. Essa é uma dessas coisas.

— Você já tinha me dito antes que queria ter uma vida. E pareceu *bem* triste quando disse isso. Foi por você ter desistido do pouco de liberdade que você ainda tinha? Por mim?

— Pare de falar — pediu ele, firme.

Eu não estava a fim logo que ele começou a me beijar, mas a boca de Kian mudou isso. Apesar de sua presença física ser boa, isso não mudava a minha tristeza. Quando Kian foi embora, uma hora depois, a minha tristeza ainda era profunda, porque os nossos beijos tinham gosto de perda e término. A caixa de Pandora da minha cabeça explodiu, me bombardeando com estilhaços emocionais: Brittany, Russ e agora Cameron. A culpa se espalhava como um veneno, e eu nem podia contar com Kian ser honesto comigo. O nosso relacionamento poderia sobreviver a todos os tipos de estresse, mas *não* a esse silêncio ou aos segredos dele, e eu não queria ficar observando enquanto nós morríamos, como eu tive que fazer com Cameron. Naquela noite, chorei até a minha cabeça doer.

As coisas não pareciam melhores na manhã seguinte, possivelmente porque os meus olhos estavam tão inchados que eu nem conseguia abri-los direito. Uma hora de compressa gelada melhorou um pouco o estrago para que eu pudesse sair do quarto. Aos domingos, meus pais dormiam até tarde. Eu não poderia conversar com eles, e um dia de isolamento não ajudaria em nada. Então, enfiei algumas coisas na mochila e saí. Um dos meus lugares favoritos na cidade era o Victory Garden, em Boylston. Durante o dia, era um excelente lugar para se caminhar quando você não precisava ir a nenhum lugar e, mais importante, a entrada era gratuita. Durante a pior época da minha vida, eu costumava passar horas lá fingindo que tinha uma vida social. Hoje, as características de cada trama não me conquistavam nem me relaxavam. Caminhei sem destino, com ombros curvados sob o peso de saber que Cameron se fora, e que a culpa era *minha*.

Eu gostaria de saber o que eu vou conquistar de tão importante. Os imortais eram doidos de pedra se achavam que eu poderia testemunhar coisas como aquela e continuar seguindo a minha trilha em direção a um futuro brilhante. *É claro, talvez esse fosse o objetivo. Você não sabe quem matou Cam. Se Dwyer estiver observando você, ele talvez tenha decidido que você enlouqueceria com a culpa.* Se isso fosse verdade, talvez eu não tenha invocado o cão da morte, no final das contas. Isso não salvaria Cameron, mas pelo menos eu não teria de viver sabendo que eu era uma pessoa horrível. Mas eu já tinha jogado esse pingue-pongue de quem era a culpa antes.

Apesar da brisa fresca e do sol, girei no mesmo lugar, de repente atenta. As pessoas que estavam passeando nos jardins naquela época do ano eram mais velhas. Alguns jardineiros plantaram abóboras e colocaram algumas decorações de Halloween que ainda não tinham sido tiradas. Fardos de feno e abóboras, na maioria, mas havia também alguns fantasmas de lençol branco e bruxas barrigudas feitas de saco de lixo. Eu não vi nada que fizesse com que o meu alarme interno disparasse.

Até que algo se aproximou e disse:

— Olá, casca de menina bonita.

Era o magrelo que falara comigo antes, e eu nunca me esqueceria do som da sua voz ou do fedor que saía da sua boca. Eu me virei, tomando o cuidado de ficar fora do alcance dele. *Kian disse para não permitir que ele tocasse em mim.* Mas ele não estava próximo o bastante. Ainda. As pessoas passavam por nós, provavelmente achando que eu estava apenas admirando as cores outonais dos crisântemos diante de mim.

— O que você quer? — Resmunguei as palavras, falando baixo e esperando que ninguém notasse a garota maluca conversando com as flores.

— Eu trago uma mensagem do meu mestre.

— E quem seria ele?

— Lightbringer, é claro.

Mesmo com medo, acho que entendi a quem ele se referia. Eu suspeitava que ele estivesse se referindo a Dwyer, quem Kian achava que já tinha sido conhecido como o deus do Sol.

— Seja rápido.

Pura bravata, porque o que eu poderia fazer se ele me atacasse? Antes, quando eu havia tentado fugir, ele apareceu diante de mim em um piscar de olhos. Meu coração estava disparado de medo. *Se eu não posso correr, talvez eu possa lutar.* Pena que não soubesse como.

— Ele está esperando. Esperando o seu último suspiro — declarou ele. — A sua morte já está escrita. Mas você roubou, casca de menina bonita. Agora você é um buraco no mundo, e você permite que outras pessoas caiam no seu lugar. Quanto tempo vai demorar até que se torne uma de nós?

Com olhos horríveis e vazios, ele estendeu as mãos na minha direção. Dessa vez eu compreendia a futilidade de fugir, então fiz a única coisa que me ocorreu naquele momento. Eu o toquei primeiro.

Loucura. Ele não tira a sua vida. Na verdade, ele rouba a sua mente.

O meu cérebro foi inundado por uma cascata de imagens de dor e violência, borrifos vermelhos, cães negros, larvas rastejantes, um pássaro devorando a cabeça de um peixe. As imagens giravam e sangravam, se enterrando tão fundo até que eu não conseguisse mais pensar, e não tinha acabado. Sofrimento, decadência, horror, tudo isso mergulhava em mim, rios infinitos de veneno, até que minha visão ficou cinzenta, substituída por sombras, ecos de passos fugindo para longe, bem longe. Tentei gritar, mas um punho ossudo apertou a minha garganta, abafando a minha voz.

Por alguns segundos, vi como tudo terminava – eu tagarelando e andando de um lado para o outro em um quarto acolchoado enquanto enfermeiras injetavam seringas cheias de tranquilizantes, e, depois, um vislumbre do outro lado do túnel, onde aquela coisa vazia se curvava, ávida pela minha dor. Canalizar tudo em direção a mim deixava um vácuo do outro lado. *Física simples.* Trêmula, lutei do único jeito que eu podia – com os meus próprios sonhos e lembranças, esperanças e desejos. *Jogo de soletrar, modelo de DNA, viagem ao Grand Canyon, primeiro beijo, dez em cálculo* – eu nadei contra a corrente tóxica, carregando a minha vida, a minha identidade comigo.

Você não tocou em mim, falei para ele em silêncio. *Eu toquei em* você. *Isso faz com que você seja meu.*

Quando eu não conseguia mais manter aquilo sem gritar até perder a voz, o magrelo sumiu. Meus olhos se abriram, eu estava no chão, cercada por pessoas preocupadas. Uma mulher de meia-idade que eu vira cuidando de um jardim próximo se agachou ao meu lado.

– Você é diabética? Epilética? Toma algum remédio? – Ela falou devagar, como se eu não fosse capaz de compreendê-la.

Neguei com a cabeça, me ajoelhando.

— Eu estou bem, muito bem.

Tonta, me levantei e saí correndo, cambaleando a cada passo, e ouvi um homem mais velho dizer:

— Talvez seja uma viciada. Esse parque não é bem policiado como deveria. Sabia que eu já encontrei agulhas perto da água?

O triste é que ser confundida com uma drogada era melhor do que acharem que eu era louca. Próximo à saída, minhas pernas pareciam gelatina. Agarrei a cerca e me obriguei a ficar acordada apenas com a minha força de vontade. Com uma languidez agonizante, as gavinhas retrocederam; meu cérebro parecia ter sido picado por diversas agulhas. Mas ainda era meu, todo meu, e se eu tivesse forças, teria dado um grito de vitória.

Como uma bêbada, cambaleei para casa, e isso levou cerca de uma hora. Embora não fosse longe em termos de distância física, eu tinha que parar toda hora para descansar, antes que minhas pernas cedessem: meio-fio, bancos, escadas de entrada para prédios. Eu não percebi que estava sentada perto do prédio de Kian até que o vi caminhando na minha direção. Era raro eu ter a chance de observá-lo quando ele não sabia que eu estava olhando. Naquele momento descuidado, os lábios dele estavam apertados, formando uma linha fina e pálida, os seus olhos verdes carregavam todo o peso de uma promessa que ele se recusava a compartilhar. As mulheres que passavam lançavam olhares para ele, mas ele seguia o caminho sem se virar. Nem uma vez.

Na verdade, sem esperar me ver, ele passou bem na minha frente e, então, se virou, como se tivesse me imaginado ali sentada. Eu consegui dar um sorriso fraco.

— Boa tarde, sem alarde.

— Você está esperando por mim? — perguntou ele.

— Não.

— Então o que está fazendo?

— Descansando — Eu parecia tonta, apatetada até. Não conseguia parar de rir. — Alcançando.

— Edie? — Ele deu alguns passos, se aproximando de mim, se inclinou na minha direção enquanto compreendia gradualmente a situação. — Meu Deus. Estou sentindo o cheiro dele em você.

— Verdade, essa fatalidade. Dancei com o demônio, com um banho de hormônio, mas lutei com meus neurônios.

A voz dele estava trêmula quando perguntou:

— Ele tocou em você?

— Não temas o pior, meu jovem romeiro, pois a ele cheguei primeiro. Contra monstros, nada de armas ou facas, apenas a minha mente contra os babacas. — Com mãos trêmulas, fiz o gesto de duas armas disparando. — Nessa luta saí vitoriosa, veja bem como sou gloriosa.

Mas por que será que eu estou falando com rimas? Acho que isso não deve ser um bom sinal.

— Você não pode sobreviver ao toque do magrelo. — Kian parecia paralisado de horror. — Pelo menos não com a mente intacta.

Sorri para ele, embora o meu rosto estivesse estranho e duro. Depois de alguns segundos, saí da hipnose da fala rimada, mantendo a minha resposta o mais simples possível, enquanto me enchia de orgulho:

— Mas eu *sobrevivi*.

O PEÃO NO JOGO

Demorou quase uma semana para a minha mente se recuperar totalmente do encontro com o magrelo. Nesse meio-tempo, tirei uma nota baixa em um teste pela primeira vez na vida. Ironicamente, foi em Introdução ao Japonês. Ryu riu muito quando contei para ele, enquanto Vi se mostrou calma, mas preocupada. Fingi que não estava nem aí, mas o pânico crescia dentro de mim. A verdade era que eu tinha tentado estudar, mas a minha mente estava carregada como uma esponja encharcada de água, incapaz de absorver uma nova informação.

Lentamente, porém, os efeitos colaterais foram passando, e a minha mente voltou ao normal. Em vez de contar para os meus pais, implorei que a professora permitisse que eu fizesse um teste extra ou um trabalho para recuperar a nota. Ela não estava disposta a aceitar projetos novos, mas, considerando os problemas recentes em Blackbriar, pegou leve porque já tinha me visto com Brittany e com Russ. Agora, com Jen no exterior e o desaparecimento de Cameron, ela viu a escrita na parede. Quando fiz o teste pela segunda vez, tirei oito. Não era o dez com louvor que eu costumava tirar, mas mantive essa nota. Considerando as circunstâncias, eu tinha que fazer algum tipo de triagem, dar um tempo para mim mesma por não ter tirado dez quando toda a minha vida estava implodindo.

Quando a fofoca de que Cameron tinha fugido começou a circular, eu queria contar para alguém o que tinha visto, mas não sabia o que dizer. A verdade só faria com que me prendessem, e admitir que eu estava com ele na hora em que tudo aconteceu poderia fazer com que eu me tornasse suspeita de assassinato, embora eles não pudessem me condenar sem um corpo. O vídeo da cachorra me dava um motivo claro, e as fofocas seriam cruéis. Então, engoli o desejo de confessar e fiquei na minha.

Já tinham se passado duas semanas do mês de novembro, e as coisas foram de mal a pior na escola. Tudo começou na primeira aula. Nicole estava sentada no seu lugar de sempre. Por mais cedo que eu chegasse, ela estava *sempre* lá, e comecei a me perguntar se ela dormia na sala do sr. Love. Ele estava conversando com outros dois alunos, mas eu sentia que ele sabia que ela estava lá... E isso o divertia de forma sombria. Allison entrou – e eu não fazia ideia do motivo, já que ela não era matriculada na aula de literatura – e apoiou o quadril na mesa dele. Em comparação, ela era um buquê de flores do campo, ao passo que Nicole se tornara uma fotografia em sépia.

Allison disse alguma coisa para o sr. Love, com voz muito baixa para que o restante de nós conseguisse ouvir, mas ele riu baixo. Nicole ergueu a cabeça, e seus olhos se estreitaram. Ela se levantou da carteira e foi direto para a mesa dele, lançando um olhar fuzilante para Allison, que respondeu com ar de deboche. Então, deliberadamente, Allison tocou no braço do sr. Love para chamar sua atenção.

Nicole teve um ataque. Ela arreganhou os dentes, tirou um canivete do bolso e partiu para cima da outra garota. Allison tentou desviar, mas não a tempo. A manga do seu casaco se tingiu de vermelho. Uma garota começou a gritar, enquanto outra pessoa corria para chamar o diretor. Allison levou a mão ao ferimento e eu tirei o meu casaco, oferecendo-o a ela, enquanto o sr. Love agarrava os braços de Nicole. *Lento demais, seu idiota. Você queria que isso acontecesse.*

Nic berrou no instante em que ele a tocou, o grito rude e sem palavras de um animal sentindo dor. No início, ela se contorceu e lutou para se livrar dele como se estivesse louca, mas, quando o diretor chegou, ela estava soluçando e lágrimas grossas escorriam pelo seu rosto. No caos de um monte de gente falando ao mesmo tempo, tentando explicar o que tinha acontecido, acompanhei Allison até a enfermaria. Mas a gente só estava no meio do caminho quando ela tirou o meu casaco do braço ferido e me devolveu.

— Tem certeza de que é uma boa ideia?

— Eu estou bem — respondeu Allison. — Foi só um arranhão.

O sangue que escorria pelo corte dizia outra coisa.

— Eu tenho quase certeza de que você precisa ir para o hospital levar alguns pontos.

Seus olhos verdes brilharam de deboche.

— Será mesmo?

Então, ela me mostrou a pele manchada de sangue. Claro, ela estava vermelha, mas não havia *nenhum corte*.

— Isso é impossível.

— Nem tanto, humana. *Eles se parecem completamente humanos, mas tragédia, discórdia e sofrimento seguem o caminho deles. É possível reconhecer esses demônios porque eles não nascem de uma mulher e não têm umbigo.* — Com um sorriso meio felino, ela desceu um pouco a saia da escola e me mostrou a pele lisa.

Jen viu você procurando vampiros psíquicos na biblioteca. E foi Jen quem trouxe você para o grupo. Será que ela... ela é...? Eu não tinha nenhuma prova de que ela realmente estava na Tailândia, e eu odiava o medo e a dúvida que cresciam dentro de mim.

— É muito difícil quando não sabemos quem são nossos verdadeiros amigos — declarou Allison com voz doce.

— *Você?* Eu tinha tanta certeza de que era ele — declarei.

O sorriso preguiçoso não mudou.

— Ele é um monstro, com certeza, mas não um dos nossos.

Olhei para os pulsos dela, mas não tinham nenhuma marca.

— De qual facção você é? — eu quis saber.

Ela riu.

— Você não entende? Todo jogo precisa de espectadores.

— Mas eu não ouço... o tinido dentro do ouvido quando estou com você.
— Para minha surpresa, ela não pareceu confusa.

— Alguns de nós são... naturais neste mundo, não foram sonhados por humanos. E não disparamos alarmes nos sensitivos predispostos.

— Ah, tá. — Aquilo fazia sentido. — Mas... Russ, antes de morrer...

— Humanos que alimentam o pesadelo se tornam predadores sintonizados.

— Não sei bem o que isso significa.

Ela revirou os olhos.

— Sabe como um camaleão muda de cor?

— Claro.

— É assim que funciona, só que em um humano parasita, ele causa um... resultado falso-positivo para alguém como você.

Allison arrumou a blusa e foi até o escritório principal.

— Já chega de aulas por hoje. Obrigada pela ajuda. — Havia prazer nas últimas palavras.

Como é que — seja lá o que ela for — se reproduz? Ela não tem umbigo. Rapidamente, tentei me lembrar de tudo que eu sabia sobre reprodução em termos de biologia. *Partenogênese, assexuada, gêmulas, esporulação* — esta opção provocou um estremecimento — *germinação, regeneração. Droga. Não que eu fosse descobrir isso agora.* Eu tinha muitas perguntas, mas ela havia respondido algumas.

Obviamente calculei errado, então voltei correndo para a aula de literatura, onde as coisas pareciam um pouco mais calmas, mas não aprendemos nada de novo. Como uma aluna havia atacado outra, a polícia interrogou todo mundo, e eles queriam saber por que não havia revistas de segurança como nas escolas públicas. Não pareciam convencidos de que alunos ricos pareciam ter menos tendência a atacar uns aos outros, considerando os eventos daquele dia. O diretor tinha uma expressão abatida, enquanto previa que a reputação de sua escola prestigiosa escorria pelo ralo. No fim, ele liberou os alunos mais cedo, provavelmente para poder consultar os advogados e verificar questões de responsabilidade e decidir qual seria o melhor plano de ação para resolver aquela confusão quando fosse falar com a diretoria.

Em vez de ir embora como todos os alunos, segui até a sala de literatura. Parte de mim suspeitava que o instigador já teria ido embora, mas eu o encontrei arrumando a pasta como se nada tivesse acontecido. Quando me viu na porta, ele sorriu.

— O que posso fazer por você, Edie?

— Eu talvez não tenha como provar que foi você que causou isso tudo, mas haverá perguntas. Eles vão investigar o seu relacionamento com Nicole para saber quanto tempo você passava com ela.

Ele não alegou inocência nem confusão como eu meio que esperava, mas, quando falou, não usou o sotaque britânico. Sua voz saiu gutural, algo enorme falando de uma casca de homem:

— Querida menina, você diz que sabe quem eu sou, mas você não faz *a menor* ideia. É melhor seguir seu caminho, antes que eu te dê uma lição.

Eu fiz o magrelo ir embora. Você vai precisar de muito mais para me amedrontar. Não disse o que pensava, mas me mantive firme. Então, falei:

— Acho que não. Você acabou aqui. Se você voltar amanhã, eu vou descobrir uma maneira de fazê-lo pagar. — Eu blefava, pois não sabia quem diabos ele era e nem como puni-lo.

O sr. Love avançou para cima de mim e me desferiu um soco. Nunca me ocorreu temer um ataque físico, mas o meu reflexo foi erguer o braço esquerdo para bloquear o golpe. Uma luz vermelha brilhou do *kanji* marcado no meu pulso, o atirando para o outro lado da sala. Ele caiu com força e bateu com a cabeça na mesa. Em um ser humano normal, aquilo poderia ter sido suficiente para matá-lo, mas ele se levantou cambaleando, estalou o pescoço de um jeito grotesco, colocando a coluna quebrada no lugar e endireitando os ombros. E não se aproximou de novo.

Ele me estudou com uma expressão de prazer crescente.

— Ah, então foi *você* que me atraiu para cá, pequena rainha.

— Eu não faço ideia do que você está falando.

— Não banque a inocente, não combina com você. — Seu olhar se demorou na minha marca, a que significava "Propriedade do Jogo". — Será que você desconfia o que vai acontecer depois? Gostaria de saber.

— Você faz parte da oposição?

Ele riu, um som retumbante como um trovão.

— Nem todos nós escolhemos jogar. Alguns preferem assistir... e fazer apostas. Acho que vou apostar em quanto tempo você vai durar.

— Você tem alguma relação com Allison?

Ele negou com a cabeça.

— Mas você já sabe disso. Está me testando?

— O *que* você é?

— A sua espécie sonhou comigo, então eu surgi. Vou deixar você descobrir. — Ele passou por mim, assoviando, tão alegre que eu tive que controlar a tentação de atirar alguma coisa nele. Na porta, ele fez uma pausa para acrescentar: — Se eu não voltar, não imagine que isso tenha alguma coisa a ver com você. Na verdade, saiba que eu consegui o que queria.

Já que eu seria louca de acreditar nele, segui o sr. Love para fora do prédio. Os corredores estavam vazios, e só se ouvia o som dos nossos passos. Ele parecia tão normal com seu sobretudo, com a pasta em uma das mãos. Eu talvez nunca mais acreditasse no que os meus olhos me mostrassem. O imortal — ou seja lá o que ele fosse — seguiu para o portão da frente sem olhar para trás. Seus passos bateram apressados na calçada e eu corri atrás dele.

O céu estava cinzento e ameaçando chover. Grandes gotas banharam o meu rosto e embora eu tenha desviado o olhar apenas por um segundo, quando olhei para o portão, ele tinha desaparecido. Só havia um enorme pássaro preto voando em círculos acima das árvores. Com olhos negros e brilhantes, ele mergulhou em direção a mim, com as garras estendidas, e eu as atingi com a minha mochila. Seu grito áspero soou quase como uma risada.

— Isso foi esquisito — disse Davina, correndo na minha direção. — Esse corvo é meio radical. Eu juro que, a cada dia que passa, essa escola está ficando mais estranha. Minha mãe vai ter um ataque quando souber da Nicole. Eu vou ter sorte se ela não decidir me dar aula em casa.

— Talvez fosse mais seguro.

— Verdade. — Ela me ofereceu uma carona no guarda-chuva vermelho.

Quando entrei sob as abas protetoras com ela, o céu desabou, respingando nas minhas pernas nuas e encharcando as meias e os sapatos. Em um piscar de olhos, uma chuva com vento desabou sobre a cidade.

Davina estremeceu.

— Cara, eu detesto novembro. Você quer ir para a minha casa? Podemos estudar juntas.

— Se a minha mãe deixar. — Era difícil ficar junto dela para não ficar encharcada e, ao mesmo tempo, fazer uma ligação, mas eu consegui e, quando chegamos à estação de metrô, minha mãe tinha deixado que eu ficasse na casa dela até as cinco horas da tarde.

No trem, ela não falou muita coisa, mas era um mecanismo de defesa (é melhor não chamar atenção).

Nunca se sabia quando pervertidos poderiam considerar um olhar acidental como encorajamento — e já que nós duas éramos jovens e bonitas, o risco era dobrado.

Depois disso, andamos até o prédio dela. A chuva tinha diminuído o suficiente para a caminhada não ter sido terrível. Davina foi na frente e destrancou a porta. Não tinha ninguém em casa, o que explicava por que ela havia me convidado. Após um dia horrível na escola, eu também não estava muito a fim de ficar sozinha com os meus pensamentos.

Ela deixou a mochila perto da porta e seguiu para a cozinha.

— Eu posso preparar um chá ou chocolate quente do tipo instantâneo.

— Estou sentindo que você precisa de uma bebida quente.

— Chocolate quente — decidiu ela.

Demorou cinco minutos para a chaleira apitar, então adicionamos o chocolate instantâneo e marshmallows. A casa de Davina era quente e acolhedora, cheia de objetos feitos à mão, como almofadas e mantas. Era óbvio que ela não era rica, mas eu me sentia mais à vontade ali do que na mansão ultramoderna de Jen. Quando terminamos a nossa bebida, ela me chamou para ir ao seu quarto e fechou a porta.

— Eu até posso ser meio lenta, mas tenho quase certeza de que juntei as peças do quebra-cabeça.

— A gente não vai estudar? — Seja lá o que ela achava que sabia, não seria nada bom.

— Você estava totalmente descontrolada quando saímos da festa de Cameron. Então, alguns dias depois, descobrimos que ninguém mais o viu desde aquela noite. O que você sabe, Edie?

— Você não vai acreditar se eu contar.

— Desembucha.

Pode me chamar de paranoica, mas eu não diria nada até verificar uma coisa.

— Eu preciso ver o seu umbigo.

Davina ergueu uma sobrancelha, mas puxou a blusa e mostrou a barriga, totalmente normal.

— Isso é como ler o futuro na borra de café ou alguma coisa assim?

Soltei uma risada nervosa. *Por que não?* Então, contei para ela, explicando como Nicole atacara Allison, o corte se curara e ela não tinha umbigo. Então o sr. Love enlouquecera comigo. Fingi que não sabia como esses eventos estavam ligados. Para segurança dela, evitei qualquer menção ao jogo. Eu temia que informações demais a tornassem um alvo, e eu só tinha mais um favor. Para minha tristeza, eu não tinha como proteger todo mundo como fizera com a Vi.

— Essa história é meio louca — disse ela por fim. — Você já tinha falado que achava que o sr. Love era meio sombrio, mas isso...

— *Pois é.*

— Não me leve a mal, mas será que eu posso ver o *seu* umbigo?

Eu ri e mostrei a barriga para ela, e a situação não parecia tão horrível que não pudéssemos rir. Embora eu não contasse tudo para ela, a conversa me animou um pouco. Não chegamos a nenhuma solução, mas eu me sentia menos sozinha. Às quatro e quinze, eu me levantei para ir embora.

— Você sabe que pode contar comigo na escola, não sabe?

— Eu sei. Obrigada.

— Até amanhã. Se aquele lugar não pegar fogo. O que não seria nenhuma surpresa para mim.

Corri pela calçada, tentando chegar à estação antes de começar a chover de novo. Estava ainda mais escuro do que antes e uma tempestade ainda pior se formava no horizonte. Não havia muitos pedestres no bairro de Davina nas seis quadras que caminhei até a estação da linha T. Alguns pássaros tinham se aninhado nos beirais dos prédios, e ainda mais nos fios de alta tensão, e eles me observavam enquanto eu acelerava o passo. Talvez eu estivesse imaginando coisas, mas eles viravam quase completamente a cabeça, apenas observando.

Corri pelo restante do caminho.

No trem, as coisas pareciam melhores, até eu notar sombras seguindo o carro, gavinhas das trevas rastejando pelas paredes de concreto. Cada vez que deixávamos uma estação para trás, elas se expandiam e se aproximavam mais, e eram afastadas pelo brilho fluorescente da estação seguinte. Desci um pouco antes do que deveria. Chovendo ou não, eu iria para casa andando a partir dali.

A trégua da chuva se manteve apenas por tempo suficiente para eu chegar à minha rua, então o céu desabou sobre mim, não apenas chuva cortante, mas granizo também. O gelo açoitava a minha pele, deixando marcas avermelhadas, e eu estava ofegante quando cheguei à escada de entrada do prédio. Passando pelo vestíbulo, quase dei de cara com o sr. Lewis, que inexplicavelmente carregava um martelo. Ele disse algo sobre ferradura e sinos de vento.

— O quê?

— Não consigo encontrar um — disse ele. — Um antigo é melhor, um que já tenha ferrugem e tenha ficado mais forte com o passar dos anos. Eu tinha colocado um sino de vento, mas o síndico me obrigou a tirar.

— Sino de vento?

— Para manter os antigos distantes — lembrou ele, impaciente.

— Por que você *consegue* vê-los? — Ninguém mais que não fosse do jogo conseguia.

— Aqueles que estão próximos da morte conseguem enxergar além da rede mortal. — Isso não me ajudava muito, e acho que ele percebeu isso pela expressão do meu rosto. Então, esclareceu: — Câncer de pulmão, estágio quatro. Não me resta muito tempo.

— Sinto muito.

Ele deu de ombros, como se esse fosse o menor dos seus problemas.

— Eu tenho um mezuzá aqui. Não sei se vai funcionar. O rabino na sinagoga talvez só estivesse tentando ser legal comigo.

— Obrigada por tentar nos manter seguros.

O velho riu para mim.

— O que mais eu tenho para fazer?

Enquanto eu subia as escadas, ele pendurou a cápsula arredondada, resmungando algo sobre a necessidade de precisão. A minha mãe estava em casa, já que era a sua vez de ficar comigo. Cheguei um pouco antes das cinco, provando que era confiável. Ela sorriu para mim e largou o lápis. Pelo que eu podia perceber, ela realmente estava tentando construir um relacionamento comigo, e eu a amava pelo esforço.

— Como foi na escola?

Se eu não contar para ela, vai descobrir pela própria Blackbriar. Então, eu disse:

— Assustador. — E relatei tudo sobre como uma das alunas ficara obcecada por um professor bonito e atacara uma outra aluna por causa dele. Ela arregalou os olhos e tirou os óculos, limpando-os distraidamente na blusa enquanto ouvia a história. Eu concluí: — É por isso que tem sangue no meu casaco, mas não é meu.

— Que coisa horrível! Esse semestre tem sido um tanto... *trágico*. Eu fico me perguntando o que pode ter mudado. — Pela expressão do rosto da minha mãe, ela estava a meio passo de fazer um experimento com grupos de controle para determinar por que a Blackbriar não era mais o paraíso seguro pelo qual ela pagara.

— Eu gostaria de saber. — Isso não era totalmente mentira.

— Você está bem? Precisa conversar com alguém? — Como era irônico ela ficar me perguntando isso *neste* ano.

— Eu estou bem — respondi.

Então, fugi para o meu quarto para supostamente fazer os deveres de casa. Ela deve ter contado tudo para o meu pai, porque ele estava especialmente solícito na hora do jantar. Eles dois estavam se *esforçando* para se tornarem mais disponíveis para mim em termos emocionais. Isso não era nada fácil, considerando que o estado natural deles era estar completamente absorvidos em qualquer pesquisa que tivesse prendido sua atenção, e eu me aquecia com a certeza de que eles me amavam, mesmo que às vezes fossem péssimos em demonstrar isso.

Assim que pensei aquilo, meu pulso queimou. *Então é melhor eu pensar que meus pais não se importam?* Eu não fazia a menor ideia de como isso poderia influenciar o meu futuro. Como sempre, eu estava de casaco em casa. Os meus pais preferiam manter a conta do aquecimento baixa, então eles não questionavam a minha escolha. O verão poderia ser um problema em relação a isso.

Mais tarde, eu não estava a fim de conversar com Vi, então enviei um e-mail em vez de entrar no Skype para a nossa conversa de sempre. Fui para a cama cedo, incomodada com o calor no meu braço direito. A sensação era muito semelhante a que senti quando Davina e eu fomos para New Hampshire. Por fim, caí em um sono agitado, cheio de pesadelos com o magrelo.

Acordei com um sobressalto, mas eu não estava na minha cama. Na verdade, estava no meio da cozinha, segurando uma faca na mão direita. Uma fina linha de sangue saía da minha barriga, um corte limpo através da blusa do pijama. Com um grito abafado, joguei a faca na pia, lavei com água e saí às pressas ciente de que eu precisava de ajuda, mas não havia ninguém para me salvar. Se eu ligasse para Kian, ele tentaria fazer negociações em troca da minha segurança, e eu não aguentaria vê-lo sacrificar qualquer outra coisa por mim.

Estou sozinha.

No banheiro, levantei a blusa para ver o corte. *Não é muito profundo. Superficial, como se eu fosse uma daquelas pessoas que gostavam de se cortar.* A implicação disso me assustou mais do que o ferimento em si. *Eles* podem *afetar você.* Precisei de toda a minha compostura para cuidar do corte e fazer um curativo. Lembrando-me da garota no espelho, eu não me inclinei com medo do que poderia ver. Voltar para o meu quarto não fez com que eu me sentisse mais segura — apenas presa em uma armadilha, sem ter para onde correr.

Batendo os dentes de frio, aumentei o termostato, que aqueceu o quarto. Gotas de umidade escorriam pelo vidro embaçado como lágrimas, e, então, uma por uma, impressões de palmas apareceram na minha janela, como se alguém estivesse à espreita lá fora, em um lugar que eu não conseguia enxergar, me observando enquanto eu dormia. Um lamento escapou da minha garganta enquanto eu me aproximava, esperando ver a coisa-menina, mas havia só uma névoa. Toquei o vidro frio e descobri que o meu maior medo tinha se tornado realidade.

As impressões da palma estavam do lado de fora.

ANTECIPAÇÃO DO MAL

No dia seguinte, funcionários públicos foram até Blackbriar e interrogaram vários alunos, mas, no final, eles concluíram que Nicole era instável e que a escola não tinha culpa alguma. Allison usou um curativo por alguns dias, e apenas eu sabia que ela não precisava de um. Três dias depois do incidente, o diretor anunciou que o sr. Love tinha pedido demissão, embora não tivesse feito nada de errado. Fomos encorajados a escrever cartões de despedida, que seriam enviados para ele.

Uma professora aposentada assumiu o lugar e ela prestava mais atenção ao novelo de lã na sua bolsa enorme do que em nós. Por mim, estava ótimo. Eu poderia usar o período livre. A administração prometera que haveria um substituto permanente depois do recesso de inverno. Eu esperava que ele ou ela fosse humano; isso parecia ser uma suposição razoável para um professor.

O Dia de Ação de Graças estava chegando, e eu estava pronta para um feriado prolongado. Kian me pegou, eu me despedi de Davina e entrei no carro. Ocorreu-me que eu tinha conseguido a minha vingança – a Galera Blindada tinha acabado. Acabou que Allison não era humana, e o restante da turma estava morto ou desaparecido. O peso daquilo me atingiu de novo. *Cuidado com os seus desejos. Eles podem se tornar realidade.* E eu odiava que pudesse esquecer a minha culpa, mesmo que por um instante apenas.

— Você parece chateada – disse Kian ao ligar o carro. Ele ouviu o que eu tinha a dizer e balançou a cabeça. – Não fique se culpando. Nada do que você fez causou isso tudo.

— Será que é melhor assim? Se eu tivesse morrido...

— Não diga isso. Não se atreva.

— A quê?

— A falar como se você não fosse nada. Para mim, o mundo seria insuportável sem você.

A certeza dele caiu sobre a minha culpa como um bálsamo.

— É assim que eu me sinto em relação a você — falei baixinho.

E isso tornou os segredos ainda mais dolorosos, já que ele parecia tão distante, tão comprometido em me proteger em vez de estar *comigo*.

Um sorriso que só poderia ser descrito como feliz surgiu em seu rosto.

— Eu consigo aguentar qualquer coisa ao seu lado.

— Você não deveria.

Ele ignorou a minha resposta, enquanto seguíamos para o nosso bairro. O fato de ele também morar ali me dava menos culpa por usá-lo como meio de transporte. Tipo, não que ele tivesse coisas para fazer em Blackbriar, mas eu gostava de ver o jeito com que as outras garotas ficavam olhando quando o viam esperando. Às vezes, eu temia que ele fosse uma ilusão ou uma alucinação da qual eu inevitavelmente acabaria acordando. É claro que isso significaria que todas as coisas horríveis, todos os demônios e monstros também eram pesadelos, não é? Talvez eu conseguisse viver se perdesse Kian.

Talvez.

Meu coração doía só de pensar. Como se sentisse isso, ele estendeu a mão para pegar a minha. Em um impulso, ergui a mão dele e dei um beijo. Ele apertou os dedos e olhou para mim.

— Enquanto eu estou dirigindo? Sério? — Meu Deus, essa expressão provocou um frio na barriga.

— Desculpe. Eu vou ser boazinha. — Fiquei pensando em um assunto que não o distrairia. — Qual é a sua cor favorita?

— Que pergunta nada a ver! Por que você quer saber?

— Só para saber.

— Azul.

Essa resposta me fez sorrir.

— A minha também.

Quando paramos na frente do prédio de tijolos, ele me beijou de um jeito que quebrou todos os recordes de gostosura e que me fez pegar fogo por dentro. *Talvez ele seja meio gênio*, pensei, tonta, enquanto ele mergulhava as mãos no meu cabelo. Senti um gosto doce e fresco, tudo que eu queria em uma só pessoa, e eu poderia ter montado nele bem ali. *Hormônios do mal.* Intelectualmente, eu compreendia que os nossos feromônios estavam se cumprimentando e que nossos compostos químicos deviam ser compatíveis – e isso era tudo. Mas simplesmente como uma garota, eu só *queria* Kian. Então eu mandei o meu cérebro calar a boca enquanto ficamos ali nos beijando por uns dez minutos, até a respiração dele ficar ofegante e eu, trêmula.

— Posso subir?

A pergunta me deixou superfeliz. Talvez ainda restasse alguma esperança de ficarmos juntos.

— A minha mãe deve estar em casa – avisei.

Sorriso triste.

— Tranquilo. Eu só preciso... De cinco minutos.

Ah, uau. Foi impossível segurar um sorriso convencido.

— Sem problemas.

Cinco minutos depois, nós saímos do carro e seguimos para o vestíbulo. Logo de cara, notei que o mezuzá tinha desaparecido. Assim como antes, restara apenas o prego. Estremeci por dentro enquanto subia correndo, Kian estava bem atrás de mim. Ele colocou a mão nas minhas costas enquanto eu procurava as chaves, mas...

A porta estava com uma fresta aberta.

Meu sangue gelou.

— Deixe eu ir na frente. — Kian tentou passar por mim, mas balancei a cabeça.

— Nós vamos entrar juntos ou não vamos entrar. Talvez ela tenha acabado de chegar.

— A minha mãe costumava deixar a porta entreaberta quando estava carregando as compras. — O tom da voz dele indicava que ele sabia que aquilo era bastante improvável.

No entanto, eu não conseguia evitar a onda de esperança. Em silêncio, contei até três antes de empurrar a porta e abri-la completamente. A arquitetura do apartamento permitia que eu tivesse uma visão clara da sala e da cozinha, onde vi os pés da minha mãe, imóveis no piso de cerâmica. Kian tentou me segurar, mas eu me soltei e corri até ela, ofegante e com um grito silencioso no peito. Sacolas de plástico reciclado estavam espalhadas à sua volta, ovos quebrados e garrafas de suco misturadas com sangue — *ai, meu Deus, tanto sangue* —, e minhas pernas cederam. Kian me segurou. Quando ele me carregou para fora do apartamento, eu não lutei. Dentro da minha cabeça, os gritos ecoavam em um *loop* infinito.

Ele a pegou. O velho do saco. Ele pegou a cabeça dela.

Eu só notei superficialmente Kian batendo na porta do sr. Lewis e pedindo para ele ligar para a polícia. O velho fez isso na hora, e Kian me carregou para fora do prédio, me segurando no colo enquanto descia a escada de entrada. Ele me ninou, e eu me segurei nele, mas não conseguia chorar. Tudo estava apertado e seco; a minha mente estava a ponto de estourar com tanta loucura. *O velho do saco vai comer o cérebro dela ensopado no jantar, usando o seu crânio como tigela. E ele vai comer tudinho.* O sr. Lewis trouxe um cobertor para mim, e Kian me envolveu nele, mas o frio não foi embora.

Eu não reagi. Não conseguia. Do outro lado da rua, vi o velho do saco, e ele estava cheio. Ao lado dele estavam as duas crianças de olhos negros. O avental da coisa-menina estava manchado de sangue. Lutei para me livrar e levantei, correndo em direção a eles. Eles desapareceram diante dos meus olhos enquanto os freios de um carro atraíram o meu olhar para a rua. Kian me puxou de volta, trêmulo, enquanto o motorista me xingava pela janela.

— Isso foi... — Kian me abraçou com força.

Eu não estava ouvindo.

— Kian... Você os viu?

Ele olhou por cima do meu ombro.

— Quem?

— Deixa pra lá. — A minha cabeça estava confusa. Eu não conseguia pensar direito.

— Qual é o telefone do seu pai, Edie?

Dei de ombros, entorpecida e trêmula.

Kian tirou a mochila das minhas costas devagar. Em silêncio, procurou no bolso externo até encontrar o meu telefone. Alguns cliques e ele estava falando com o meu pai. A voz dele estava baixa, e eu não conseguia ouvir as palavras. *Bip, bip, bip, vá embora. Eu não acredito que isso esteja acontecendo. Não mesmo. Essa não é a minha vida.*

— Eu estou pronta para desistir de você. — Havia um certo ar de tristeza na admissão, mas se manter Kian significava isso, então o pesadelo tinha que acabar. — O sonho acabou agora. Eu preciso acordar.

Nada mais de sonho comatoso. Eu preciso voltar para a realidade. Voltar a ser a garota feia sem amigos e sem namorado. Mas eu ainda posso salvar a minha mãe.

— Meu Deus, Edie — sussurrou ele.

Sinto muito, sussurrou o vento. Senti uma presença triste e familiar em volta de mim, fazendo os pelos do meu braço se eriçarem. Através de olhos secos, olhei para a rua em que morei toda a minha vida.

— Cameron?

Mas havia apenas um jornal sujo na calçada. E Kian ainda estava ali, me abraçando, com o rosto de um anjo e uma sombra escura nos olhos. A distância, as sirenes soavam na nossa direção.

Quando eu disse que queria que tudo isso acabasse, achei que acordaria em uma cama de hospital, com tubos de soro no braço e os meus pais à cabeceira. *Você tentou se matar. Você não conseguiu. Você está em coma. Acorde, filha. Acorde agora.*

— Ela está em estado de choque — disse o sr. Lewis.

— Será que o senhor poderia preparar um chá quente para ela? Com bastante açúcar?

— É claro — respondeu ele, se afastando.

Alguns minutos depois, ou talvez horas, Kian colocou uma caneca quente na minha mão. Tomei o chá porque estava ali. Eu não conseguia acordar; não havia outra saída disso tudo que não terminasse com os policiais fechando a entrada da minha casa com uma fita marcando a cena do crime. Dois policiais apareceram e, depois, uma ambulância, mas, meu Deus, já era tarde demais. Eles levaram o corpo dela coberto com um lençol.

— Nós temos que fazer algumas perguntas — disse o policial mais velho com um tom gentil.

Olhei para ele. Não ouvi nenhum tinido. Allison também não tinha sido detectada pelos meus ouvidos defeituosos. O desejo irracional de inspecionar todos os umbigos tomou conta de mim. *Outra morte, e eu nem posso contar a verdade. Ou talvez eu possa. Talvez nada disso importe.* Abri a boca, mas Kian apertou a minha mão. Ele me avisou com os olhos para não abrir a caixa de todas as loucuras em cima daqueles humanos gentis. Compreendi naquele momento por que ele dissera daquela forma, era como as pessoas que andavam por aí às cegas eram chamadas. Eu talvez tivesse começado a vida daquela forma, mas não me sentia mais parte do coletivo.

Ele balançou a cabeça. Por que eu não consigo chorar?

— Tudo bem — respondi por fim.

— O pai dela já deve estar chegando — interrompeu Kian. — Talvez fosse melhor esperar por ele.

— Ela é menor de idade?

Ele assentiu.

— Ela só vai fazer dezoito anos em fevereiro.

— Então, vamos isolar a cena e aguardar os detetives chegarem. — O mais jovem seguiu o parceiro até o andar de cima, nos deixando ali na escada da frente do prédio.

Dez minutos depois, o meu pai se apressou em nossa direção. O peito dele chiando. Eu nunca tinha visto o rosto dele naquele tom antes. Ele se curvou por alguns segundos, apoiando as mãos nos joelhos, até recuperar o fôlego e perguntar:

— Edith?

Eram todas as perguntas embrulhadas em uma só. Kian afrouxou os braços, mas não saí do seu colo. A minha mãe era quem perguntava se podia me abraçar, e eu não consegui falar as palavras primeiro. O cabelo do meu pai estava despenteado, e os óculos, embaçados. Ele os tirou para enxergar melhor.

— Mamãe está morta — falei. Três palavras, pesadas como ósmio.

— Ai, meu Deus, filha. — Pela expressão dele, dava para perceber que não sabia o que dizer, o que perguntar, e as minhas palavras estavam emaranhadas em um nó.

— O senhor é Alan Kramer? — Um homem de terno amarrotado estava na frente do prédio, com um olhar sério, mas decidido.

— Sou.

— Por favor, queira nos acompanhar. Temos algumas perguntas para a sua filha.

No final, eles perguntaram para mim e para Kian, várias vezes, o que exatamente tínhamos vistos. Recontamos a nossa história juntos e separados. Não, não vimos ninguém fugindo de lá. Sim, nós dois tivemos aula antes de irmos para casa. Kian me pegou em Blackbriar. Fomos direto para casa. Eu resisti à tentação de fornecer uma descrição do homem do saco. Era tarde quando terminamos, e nosso apartamento era uma cena de crime.

— A gente... A gente pode ir para um hotel — meu pai disse. — Podemos passar em um mercado para comprar algumas coisas essenciais, tipo pijama e escova de dentes.

Kian interrompeu:

— Vocês são bem-vindos na minha casa. Eu durmo no sofá.

Ele parecia mais velho que os vinte anos, mas idade era apenas uma medida cronológica. Eu não tinha forças para duvidar dele, então me aconcheguei mais a ele e me virei para o meu pai.

— Se você não se importar, eu prefiro isso.

— Tudo bem. — Era muito estranho para ele aceitar tão rápido assim, como se minha mãe fosse o motivo de ele ser tão duro.

Kian nos levou da delegacia para o apartamento dele e estacionou alguns quarteirões depois do prédio. No caminho, passamos em uma farmácia. Eles compraram itens de higiene e encontrei camisetas e shorts para dormir. Em silêncio, coloquei alguns itens na cesta do meu pai e ele pagou. Ninguém estava a fim de comer, mas tudo bem, porque Kian só tinha macarrão instantâneo e uma caixa de chá. Ele preparou uma xícara para cada um e meu pai parecia tão em choque quanto eu.

Ele não passou um sermão sobre ficar acordado até tarde ou sobre como eu não poderia confiar em Kian. Deu um beijo no meu rosto, foi para o quarto de hóspedes e fechou a porta com um clique baixo e seco. Desolada, afundei no sofá.

— Isso não é um sonho — eu disse para Kian.

Triste, ele confirmou com a cabeça.

A represa se rompeu. Lágrimas escorreram pelo meu rosto enquanto a dor pela perda da minha mãe crescia no peito. Eu me lembrei do nosso almoço. Rolinhos de lagosta. *Parece que temos muito que comemorar. A novos começos.* Agora, assim como a Galera Blindada, ela se fora, mas...

Eu nunca tinha desejado nada daquilo. Nunca desejei. Nunca.

Minha mãe, não.

Eu protegera Vi em vez de minha mãe. Aquela fora uma escolha minha. Mas, todo aquele tempo, eu achava que o velho do saco e as crianças horrendas estavam seguindo *a mim*. Se eu soubesse, teria usado o meu favor para cuidar para que ela ficasse segura. *Sinto muito, mãe.* Eu os imaginei batendo na nossa porta, depois que as medidas de proteção do sr. Lewis falharam, escondendo suas aparências assustadoras sob uma ilusão de normalidade. *Minha mãe os teria convidado para entrar.* Mas se eu tivesse avisado, ela não teria acreditado em mim.

Ela nunca usava maquiagem porque não se sentia bonita. Então, por que tentar? Se eu não a tivesse conhecido melhor, nunca teria ficado sabendo disso... Nem sobre a história do babyliss que minha avó comprara. Minha mãe sempre manchava os suéteres com caneta. Ela...

... Tinha morrido em uma poça de sangue. Será que tinha sofrido? Ou será que tinha sido rápido?

Ela não chegou a me ensinar sobre fiação elétrica. E eu nunca mostrei a ela como passar a maquiagem em tons de outono que compramos juntas. *Eu não posso, eu não posso, eu não posso* — Kian me abraçou, mas não tentou fazer com que eu parasse de chorar. Ele acariciou as minhas costas, o meu cabelo, e permitiu que eu soluçasse até ficar sem ar.

— Eles nunca vão saber. O caso vai esfriar e alguém vai arquivá-lo.

— Você disse... — A voz dele falhou. — Você disse que estava pronta para desistir de mim. Se houvesse alguma coisa que eu pudesse fazer, se eu *pudesse*, eu trocaria de lugar com ela por você.

Estremeci dos pés à cabeça.

— Idiota. Nada de trocas ou acordos. Eu quero vocês dois. Eu não quero nada disso, Kian. Eu não posso ter *isso*. Eu só quero que tudo acabe. Eu não quero mais jogar este jogo.

— Não pode ser desfeito — disse ele, como se eu não *soubesse* disso. Mas talvez no nosso mundo houvesse algumas realidades que poderiam ser mudadas, e a morte era mais como uma porta de vaivém. — Às vezes, as pessoas usam um favor para trazer entes queridos de volta, mas... eles nunca parecem certos. Sinto muito.

Ah.

— Existe alguma forma de fazê-lo pagar? — As palavras saíram antes que eu pudesse impedir, antes que o meu cérebro conseguisse me lembrar de que tinha sido o meu desejo de vingança que me levou até ali.

— Quem?

— O velho do saco. — Percebi naquele instante que eu nunca *havia contado* para ele. Ele sabia sobre o magrelo, mas o outro monstro eu havia mantido em segredo.

Talvez não adiantasse nada, mas contei tudo para ele. *Tarde demais. Tarde demais.* Meus músculos estavam travados, enquanto eu esperava que ele gritasse comigo e dissesse que tudo era culpa minha. Mas ele empalideceu. Cobriu a minha mão com a dele e seu olhar ficou sério.

— Se Dwyer o enviou, não havia *nada* que você pudesse fazer. Contar para mim não teria mudado nada. É difícil admitir isso, mas gastei o meu último recurso para manter você em segurança. — Ele não estava falando em dinheiro, é claro, mas da última coisa que qualquer imortal poderia desejar, seja lá o que for. — Eu gostaria de ter protegido a sua mãe também. Mas as coisas não funcionam assim.

Uma pessoa, um favor. Eu sei. Espero que você não tenha vendido a sua alma por mim. Isso significaria que ele nunca conseguiria fugir dos seus mestres, mesmo depois de morto. *Eu não quero ser as pedras no seu bolso, o puxando para o fundo. Ah, Kian, não permita que eu afogue você.*

Eu poderia. E você deixaria.

— Não fique assim — implorou ele.

— Será que você poderia ler alguma coisa para mim?

Olhando ao redor no apartamento, percebi que ele *havia* seguido o meu conselho. Tudo que ele tinha da vida antiga estava arrumado: livros nas prateleiras, um diário por perto junto com uma caneta e seus dois pequenos troféus estavam em cima da televisão. Apesar do coração partido, isso quase foi o suficiente para secar as minhas lágrimas.

Quase.

— O que você quer que eu leia?

— Outro poema. Algo bem bonito.

— Eu escrevi para um concurso. Não é tão... emotivo, mas desperta o imaginário e tem um bom tema. Que tal?

— Se você escreveu, eu quero ouvir. — Respirar era difícil com o chumbo que pesava no meu peito. Eu sentia uma dor imensa, como se tivesse lutado contra uma avalanche e perdido. Em algum lugar o velho do saco carregava a cabeça da minha mãe, e o vento falava com a voz de Cameron.

Isso é loucura. Não. Isso é Boston.

A histeria batia na parede de vidro que eu construíra em volta da calma frágil. Eu não a deixei entrar. Kian pegou o caderno e, então, se sentou ao meu lado. Ele abriu o caderno na página já marcada.

— A minha mãe adorava este aqui.

— Tenho certeza de que eu também vou gostar.
— O título é Sanhaço Escarlate.
— Pare de enrolar e leia. — Apoiei a cabeça em seu ombro.

Ele expirou e isso demonstrou que estava nervoso. Por algum motivo, isso me acalmava. Foi ficando mais fácil respirar. Fechei os olhos, deixando a voz dele me banhar:

Beleza afiada, amarronzada, avermelhada, o céu em fúria outonal;
Esguias donzelas, a chorar lágrimas em cor,
um toque de renda, manto brilhante da nudez.
Frescor de maçãs, rico ar invernal.
Braços raivosos erguidos aos céus escuros em um lamento maternal
à filha que se foi; beijos frágeis, névoa fúnebre sob nossos pés.
E caminhando sobre estas terras antigas, como devo eu estes caminhos trilhar?
Humano, submisso diante desses anciãos baixando suas finas mãos,
Nós ficamos e respiramos, lembrando-nos daquele pássaro a voar
com as cores destes ramos escuros, lembrando
sua convicção de passagem: que deve voar ou morrer.

— Lindo. Eu amei. É sobre a folhagem se transformando no outono — falei. — E como você queria ficar livre.

Ele assentiu, fechando o caderno.

— Eu sei que é uma ilusão. Ninguém realmente acredita que é. Existem preços a serem pagos, obrigações a serem cumpridas.

Nossos olhares se encontraram, e eu só tinha certeza de uma coisa.

— Isso não é verdade. Quando chegar a hora, nós temos que ser esse pássaro. Voar ou morrer, Kian. Você tem que me prometer isso.

Ele me beijou em vez de responder, mas se eu tivesse que arrastá-lo para pularmos juntos no precipício, que assim fosse. *Custe o que custar, nós vamos voar.*

O QUE SE FOI VIRA REALIDADE

Não houve feriado naqueles quatro dias.
 Meu pai teve que lidar com todas as providências, e Kian *tentou* fazer um almoço de Ação de Graças com fatias de peru e batatas instantâneas, compradas na loja de conveniência. Tudo acompanhado com ervilhas em lata e pão com manteiga. Com certeza o banquete mais triste que qualquer um já tentou comer. Eu só chorei quando ele chegou com a sobremesa mais estranha de todas – algum tipo de pavê de biscoitos coberto com pudim. Então, eu me escondi no quarto de hóspedes até me acalmar, porque o meu pai deveria ser o responsável por preparar a comida enquanto minha mãe colocava a mesa.
 Kian bateu suavemente na porta.
 – Sinto muito. Eu tentei.
 – Não é a comida. Você não planejava receber ninguém para o Dia de Ação de Graças. – Ou nunca, pelo que percebi nos armários da cozinha.
 – Em geral, eu vou para a casa dos meus tios.
 – Eles estão preocupados com você?
 – Eu disse a eles que ia passar o dia com a minha namorada. Acho que a minha tia ficou... aliviada.
 Franzi o cenho e enxuguei as lágrimas.
 – Por quê?
 – Eu sou uma lembrança de um escândalo antigo. Ela nunca gostou do meu pai e odeia me receber na casa dela. Pelo meu tio, ela finge que sou

bem-vindo, mas... — Ele deu de ombros. — Ela não ficou triste quando eu me formei e me mudei para Boston.

— Por que você veio para cá?

— Wedderburn me queria aqui — respondeu ele de forma simples.

Tentei me imaginar recebendo o meu diploma, para então descobrir que o acordo que eu fizera não valia mais nada, e que o meu futuro brilhante que eles achavam que aconteceria não era mais viável e, assim, eu poderia esperar sessenta anos de servidão. Era como ser um espião, só que sem a satisfação de saber que você está arriscando a própria vida para o bem maior. A obediência cega sem esperança de fuga ou compreensão.

— E como foi? — perguntei.

— Àquela altura, eu não estava nem aí. Tanya morreu quando eu estava no último ano e fiquei meio entorpecido. E permaneci assim até ver você pela primeira vez.

Abaixei a cabeça.

— Se disser coisas assim, eu vou quebrar em milhões de pedacinhos e você vai ter que varrer todos os caquinhos.

Ele se sentou na cama, ao meu lado, mas eu sabia que o meu pai estava no outro quarto. Se ele entrasse, eu não queria que ele pensasse...

— Vamos para a sala?

— Tudo bem. Eu posso colocar um DVD.

— Você tem *Casablanca*? Assim, se eu chorar, posso colocar a culpa no filme.

— Sem problemas.

Nós nos acomodamos para assistir e, no meio da história, meu pai se juntou a nós. Dava para ver que ele também tinha chorado, mas ninguém fez comentários.

O fim de semana passou devagar. Faltei algumas aulas para o funeral da minha mãe. Todo mundo da universidade apareceu, o que foi bom para o meu pai e nem tanto para mim, por causa de todos os abraços que recebi de estranhos.

Meus olhos estavam secos naquele dia; eu já tinha chorado tudo que tinha para chorar na casa de Kian. Comprei um vestido preto novo e o odiei, mas usei com meia-calça preta porque *tudo* estava preto. A não ser o sol, que teve a audácia de brilhar depois de vários dias chuvosos, e eu o odiei também.

Davina e sua mãe também foram. Fiquei agradecida, mas isso também me lembrou de que ela ainda tinha uma mãe. A faca era enfiada e torcida várias vezes, até ser um esforço enorme manter o sorriso no rosto. Imaginei que ele tinha sido entalhado no meu rosto, sangue escorrendo da minha boca e bochechas doendo. Abracei outro estranho.

Kian segurou a minha mão para as orações, canções e discursos. Apertei com força quando o pastor começou a falar sobre a vida depois da morte. Nunca tínhamos sido uma família religiosa, e minha mãe teria rido do papo dele de ter sido chamada de volta para casa. Eu me desliguei de tudo, até que Kian cutucou o meu braço, dizendo que era hora de me levantar e me despedir. Por motivos óbvios, o caixão estava fechado. Havia fotografias sobre ele.

Como o de Brittany.

Meu pai pegou a minha outra mão, e eles me ampararam quando nos aproximamos do caixão. Era de excelente qualidade. Meu pai tinha escolhido. Pousei a mão na tampa do caixão que continha o que restara da minha mãe. Ao meu lado, meu pai fez o mesmo e Kian deu um passo para trás, permitindo que nos despedíssemos. Então, fomos para os nossos lugares perto da porta, para que os funcionários da funerária pudessem realizar o seu trabalho.

Kian nos levou de carro até o cemitério. Só Deus sabe o que meu pai e eu teríamos feito sem ele. Pegar um táxi parecia desrespeitoso, assim como algum transporte público. Uma hora depois, ouvimos mais algumas palavras, mais orações, e pessoas pegaram punhados de terra e jogaram sobre o caixão. *Ela realmente se foi.* Alguém colocou uma flor na minha mão e eu a atirei no túmulo. Cambaleei pelo tapete verde, que deveria parecer um gramado para que o buraco aberto não fosse tão chocante.

As pessoas diziam "Foi uma linda cerimônia" à medida que passavam por nós.

Eu apenas assentia, mas não *via* ninguém. Todos pareciam ter o rosto do velho do saco. Meu pai e eu ficamos até todos terem ido embora. A lápide da minha mãe foi colocada, mas não tinha nada gravado ainda. Isso parecia muito errado.

— A gente deve ir embora agora — disse meu pai, por fim. — Podemos voltar depois que a gravação estiver pronta e deixar algumas flores para ela.

— Ela detestava flores cortadas — murmurei.

Isso era verdade. Eu me lembrei de quando ela disse que era cruel arrancá-las e colocá-las em vasos, apenas para desperdiçar sua beleza. *Melhor deixá-las florescer e morrer, como se é esperado.* Será que isso significava que a minha mãe acreditava em destino? Eu me arrependia de não ter contado a ela sobre o acordo, sobre o meu lugar na linha do tempo, mas tinha muita vergonha da minha própria fraqueza, fervente com culpa. Agora era tarde demais. Eu ficava repetindo na minha mente que ela era uma cientista e que, se eu tivesse contado tudo, ela não teria ficado atenta; simplesmente teria me internado em algum hospício, então eu estaria presa em algum lugar e mesmo assim ela teria morrido.

— Que verso você escolheu? — perguntou Kian.

Meu pai se virou para ele, provavelmente grato pela distração, enquanto caminhávamos para o carro.

— "A nossa morte não é o fim quando podemos viver nos nossos filhos."

Senti a garganta fechar. Reconheci a citação imediatamente. Eu lia sobre Einstein obsessivamente desde criança. Senti as lágrimas escorrem enquanto Kian me abraçava. Fechei os olhos até que a vontade de soluçar passasse.

— Perfeito — sussurrei. — Ela teria... Eu amei.

Meu pai não conseguiu sorrir. Ele tentou. As lágrimas dele brilharam atrás das lentes dos óculos. Ele os tirou e os limpou na manga do casaco.

— Eu não sei o que vamos fazer sem ela. Tudo... vai se quebrar.

— Então a gente tem que consertar. Eu vou aprender.

Mas não vai ser ela a me ensinar. Todos os momentos que talvez pudéssemos passar juntas se foram agora.

— Tem uma equipe de limpeza a caminho para... ajeitar tudo. — *Para lavar o sangue do chão*. Meu pai continuou: — A polícia liberou o apartamento, mas nós não podemos mais morar lá. Eu já estou perguntando... E nós... Eu... Tenho um colega da faculdade que conhece alguém disposto a alugar para nós. Fica a menos de um quilômetro do apartamento antigo. Sei que não é o ideal, mas...

— Não. Tudo bem. A gente precisa arrumar a mudança?

— O sr. Lewis se ofereceu para ajudar. Se Kian não se importar, podemos passar para pegar algumas caixas e... — A voz dele morreu e ficou claro que ele não fazia ideia de como se referir à mudança. Era algo que nenhum de nós queria.

— E se acomodarem? — sugeriu Kian.

Eu poderia ter dado um beijo nele.

— Você se importa?

— Claro que não. E eu posso comprar comida pronta se vocês estiverem com fome.

Meu pai balançou a cabeça, mas, apesar de eu também não querer comer, nós dois precisávamos nos alimentar. Então respondi:

— Isso seria bom.

Nada é. O sol continuou a brilhar até o anoitecer, espirais de roxo no horizonte pontilhado com as luzes da cidade. Desci do banco de trás em frente ao prédio de tijolos pardos, o vento sussurrou *"Sinto muito"*. A voz de Cameron, no meu ombro, fez com que eu me virasse, mas eu não conseguia vê-lo. Havia apenas o sr. Lewis esperando na porta. Meu pai pegou Kian enquanto eu abria o porta-malas. Embalamos as nossas roupas, mas não as da minha mãe, os livros e a pesquisa do meu pai e diversos livros que o sr. Lewis achou que eu fosse querer. O restante teria que esperar.

— Qual é o endereço? — perguntou Kian.

Com a voz rouca, meu pai disse e eu me afastei do meio-fio, deixando a minha antiga vida para trás. O novo prédio era de tijolos vermelhos, reto e sem forma, com linhas uniformes e sem jardineiras nas janelas cheias de flores outonais. Embora eu não tivesse certeza, achava que devia ser dezembro.

Durante os dias que antecederam o funeral da minha mãe, perdi a noção da frequência com que comia ou dormia, embora dormisse mais.

O apartamento ficava no primeiro andar, mais para os fundos. Tínhamos um pátio cercado e dois quartos, decorados da mesma forma com que eram decorados os apartamentos para alugar. Então, havia muitos tons de bege e marrom. Os quadros nas paredes pareciam cocôs abstratos. Kian nos ajudou a descarregar o carro, saiu para comprar comida e trouxe macarrão com molho. Como os outros dois, comi em silêncio. Não havia palavras para nada daquilo.

— Eu tenho que trabalhar um pouco — declarou meu pai, por fim. — Fique à vontade para permanecer quanto tempo desejar. — A última parte foi só para Kian.

Acho que ele confiava nele agora. Assim como eu. Àquela altura, ele poderia ter nos largado, me deixado sozinha para lidar com tudo aquilo. E isso teria sido muito mais difícil sem ele ao meu lado para tentar entender as coisas e fazer o que eu não conseguia. Se não fosse por ele, meu pai teria morrido de fome.

— Tudo bem. Obrigado, senhor.

Meu pai balançou a cabeça.

— Sou eu que agradeço.

Então, ele foi para o quarto menor e fechou a porta com um clique. No início, eu não entendi direito por que eu ia ficar com a suíte até ver a cama enorme ali. *Ele não quer dormir sozinho ali.* Eu queria ter o tipo de relacionamento com o meu pai em que eu pudesse correr até ele e abraçá-lo com tanta força que chegaria a doer, mas nós éramos distantes um do outro, como estranhos.

Kian e eu assistimos a um documentário sobre abelhas em um canal de TV a cabo, mas, por volta das nove horas da noite, ele se levantou.

— Eu não quero ir embora, mas sinto que chegou a hora.

— Tudo bem. Eu vou ficar legal. — Essa era uma mentira enorme, mas eu precisava conseguir me erguer. Eu já tinha me apoiado nele por tempo suficiente nas duas últimas semanas.

— Você vai à aula amanhã?

— Vou. Eu não quero passar o resto do dia sozinha aqui. Se eu bem conheço o meu pai, ele vai se entocar no laboratório para se concentrar no trabalho.

— Talvez isso não seja ruim.

Pode ser se você negligenciar todos os outros aspectos da sua vida. Com receio de que o meu pai nos ouvisse, já que as paredes não eram muito grossas, eu não disse isso em voz alta. Acompanhei Kian até a porta e dei um beijo nele. Meu coração não estava ali, mas ele não pareceu se importar. Ele roçou os lábios na minha testa.

— Se precisar de alguma coisa, qualquer que seja, é só enviar uma mensagem de texto. Estarei aqui em dois segundos. E eu realmente estou falando sério quando digo *qualquer coisa*, Edie. — O tom dele era tão sério e preocupado que sorri.

Meu rosto não se alterou. Meu coração se partiu um pouco, e a doçura escorreu. Eu não tinha mais esperanças de resistir ou de me proteger contra sofrimentos futuros. Ele era a única estrela no meu céu, brilhando na noite mais escura para que eu sempre conseguisse encontrar o meu caminho.

— Pode deixar. Obrigada.

Assim que ele saiu, o novo apartamento pareceu silencioso demais. Eu não estava acostumada com os sons daquele lugar, com o som da geladeira ou com o ranger do piso dos vizinhos do andar de cima. Depois de virar o ferrolho e prender a corrente de segurança, fui para o meu novo quarto, aquele no qual os adultos costumam discutir, brigar e reclamar amargamente sobre as cinzas das próprias ambições fracassadas. Eu nunca tinha dormido em uma cama de casal por mais de algumas noites quando viajávamos.

— Então agora esse espaço todo é meu, né?

E aqui está você, falando sozinha.

Eu ainda não tinha conversado com Vi desde que tudo acontecera, e seus e-mails agora beiravam o pânico. Embora aquela fosse a última coisa que eu quisesse fazer, eu a chamei no Skype. Ela atendeu no segundo bipe, despenteada e com o cenho franzido de preocupação.

— Está tudo bem?
— Não — respondi.
Em palavras simples, contei para ela. *Agora é real. Eu tenho que viver com isso.*
— Ai, meu Deus, Edie. Sinto muito. Deixe-me falar com os meus pais. Eu aposto que eles vão me deixar passar o fim de semana em Boston. Eu não sei o que fazer, mas realmente quero ver você.

As lágrimas escorriam pelo meu rosto. Eu não tinha o menor controle, era apenas uma válvula quebrada. Eu estava tentada em aceitar a oferta, mas vê-la só me faria sofrer ainda mais. Vi estava ali, em segurança, e minha mãe não. Eu poderia ter usado o meu favor para salvá-la, mas não sabia que *precisava* fazer isso. Não tinha compreendido completamente até onde os jogadores estavam dispostos a chegar pelo jogo — esse foi o meu erro, e eu tinha que conviver com ele.

Respirando fundo, balancei a cabeça.
— Agora não. As coisas ainda estão se ajeitando.
— Tem certeza?
— Absoluta. Eu acho que meu pai não conseguiria lidar com uma visita agora.
— Ah, é claro. Eu deveria ter pensado nisso.
— Eu tenho que desligar.
— Tudo bem. Pode me chamar se precisar de alguma coisa.
— Pode deixar. Valeu mesmo.

Era cedo ainda, mas fui direto para a cama depois de falar com Vi. O novo apartamento permitiu que eu dormisse, sem sonhar, e, de manhã, a culpa me atormentava. Chorei no banho, tentando não fazer barulho para o meu pai não ouvir. Depois de conseguir me recompor, vesti o uniforme e o encontrei na cozinha. Nada de mingau de aveia naquela manhã — talvez jamais voltássemos a comer aquilo de novo, porque era o café da manhã favorito da minha mãe: firme e cremoso, com açúcar mascavo por cima, nozes, manteiga e passas. Ele me serviu um sanduíche de ovo frito, e comi principalmente porque ele provavelmente tinha saído para fazer compras no mercado da esquina antes de eu acordar.

– Obrigada – agradeci.

– Bons estudos.

Nós dois sabíamos que aquilo era pouco provável, mas se eu não desempenhasse a minha parte no seu fingimento determinado, então nós dois iríamos começar a chorar e voltar para a cama. Embora isso parecesse tentador, como uma estratégia de longo prazo para lidar com tudo, não era muito recomendável. Abri a porta da frente e segui para a estação de metrô, que ficava dez minutos mais longe agora. O entorpecimento estava passando, mas a perda da minha mãe latejava.

Os professores foram muito delicados comigo. Assim como os alunos. Exceto por Davina, parecia que eu tinha um círculo de tristeza que mantinha todo mundo afastado de mim. Nós nos sentamos sozinhas na hora do almoço, e ela se esforçou muito para me alegrar. Sorri nos momentos certos, mas achava que ela sabia que não estava ajudando em nada. Eu era grata pela tentativa, mas também fiquei grata quando ela desistiu. A própria perda dela talvez fosse menos recente, mas Russ ainda brilhava nos olhos dela, uma sombra do que poderia ter sido.

– Quer encher a cara? – perguntou ela quando saímos da escola naquela tarde.

– Acho que isso não ajudaria. A gente se vê nesse fim de semana, OK? Obrigada por ter ido à cerimônia. Significou muito para mim.

– Você faria o mesmo. – Ela seguiu em direção à estação da linha T do metrô, enquanto eu procurava por Kian.

Estranhamente, não o encontrei. Esperei por cinco minutos e, então, recebi uma mensagem de texto:

Sinto muito. Não vou conseguir pegar você hoje. Tenho uma coisa para fazer.

A mensagem me deixou com todos os pelos eriçados. Ele era tão protetor, e só uma questão de vida ou morte faria com que não aparecesse. Tinha que ser alguma coisa relacionada com Wedderburn... Ou o outro *misterioso* com quem ele fizera um acordo em troca da minha segurança. Naquele momento, tomei uma decisão repentina e peguei o metrô para o centro da cidade, em vez de ir direto para casa. No caminho, enviei uma mensagem para o meu pai:

Estou com Kian. Chegarei em casa para o jantar.

A morte da minha mãe o deixara preocupado sobre eu estar segura no metrô sozinha. Droga, talvez ele não acreditasse em mim, talvez sentisse que não lhe restava mais nada. Seja qual for o motivo, ele respondeu:

Vou levar comida japonesa. Você gosta de yakimeshi, né?

Sorri ao responder:

Gosto.

• • •

Corri para chegar no escritório da Wedderburn, Mawer & Graf, onde me deparei com Iris no vestíbulo, trabalhando na recepção. Naquele dia, tudo estava vermelho e preto. E, como Kian havia previsto, o estilo dela tinha mudado para combinar. O cabelo vermelho descia pelos ombros, e seus olhos brilhavam como ônix. Eu não achava que o brilho predatório que via fosse fruto da minha imaginação.

— Você tem hora marcada?

— Não tenho, *não*. Pergunte ao sr. Wedderburn se ele poderia me receber assim mesmo. — O pronome de tratamento ficou queimando a minha língua. Eu preferia mil vezes me referir a ele como "aquele imbecil" ou "aquele filho da mãe".

— Sente-se enquanto verifico.

Ela irradiava toda a desaprovação que sentia e me manteve aguardando por mais de meia hora.

— Você está com sorte, menina. Ele vai vê-la agora.

— Imagine como estou encantada.

Eu nunca havia subido sozinha, e não tinha crachá nem cartão de segurança, então ela digitou algo no teclado e me entregou um pedaço de papel.

— Não perca isto. — O tom da voz indicava que ela me achava uma imbecil e que provavelmente eu faria exatamente o que não deveria fazer.

Ignorando-a, entrei no elevador antes que perdesse a coragem. Lembrando-me do que Kian fizera antes, inseri o código e pressionei o andar desejado. O elevador liberou o código de segurança e lá fui eu. O movimento fez o meu estômago quase sair pela boca, estava enjoada e com frio quando saí no andar de Wedderburn. Achei que veria Kian no seu escritório, mas, quando entrei, apenas o próprio homem de gelo estava lá aguardando por mim.

Em um movimento que causava estalos como gotas caindo na neve, ele contornou a mesa de trabalho para me cumprimentar. Ele parecia... animado, e aquilo foi uma das piores coisas que eu já vi.

— Antes de falar por que veio, permita-me expressar as minhas condolências pela sua perda.

Aquele foi um golpe inesperado. Em algum nível, percebi que ele estava acompanhando tudo que acontecia comigo, monitorando o seu investimento. Mas eu odiava saber que ele tinha me visto tão acabada. As lágrimas que derramei pela minha mãe pertenciam somente a mim. Endireitei os ombros, me recusando a permitir que ele me atingisse.

— O senhor sabe quem foi o responsável? — Esse não era o motivo de eu ter ido ali, mas depois de fazer a pergunta, esperei para ver como ele responderia.

— Uma tragédia, mas, às vezes, coisas ruins acontecem. "Pois para que serve a beleza mortal?" — Ele ergueu um dos ombros em um gesto de dúvida sinistro. — Acho que é o verso de um poema sobre como o homem deve desbotar. Triste para você, sem dúvida, mas às vezes é simplesmente o... Destino.

— O senhor está me dizendo que a hora dela chegou? — Meu tom era cético. Se eu não soubesse sobre o velho do saco e as crianças odiosas, talvez tivesse acreditado nas palavras dele.

— Eu talvez seja horrivelmente velho — declarou Wedderburn em um tom sombrio. — Mas não afirmo saber de todas as coisas. Por exemplo, onde está o seu amado hoje?

AMALDIÇOADA

Kian passou pela porta com um olhar de pânico, como se Wedderburn talvez estivesse fazendo algo inominável contra mim.

— Estou aqui — disse ele, ofegante.

Eu me virei, consciente de que estávamos em terreno instável ali. Sem saber onde ele havia estado, eu não poderia mentir para acobertá-lo. E Wedderburn sabia disso. Ainda assim, estendi a mão, e Kian a pegou. Seus dedos estavam gelados e trêmulos.

— Desculpe incomodá-lo. Você já terminou aqui, Edie? — O aperto urgente da mão dele na minha dizia que sim, eu já tinha acabado.

Quando decidi ir à sede da empresa, eu queria perguntar sobre Kian, mas agora que ele estava ali, isso seria impossível. Então assenti.

— Obrigada pelas palavras gentis sobre a minha mãe.

Quando Wedderburn fez um gesto permitindo que saíssemos, Kian me arrastou para fora do escritório em direção ao elevador. Ele estava prestes a ter um colapso ou algo assim, algo que eu nunca vira antes, e eu não ofereci nenhuma resistência enquanto ele passava por Iris e ia para o carro. Ele não tinha estacionado na garagem do subsolo, então nós caminhamos rapidamente por vários quarteirões e ele não respondeu a nenhuma das minhas perguntas até entrarmos no Mustang.

— Sele tudo — ordenei.

Felizmente, ele obedeceu, ou nós teríamos tido a nossa primeira briga de verdade. Pensei que deveria me lembrar de perguntar onde ele havia conseguido a nova lata do gel, mas havia coisas mais importantes para discutirmos. Ele estava tremendo tanto que eu não sabia se ele deveria dirigir, mas quando eu disse isso, Kian balançou a cabeça.

– Eu preciso tirar você daqui. Espere cinco minutos.

A minha agitação aumentou diante do silêncio dele, mas, por fim, ele estacionou e apoiou a cabeça no volante. Confusa e sem saber o que fazer, acariciei as costas dele. Ele era a pessoa mais teimosa que eu já tinha conhecido, e a única solução era esperar. Minutos depois, ele se empertigou e pegou uns papéis no bolso do casaco e os entregou para mim.

– O que é isto?

– Será mais rápido se você ler.

– Beleza. Mas depois você tem algumas explicações para me dar.

– Com certeza. Prometo.

As páginas pareciam documentos oficiais, carimbadas e codificadas em um sistema que eu não reconheci. As palavras em si estavam claras. Tratava-se de um *contrato*, ordenando a morte de Mildred Kramer, assinado por K. Wedderburn, tendo S. Mawer como testemunha. Precisei ler três vezes, mas aquilo não fazia o menor sentido.

– Por quê?

Kian me entregou outro arquivo, marcado como Aquisições. Compreendi então por que ele estivera tão ansioso para sair do prédio. Quando ele disse que tinha uma coisa para fazer, estava *espionando* para mim. Meu estômago se contraiu de medo enquanto eu lia o dossiê. Uma grande parte dele era difícil de interpretar, tendo a ver com contracorrentes e fluxos, mas a informação a seguir parecia clara:

Na melhor linha do tempo de Edith Kramer, sua mãe morre. Ela trabalha em parceria com o pai para concluir o projeto. Toda a pesquisa mostra que esse é o evento essencial.

– É a viagem no tempo – declarei com uma certeza repentina. – O projeto em que meus pais estavam trabalhando quando ela... – Eu não consegui terminar a frase.

Mas Kian estava concordando:

— Acho que você está certa.

— Mas... Isso não faz o menor sentido. Eles estão usando a tecnologia que o meu pai e eu estamos desenvolvendo *agora*. Como é que eles podem usar algo que eu ainda não inventei?

— Wedderburn fez um acordo com um imortal com poderes temporais. Pelo que sei, é bem caro, então ele deseja ter o próprio método de analisar o fluxo de tempo.

— Então ele foi para o futuro, roubou a nossa tecnologia e a trouxe de volta para o seu uso no jogo.

— Mais ou menos isso. E agora ele precisa ter certeza de que você fique no caminho certo, ou toda essa versão do universo será apagada.

— Meu Deus. Sem pressão. — Agora eu estava tremendo também.

— O mundo não vai *acabar*, Edie. Não para o resto das pessoas. As coisas só... mudariam. Como dois passos para a direita ou algo assim.

— Depois de todo o mistério, é um alívio saber o que me espera. Mas... Para ter certeza de que ele vence, eu preciso permanecer como uma peça viável no jogo. Wedderburn mandou *matar* a minha mãe. — Cerrei o punho. — E depois ele disse que sentia muito.

Ele parecia querer estender a mão para mim, mas temia a minha reação.

— Eu não sabia. Eu juro.

— Eu sei. Você é um peão como eu.

Ao ouvir isso, ele balançou a cabeça.

— Nem isso eu sou. Não mais.

— Como assim?

— Naquela noite, você disse que não aguentava mais. Eu sei o quanto você quer sair disso tudo. Você se lembra de que eu disse que Raoul tinha roubado um artefato e fugido?

— Lembro.

Mais calmo, Kian ligou o carro.

— Eu menti para você, Edie.

— Sobre o quê? — Eu não conseguia olhar para ele, enquanto traçava o painel com o dedo. Talvez eu preferisse não saber. Não poderia perder a minha única certeza, não agora.

— Quando eu disse que estava fazendo aquelas aulas na esperança de descobrir uma maneira de conquistar a minha liberdade, sabe? Aquilo foi mentira. Eu só estava procurando uma saída... para você.

— Eu não estou gostando nada disso.

— Então, na minha aula de Religião e Magia, o professor mencionou um ícone protetor. A maior parte da turma cochila durante as suas digressões, mas eu anotei tudo. E, então, fiz uma pesquisa no banco de dados da Wedderburn, Mawer & Graf.

— Você encontrou alguma coisa?

Kian assentiu.

— Tentei conseguir para você. Isso teria permitido que você seguisse os passos do Raoul, mas... eu fracassei. A segurança estava forte demais, então peguei esses arquivos. Quando Wedderburn descobrir...

— Ele vai saber que você não é leal. Meu Deus, o que foi que você *fez*?

— Fiquei com raiva porque eu não sabia mais qual outra emoção sentir, certamente não o tsunami de medo tomando conta de mim.

— Ele só vai saber disso amanhã, eu acho, quando receber os relatórios. Teria valido a pena se eu tivesse conseguido. Sinto muito.

Dei uma segunda olhada no arquivo, mas não havia nada ali sobre o que tinha acontecido com a Galera Blindada. Ao que tudo indicava, Wedderburn aceitou a minha resposta quando recusei a sua oferta. Talvez Kian estivesse certo ao desconfiar que Dwyer estava tentando me enlouquecer ao ferir as pessoas à minha volta. No entanto, não havia nada para confirmar ou negar tal especulação naqueles arquivos.

— Então... Ainda nos resta uma noite juntos. Apenas uma.

— Você me deu muito mais do que esperei — disse ele suavemente.

Tinha que existir alguma saída deste labirinto, mas o meu cérebro estava falhando. Fiquei em silêncio à medida que nos aproximávamos da minha casa. *Como é que eu posso ir para casa, comer comida japonesa com o meu pai e agir como se não houvesse nada de errado?* Eu queria chorar, quebrar as coisas ou berrar até ficar sem voz.

— Você não precisa esconder mais nada de mim — sussurrei. — Então, o que você prometeu em troca da minha segurança? E quem é o terceiro jogador?

Ele sorriu ao ouvir as minhas perguntas.

— Você é persistente. Eu amo isso em você. Tente não se sentir triste com a situação com Wedderburn. — Uma escolha estúpida para se referir à própria morte: *situação*. — De qualquer forma, não me resta muito tempo mesmo.

— Kian! Pela última vez, *o que* você prometeu? E para quem?

— A minha vida — respondeu ele de forma simples. — Quando eu fiz o pacto com Harbinger, ele me deu até o meu vigésimo primeiro aniversário. Seis meses com você, e valeu tanto a pena ser feliz por todo esse tempo, sabendo que você ficaria bem depois que eu partisse.

— Já que você está dizendo isso com essa cara de pau, o mundo tem muita sorte de você nunca ter chegado à Suprema Corte, porque você com certeza é o cara mais burro deste planeta. Como é que isso funciona? Se Wedderburn executar você, isso não causará problemas com Harbinger?

O idiota riu.

— Meu Deus, espero que sim.

— Isso não tem a menor graça. Eu *não vou* ficar bem se alguma coisa acontecer com você. Será que você não entende?

O peso do olhar que ele me lançou queria dizer *quando* e não *se*, mas eu não conseguia encarar os fatos.

— Eu não vou desistir. Prometi para mim mesma que nunca mais faria isso. Deve haver alguma coisa que eu possa fazer.

— Mesmo que você pudesse me proteger de Wedderburn, o meu tempo será de, no máximo, seis meses.

— Se você não calar a boca, vou dar um soco bem no meio da sua cara. Deixe-me pensar.

Mas não consegui chegar a nenhuma resposta. Kian tinha cavado a própria sepultura e, na manhã seguinte, Wedderburn o atiraria lá dentro. Quando ele estacionou na frente do novo prédio, já eram quase seis horas, e eu mal controlava as lágrimas. Eu não queria sair do carro, mas não podia deixar o meu pai preocupado. *Você é tudo que ele tem agora.*

— Tenho um plano — falei. — Vou jantar com o meu pai, e vou para o meu quarto como costumo fazer. Enviarei uma mensagem de texto para você.

— Você pode ligar, se quiser. Acho que já chegamos a esse ponto no nosso relacionamento.

— Pode parar. — Eu odiava o fato de ele conseguir sorrir, mas parecia feliz com o fato de poder ter construído barreiras à minha volta, exatamente como tinha prometido. *E ele está lutando por você com a própria vida.*

Kian, não.

— Desculpe, eu interrompi o que você estava dizendo. Você vai me enviar uma mensagem...

— E você vem me pegar. Quero passar a noite com você, mas não quero deixar o meu pai preocupado. Você pode me trazer de volta de manhã.

Mas se ele pensava que eu ia para a escola, estava louco. Eu só ficaria o tempo suficiente para ter certeza de que meu pai tinha saído para trabalhar. Seja lá o que fosse acontecer com Wedderburn, eu iria com Kian, e nós enfrentaríamos tudo juntos. Com certeza eu conseguiria resolver isso de alguma forma.

— Se eu fosse uma pessoa melhor, eu diria não. Mas eu não quero passar a minha última noite sozinho.

Dessa vez, eu me inclinei para beijá-lo, silenciando as palavras que invadiam o meu coração até não conseguir sentir mais nada além de dor. *Isto não está acontecendo. Isto não é real.* Mas, assim como com a morte da minha mãe, eu não acordei. Saí do carro e fui para casa, onde comi *yakimeshi* com o meu pai e fingi que não estava morrendo por dentro.

Meu pai falou sobre o trabalho, e cada pausa inconsciente que ele fazia mostrava que estava esperando os comentários da minha mãe, respondendo às suas teorias. Fiz o melhor para assumir o lugar dela, mas não sabia ao certo se tinha conseguido. Parecia improvável que eu pudesse um dia inventar alguma coisa que resultasse em viagem no tempo. Por volta das nove horas da noite, meu pai foi para o quarto e fechou a porta. Foi a minha deixa para fazer o mesmo.

Na minha suíte, tranquei a porta e liguei para Kian.

— Venha me buscar.

Ele veio.

Lembranças agridoces me assolaram: a primeira vez que viajamos assim. Naquela noite, poderíamos ir para qualquer lugar, e quem nos puniria?

— Tem alguma coisa que você queira ver? Algum lugar aonde queira ir? Nada dos impede agora.

Para a minha surpresa, ele balançou a cabeça.

— Eu só quero ficar com você. Eu fugiria se achasse que adiantaria alguma coisa, mas eles podem me rastrear pelo relógio. Ele só sai se eu morrer ou se Wedderburn o tirar.

— A gente podia fazer o seu coração parar. — Eu só estava brincando.

Por mais estranho que pareça, ele pareceu considerar a possibilidade antes de balançar a cabeça.

— Se não conseguir me trazer de volta, isso vai acabar com você. Você não pode me matar, Edie.

— Eu sei — sussurrei. — Mas também não posso desistir.

— É inacreditável e fantástico que você esteja tão determinada a me salvar. Venha cá. — Entrelaçando os dedos com os meus, ele me levou até o quarto dele.

A cama estava bem arrumada com um edredom listrado de branco e azul-marinho e travesseiros apoiados na cabeceira simples. Não hesitei quando Kian me puxou. Eu queria estar perto dele com cada fibra do meu ser, o mais perto possível. Mas ele não me beijou, como se temesse que eu pudesse interpretar erradamente suas intenções.

— Será que agora você vai me dizer que o seu último desejo é morrer virgem? — Pior piada do mundo, mas se eu não a fizesse, passaria as próximas oito horas chorando.

Eu não posso fazer isso com ele. Vou usar esse tempo para pensar e ficar com ele.
— O que faz você achar que eu sou?
— Ai. Achei que você tinha dito que não namorava.
Ele sorriu.
— Você acha que as pessoas precisam namorar para transar? Isso é fofo.
— Talvez você não seja o droide que estou procurando.
Ele beijou a minha cabeça.
— Eu gostaria de poder dizer que nunca transei, mas...
— Não, está tudo bem.
— Você pode perguntar.
— Mas eu realmente quero saber?
— Só você pode determinar isso.
— Então, acho que... sim. Conte. Não quantas, nem quando nem onde.

Ele me acomodou no peito e ligou a televisão, mais para ouvirmos alguma coisa. Eu gosto mais do quarto dele do que do meu.

— Eu me perdi com toda a atenção que passei a receber. Antes eu ficava tão nervoso e, depois, tudo ficou tão fácil. A primeira vez foi com uma garota que eu conhecia havia apenas quatro horas.

— E eu aposto que foi mágico — falei secamente.

— Ela estava meio bêbada, e eu, com pressa. Se ela lembra de alguma coisa, eu duvido muito que ela repita a dose.

— Sem querer ofender, mas isso é meio nojento.

— Eu sei. Foi por isso que não fiz de novo.

— Foi por isso que você não me pressionou? — Kian havia me dado sinais de que me queria, e que às vezes não era nada fácil parar.

— Não. Eu achei que você me diria quando chegasse a hora certa. Antes de eu fazer o acordo para protegê-la, eu tinha todo o tempo do mundo.

Pensei em perguntar sobre Harbinger, mas será que isso realmente importava? Uma emergência de cada vez, e Wedderburn era um problema muito mais premente. Depois que eu o tirasse da confusão, então nós lidaríamos com a próxima crise. Kian talvez já tivesse aceitado o fato de que tudo acabaria, mas eu faria *qualquer coisa* para salvá-lo. Gente demais já tinha morrido por minha causa.

Parte de mim queria dormir com ele, mas com tanta maldade pairando sobre nós e com a morte da minha mãe tão recente, eu nunca me recuperaria se *esta* fosse a minha primeira vez. Então, eu não me ofereci. Sexo deve ser sempre por amor e por prazer, nunca por tristeza. A não ser que você ouvisse o meu pai e, nesse caso, seria algo para ser feito apenas para salvar o mundo de um meteoro. Ou algo assim.

Comecei:

— Eu não posso...

— Eu não faria, mesmo que você dissesse sim.

— A gente pode se beijar?

— Estou disposto a isso. — Pela primeira vez em meses, o seu sorriso chegou aos olhos. Esse era o motivo da distância emocional. Agora que eu sabia até onde ele tinha ido por mim, Kian podia voltar a ser ele mesmo.

Kian se virou de lado para olhar para mim. Isso era diferente de se beijar em um carro ou momentos furtivos no sofá. Ele segurou o meu rosto com ambas as mãos e fechei os olhos. Cacos de vidro pareciam dilacerar o meu coração ao perceber que ele havia me dado o meu primeiro beijo, e que eu talvez lhe desse o seu último. A sua boca roçou na minha uma vez, duas. Mergulhei os dedos no seu cabelo e ele me beijou de forma cada vez mais profunda enquanto uma cálida doçura crescia entre nós, algo muito maior do que uma simples reação química.

Ele acariciou as minhas costas com ambas as mãos, me puxando para mais perto. Seus músculos pareciam firmes sob as minhas mãos. Sexo era uma péssima ideia, mas se ele continuasse me tocando daquela forma, eu logo estaria disposta a cometer o meu erro favorito. Como se estivesse pensando a mesma coisa, ele enterrou a cabeça na curva entre o meu pescoço e o ouvido, com a respiração ofegante.

— Chega a doer o tanto que quero você — declarou.

— Eu sei. — Eu sentia a mesma dor crescendo cada vez mais que os lábios dele me tocavam.

Com mãos trêmulas, ele me abraçou contra seu corpo. Entrelacei as minhas pernas nas dele, só meio consciente do movimento.

— Pare, Edie. Pare.

Mas nenhum de nós parou. Era bom demais.

— Tudo bem. Tudo bem. — Kian apenas murmurou as palavras, tentando se acalmar, mas não me soltou.

— Só isto. Nada de sexo. Apenas isto. — E comecei a me mexer, mostrando para ele o que eu queria, o que estava disposta a aceitar.

Ainda estávamos vestidos, e eu não conseguia respirar de tanto desejo. Ele gemeu quando se posicionou entre as minhas pernas, se rendendo. Talvez não fosse o bastante para ele, mas para mim, sim. Definitivamente. Eu me virei e me esfreguei nele até estremecer de forma incontrolável, sem conseguir acreditar que aquilo podia ser tão bom enquanto eu ainda estava completamente vestida. A boca de Kian cobriu a minha, e ele se arqueou em cima de mim, enquanto me sentia. Pressionou o corpo contra o meu, uma vez, duas, em movimentos rápidos e convulsivos.

— Meu Deus. — Ele cobriu o meu rosto de beijos.

— Essa é a minha promessa para você. Quando eu fizer dezoito anos, vamos rever o assunto. — *Não* dormir com ele era a única maneira de manter viva a esperança de mantê-lo vivo e a prova de que eu não aceitava o destino dele.

Ficamos abraçados até precisarmos nos arrumar. Para mim, isso não foi problema, mas ele tomou banho e trocou de roupa. A expressão no rosto dele quando voltou para o quarto foi inesquecível. Senti o amor inundar o meu coração, embora a ciência talvez argumente que aquilo fosse apenas o resultado das endorfinas.

A força da gravidade não faz as pessoas caírem de amores umas pelas outras. Outra frase de Einstein, uma das minhas favoritas — e, até aquele instante, eu não fazia ideia do que significava.

— Você parece muito satisfeita consigo mesma — murmurou ele.

— Existe uma tonelada de motivos para eu não estar... Mas, neste instante, tudo parece muito, muito distante.

— Eu sei exatamente o que você quer dizer. — Ele foi para a cama, descalço, e me aconchegou contra seu peito, o meu lugar favorito do mundo.

Enquanto ouvia as batidas do seu coração, uma possível solução se insinuou na minha mente, mas eu estava exausta. A epifania dançou pelos cantos do meu cérebro, se recusando a se revelar. Kian passou os dedos pelo meu cabelo em um movimento circular que me provocou arrepios. Beijei o seu ombro, ele emitiu um som delicioso.

— Aquilo foi demais? — perguntei.

— Eu não teria tentado você a fazer aquilo... Mas foi perfeito. Está tudo bem com *você*?

— Nenhum arrependimento virginal por aqui. Ei...

— Hum?

— Já que assistimos ao *Casablanca* no outro dia, podemos assistir *Interlúdio* agora? Você disse que era o seu favorito.

Obviamente feliz por eu ter me lembrado, Kian se levantou e colocou o DVD.

— Esta é a sua chance de me pedir qualquer coisa. Para mim, é impossível dizer não para você agora.

Não morra. Não me deixe.

Mas essas palavras seriam cruéis, pois ele não teria como realizar esses pedidos. E esses eram os termos, certo? *O que pedirmos estará sempre dentro do seu poder para atender.* A revelação ficou mais nítida, como se uma nova lâmpada tivesse se acendido na minha cabeça, piscado e apagado. *Droga. Você deveria ser inteligente. Descubra uma forma de ajudá-lo. Ele está nessa confusão toda porque se importa muito em proteger você.* E eu nem podia me zangar com isso.

— Só o filme.

— Você deve me achar esquisito por gostar dos clássicos antigos, né?

— Não, mas estou curiosa para saber como você começou a assisti-los.

— A nossa empregada — respondeu ele, me surpreendendo. — Nas noites de sábado, ela sempre assistia televisão até tarde, e eu era um garoto solitário. No início, era apenas a emoção de ficar acordado até depois da hora de dormir, mas em seguida passei a amar assistir aos clássicos tanto quanto ela.

— Você ainda conversa com ela?

Ele balançou a cabeça, negando, sem dizer que não. Então, percebi que ela havia partido. Não como a mãe dele, que entrava e saía de clínicas de reabilitação. Mas partido *mesmo*. Como a minha mãe. Em vez de dizer alguma coisa idiota, estranha ou insensível, abri espaço para ele se sentar ao meu lado. O colchão afundou.

Kian me abraçou e apertou o play no controle remoto. Ingrid Bergman apareceu, gloriosa, enquanto Cary Grant parecia ser agradável, inescrutável e charmoso. O glamour de ambos era inegável, talvez porque eu não refletisse sobre as traições deles nem sobre os vícios. Ao meu lado, Kian estava sorrindo, distraído com o filme, mas, de vez em quando, dava um beijo na minha testa, me lembrando que estávamos juntos.

Você é a única coisa verdadeira que tenho, pensei. *Sempre*. Na hora certa, eu talvez me apaixonasse por outra pessoa, se o pior acontecesse. Mas ele nunca seria Kian, e guardei esses momentos como um dragão guardaria uma pilha de ouro brilhante. Assistimos ao filme favorito dele até minhas pálpebras pesarem, e adormeci antes de descobrir se Devlin amava Alicia.

No meu coração, eu sabia que sim, apesar de ele nunca ter se declarado.

UM SACRIFÍCIO DE AMOR

Acordei sozinha. Imediatamente percebi que aquilo estava errado e senti um frio de medo no estômago. Levantei-me da cama e corri para a sala. O pressentimento se transformou em enjoo, enquanto eu caminhava até o bilhete colado na porta. A perspectiva da sala parecia estranha, enquanto o papel ficava cada vez maior, até parecer maior do que a própria porta, como se fosse tão pesado que deveria sugá-la para dentro de um buraco que engoliria a ambos. Pisquei várias vezes, e isso fez com que a letra cursiva de Kian formasse palavras compreensíveis. Eu odiava aquele bilhete mesmo antes de lê-lo. Mas eu precisava saber o que dizia e o que ele acreditava ser um adeus adequado:

Edie,
Eu não estava vivo de verdade até conhecer você. É engraçado como a primavera sempre vem depois do inverno, mesmo quando você já desistiu de todas as esperanças de ver o sol de novo. Mas ele nasce. "Por que o sol nasce, ou será que as estrelas são apenas furinhos na cortina da noite?"

Ao ler aquela pergunta, uma citação de *Highlander*, engoli o choro, e era como se ele soubesse que essa seria a minha reação.

Não chore por mim, mas eu espero que você se lembre de que éramos ótimos juntos e que você sempre foi linda aos meus olhos. Desde o princípio eu me importava, mesmo quando estava tentando jogar de acordo com as regras deles. Então, faça-me um último favor, se é que eu tenho o direito de pedir qualquer coisa – viva por mim. O seu futuro está aberto e, sem mim, você fará coisas notáveis. Eu não quero ver o seu potencial arruinado e você trabalhando como uma serva de Wedderburn. Eu preferiria morrer.

Tem mais uma coisa que eu não contei antes, um arquivo que não mostrei na noite passada. Em nenhum futuro, se você ficar comigo, você completará o trabalho da sua mãe. Eu sou o sacrifício que deve ser feito. E estou disposto a isso.

Você vai conseguir. Você vai pagar os seus favores. Então, a sua vida voltará a ser sua. E é só isso que me importa agora. O meu tempo acabou de um jeito ou de outro, então permita que eu escolha como vou. Eu sempre, sempre quis ser o seu herói.

Kian

O meu coração se partiu ao meio, ameaçando derramar um rio de lágrimas. *De todas as formas que realmente importam, você já é o meu cavaleiro em um carro vermelho brilhante. Como é que você não sabe disso?*

— Não — falei em voz alta. — Maldito seja! Não, seu idiota, eu não aceito isso!

A raiva me deu forças. Corri pelo quarto, peguei a minha bolsa. O telefone estava no bolso da frente. Quando o peguei, ele começou a tocar. Reconheci o número da Vi, e sabia que ela devia estar preocupada. Já fazia alguns dias desde que tínhamos nos falado.

Eu já estava saindo pela porta quanto atendi:

— Alô.

— Você está bem?

— O que houve? O seu sentido aranha está alerta? — Pergunta clássica, já que eu não queria preocupá-la. Ela pouco sabia sobre a minha vida de verdade, mas me aquecia o coração saber que ela se importava. O meu casaco vermelho de inverno estava no armário do corredor, eu o vesti e saí do prédio de Kian.

— Sei lá, eu só estou... preocupada com você. — Ela parecia perplexa, como se não conseguisse explicar. — Você estava muito calma da última vez que conversamos. Com sua mãe e tudo... Talvez você devesse vir passar as férias aqui comigo.

As pessoas dizem que deviam confiar mais nos seus instintos. Você está certa de estar sentindo uma sensação esquisita, Vi.

— Não posso deixar o meu pai aqui.

— Traga ele também. Eu já conversei com os meus pais. Ele pode ficar no escritório e nós armamos uma cama de montar no meu quarto. Vai ser bom. Venha.

— Talvez.

Eu não poderia contar a verdade para ela enquanto corria em direção ao que poderia ser o meu fim. Era sábado de manhã, eu não tinha que lutar com as pessoas que estavam indo para o trabalho, apenas alguns atletas correndo, mães passeando com os filhos e algumas pessoas se preparando para as compras de Natal. Desviando-me de um ou outro pedestre, corria para a estação de metrô.

— Valeu. Eu... só quero que você saiba que a sua amizade significa muito para mim. — Esse é o tipo de coisa que você diz quando está se despedindo, como a carta que Kian tinha escrito.

— Você está começando a me deixar preocupada. Parece tão séria e... decisiva.

— Não é nada disso. Olha só, Vi, não dá para falar agora. Eu tenho um lugar para ir e vou entrar no metrô agora.

— Tudo bem. Você me liga mais tarde.

— Pode deixar.

Se eu estiver viva.

Pelo menos Vi sentiria a minha falta se essa missão de resgate saísse errado. Davina também sentiria. E o meu pai. Meu Deus, eu nem conseguia pensar no meu pai. Com as mãos trêmulas, enviei uma mensagem de texto para ele. O dia ainda nem tinha amanhecido direito, então ele ainda nem devia ter levantado, mas acharia uma mensagem sobre uma corrida matinal reconfortante.

Eu não quero deixá-lo sozinho. Eu deveria ajudá-lo. "Melhor futuro" que nada.

Por fim, enviei uma mensagem para Davina. Nada muito dramático. Apenas um *"Obrigada por ser minha amiga"*. O que talvez a assustasse, mas... Eu sabia bem os riscos de confrontar Wedderburn e interromper o grande gesto que Kian planejara. Eu esperava chegar lá rápido o suficiente para fazer... alguma coisa. O que, eu não sabia. Eu não tinha planejado. A minha cabeça latejava com tensão e trepidação. Ao que tudo indicava, um excesso de choque e tristeza prejudicava as funções cognitivas, porque eu não me sentia pronta para o jogo.

A ida até o centro da cidade parecia interminável e os túneis estavam cheios de sombras vivas que deslizavam atrás do trem. Dedos longos e escuros se estendiam na minha direção, mas eu ficava olhando para as luzes do teto, deixando que brilhassem nos meus olhos até ver manchas atrás das pálpebras. *Eu não vou deixar a escuridão entrar. Eu não sou louca.* Só percebi que estava murmurando isso em voz alta quando um cara mais velho mudou de lugar, mas eu já tinha passado do ponto de me importar.

O magrelo me viu sair correndo do trem e atravessar a plataforma em direção às escadas, mas não fez nenhuma menção de me impedir. Só o cheiro da corrupção atingiu as minhas narinas quando passei por ele. Era muito cedo em um sábado para se resolver um problema, mas havia trabalhadores públicos de uniforme e mendigos próximos uns dos outros para se protegerem do frio. Alguns ergueram a cabeça quando passei correndo, olhando para trás até querer gritar.

Não tenho fôlego para isso. Continue correndo.

Iris estava na sua mesa no vestíbulo, vermelho como o sangue, aterrorizante como sempre.

— Que bom vê-la novamente, srta. Kramer. Tem hora marcada?

— Wedderburn vai querer me ver — afirmei, rezando para ser verdade.

Ela não acreditou em mim, é claro, e ligou para verificar. De certa forma, era reconfortante o fato de até mesmo as criaturas sobrenaturais agirem de acordo com protocolos e procedimentos.

Não é tarde demais. Não é tarde demais.

Para a minha surpresa, Wedderburn pediu para falar no viva-voz. A voz dele soou pelo interfone:

— Sim, mande-a subir. Tem uma coisa que quero que veja.

Se for o corpo de Kian... A crueldade descuidada disso acabaria comigo. Mas não era a especialidade de Wedderburn? *O gelo não se importa com quem machuca.* Meus joelhos tremiam e pressionei um contra o outro, me apoiando na mesa da recepção para manter o equilíbrio.

Kian, seu idiota, eu não preciso de um herói. Eu só preciso de você.

Com a testa franzida, Iris escreveu o código. Assim como antes, avisou:

— Isso vai levá-la para o andar correto e para nenhum outro lugar. Só vai funcionar uma vez.

Um silêncio assustador me aguardava no elevador, nada de música naquele dia, mas ele se moveu bem rápido, e ouvi o ar sob ele como se estivesse sendo sugado por um ventre monstruoso. Eu meio que esperava dentes descendo e me esmagando como um inseto em uma lata. Por fim, o elevador parou e eu saí. Wedderburn veio na minha direção pelo corredor. Estranho. Eu nunca o vira fora do escritório. Quando percebi que Kian não estava com ele, engoli um monte de perguntas zangadas.

— Que gentil da sua parte vir — disse ele. — Eu estava começando a temer que tivesse dormido demais e que teríamos que começar sem você.

Sem outra palavra, ele me acompanhou até o escritório e abriu a porta. Eu me preparei para ver Kian em uma poça de sangue, meu cérebro estava preparado para isso, ouvindo o dr. Oppenheimer sussurrando no meu ouvido: *O otimista acredita que este é o melhor de todos os mundos possíveis. O pessimista teme que isso seja verdade.* Mas era o melhor de todos os mundos possíveis. Kian se virou, vivo, respirando — respirando e me olhando com raiva —, mas *vivo*. Ele contraiu o maxilar, e seus olhos brilharam com uma mistura de medo e raiva.

Wedderburn fechou a porta de forma controlada. O desagrado emanava dele como o gelo em folhas secas. Ele andou de um lado para o outro, então seus movimentos me lembraram o vaivém de uma lâmina sobre uma armadilha de peso. Mais cedo ou mais tarde, o machado cairia.

— Você está aqui para testemunhar o julgamento dele? — perguntou o homem de gelo. — Muito corajoso da sua parte.

— Não exatamente — comecei a dizer, mas Wedderburn não estava ouvindo.

— Não restam dúvidas de que Kian Riley serve a você agora, não a mim. E uma ferramenta que não é confiável para o seu propósito está irrevogavelmente quebrada e deve ser eliminada.

Droga. Eu sabia exatamente o que aquilo significava.

Eu disse com desespero:

— Ele não serve a mim. Ele *gosta* de mim. Certamente o senhor percebe a diferença.

— Eu lhe dei uma ordem... E ele não a seguiu. Apenas revelou a você todo o meu plano e tentou ajudá-la a escapar, usando os *meus* recursos. O relatório está bem aqui, na minha frente. — Com irritação e frieza, ele bateu na página em cima da mesa. — Isso é deslealdade. Eu salvei a vida dele, sabia?

Kian não disse nada para se defender. Pela posição dos ombros dele, já tinha aceitado as consequências. Embora eu não o culpasse por isso, ele carregava o peso do que a Galera Blindada fizera comigo no último dia antes do recesso de inverno, e se arrependia por não ter dado a própria vida por mim naquela época. Eu nem conseguia respirar por causa da dor que apertava o meu peito. Eu já tinha perdido muitas coisas.

Wedderburn se virou para a sua mesa e apertou um botão. Ouvi um sinal seguido por uma voz não humana:

— O que o senhor deseja?

— Mande o palhaço.

A princípio, achei que fosse alguma brincadeira macabra e horrenda, mais um dos joguinhos cruéis de Wedderburn, até que a porta se abriu, mostrando um palhaço na entrada. Estreitei os olhos para a "maquiagem" borrada e desbotada e percebi que na pele rachada e lascada estava impressa uma grande boca vermelha contornada de branco. O nariz da coisa era bulboso e pintado de vermelho, e tinha cabelo cor de laranja saindo para todos os lados. As roupas largas e os sapatos enormes completavam a imagem perturbadora, mas essa não era nem a pior parte. Na mão, carregava uma pasta preta e, diante do gesto de Wedderburn, ele a abriu, revelando uma grande variedade de facas de todas as formas e tamanhos: curvas, retas, de serra, alguns bisturis, alguns para pele e outros para ossos.

— Qual deles? — Quando a coisa-palhaço falou, revelou dentes afiados e amarelos e uma longa língua rosa que saía molhada da boca enquanto alternava o olhar entre mim e Kian.

Wedderburn inclinou a cabeça na direção de Kian com um estalar frio. Meu namorado manteve o silêncio imperturbável diante da morte. Na verdade, um ligeiro sorriso se insinuou em seus lábios, como se estivesse feliz por fazer aquilo por mim. Só que aquilo não resolvia nada, e eu o queria do meu lado, mas não como um mártir que deixaria apenas uma foto sobre a qual eu choraria.

— Espere — pedi.

— Você não tem cartas para jogar — disse Wedderburn.

A inspiração chegou, a epifania clara como uma certeza.

— Isso não é verdade.

Os olhos de Kian se arregalaram e ele balançou a cabeça de forma veemente. Tentou me impedir, mas o palhaço não permitiu.

Você me conhece tão bem. Mas não tem como me impedir.

— Estou pronta para pedir meu último favor. Já que Kian não pode mais fazê-lo, porque o senhor o rejeitou, cabe ao senhor me atender, certo?

Hesitei, pensando em meu pai e em Davina, que talvez precisassem de proteção no futuro. Mas eram apenas incógnitas. Eu estava diante da morte certa de Kian, aqui e agora. *Não poderia* assistir a sua morte quando eu tinha o poder de salvá-lo.

Para alguém como eu, só havia uma escolha.

— Edie, não faça isso. Deixe-me partir. É melhor assim. Se você estiver comigo, nunca vai conseguir o que tem que conseguir, e você vai acabar como uma serva. Eu contei isso para você na carta...

— Então, eu quero que Kian seja livre, agora e para sempre, *verdadeiramente* livre, intocável por qualquer imortal no jogo. Sem truques nem sombras na sua linha do tempo. *Livre.*

Quando eu falei, Wedderburn assentiu, e uma linha final apareceu na parte inferior do símbolo do infinito. Assim como as duas primeiras, queimou como se alguém estivesse encostando ferro em brasa na minha pele. Sibilei até a dor passar. *Pedido e cumprido, agora Kian e eu temos símbolos iguais.* Cerrando a mão esquerda em punho, ergui a direita para Kian. Pela expressão no rosto dele, parecia que eu tinha morrido por *ele*, e eu apenas não sabia. Ainda assim, ele foi para o meu lado e entrelaçou os dedos com os meus.

— Os seus serviços não são mais necessários — informei ao palhaço.

— Por ora — corrigiu-me ele. — No fim das contas, os meus serviços são *sempre* requisitados. — Wedderburn não olhou quando o seu carrasco saiu. Seu olhar estava vidrado em mim. Inacreditavelmente, ele estava sorrindo.

— Você acabou de fazer com que eu ganhasse muito dinheiro, srta. Kramer, além de muito prestígio.

Congelei.

— Do que o senhor está falando?

— Do início ao fim, você se comportou exatamente como eu previra. Um garoto bonito, um romance proibido... Muito bem. Esse resultado era inevitável. Para uma garota tão inteligente, você me desapontou em certos pontos. Em outros? Você se excedeu.

— Porque você queria que eu queimasse os meus favores e foi exatamente o que eu fiz. — Eu percebia agora com pesar, mas não poderia permitir que Kian morresse.

— Esse foi o meu objetivo desde o início. Se você acha que eu me importava como você os usaria, então não entendeu nem um pouco a minha estratégia. Agora, querida, você está precisamente onde eu queria que estivesse.

Ele se virou para Kian.

— Mas isso não resolve o seu problema com Harbinger, não é? Já que ele não faz parte do jogo. Mas... isso não é problema meu. Você vai ter que ficar atento. — O homem de gelo tocou uma varinha de metal do relógio e ele caiu como um inseto morto. Estremeci. — Vocês dois podem ir agora.

— Espere — protestou Kian.

Wedderburn lançou um sorriso horripilante para ele.

— Aproveite a sua liberdade. Eu vou cuidar para que os outros saibam que você não está mais no jogo e não pode mais ser usado para manobras auxiliares. Vá. Seja humano. — Ele infundiu uma dose de escárnio na última palavra.

Puxei a mão de Kian.

— Vamos sair daqui.

Isso talvez não fosse uma vitória, apenas um alívio temporário, mas eu praticamente saí correndo do escritório, e não parei de tremer até chegarmos ao vestíbulo. Iris contornou a mesa, bloqueando a nossa saída. Ela não estava sorrindo. A recepcionista estendeu a mão com ansiedade.

— Fui informada de que o senhor não trabalha mais para nós, sr. Riley. Preciso do seu crachá. Seus códigos de segurança e acesso serão revogados imediatamente. Também fui instruída a informar que se o senhor aparecer aqui sem um convite por escrito de um dos sócios, devo fazer com que o senhor seja preso.

— Eu compreendo — respondeu Kian, pegando o crachá na carteira.

Ele parecia tonto quando saímos para o dia de inverno. As pessoas andavam apressadas com a gola dos casacos levantada e cachecóis em volta do rosto. Eu nunca tinha notado antes como todo mundo se parecia com casacos pretos, como um bando de corvos voando na mesma direção. Alguns digitavam coisas em seus celulares enquanto andavam, e isso fazia com que se parecessem ainda mais com um bando de pássaros.

Puxei Kian em direção à estação T, já que ele não mencionara nada em relação ao carro. Se eu estivesse certa, ele não tinha vindo com ele, pois não esperava voltar para casa.

— Vamos para o seu apartamento.

Isso o despertou e ele pousou os olhos verdes, furiosos, em mim.

– Que diabos você acabou de fazer?

– O melhor que eu podia. Não havia outra forma de salvar você.

– Agora você está nas mãos de Wedderburn. Confie em mim quando eu digo que esse não é um lugar que você queira estar. Edie, você poderia terminar...

– Como uma serva da firma. Eu sei. Mas talvez não. Eu me recuso a acreditar que o meu namorado tenha um grande impacto no meu futuro. De qualquer forma, eu não ligo. A coisa mais importante é que eles não podem mais controlar ou machucar você.

– Mas essa não é a questão.

– Para mim, é.

– Que droga que você fez – sussurrou ele.

Então, com as pessoas passando por nós, ele me puxou para os seus braços e roçou o rosto na minha cabeça.

– Você não entendeu como as coisas funcionam? Eu deveria salvar você.

– Quem disse? Os favores eram meus e eu podia usá-los da forma que quisesse. E Kian... Eu preciso de você ao meu lado.

– Quando eu penso que não posso amá-la mais...

– Você... Você me ama?

– Claro que sim. E eu estou completamente apaixonado... E agora eu não sirvo para nada. Você ainda está no jogo, para que você vai precisar de um humano estranho como namorado?

– Eu sou humana também – respondi. – E... faria qualquer coisa por você. Acabei de fazer, na verdade. E, para o caso de você não ter percebido ainda, eu também amo você.

– Mas eu sou uma desvantagem, Edie. Os jogadores não podem me tocar, mas os imortais são sorrateiros. Eles poderiam contratar não combatentes como Harbinger, e agora que eles sabem que eu sou seu calcanhar de aquiles...

– Então, eu vou ter que usar umas botas poderosas...

Kian pegou a minha nuca e se inclinou. Seus lábios roçaram os meus uma vez, duas, e então desceram por um caminho do maxilar até a minha orelha. Uma torrente de ar quente veio e ele beijou a lateral do meu pescoço. Não era o que eu esperava, era melhor, porque era leve como o toque de um botão de rosa, mas não demais para chamar a atenção das pessoas à nossa volta. Olhando para ele, eu engoli em seco.

— Uau.

— Você disse alguma coisa sobre o meu apartamento?

— É.

Ele escorregou as mãos pelos meus braços e virou o meu pulso para olhar as nossas marcas iguais.

— Eu não sei o que está por vir, mas vou estar ao seu lado.

— Isso é tudo o que eu poderia pedir.

— Você é um milagre — disse ele suavemente.

— Einstein disse que só há duas maneiras de se viver: Como se nada fosse um milagre ou como se *tudo* fosse milagre. E o fato de eu estar viva? *Isso é um milagre*. Se eu pude ajudar você de alguma forma, foi só porque você me salvou primeiro.

Kian segurou o meu rosto.

— Sempre que eu estou pronto para desistir, você aparece para me erguer de novo. — Abri a boca, mas ele disse para mim: — Eu sei. Vai ficar tudo bem. Enquanto estivermos respirando, ainda há esperança.

Eu não tentei me enganar de que tudo tinha acabado. Dwyer & Fell desafiariam a minha posição na linha do tempo — tentariam me tirar do caminho enquanto Wedderburn planejava e fazia de tudo para proteger a rainha. No fim do próximo semestre, eu poderia terminar como uma serva da firma... Ou pior. O magrelo ainda estava por aí, junto com o velho do saco e as crianças de olhos negros, o carrasco-palhaço, e, sem dúvida, mais um monte de monstros com os quais eu ainda não tinha me encontrado. Como Kian, eu queimei os meus favores rápido demais e talvez eles voltassem para me assombrar.

No momento, eu não estava nem aí. Sorri quando outra frase de Einstein me veio à mente — a minha nova crença: *Você precisa aprender as regras do jogo. E quando aprender, seja melhor do que todos os outros jogadores.*

E assim será.

Enquanto eu seguia Kian em direção à estação, a neve começou a cair, uma cortesia de Wedderburn me informando que eu não estava além do seu alcance. A mão de Kian estava quente em torno da minha, seu pulso nu sem o relógio que fora seu mestre. Um vento frio me atingiu. Eu me virei e olhei para a monstruosidade de aço e vidro onde um deus amargo e frio se escondia do mundo moderno, como tantas outras coisas antigas e terríveis.

E eu sussurrei:

— O jogo começou.

NOTA DA AUTORA

Eu sempre fui fascinada pelo fenômeno antropológico, como certos arquétipos divinos permeiam civilizações em regiões geográficas completamente diferentes. Os seres humanos inventam histórias parecidas para explicar o mundo natural há éons. Lendas urbanas me intrigam de certa forma – histórias contadas e repetidas, voando por telefones e fóruns, até que as pessoas fiquem convencidas de que um jovem casal realmente foi assassinado na floresta por um homem que tem um gancho no lugar da mão e de que realmente podem invocar coisas em um espelho escuro. O medo é uma emoção visceral, impossível de ser banido da vida moderna. No nosso âmago, todos ainda somos criaturas primitivas evitando o mal com marcas ardentes.

O que me trouxe esta ideia: Imagine um mundo no qual pessoas suficientes acreditassem neles, os pesadelos se tornariam verdadeiros. O terror funcionou comigo até que eu tivesse que combinar todos esses fatores para escrevê-los como *Perigo mortal*. Pesquisei muito por mitologias variadas e criei novos personagens com base em antigas lendas, como Wedderburn. Tenho certeza de que vocês todos estão se perguntando sobre Harbinger, que vão conhecer melhor no próximo livro. Também naveguei na internet tentando garimpar ouro, e foi aí que achei o Homem Magro. O magrelo é a *minha* versão, que ganhou vida por todos que leem histórias e as contam como se fossem verdadeiras. Encontrei tantas coisas assustadoras que não couberam no livro, então se preparem para muitos sustos que estão por vir. O Jogo Imortal é confuso e enrolado, cheio de monstros e magia, ciência e sacrifício.

Espero que vocês tenham curtido tanto quanto eu, embora as apostas sejam terrivelmente altas e *ninguém* esteja seguro.

De certas formas, este é um livro profundamente pessoal. Confissão: Eu já fui como Edie, considerada esquisita e tratada como pária. Eu também cheguei àquele parapeito emocional em que me perguntei se alguém se importaria se eu desistisse. Muitos dos pensamentos dela foram meus primeiro, e o sofrimento nunca deve ser tratado de forma inconsequente. Por favor, entenda que o suicídio não é o fim da dor, mas, na verdade, só provoca mais sofrimento. Se você se sente assim, por favor, procure ajuda. Se não há ninguém na sua vida com quem conversar, *existe* um Centro de Valorização da Vida, que terá alguém para ouvir o que você tem a dizer. Eu passei por tudo isso sozinha, mas essa não é a melhor opção, e quero que as coisas sejam melhores para você. Querido leitor, seja lá o que esteja enfrentando, a culpa não é sua, e o tempo vai melhorar as coisas se você continuar lutando. A tristeza passa, mesmo que você ache que não há esperanças. Mas você precisa se manter firme. Não permita que ninguém roube a sua luz interior. Você é importante. E se desistir antes de começar, o mundo perderá. Estou feliz por não ter permitido que os valentões me vencessem. Estou feliz por estar aqui, escrevendo histórias para todos vocês. Obrigada por lê-las.

AGRADECIMENTOS

Obrigada a Laura Bradford, que permitiu que eu seguisse o meu coração. Posso ser impulsiva, mas ela nunca tenta me desviar da direção para a qual estou indo. É por isso que trabalhamos tão bem juntas, porque eu preciso de liberdade, caso contrário, perco a alegria.

Em seguida, expresso a minha grande estima pela minha maravilhosa editora, Liz Szabla, por não me pedir para pegar leve. Às vezes os meus livros machucam, mas é porque é *exatamente* assim que deve ser. Ela também é maravilhosa ao cuidar para que os complexos mundos na minha cabeça se traduzam de forma clara para os leitores. Eu amo todo mundo na Feiwel and Friends; a equipe inteira realiza um excelente trabalho, desde a arte para a capa e layout interno, passando pelo marketing, vendas e planejamento de eventos. Jon, Jean, Rich, Elizabeth, Anna, Molly, Mary, Courtney, Allison, Kathryn, Ksenia, Ashley, Dave, Nicole... Existem mais pessoas incríveis me levando em direção ao sucesso, e eu gostaria de abraçar cada uma delas. O trabalho de vocês torna o meu possível, então, o meu muito obrigada.

Todo o meu respeito para a minha editora de texto, Anne Heausler, e à minha revisora tipográfica, Fedora Chen. Por causa do talento delas, os meus livros são lindamente refinados, um feito que eu jamais conseguiria sozinha. Obrigada!

Agora segue uma lista das pessoas que me ajudaram com *Perigo mortal*, me encorajando e respondendo às perguntas: Rachel Caine, Lish McBride, Donna J. Herren, Leigh Bardugo, Bree Bridges, Yasmine Galenorn, Marie

Rutkoski, Lauren Dane, Robin LaFevers, Megan Hart e Vivian Arend, e não posso me esquecer de Karen Alderman e Majda Čolak, duas leitoras da versão beta. Vocês todos contribuíram para o meu sucesso, e eu adoro todos vocês por isso.

    Meu marido e meus filhos – eles me ouviram resmungar, me deram abraços, xícaras de chá e soluções para problemas na trama. Eu não conseguiria ter feito nada disso sem eles. Ouviram bem? Vocês são os melhores.

    Leitores, somos só vocês e eu agora. Penso em vocês saboreando as minhas histórias e balanço os pés de alegria. Isso é tudo o que eu sempre quis, e cada vez que vocês depositam a sua fé em mim ao abrir um dos meus livros, estão tornando os meus sonhos realidade. E, de todo coração, o meu muito obrigada.

Impressão e Acabamento:
GRÁFICA STAMPPA LTDA.